Ad vitam aeternam

BP 20, 11800 TRÈBES France

estelas.editions@gmail.com
www.estelaseditions.com

ISBN : 9791093167718

Roger PEYROT

Ad vitam aeternam

THRILLER

Estelas Editions

À l'aube des jours, lorsque s'enfuient les nuits,
Quand s'éveille l'amour fermement épris,
Quand les dieux incertains harcèlent nos corps,
Quand la vie bouillonne mais nous jette le sort,
De vivre pour toujours d'ombres et de remords,
Par la faute sans doute d'un hasard malin,
D'ennui le temps s'écoule et meurt le destin.
Dans les sphères infinies, retranché des jours,
On attend de la vie un geste d'amour.
Pourquoi donner sans recevoir en retour ?
Pourquoi aimer sans que l'on aime vraiment ?
Faut-il voir partir tous nos jeunes printemps,
Pour enfin être libre et crier bien fort,
Que l'amour après tout, caprice du sort,
Fait mourir chaque jour nos cœurs et nos corps ?
Entre une vie sans joie et des heures martyres,
Faut-il croire à la fois chagrins et plaisirs ?
Que les sources profondes jaillissent en émoi,
Que les hommes puissants pour la part du Roi,
Se battent d'orgueil en imposant leur loi.
Jungle bizarre de sentiments et de rêves,
Pour ceux dont l'amour ne connaîtra de trêve,
Que le jour où lassé de vivre et d'efforts,
En un geste suprême et soupir d'abord,
Changeront de ciel pour rejoindre la mort.

À l'aube des jours, lorsque s'ennuie mon âme
Mon cœur d'amour se meurt Ad vitam aeternam.

R.P.

Chapitre 1

Il est six heures du matin, Paris s'éveille doucement et avec le changement d'heure, le soleil commence à poindre et colorer le ciel chargé. Un peu éméchés, deux hommes, sortent du Blue Boy.

— Tu me payes un dernier verre ? demande Alexis.

— Pourquoi pas chez toi ?

— Non, j'habite trop loin, en banlieue. Et toi ?

— Je suis descendu à l'Hôtel de La Ferronnerie, ce n'est pas très loin. Tu es en voiture ?

— Non, je suis venu en train et métro.

— Je t'emmène !

Après environ dix minutes, Kevin ouvre la porte donnant sur une chambre dont la décoration doit dater au moins d'une bonne trentaine d'années, en témoignent le papier peint aux larges motifs vieillis jaunes et marron, le plafonnier pendant avec son abat-jour en papier sale et son ampoule à filament. Les doubles rideaux, dont les couleurs ont sans aucun doute été choisies au hasard, ne sont pas assortis au couvre-lit. C'est sûr, on ne peut se tromper, il ne s'agit pas d'un cinq-étoiles ou d'un palace Parisien !

— C'est pas terrible ! pouffe Alexis en tombant sur le lit toujours défait du matin pendant que Kevin entre dans la petite salle de douche où sont situées également les toilettes.

— Je m'en moque, c'est juste un pied-à-terre quand je viens à Paris. Tu as quel âge, exactement ?

— Je te l'ai dit tout à l'heure, vingt-sept ans.

— Tu fais plus jeune.

— Tu ne fais pas ton âge non plus. Je ne t'aurais jamais donné trente-quatre ans !

Située dans le centre de Paris, la Rue Courtalon est une petite rue, sans commerce, juste cet hôtel guère avenant. Une enseigne verticale illumine la façade. Les volets métalliques de la chambre sont fermés et la fenêtre entrouverte.

— Je peux fermer la fenêtre ? demande Alexis, je n'ai pas très chaud.

— Fais comme chez toi. Allume la lampe de chevet s'il te plaît.

Kevin sort de la douche le corps luisant, encore humide. Il entre dans la chambre et éteint l'ampoule pendante du plafonnier.

◈

Le silence de la nuit fait maintenant place au tumulte de la journée et ce n'est pas la fenêtre à simple vitrage qui insonorise cette chambre d'un autre temps.

Alexis ouvre les yeux, s'étire et entend la douche couler. La porte de la salle de bains n'est pas tout à fait fermée.

— Encore sous la douche ?

Kevin ne répond pas.

Alexis se lève doucement et se dirige vers la fenêtre. Il saisit le portefeuille en cuir noir qui traîne sur la petite table en bois. Il l'ouvre délicatement et en sort un passeport qu'il consulte hâtivement. Il fronce les sourcils, interrogatif. L'eau de la douche continue de couler et pourtant…

— Cela t'intéresse ?

Alexis sursaute et se retourne brusquement.

— Non je…

Kevin, nu et dégoulinant, sa main droite jusque-là dissimulée derrière son dos pointe subitement un automatique muni d'un silencieux en direction d'Alexis. Sans la moindre hésitation il lui tire une balle en plein cœur. Alexis s'effondre lourdement. Sa tête heurte violemment le vieux radiateur en fonte.

Vingt minutes plus tard, Kevin, après avoir méticuleusement nettoyé la chambre, jusqu'à passer les draps sous la douche, pour en faire disparaître l'ADN, quitte discrètement l'hôtel dans lequel il s'était fait enregistrer deux jours plus tôt sous une fausse identité : Kevin Barnes. Il n'oublie pas d'emporter avec lui les papiers d'Alexis, le laissant gisant sur le parquet de cette chambre lugubre, baignant dans son sang, sans vie.

Chapitre 2

Il est plus de deux heures du matin. Fares, après des mois d'écriture, de réflexion, d'angoisse, de nuits sans sommeil, vient d'apposer le point final à la lettre qu'il aura peut-être, un jour, le courage d'envoyer à sa femme.

À l'être que j'aime le plus au monde, à celle qui illumine ma vie même quand je suis dans l'ombre. Depuis un bon moment, j'hésite, puis je remets, puis je me dis à quoi servent les mots s'ils n'ont pas d'écho. Je finis tout de même par coucher sur le papier ceux qui se bousculent à la porte de mon cœur et qui voudraient sortir en criant si fort pour que tu les entendes hurler leur désarroi. Alors les semaines passent, les mois s'écoulent et je ne sais pas si de ton côté, ils défilent avec autant d'ennui que moi ? Pas une journée, pas une minute, sans toi. Tu sais, je te parle souvent de mes enfants, de nos bébés qui me manquent terriblement mais en fin de compte, quand je te vois, mon cœur fond en moi, mes bras voudraient s'arracher et venir s'enrouler autour de toi, te serrer jusqu'à l'étouffement, mes mains te caresser. Je ne parle plus de mes regrets qui me minent et me rongent constamment, non, je préfère penser à la beauté et aux rêves, laisser place à l'imagination et aux voyages merveilleux que l'on pourrait faire tous les deux. Si la tristesse est dans ton cœur et si la tristesse est dans le mien, c'est peut-être parce que nos cœurs sont indissociables, inséparables et que certainement, ils ne peuvent vivre l'un sans l'autre. Ce que le cerveau dicte est sûrement la raison, l'analyse, le diktat sans passion, mais le cœur lui, nous fait vibrer, nous fait aimer, nous fait s'envoler et rire pour nous rendre tout simplement heureux. Je veux croire au renouveau, croire en l'amour, croire qu'il existe des jours pas encore venus, des jours pleins d'espoir, qui prouvent que l'amour peut renaître si tant est qu'il ne nous ait jamais quittés. Telle une fleur qui ne devait jamais refleurir, il revient encore plus beau, encore plus fort, il s'ouvre à nouveau et fait mentir le temps et fait mentir les gens qui préfèrent jouir du malheur plutôt que de se réjouir du bonheur. Des mots ne sont que des mots bien sûr, mais ils expriment aussi bien les joies immenses que les heures sombres et lorsque l'on s'enfonce dans les abîmes de l'ennui alors ils nous permettent de remonter doucement et parfois de refaire surface avant de sombrer à nouveau dans les souffrances de la solitude, froide comme la glace. Quoi de plus éloigné que l'aube d'un jour nouveau et le crépuscule d'une nuit entamée ? Pourtant, je préfère le second, car il permet de s'évader dans l'inconscient et surtout de ne plus penser. Bien sûr, le soleil c'est la vie, la lumière, la chaleur mais il est réservé aux gens heureux. Je sombre dans la mélancolie de la nuit et m'attache à des souvenirs parfois si petits mais si importants pour moi qu'ils me font rêver et m'évader dans le passé en m'emplissant de toi, me faisant oublier que je suis malheureux. J'aurais pu te rendre plus heureuse et j'aurais dû le faire, de donner ce que tu mérites, un amour pur, un amour puissant qui, jour après jour, n'irait qu'en grandissant. Alors les regrets sont là, bien présents mais ils n'ont d'intérêt cependant que d'inscrire dans ma tête et dans mon cœur les erreurs à ne plus faire, tout ce que je dois effacer pour ne laisser place qu'à toi. Ne vivre que pour toi et par toi, te donner un amour que nul autre ne pourrait même en rêve échafauder. Je sais que ton cœur est vide en ce moment et qu'il ne sait où aller, il est déçu de tout, de la vie mais lui aussi peut se prendre à rêver. Le mien ne peut le faire, car il affiche complet. Il est rempli de toi et de mes enfants. Je crois que c'est en le privant et en le rendant malheureux, qu'il réalise enfin ce qu'il avait, ce bonheur chaque jour à portée de main mais qu'il a laissé glisser et partir en fumée, un espoir sans lendemain. Alors, aussi paradoxale que cette situation puisse paraître, il ne se désarme pas, ne se flétrit pas concernant son amour et décide pour moi d'aimer et d'aimer encore plus fort jusqu'à m'en faire souffrir et comme pour me punir, l'amour installé en lui grandit et grandit toujours jusqu'à ce que des sanglots puissants m'anéantissent et me mettent à bas. Comment ne pas penser à vous, comment ne pas penser à toi, car chaque seconde qui passe est illuminée de toi. Quoi que je fasse, tout n'est que guerre lasse alors je m'occupe, je remplis le temps mais ce sont mes bras qui bougent. Ma tête, elle, et mon cœur, me dirigent tels des dictateurs car même si en façade un sourire peut être présent, le véritable fond, lui, n'est que néant. Avancer dans ces conditions est plus que difficile et lorsque l'on croit faire un pas en avant en réalité le sur-place est toujours présent et parfois même, on recule. Plus rien ne m'intéresse, plus rien n'a de valeur, tout est secondaire même le nécessaire. Alors, je suis en attente, en attente d'un appel, d'un signe de toi d'un petit geste qui me prouvera que dans un petit coin de toi, tu ne m'oublies pas. Et quand enfin le signe arrive, alors je sursaute et me précipite pour ne pas manquer cet appel qui je sais me réjouira jusqu'au plus profond de moi. Bien entendu quand je pense à toi, c'est aussi à ce que tu ressens, à ta peine, à ton chagrin, à tes larmes cachées, à ta pudeur non dévoilée. Si ce n'est pas facile pour moi, je sais aussi que pour toi la déception est immense et que ta vie, bien que dense, te semble bien vide et sans intérêt. Les jours passent, le temps passe mais quelque chose nous manque, et même si de ton côté tu ne te l'avoues pas, tu le rejettes et le refuses sûrement, moi je sais ce que c'est le manque de l'autre, pour moi le manque de toi car comment effacer tant d'années de vie commune, de joie de bonheur et de lacunes. Non, c'est impossible, la vie est ainsi faite et la mémoire de notre corps stocke, emmagasine quelque part dans nos données, nos souvenirs, les bons et les mauvais. Parfois il faut lui faire confiance, car elle a tout de même tendance à ne conserver que les bons instants en oubliant ce qui ne lui plaît pas. Alors, quand l'ennui m'inonde, ne pouvant toucher le naturel, d'un geste furtif je me surprends à caresser ton visage en faisant glisser mon doigt sur une photo où tu es belle comme la lumière traversant une goutte d'eau. Je me surprends souvent à te contempler et comme pour te remercier, la nature te rend chaque jour plus belle, plus désirable et même si tes yeux, me regardent différemment, ils ne peuvent cacher une lueur de douceur dans ce vert qui leur va si bien.

Écrire ces quelques mots blottis au fond de mon cœur, ces mots que j'ai besoin de coucher et qui sont peut-être les mots que tu attendais et que j'aurais sûrement dû te dire depuis bien longtemps. Merci pour tout ce que tu m'as donné, pour ton amour, pour ta présence à mes côtés, ton soutien même si parfois je ne l'ai pas mérité. Merci pour tes efforts réconfortants dans les périodes difficiles et les moments durs du passé que nous avons ensemble traversés. La vie ne nous a pas épargnés et toi encore moins, car souvent tu fus blessée. J'aurais tellement voulu te donner davantage, soigner les blessures de ta jeunesse et tes moments de tristesse. Je t'ai aimée et je t'aime encore, je sais que tu en doutes et tu as sans doute de bonnes raisons mais pour moi il n'y a que toi, toi la mère de mes enfants le fruit de notre amour, dans leurs corps coule notre sang et il a la couleur de l'amour. Maintenant, je n'ai que des regrets, regrets de ne pas avoir lu en toi ta détresse, tes appels au secours et tes mains tendues vers moi. Pourtant j'étais là, mais ne voyais rien, ne comprenais rien, buté sur des certitudes, alors que rien n'aurait dû altérer le lien de notre union, ce lien précieux qu'est celui du mariage et de la femme que tu es, ma femme, celle que Dieu m'a donnée, celle que Dieu m'a confiée et que j'aurais dû chérir et protéger. Quand je te regarde, c'est avec une tendresse infinie, je te trouve toujours aussi jolie, tu es belle dans ton corps mais aussi et surtout dans ton cœur. Tu es une femme, une maman, la mère de nos enfants. Ils sont fous de toi et c'est normal, ils ressentent l'amour que l'on porte en nous, et toi, tu en débordes. Tu respires la douceur et la tendresse et maintenant je ne rêve que de l'inaccessible, de t'atteindre avec mes caresses et laisser mes mains flirter en douceur sur toi, sur ton visage pour le caresser et le sentir frémir sous mes doigts mais ma main ne t'atteint pas et mes gestes restent vains. Ils ne sont que le fruit de mon imagination, du rêve que je voudrais voir se réaliser et qui pourtant ne vient pas. Je suis tellement désolé pour le mal que je t'ai fait pour les fois où j'aurais dû être là à tes côtés quand tu avais besoin de moi, ressentir ta détresse, essuyer tes larmes et les remplacer par des baisers, te serrer dans mes bras, te serrer contre mon cœur et sentir le tien battre et comprendre qu'il ne battait que pour moi. J'aurais dû t'aimer davantage, comme le rêvent toutes les femmes, t'aimer encore plus fort et te le démontrer, car l'amour dans son cœur devrait toujours s'exprimer, et moi, je ne l'ai pas fait. Ton chagrin et ta tristesse me déchirent, ta souffrance intérieure que je connais et dont je suis la cause, me hante continuellement. Tes nuits sans sommeil, tes moments de doute, tes instants de colère, cette impression de vide et de néant, ce ressentiment et cette analyse négative d'une vie gâchée, tout cela je le porte aussi mais à la différence de toi, je le mérite sûrement alors que toi tu es un ange et c'est uniquement de l'amour que tu aurais dû recevoir et moi, je ne t'en ai pas donné assez. Pourtant, tu es une femme merveilleuse, tu vis pour ta famille, tu travailles sans relâche et tu es sans nul doute courageuse. Toute ta vie n'a été que pour nous, tous tes gestes, tes pensées, toujours dévouée, tu n'as vécu que pour les tiens sans jamais relâcher, sans jamais rechigner. Quel homme ne rêverait d'une femme comme toi, d'une perle si rare qu'elle a toujours fait ma fierté. Tout le bonheur que tu m'as donné c'est au centuple que j'aurais dû te le rendre, c'est au centuple que j'aurais dû t'aimer. La leçon est dure et le cœur est blessé, mais est-il complètement brisé ? De mon côté le chagrin et les regrets sont présents constamment et sont lourds à porter. Pourtant, la flamme ne s'est pas éteinte et les sentiments toujours présents, et paradoxalement, plus je souffre et plus ils grandissent en moi, au point de n'exister que pour toi à chaque instant. Chaque seconde de ma vie tu es là, toujours en moi, et quoi que je fasse, tu m'accompagnes et me suis dans mes rêves et mes pensées. Comment rattraper le temps ? Est-il réellement trop tard ? Pourrait-on laisser passer un moment et voir ? Tes matins endormis me manquent. À l'aube, déjà éveillé, souvent je te regardais dormir. Toujours le front soucieux et tes lèvres boudeuses qui me faisaient sourire. C'est là que je m'aperçois combien tes enfants te ressemblent, ils ont tout de toi, nous étions si bien ensemble. Pourquoi te dire ces mots si tardivement, pourquoi les exprimer maintenant ? Je ne sais pas, c'est sûrement la peur de vivre sans toi et rien que d'y penser, cela m'est insupportable. Pourtant, c'est ce que l'on subit depuis un temps et cela me pèse si lourdement que chaque instant vécu sans toi est une souffrance insurmontable. Alors, je remplis ma vie et je comble les heures comme je peux, je fais passer les jours comme des fleuves tumultueux, chaque heure est si pleine qu'elle pourrait compter pour deux, afin de ne plus penser, ne plus ressasser, ne pas tomber en dépression. Je suis conscient que c'est aussi pour toi une épreuve dont tu te serais bien passée, que de ton côté aussi il y a des heures lourdes à supporter où tout fout le camp, même notre imagination. Mais comment oublier le passé, comment oublier la vie, comment oublier notre vie ? Quand l'apaisement revient, reviennent aussi les lueurs, les rêvent réels, pas ceux imaginés, ceux que l'on a vraiment vécus et qui nous ont rendus si heureux. Car en réalité, les bons moments il y en a eu, ces cris de bonheur, ces rires et ces fous rires, ces instants de tendresse, de câlins avec nos enfants. Alors, il faut tout stopper et laisser notre cerveau vagabonder, le laisser voyager dans le temps afin qu'il fasse ressurgir à son gré ces souvenirs magiques mais tellement présents. Je voudrais tant vieillir à tes côtés, être présent pour les jours d'adversité, rester ton mari, ton ami et ton compagnon pour l'éternité. Malheureusement aujourd'hui, l'ennui me gagne et je comprends que vivre sans toi est une épreuve insurmontable. Je ne veux pas que tu aies de regrets, car les regrets doivent être de mon côté. La douleur est pour mon cœur, il faut que tu protèges le tien. Une chose cependant me ras-

sure, rien n'est définitif, sauf la mort et encore, il y a toujours et j'en suis sûr, l'espérance et peut-être un chemin tracé. Je vis dans l'espoir de voir naître à nouveau une étincelle au fond de tes yeux qui serait l'aube de jours nouveaux, de moments heureux, écrits pour l'éternité. Pourquoi attendre ces matins délicieux ? Ton cœur ne peut-il revivre et bondir comme un sot en illuminant ton regard et faire pétiller tes yeux ? Je veux y lire à nouveau et me plonger en eux, percevoir cette douceur, cette tendresse que tu peux donner sans compter si tu le veux, si tu laisses aller ta véritable nature, celle qui donne, celle qui envoûte et qui génère autour d'elle une aura délicieuse et pure, celle qui danse une danse lascive comme ces danseuses à voiles qui dans une douce lumière nous transportent en aurores boréales. L'amour est si fort, l'amour est si puissant, ne devrait-il pas de tous les maux nous guérir ? Pourquoi ne pas nous donner de la joie plutôt que nous faire souffrir au point parfois d'en mourir ? Alors oui les mots ne sont que des mots, alignés sur une page blanche pour coucher en prose des phrases qui sortent du cœur et retombent en pluie de pétales de roses.

À celle que je veux reconquérir.

Je t'aime à en mourir

Chapitre 3

Quand la sonnerie de son portable retentit :

— Putain, il est déjà 6 heures !

Fares soupire puis se lève en repoussant la couette de son lit, qui n'a sûrement pas été changée depuis des lustres à en juger par la couleur de la housse. Comme d'habitude son 38 est resté sur la table de nuit. Tant bien que mal, la tête enfarinée, il se dirige vers de la salle de bains. Son miroir ne lui fait pas de cadeau, il lui renvoie son visage marqué, encore endormi. Passant la main dans sa barbe plus que naissante, il la gratte et hésite :

— Bof, elle restera comme ça, de toute façon je n'ai plus le temps, la douche, ce sera pour ce soir.

Il passe aux toilettes puis saute dans un slip qui traîne là par hasard sur le fauteuil, et réfléchit :

— Chaussettes, chaussettes… Ah ! fait-il en constatant qu'il ne les avait pas retirées !

Il passe son jean, un tee-shirt col V délavé puis il enfile ses vieilles boots dont il ne noue jamais les lacets, met son holster sur le côté, y place son arme et ça ira bien pour la journée. De toute façon les efforts vestimentaires ne sont pas son truc et chaque jour, à un ou deux détails près, Fares est toujours habillé à l'identique.

Quand il sort de son petit immeuble en briquettes rouges et fenêtres en acier, très certainement des anciens ateliers transformés en loft, la lourde porte métallique noircie et rouillée, poussée par un groom, claque dans la rue encore endormie. Le ciel entre noir et gris ne présage rien de bon, pas une belle journée en perspective. Le froid le saisit. Il lève machinalement le col de son antique veste mi-longue en cuir vieilli puis remonte à pied cette petite rue sombre, juste éclairée par la lumière jaunâtre et blafarde d'un lampadaire fatigué. C'est dans cette ancienne zone industrielle d'une petite ville de banlieue que vit Fares depuis deux ans déjà. Il s'est installé ici quand sa femme l'a quitté avec enfants et bagages. Depuis, sa vie n'est plus qu'une succession de jours, rythmés uniquement par son boulot d'enquêteur, Lieutenant au sein de la police, à la Brigade Criminelle de Paris.

Ce grand gaillard d'un mètre quatre-vingt-six est né à Beyrouth au Liban, il y a quarante-trois ans. D'une intelligence largement au-dessus de la moyenne, il aime lire et écrire la nuit. Avec une Licence de Lettres Modernes en poche, il sort de la faculté des lettres de Paris Sorbonne puis, par un concours de circonstances, entre dans la police. Il ne la quittera plus. C'est un personnage énigmatique et néophile, il aime jouer avec sa personnalité à double face. Parfois renfermé, mélancolique, parfois expansif, il est aussi bourru, ironique, limite insolent mais toujours avec un certain sens de l'humour qui lui va bien. Il peut tout dire, tout faire, on lui pardonne tout. Il n'est pas spécialement beau, non, mais il se dégage de lui quelque chose de particulier, comment dire ? Sa tignasse épaisse et brune, coiffée en arrière, son visage coupé à la serpe, sa barbe noire qui par endroits commence à blanchir, son grand nez pointu, ses yeux noirs de cocker malheureux, tout cela lui donne un certain air triste qui, cependant, dégage un indéniable charme doublé par la douceur de son regard attirant, auquel la gent féminine ne reste pas insensible. Mais lui, il s'en moque.

Il rejoint sa voiture, une vieille Saab, gris métallisé, garée à quelques pas de là, plie sa carcasse pour entrer et démarre.

Chapitre 4

— Tiens voilà Fares, les mecs ! Inutile de te demander si tu as bien dormi ?
— Ta gueule Jordan, dit-il presque d'une voix calme en posant ses clés sur son bureau. Cesse tes avanies !
— Ava quoi ? Fais pas la tête, je blague ! Il faut que j'te parle.
Joan s'approche de Fares :
— Tu vas bien ? Tu veux un café ?
— Oui.
Il retire sa veste et la pose sur le dossier :
— Oui pour « je vais bien » ou oui pour le café ?
— Pour les deux, je te remercie. Excuse-moi, je suis un peu cassé ce matin.
— Oui bah comme tous les matins, rétorque Joan avec un sourire en coin.

Dans cette grande pièce de la Brigade Criminelle du 36 Quai des Orfèvres, couleur beige et kaki, les bureaux sont installés face à face, deux par deux. Celui de Fares, situé un peu en retrait, près d'une fenêtre aux stores vénitiens brinquebalants, est collé à celui de Joan. Ils font équipe depuis plusieurs mois maintenant. Inutile de chercher la place de Fares. D'un côté les dossiers s'entassent dans un incroyable fatras comme s'ils avaient été jetés là en attendant l'espoir qu'un jour ils soient ouverts et de l'autre, un ordi, écran plat rutilant, des stylos alignés à la perfection, les dossiers montés les uns sur les autres au carré comme à l'armée, devant des cadres de photos. C'est bien d'ailleurs la seule chose identique à ces deux bureaux car Fares aussi a un cadre posé devant lui et gare à celui qui oserait ne serait-ce que poser les doigts dessus. Il peut de cette façon jeter un œil sur sa femme et ses gamins en ayant l'impression qu'il les surveille et les protège même si tout ceci n'est qu'un rêve car en réalité, il ne les a pas vus depuis bien longtemps, et il en crève, il en crève littéralement.

— Voilà ton café.

— Merci Joan.

— De rien. Ils ont refilé l'affaire de l'Hôtel de La Ferronnerie à Jordan et à Franck, ils pensent que tu n'es pas dans ton assiette depuis un certain temps et que ça traîne trop.

— Ah oui ? Et tu sais ça depuis combien de temps ?

— Ce matin, c'est une décision du Commissaire Varin, qui a chargé le Commandant Dubreuil de te le dire mais comme tu n'étais pas encore arrivé à 7 heures, il a directement refilé l'affaire à Jordan. D'ailleurs Dubreuil veut te voir.

— La journée commence bien ! C'est pour ça que Jordan veut me parler ?

— Je suis désolée. Tu sais que Jordan n'y est pour rien. Il ne faut pas que tu lui en veuilles. Il fanfaronne toujours mais là, ça ne lui plaît pas, il a l'impression de t'avoir planté un couteau dans le dos.

Fares avale son café puis se dirige vers le couloir kaki, décidément le décorateur était sûrement nostalgique de son passage dans l'armée, couloir kaki donc où se situe, parmi les bureaux en enfilade, celui du Commandant Dubreuil. En contournant le bureau de Jordan accolé à celui de son binôme Franck.

— J'ai un truc à te dire, Fares.

— Je sais Jordan, Joan m'a prévenu, t'inquiète. Salut Franck !

Tout en continuant de marcher :

— Prends le dossier sur mon bureau. Si tu ne le trouves pas, demande à Joan, elle va te le refiler. On se voit tout à l'heure.

Jordan Ackermann, c'est son nom, parut comme soulagé de la réaction de Fares. Il appréhendait sûrement quelque chose de plus… explosif, bien qu'il ne fût pour rien dans cette décision. La quarantaine bien sonnée, entré dans la police comme gardien de la paix, et plusieurs concours plus tard, il écume maintenant les couloirs de la Crime où il a été muté il y a plus de dix ans. Il aime son métier même si, comme il le dit souvent, on en voit de toutes les couleurs. C'est un personnage jovial, bon épicurien qui aime la vie et a parfois du mal à supporter la mort à laquelle il est fréquemment confronté. Avec son mètre soixante-quinze, sa barbe naissante, le cheveu grisonnant épais et la raie sur le côté, son aspect trapu n'empêche pas un petit air de premier de la classe. Il n'en est pas moins sportif et ne manque jamais les entraînements. Blagueur et champion de la mise en boîte, sans mauvais jeu de mots, c'est un bon collègue sur lequel on peut compter.

— Joan, passe-moi l'Hôtel de La Ferronnerie, il doit traîner sur son bureau.

— Prends-le.

— Tu as vu le bazar ? Je n'ai pas envie de tout foutre en l'air et de me faire tuer, d'autant qu'à mon avis, il ne va pas être de bonne humeur quand il va rappliquer de chez Dubreuil !

— C'est la grosse pochette bleue, là, à gauche.

◈

— Asseyez-vous Fares. Je vous ai retiré le dossier de l'Hôtel de La Ferronnerie.

— Je suis au courant, Joan me l'a dit.
— Comme vous n'étiez pas à l'heure au débrief de ce matin, je lui avais demandé de le faire. Je connais votre situation Fares, et je sais que vous avez traversé des moments difficiles. Je sais aussi que vous êtes un bon flic mais il va falloir vous reprendre. Vite, j'ai des comptes à rendre et les dossiers commencent à s'accumuler sur les bureaux. D'ailleurs en parlant du vôtre…
— Oui, je sais.
— Je veux bien vous aider Fares mais il va falloir y mettre du vôtre, aussi.

Joan vous donne un coup de main, seulement elle ne peut pas tout faire non plus, alors secouez-vous. Entre parenthèses, ce n'est pas elle qui est venue se plaindre. J'ai des yeux, si vous voyez ce que je veux dire.

Le téléphone sur le bureau retentit :
— Commandant Dubreuil !

Le commandant prend subitement un air grave, il commence à prendre des notes sur un bloc devant lui. La voix à l'autre bout de la ligne ne s'interrompt pas. Durant plusieurs minutes, il écoute les détails en notant sans dire un mot, puis :
— Bon, c'est OK, j'envoie du monde.
— Grave ?
— Une jeune femme a été retrouvée morte dans le Parc Monceau dans le 8e. Elle est habillée en robe de mariée. Il paraît que ce n'est pas beau à voir.
— Mariée ? Et dans le Parc Monceau ? Comment c'est possible, c'est hyperfréquenté là-bas ! ?

Fares réfléchit un instant :
— S'il vous plaît Commandant, faites-moi confiance, confiez-moi cette affaire. Je vous jure que je vais me reprendre. Laissez-moi y aller avec Joan. Je bloquais un

peu sur Ferronnerie mais là, une jeune mariée, je vous le demande, j'ai besoin d'une enquête comme celle-là.

— Vous êtes quand même gonflé, vous allez bientôt choisir vos affaires, celle-là, je prends, celle-là, je la laisse aux autres !

— Vous savez que je suis un bon flic, vous ne le regretterez pas. Allez…

Dubreuil pousse un profond soupir en tapotant nerveusement avec son doigt sur la souris de son ordinateur :

— Bon, allez-y. Mais discrètement avec Joan, et pour l'instant, n'en parlez pas aux autres, je n'ai pas envie de passer pour une girouette. Vous me tenez au courant. Le Procureur est prévenu ainsi que la scientifique et le légiste. Les pompiers sont sur place.

— J'espère qu'ils n'ont pas saccagé la scène de crime.

— Bon GO Fares. Je vous préviens, c'est la dernière fois que je vous couvre, alors bougez-vous.

De retour à son bureau, Fares ne s'assoit pas. En tournant le dos à ses collègues de façon à ce qu'ils ne le voient pas parler, il s'adresse à Joan discrètement :

— Je vais sortir l'air de rien. Dans deux minutes, tu sors aussi, prends tes affaires, sois discrète et rejoins-moi à la bagnole. Tu ne poses pas de questions.

Chapitre 5

Joan s'engouffre dans la voiture qui démarre en trombe, gyrophare allumé et sirène hurlante :
— Tu vas me dire ce qui se passe ?
— Pendant que Dubreuil me passait un savon, le téléphone a sonné. On a une nouvelle affaire.
— C'est n'importe quoi, il t'en retire une et t'en donne une autre cinq minutes plus tard ?
— Oui bon, je l'ai un peu… supplié. Pour le moment il ne veut pas que les autres le sachent.
— Tu m'étonnes ! C'est quoi cette affaire ?
— Meurtre dans le huitième. Une jeune femme en robe de mariée et tiens-toi bien, en plein Parc Monceau. Il y a déjà du monde sur place.
— Une mariée ? On aura tout eu !

Une bonne douzaine de minutes plus tard, la voiture banalisée emprunte l'Avenue Vélasquez et entre dans le parc par l'Allée de la Comtesse de Ségur, quand un policier leur fait signe de loin afin de leur indiquer la direction. Fares tourne à droite et arrive près du petit plan d'eau. Il stoppe la voiture à côté d'autres véhicules de secours déjà sur place dont celui du Samu, des pompiers appelés par des témoins, et bien entendu, plusieurs voitures de police, dont celle de la Scientifique. Avec Joan, ils traversent la pelouse rapidement tout en mettant leur brassard Police. À leur arrivée sur la scène, des rubalises[1] jaunes, ont déjà été tendus, entourant tout un bosquet derrière des bancs. Un gardien de la paix fait le planton afin d'éloigner tous les curieux. Joan et Fares passent sous le cordon en montrant leurs insignes. Les pompiers et le Samu commencent à quitter les lieux n'ayant plus rien à faire sur place. Le médecin légiste, arrivé entre-temps, est accroupi à côté de la victime tandis que deux enquêteurs de la scientifique sont déjà au travail, vêtus d'une combinaison en papier tissus blanc, d'une charlotte sous une capuche, d'un masque et de protège chaussures. Ils portent chacun des lunettes en plexiglas.

— Bonjour, Lieutenant Khazen mais appelez-moi Fares et le Lieutenant Joan Letourneur, Criminelle.

— Bonjour, appelez-moi Joan, ça sera plus simple.

— Docteur Patrick Ortega, légiste. Ce n'est pas beau à voir comme vous pouvez le constater. Les yeux sont enfoncés dans leurs cavités comme si le tueur avait appuyé dessus de toutes ses forces avec ses pouces. Ce n'est pas facile de voir s'il y a des pétéchies[2] oculaires mais il y a des traces autour du cou, ici et là. À mon avis, elle a été étranglée et c'est peut-être la cause du décès, mais je n'en suis pas certain car elle n'a pas la couleur de peau d'une mort par étouffement. Quant aux yeux, ils ont sûrement été enfoncés post mortem, enfin, je l'espère pour elle. Il y a également un coup porté en plein cœur par une lame, ce qui explique la présence de sang sur la

---

[1] Ruban de signalisation permettant de délimiter une zone de chantier, d'accident, une scène de crime.

[2] **Pétéchie** : Petite lésion rouge vif ou bleutée de la peau ou des muqueuses, caractéristique du purpura.

Purpura : Affection caractérisée par l'apparition sur la peau de taches rouges dues au passage de globules rouges dans le derme.

robe. Je n'ai pas encore la chronologie des évènements. J'ai découvert cette petite trace dans le cou aussi, c'est sûrement une seringue. L'autopsie nous en dira davantage. Je pense qu'elle n'a pas été tuée ici, elle a été déposée.

— Mais comment est-ce possible ? Vous avez vu le monde dans ce parc ? constate Fares.

— Oui, à cette heure de la matinée, mais on est au mois de novembre et le parc ferme à 21 heures. Par ce froid, à l'heure de la fermeture, enfin si c'est à ce moment que le corps a été déposé, il ne doit plus y avoir grand monde qui traîne ici la nuit tombée, à part quelques joggers peut-être. Et d'après mes premières constatations, vu la rigidité de la victime, il y a de grandes chances que le corps ait été déposé ici hier soir.

— Tu veux bien noter Joan : enquête de voisinage, là-bas il y a des immeubles, peut-être que quelqu'un a vu quelque chose ? Ce soir on reviendra, et on essayera d'interroger les joggers, ce doit être toujours les mêmes à mon avis. On viendra avec Jordan et Franck.

— OK, fit Joan, mais, et la famille ? Elle porte encore sa robe de mariée et personne ne s'inquiète de sa disparition ? C'est bizarre non ?

— Rien ne nous dit que c'était le jour de son mariage fait justement remarquer le légiste. C'est peut-être une mise en scène.

Subitement Joan se penche sur le corps et observe la main gauche de la jeune femme en passant délicatement la sienne en dessous.

— Tu ne remarques pas quelque chose ?

— Elle n'a pas d'alliance, ni de bague de fiançailles constate Fares.

— Exact, et une jeune mariée sans bagues ? Impossible ! Elles ont été soit volées, soit retirées pour ne pas que l'on remonte jusqu'au bijoutier. Ou le tueur les a gardées comme fétiches ou elle les a vraiment enlevées elle-même si elle a découvert, par exemple, que son mari ou futur mari n'était pas celui qu'elle croyait.

Le docteur Ortega écarquille les yeux avec un air interrogatif :

— Elle est toujours comme ça ?

Fares esquisse un sourire :

— Oui et encore, elle n'est pas dans ses grands jours !

Joan contemple alors la robe :

— Tu as vu, elle porte des collants en dentelle et encore ses chaussures de mariée.

— Regarde si elle a sa jarretelle ?

— Bonne idée. Je peux docteur ?

— Oui allez-y.

Joan, les mains revêtues de gants, soulève la robe délicatement :

— Non, la jarretelle n'est plus là ! Ça me fait quand même frémir, rien que de penser qu'elle a été enlevée le jour de son mariage.

— Nous sommes lundi matin ajouta Fares. Docteur, il nous faut ABSOLUMENT l'heure exacte de la mort. Le mariage a probablement eu lieu samedi soir et si je suis votre avis, elle a été déposée ici, hier soir, dimanche. Dès que l'on rentre au bureau il faudra regarder s'il y a eu une main courante ou une plainte de déposée pour disparition ou grave problème dans un mariage dans tous les commissariats de Paris.

Joan s'avance vers les deux enquêteurs de la scientifique :

— Vous avez remarqué quelque chose qui pourrait nous aider ?

— Pas de traces de pas, il fait froid, le soir le sol devient humide. Regardez là, ça vous fait penser à quoi ?

— Fares, viens voir ! Regarde ça

Fares se baisse :

— C'est drôle, on dirait une trace de roue mais… une seule roue, c'est bizarre ! Putain ! Une brouette !

Un des deux inspecteurs ajoute, en remuant la tête de haut en bas en signe d'approbation :

— C'est exactement ce que nous pensions mais cela fait poser tout de même un certain nombre de questions. Vous vous voyez traverser le parc avec une brouette transportant une mariée ensanglantée et morte qui plus est ?

— Pas vraiment. Sinon vous en avez encore pour longtemps ?

— Nous terminons nos investigations et les photos mais vous pouvez y aller.

— Bon OK. Quand vous aurez fini, vous pourrez faire transporter le corps à l'institut. On se tient informés, ajoute Fares. Nous envoyons un rapport au Procureur.

Chapitre 6

— S'il vous plaît, lance Jordan, Brigade Criminelle. Vous courez ici tous les soirs ?

— Oui, pourquoi ? Vous êtes au courant du meurtre qui a eu lieu dans le parc ?

— Oui, j'en ai entendu parler, pourquoi ? répond le jogger en sautillant sur place.

— Nous pensons que cela a eu lieu environ à cette heure hier soir dimanche et voulions savoir si vous n'aviez rien remarqué d'anormal ?

— Non, rien, quand je cours, j'écoute en même temps de la musique et je ne fais pas trop attention.

Fares et Joan parcourent les allées obscures en sable tassé, stoppant le moindre jogger mais les réponses semblent toutes sorties de la même imprimante réglée sur copier-coller :

— S'il vous plaît… Vous êtes de la police ? Demande un homme en costume et manteau, très élégant, d'une bonne soixantaine d'années.

— Oui, Lieutenant Khazen, pourquoi ?

— Je vous ai vu interroger tous les joggers ; je suppose que ça concerne le meurtre ?

— Perspicace ! Vous avez vu quelque chose ?

Très chic et avec l'accent des beaux quartiers il répond :

— Je pense que oui. Vous savez, toutes les choses vous paraissent normales ou anodines jusqu'à ce qu'un événement ou une nouvelle vous interpellent. Ça ne vous est jamais arrivé ? pose-t-il en regardant au loin d'un air détaché avec moult gestes de la main. C'est vrai, parfois on ne fait pas attention et en réalité, devant vos yeux, vous regardez un incident qui, sur le coup, vous laisse indifférent. Puis, à la venue d'une information, hop, vous avez un déclic et…

— Vous pourriez en venir au fait, s'il vous plaît ? lance Joan sur un ton légèrement impatient.

— Oui, excusez-moi. Je suis bavard. Je faisais ma petite promenade hier soir, comme tous les soirs après dîner et vers vingt heures quarante, vingt heures quarante-cinq, j'ai vu une camionnette blanche garée à côté du bosquet où l'on a trouvé le corps.

— Une camionnette ? fait Fares étonné.

— Oui, comme je vous disais tout à l'heure, sur le coup on ne fait pas attention, bien que voir un jardinier travailler à cette heure tardive soit quand même inhabituel, vous avouerez, non ? Mais bon !

— Vous êtes sûr qu'il travaillait ?

— Écoutez mon jeune ami, un homme qui ratisse, habillé en jardinier, je ne sais pas chez vous mais chez moi cela s'appelle travailler.

— Dans la pénombre à presque vingt et une heures ? Vous rappelez-vous si les portes arrière de la camionnette étaient ouvertes ?

— Drôle de question, attendez que je réfléchisse… Non, je ne pense pas, je suis pratiquement sûr qu'elles étaient fermées. Oui fermées.

— Merci beaucoup pour votre témoignage. Je vais prendre vos coordonnées, continue Fares, et voici ma carte à la Brigade, si autre chose vous revenait, surtout n'hésitez pas à nous appeler.

Joan tend également la sienne :

— Ah oui, pouvez-vous me donner une autre de vos cartes, Lieutenant ?

Fares, un peu étonné, lui tend une seconde carte tandis que l'homme sort un très beau stylo à plume en laque noire de sa poche, en retire le capuchon délicatement, saisit la carte puis écrit au dos quelque chose :

— Voilà ! Bientôt soixante-dix ans mais toujours bon pied, et surtout bon œil, dit-il en rendant la carte à son propriétaire avec un léger sourire au coin des lèvres.

Fares reprend sa carte :

— Nom d'un chien, vous êtes incroyable, vous !

— Hé ! lance-t-il d'un air goguenard tout en s'éloignant.

— Montre, dit Joan. Non ? ! Le numéro d'immatriculation, j'le crois pas ! Il est génial ce monsieur, et sympa en plus. Au fait, pourquoi tu lui as demandé si les portes de la camionnette étaient fermées ? Je n'ai pas trop compris.

— Quand on travaille juste à côté de sa camionnette, en général on laisse les portes arrière ouvertes pour prendre des outils ou les ranger, pour avoir tout sous la main. À cette heure, ce mec ne travaillait pas, je te parie qu'il attendait que le parc se vide et faisait semblant de ratisser en surveillant les environs et si les portes étaient fermées c'est qu'il avait quelque chose à dissimuler à l'intérieur.

— Le corps d'une mariée ! coupe Joan, et je suis sûre que parmi les ustensiles, il y avait une brouette pour lui éviter de traîner le corps sur la pelouse.

— Ne nous réjouissons pas de trop, c'était sûrement un véhicule volé ou loué sous un faux nom.

— Arrête d'être défaitiste, on a au moins un début de piste !

Chapitre 7

Dans la voiture de service. Minuit et demi.

— Franchement, t'es chiant, Jordan ! Pourquoi tu veux que je vienne avec toi ?

— Écoute Fares, je récupère déjà ton affaire parce que tu n'as rien foutu dessus ou pas grand-chose, alors tu peux bien me rendre ce petit service, merde ! Je n'ai pas envie d'y aller tout seul, voilà ! Tu peux le comprendre ? Quand lundi tu m'as demandé de venir avec toi au Parc Monceau à 21 heures, j'ai hésité moi, alors que c'est bien à toi que Dubreuil a refilé l'affaire ?

— Oui mais là c'est différent, c'est pour ça que je bloquais sur la Ferronnerie.

— T'es homophobe ou quoi ? Je pense que tu mélanges tes problèmes perso et la vraie vie, la vie de tous les jours, ton boulot, t'entends, ton boulot ! Il va peut-être falloir que tu te reconnectes à la réalité, mon pote. Sinon tu vas sombrer. La vie en rose, dans notre métier, ça n'existe pas ! Alors oui ta femme t'a quitté, oui t'es toujours amoureux, oui tu en crèves.

— Ta gueule, Jordan !

— Ah bah voilà ! Ça, c'est le Fares que je connais ! Un p'tit bisou ?

— Arrête tes conneries ! fait-il en le repoussant du bras même s'il n'avait pas bougé. Gare-toi ici, on est presque arrivé. On va terminer à pied.

Jordan gare la voiture et arrête le moteur.

— T'es quand même sympa d'être venu, je dois t'avouer que c'est le genre d'endroit qui me fout mal à l'aise, moi aussi.

◈

Dans une ambiance un peu glauque et lumières tamisées, Jordan et Fares déambulent dans la boîte de nuit en se faufilant dans cette foule bigarrée et gay. La musique est aussi exubérante que les danseurs, presque hystériques pour certains et plutôt lascifs pour d'autres. À moitié dénudé dans une chaleur moite, on s'embrasse à pleine bouche de tous les côtés dans une lumière blafarde et les coins sombres. Avec ses murs et ses plafonds voûtés en pierre de calcaire, ses spots à éclairage indirect des fauteuils en velours pourpre et des banquettes en simili noir, le décor n'était guère recherché. Il n'aurait pas été difficile de faire mieux et c'est presque dommage de ne pas mettre en valeur cette architecture Vieux Paris. C'est dans cette ambiance un peu glauque que Fares et Jordan avancent comme ils peuvent. Après un long parcours du combattant, Fares se hisse au niveau du bar suivi de près par son coéquipier.

— Vous buvez quoi les garçons ? demande le barman trentenaire en essuyant le comptoir en inox avec un chiffon humide.

— Un jus de mémoire, balance Jordan. Brigade Criminelle. Regardez cette photo et dites-nous si ça vous rappelle quelqu'un ?

Presque aussitôt, sans avoir jeté le moindre regard :

— Non personne !

— Hé ! Il vous a demandé de regarder, alors REGARDEZ ! est obligé de hurler Fares énervé tant la musique est forte.

Le barman se penche cette fois sur la photo et l'observe attentivement. Il semble maintenant troublé et pour cause, il reconnaît instantanément cette gueule d'ange à la tignasse bouclée, couleur blond foncé et barbe courte parfaitement taillée.

— Pourquoi il a les yeux fermés ? On dirait qu'il est…

— Il est ! confirme Jordan.

Un peu déstabilisé le barman reprend :

— Oui, il est déjà venu plusieurs fois.

— Vous connaissez son nom s'enquiert Fares ?

— Vous croyez que je demande le nom de tous ceux qui viennent ici ? Vous rigolez ou quoi ?

Jordan interroge :

— Pourtant, lui, vous le reconnaissez malgré la foule qu'il y a dans cette boîte, c'est un peu bizarre non ?

— Pourquoi ? Ce mec est supercanon, il m'a tapé dans l'œil c'est tout ! Vous ne le trouvez pas canon, vous ?

— C'est pas mon genre ! Et canon, il l'est nettement moins maintenant. On l'a retrouvé, l'arrière du crâne défoncé.

— Oh mon Dieu, qui lui a fait ça ?

— Si on le savait, vous pensez vraiment que l'on viendrait s'encanailler ici ? continue de hurler Jordan pour se faire entendre. Alors ?

Visiblement perturbé :

— Il s'appelait Alexis, on a échangé quelques mots la dernière fois qu'il est venu mais que des banalités, il était détendu. J'ai essayé de choper son numéro mais en vain. C'est tout !

— Il venait seul ?

— En général. Mais la dernière fois que je l'ai vu, il est reparti avec un mec et ça m'a foutu un peu les boules !

— Ça remonte à quand ?

— Je ne sais pas, un peu plus d'un mois, un mois et demi peut-être !
— Cela correspond à la date du meurtre ! Vous connaissez le mec avec qui il est parti ?
— Non, il vient de temps en temps, rarement, rien de spécial.

Mal à l'aise, Fares ne cesse de scruter tous les coins de cette boîte, l'air inquiet, détectant le moindre regard qui se pose sur lui. Il a tout de même réussi à hisser sa grande carcasse sur un des tabourets du bar quand un inconnu s'approche.
— Je peux vous payer un verre ?
— Pourquoi tu me paierais un verre, on se connaît ?
— Oui, tu es celui qui vient hanter toutes mes nuits. Depuis des mois je t'attends. Ne me dis pas que celui-là, c'est ton copain dit-il en désignant Jordan, tu mérites mieux que ça ! Au fait, on m'appelle *Phénoménale* !
— Et moi *Blennorragie* ! Et si, c'est mon pote mais pas au sens où tu l'entends, fait Fares en dégainant son insigne. Tu veux bien aller respirer ailleurs, tu me pompes déjà l'air et c'est pas bon pour c'que j'ai !
— Pauvre mec ! Flic tu es, flic tu resteras !
— Après cet aimable intermède, vous buvez quoi demande le barman ? C'est la maison qui offre !
— Rien merci, nous sommes en ser…
— Un whisky, coupe Fares, sans glace !
Jordan étonné se retourne vers son coéquipier puis, après tout, l'idée semble le séduire :
— OK, deux. Tu es sûr de toi Fares ?
— Oui, maintenant qu'on est là, autant rester un peu, même si je ne me sens pas tout à fait à l'aise.
Le barman dispose les verres face aux deux lieutenants et fait couler le liquide à ras :

— Voilà vos deux whiskys les garçons. Si vous voulez aller danser, je vous garde vos consommations.

Le regard noir de Fares a tôt fait de lui faire comprendre que sa proposition est quelque peu déplacée :

— Oh là là ! Je n'ai rien dit ! acquiesce-t-il en retournant servir d'autres clients.

— Oui, ça vaut mieux !

Il se tortille sur deux trois mètres puis, réfléchissant, stoppe, fait demi-tour et revient à la charge, nettement plus déluré :

— Une question me taraude les mecs, vous avez vu, j'ai du vocabulaire ! Comme on se connaît maintenant, vous pouvez m'appeler Henri.

Puis subitement il se met à chanter une chanson très célèbre en gesticulant comme un malade :

— J'me présente, je m'appelle Henri, j'voudrais bien réussir ma vie, être aimé-é, être beau gagner de l'argent, puis surtout être intelligent…

— Oui bah c'est pas demain la veille, alors accouche ! lance Fares désabusé.

— Ah les pisse-vinaigre ! Vous avez le don de tout gâcher. J'essaie de détendre l'atmosphère. Bon, vous voulez bien me dire comment vous avez fait le lien entre un cadavre dont vous ne connaissez même pas le nom et cette boîte ?

— Tu m'épates Henri, tu marques un point ! Tiens, ressers-nous un Whisky, fait Fares en tendant son verre.

— J'vous ai proposé un whisky, pas la recette de la soirée non plus ! Un deuxième OK, mais après, vous casquez ! C'est à vous d'accoucher maintenant.

Une fois son verre à nouveau rempli, Jordan explique :

— Il n'avait pas de papier sur lui mais un tampon sur la main. Il nous a fallu du temps.

— Il M'A fallu du temps !
— On s'en fout Fares, il nous a fallu du temps pour remonter jusqu'au Blue Boy et c'est par un concours de circonstances que nous y sommes arrivés.
— On peut savoir lequel ?
— C'est un collègue qui l'a reconnu en passant à côté du bureau de Fares, avoue Jordan, la photo traînait sur le dossier.

Henri comprend instantanément, et, avec une mine plus que réjouie :
— NON ! ? Ne me dites pas que j'ai des clients dans la police ?
— Tu ne pouvais pas la boucler ? lance Fares dont le second verre, sûrement par miracle, est déjà vidé.

Sans hésiter l'ombre d'une seconde, Henri saisit la bouteille de whisky et refait le plein, trop impatient d'entendre la suite.

Fares continue :
— On a d'abord pensé à une histoire de drogue mais les analyses de sang indiquent qu'il ne se droguait pas.
— Il aurait pu dealer ? suggère Henri.
— On y a pensé et c'est une piste qui n'est pas écartée. Pour le moment, maintenant que l'on connaît un peu ses fréquentations, on pense plutôt à une histoire sentimentale qui aurait mal tourné, surtout vu son physique, il ne devait pas laisser indifférent.
— Ah, vous comprenez maintenant pourquoi je l'avais remarqué !

Fares rétorque :
— Oui mais pas pour les mêmes raisons que toi. Nous, c'est pour un meurtre, avec une balle en plein cœur et l'arrière du crâne fracassé. Pourquoi ? On n'en sait rien encore. La seule chose que l'on sait, c'est qu'il fréquen-

tait cette boîte, alors si tu avais une ou deux infos, on est preneurs.
Le second barman s'approche :
— Tu pourrais me filer un coup de main s'il te plaît, je suis complètement débordé.
— J'arrive ! Bon, je vous laisse les mecs, dit-il en remplissant à ras une quatrième fois les verres dont la troisième version était déjà sirotée. Cadeau de la maison ! Revenez quand vous voulez, surtout toi le beau brun ténébreux en désignant Fares du doigt ce qui lui déclenche enfin un léger sourire accompagné d'un petit hochement de tête.
— Tiens, prends, dit Fares en lui tendant sa carte. Au cas où quelque chose te revienne.

Les deux hommes se tutoient maintenant depuis un moment sans même s'en être rendu compte :
— Ouah, j'ai ton phone ? Ça peut être dangereux tu sais ?
— Arrête tes conneries… Et ne la laisse pas traîner.

Fares et Jordan avalent leur whisky et se lèvent péniblement de leur tabouret de bar.

Ils traversent à nouveau la boîte en sens inverse et, aussi incroyable que cela puisse paraître, la foule a encore grossi. C'est à peine si l'on peut avancer dans cette ambiance où la musique presque violente et les gesticulations donnent des haut-le-cœur à Fares :
— Putain, je crois que j'en ai un coup dans les carreaux !
— Viens, j'te raccompagne. En tout bien tout honneur ironise Jordan en lui mettant la main sur l'épaule !
— Ta gueule Jordan ! balance Fares mort de rire et content de lui.

Ils avancent tant bien que mal vers la sortie quand Fares se fait violemment bousculer :

— Ça ne va pas non ? Tu ne peux pas faire attention ? vocifère-t-il en fixant son assaillant avec des yeux de pitbull.
— Excuse me, I'm sorry !
— Ce n'est pas possible, viens, on se tire, parce que là, ça commence à me gaver !

Henri compose fébrilement un numéro sur son portable :
— Vas-y, décroche, décroche !

Le téléphone de Fares se met à vibrer dans la poche de poitrine de sa chemise. Il arrive tant bien que mal à le sortir dans cette bousculade et ce brouhaha infernal.
— Fares, c'est lui !
— Quoi ? Je n'entends rien, bordel !

Il colle son téléphone sur son oreille en appuyant très fort :
— Fares, c'est moi Henri… C'est lui, c'est lui !
— Qui lui ?
— Le mec qui vient de te bousculer, c'est lui ! C'est celui qui est parti avec Alexis la dernière fois !
— Ce n'est pas possible ? Il est où, tu le vois de ton bar ?
— Oui magne-toi, il est dans le couloir qui mène à la sortie.

Fares hurle à Jordan :
— Le mec qui vient de me bousculer, faut le rattraper, il est en train de sortir de la boîte.

Fares et Jordan ne prennent plus de gants maintenant. En exhibant leur carte de Police, ils avancent, bousculent et poussent sous les insultes :
— Dégagez, poussez-vous, Police, dégagez, casse-toi !

Après quelques minutes, ils parviennent enfin à la sortie et courent dans la rue. Fares hurle :
— Tu le vois ?
— Non !

Il remonte la rue à droite en courant comme un dératé tandis que Jordan fait de même dans le sens opposé. Personne ! L'homme a disparu, comme envolé dans la nuit. Après une bonne centaine de mètres, Fares stoppe. Courbé en avant, les mains sur les genoux, il semble maintenant avoir très vite dessoûlé :

— Merde, merde, MEEERDE ! Il se retourne et interroge Jordan qui revient sur ses pas. Alors ?

— Rien, envolé.

— Ce n'est pas possible ? !

— Il est sûrement parti en voiture, quelqu'un l'attendait, c'est la seule solution.

— Ouais, tu as raison. Quand je pense qu'il était là, on l'avait sous la main !

Jordan, fataliste :

— Bon, ça ne sert à rien de se mettre la rate au court-bouillon, on ne sait même pas s'il a quelque chose à voir avec la mort d'Alexis ?

Fares, très énervé, tourne en rond sur place les deux mains derrière la tête :

— Ah tu trouves, toi ? C'est le dernier à avoir vu le môme en vie, il repart avec lui et on le retrouve le crâne fracassé et une balle dans la poitrine dans une chambre d'hôtel. J'aurais quand même été très curieux de connaître son emploi du temps ce soir-là à celui-là ! Je ne sais pas ce qu'il te faut ? Tu parles d'un flic ! Je vais finir par regretter que l'on t'ait refilé le dossier !

Vexé et essoufflé, Jordan préfère ne pas répondre. Après plusieurs secondes de silence, Fares réalise :

— Excuse-moi, je ne pensais pas ce que j'ai dit. J'suis con parfois ! Tu me fais la gueule ?

— Il y a de quoi, non ?

Encore quelques secondes, Fares hésite, puis :

— Allez viens, j'te paye un verre !

— C'est ça ! Et où ? Tout est fermé à cette heure !
— Non, pas le Blue Boy !
— Tu te fous de ma poire, là ? Tu ne veux pas retourner là-dedans, j'espère ?
— Si, on va aller rediscuter un peu avec notre nouveau copain Henri.
— Tu sais que tu es un grand malade, toi ? Avec tous ceux que l'on a bousculés tout à l'heure, c'est sûr, ils vont être très contents de nous revoir !

En se dirigeant vers l'entrée de la boîte Fares pose son bras gauche sur les épaules de Jordan :
— T'inquiète ! Un p'tit bisou ?
— T'es vraiment con, Fares !

Chapitre 8

Comme tous les lundis, à la Brigade, le Commandant Dubreuil réunit son équipe afin de faire le point sur les affaires en cours. Certains sont assis sur l'angle de leur bureau et d'autres restent debout mais tous, sans exception, une bonne douzaine de policiers, tendent l'oreille durant ce briefing important. Pour une fois, Fares est à l'heure. Il sait que l'on va parler de l'affaire de l'Hôtel de La Ferronnerie, Rue Courtalon dans le 1er et surtout du dossier de la mariée du Parc Monceau.

— Où en êtes-vous sur l'Hôtel de La Ferronnerie, Ackermann ? Je sais que vous n'êtes pas en possession du dossier depuis longtemps mais avez-vous avancé ?

— Oui, nous avons du nouveau. Avec le Lieutenant Khazen nous sommes allés au Blue Boy…

Éclat de rire général. Même Dubreuil se laisse aller :

— Vous deviez être mignons, tous les deux !

— Vous étiez habillés comment ? ajoute Joan. J'aurais bien voulu voir ça !

— Très drôle ! lance Fares un peu énervé.

Le Commandant Dubreuil se reprend et demande subitement :

— Mais qu'est-ce que Khazen foutait avec vous ? Si je vous ai donné le dossier, c'est pour le libérer, afin qu'il bosse sur l'affaire de la mariée !

Tout le monde fait semblant de gober le mensonge du Commandant sachant pertinemment qu'il lui avait déjà retiré l'affaire avant même que celle du parc Monceau n'arrive.

— C'est moi qui lui ai demandé de venir !

Jordan a une sale manie, il parle toujours trop vite et réfléchit après. En règle générale, c'est pour protéger ses collègues mais le résultat est toujours pire que s'il n'avait rien dit. Pour recadrer les troupes et faire cesser les ricanements, le Commandant Dubreuil intervient :

— Bon, allez, un peu de sérieux. Et pourquoi cette boîte ? Quel est le lien avec la victime ?

Voulant éviter une nouvelle gaffe de Jordan, Fares répond :

— La victime avait un tampon sur la main, vous savez celui que l'on appose quand on entre dans une boîte et qui permet de sortir fumer une clope dehors et d'entrer à nouveau.

— Et vous connaissiez ce tampon ?

— Bah oui, c'est normal, avec Jordan, ils vont régulièrement là-bas ! lance un autre policier.

— Bon, ça suffit ! rétorque Dubreuil, alors ?

Fares visiblement ennuyé, se racle la gorge :

— On a eu de la chance, Jordan a fait des recherches sur Internet

Pour éviter d'autres questions, il enchaîne :

— Ensuite, le barman a reconnu la victime sur la photo, mais il ne connaît que son prénom : Alexis. Ça nous permet tout de même d'inscrire quelque chose sous la photo au tableau.

C'est ce que fait immédiatement le Commandant Dubreuil :

— Quoi d'autre ?

Cette fois, c'est Jordan qui reprend :

— Pour l'hôtel, le meurtrier s'est fait enregistrer sous le nom de Kevin Barnes. Nous avons appris qu'un soir, Alexis est reparti avec un des clients de la boîte. Bien entendu nous ne pouvons pas savoir si cela correspond au soir exact du meurtre, et si c'est vraiment avec ce Kevin Barnes, mais d'après le barman cela fait plus d'un mois et cela correspond, ensuite il ne l'a plus jamais revu. Il faut vous dire que le barman faisait une fixette sur le jeune Alexis, il avait même essayé d'obtenir son numéro, mais sans succès. Et quand il l'a vu partir avec un autre mec, ça l'avait un tant soit peu énervé. Par contre, et ça c'est important, il connaît le visage de celui qui est parti avec Alexis.

Avec Jordan, tout le monde se demande combien de temps une gaffe met pour arriver et

— Fares aussi !

— Comment ça, Fares aussi ? lance le Commandant interloqué.

— Vas-y Fares, explique !

Exaspéré, Fares souffle fortement en fermant les yeux :

— Tu me fatigues ! Mais tu me fatigues vraiment !

Puis il se lève d'un coup et dans un débit rapide :

— D'accord ! J'vous préviens, j'vous le fais façon Jordan. Alors, on était assis au bar et on commençait à faire copain-copain avec Henri le barman. Comme il nous avait à la bonne, il nous a offert un verre que nous avons accepté. Puis il nous en a resservi un autre puis un autre… Puis peut-être encore un autre mais pendant ce temps-là, on arrivait quand même à le faire parler et c'est comme ça que l'on a appris tout ce que l'on vient de vous expliquer. Au bout d'un moment, bien entendu, Jordan et moi, on en avait un coup dans les carreaux et quand on a voulu rentrer, en retraversant la boîte, je me suis fait bousculer grave par un mec, j'allais le taper mais il s'est excusé et c'est à ce moment qu'Henri m'a téléphoné, parce que je lui avais laissé ma carte et il m'a dit que c'était lui, il venait de le reconnaître.

Les yeux écarquillés et la bouche entrouverte, le Commandant Dubreuil, au bord de l'étranglement, réussit à intervenir :

— Qui lui ?

— Faut suivre, ce n'est pourtant pas compliqué !

Joan tombe sur sa chaise, médusée. Fares continue :

— Celui qui était parti avec Alexis ! Vous le croyez, il était là, en même temps que nous dans la boîte et il était en train de partir. Seulement avec la foule, le temps qu'on arrive à s'extirper, il s'était fait la belle.

— Et alors ? interroge Dubreuil voulant connaître la suite :

— Alors quoi ? J'avais tellement les boules qu'on est retourné dans la boîte avec Jordan. Et après j'me rappelle plus.

Joan fait semblant de s'évanouir sur sa chaise. Plus personne ne pipe mot et Dubreuil ordonne, tout en écrivant sur le tableau, les derniers éléments de l'enquête :

— Faites venir le barman et établissez un portrait-robot. Letourneur, je veux un appel à témoin. Vous ferez publier dans la presse la photo d'Alexis.

— Pourquoi Joan, je peux le faire Commandant ?

— Ne la ramenez pas Ackermann, surtout, ne la ramenez pas ! Nous passons à l'affaire du Parc Monceau, je vous écoute, Letourneur.

Joan s'avance vers le tableau et à voix très basse en passant à côté de Fares :

— T'es vraiment un grand malade mais j't'adore !

Joan est une jolie fille au corps bien fait, pas mince, non, mais pulpeuse et avec ses mètres soixante-huit, ses cheveux blond foncé, mi-longs, souvent attachés, elle a un petit air de garçon manqué, dû certainement à sa profession. Intelligente et vive, entourée d'hommes, elle ne se laisse pas marcher sur les pieds et a même un certain

sens de la repartie. Ses grands yeux bleu vert lui confèrent un regard profond où l'on aimerait bien se noyer. Évidemment, la tenue vestimentaire va avec le personnage, tee-shirts larges ou chemises d'homme, jeans slim, avec cependant un détail qu'elle ne néglige jamais, les chaussures dont elle ne sait pas, elle-même, combien elle en possède de paires. Elle se dirige vers le tableau :
— Jolies pompes Joan !

Sans même se retourner, elle lâche :
— Écrase Charlie ! Et baisse les yeux ! Mes escarpins sont au ras du sol, pas où tu regardes en ce moment !
Il faut dire que son binôme finit par déteindre sur son caractère et le fait de passer le plus clair de son temps avec Fares lui confère des circonstances atténuantes ! Malgré tout, dès que Joan replonge dans son travail, elle devient une véritable professionnelle, méticuleuse, acharnée, perspicace et intelligente dont le sérieux de ses raisonnements force le respect et n'échappe à personne.
— Les résultats de l'autopsie nous sont parvenus. Vous connaissez tous la définition du meurtrier en série. Pourquoi j'attire votre attention sur ce terme maintenant car certains objecteront que pour le moment, grand merci, nous n'avons qu'un seul meurtre. C'est vrai ! Mais si vous vous penchez de plus près sur l'avis des spécialistes, notre crime se rapproche énormément, même s'il n'y en a qu'un, des façons d'opérer pulsionnelles de ce genre de criminels. Bon, je ne vais pas vous refaire un cours magistral mais comme vous le savez, on classe comme meurtrier en série quelqu'un qui a commis au moins trois meurtres mais aujourd'hui il est admis par certains criminologues que ce n'est pas la quantité mais la motivation, les fantasmes et surtout le passage à l'acte avec une violence sexualisée qui fait dire que l'on peut devenir meurtrier en série dès le premier meurtre. J'ai bien peur

que dans notre cas, c'est ce qui soit à envisager. Les faits se rapprochent tellement de cette définition que j'ai bien peur que nous soyons à l'aube de jours funestes et que bientôt malheureusement, d'autres meurtres viennent s'ajouter au tableau de service.

— Oui mais nous n'en sommes pas encore là Letourneur, interrompt le commandant Dubreuil. On ne va pas faire appel au Département des Sciences Comportementales de la Gendarmerie pour le moment, avec un seul meurtre, on nous rirait au nez.

— Certes, Commandant, mais l'autopsie est formelle, la façon de procéder est absolument identique à ce type de meurtre. Nous n'avons pas affaire ici à un assassinat que je qualifierais de classique, comme une vengeance, un meurtre passionnel ou un homicide involontaire, non, là, tout est calculé, déterminé, comme dans un rituel, avec une mise en scène précise, et c'est ce qui est effrayant. Croyez-moi Commandant, il va y avoir une suite. Alors, où en sommes-nous Fares et moi ? fait-elle en regardant son coéquipier, comme pour le remettre en selle. Tu veux continuer Fares ? avec votre permission, Commandant.

Dubreuil acquiesce d'un regard et Fares s'avance jusqu'au tableau :

— Je pense que Joan a raison. Nous avons eu la chance d'avoir un témoin qui a relevé la plaque de la camionnette garée dans le parc le soir du meurtre et nous pensions qu'il s'agissait d'un véhicule loué mais non, il a été déclaré volé et retrouvé par la police municipale. Après investigation, aucune empreinte exploitable, tout a été méticuleusement nettoyé, sauf l'arrière, comme si le tueur se moquait que l'on retrouve des indices, comme le sang de la mariée, ce qui fut le cas. Mais quant à d'éventuelles empreintes, comme je vous l'ai déjà dit, rien ! Plus d'outils à l'intérieur, ni la brouette avec laquelle, l'homme déguisé en jardinier, selon les dires d'un témoin, a transporté le corps dans le parc. Concernant la victime elle-même, le commissariat du 17e a enregistré une déposition pour *disparition inquiétante* dimanche dernier, vers midi. Il s'agit bien d'une mariée, disparue vers les six heures du matin, c'est-à-dire la nuit de son mariage il y a une semaine maintenant. Après avoir contacté le commissariat du 17 et fourni nos éléments, nous ne pouvons plus parler malheureusement de l'article 112 du Code civil puisque la victime a été formellement identifiée par la famille cette semaine à l'institut médico-légal. Nous pouvons ajouter son nom au tableau sous la photo que la famille a bien voulu nous fournir : Mélanie Drouin, c'est son nom de jeune fille. Son nom de mariée est De Saillancourt. Nous devons rencontrer les familles, ici, demain matin à neuf heures et demie. Bien entendu, nous vous tiendrons informés de tous nouveaux éléments ou révélations que nous espérons engranger. Voilà, c'est tout pour le moment.

— Ces deux affaires sont prioritaires, alors tout le monde collabore. Au travail ! ordonne Dubreuil avant de retourner dans son bureau. Et dossier complet au Proc, comme d'habitude !

Chapitre 9

— Je vous en prie, asseyez-vous. Franck, s'il vous plaît, pouvez-vous apporter deux chaises supplémentaires ?

Franck s'exécute :

— Désirez-vous autre chose ? De l'eau, du café ?

Joan, voyant la détresse dans les regards et décelant un profond désarroi :

— Ça va aller Franck, merci beaucoup. Pouvez-vous demander au Lieutenant Khazen de venir ?

— Il arrive.

— Veuillez nous excuser, nous sommes un peu en avance. Je suis Martha De Saillancourt, la maman de David.

Fares entre :

— Bonjour, je suis le Lieutenant Fares Khazen.

Il passe derrière le bureau pour rejoindre Joan qui tend la main à Martha :

— Bonjour Madame, nous allons faire les présentations si vous le voulez bien. Le Lieutenant Khazen et moi-même sommes chargés de l'affaire. Je suis le Lieutenant Joan Letourneur.

— Bonjour Monsieur.

— Bonjour Lieutenant, je suis Charles De Saillancourt et voici mon fils, David.

— Bonjour, dit-il en baissant immédiatement les yeux, n'arrivant pas à soutenir le regard de ses interlocuteurs.

David est employé de banque. Brun, cheveux courts et la raie sur le côté, les yeux bleus, un peu blanc de peau, il est tiré à quatre épingles, habillé pour l'occasion d'un

magnifique costume Prince de Galles gris, d'une chemise blanche et d'une cravate noire. L'ambiance est lourde.
— Bonjour Lieutenant. Éric Drouin et voici mon épouse Nicole.
Joan en s'asseyant ouvre délicatement le tiroir de la table et en sort une boîte de mouchoirs en papier qu'elle place doucement devant David :
— Nous allons vous poser des questions et sentez-vous libre d'y répondre mais dites-vous bien que chaque détail compte, chaque élément, même s'il vous paraît anodin. Nous sommes conscients que cette situation est particulièrement difficile et combien pénible pour vous.
Jamais Fares et Joan n'ont eu affaire à un moment si douloureux. Tous les regards sans expression de la famille fixaient la table grise sauf celui de Martha qui détaillait cette pièce peinte aussi couleur kaki. Seul, sur un des murs, un très grand miroir sans tain apporte une touche de luminosité à cette pièce carrée dont le plafond est constitué de dalles 60 x 60 blanches dans lesquelles sont encastrés des néons blanc industrie. Le décor n'a pas sa place ici, il s'agit après tout d'une salle d'interrogatoires, mais c'est là que Joan a décidé de réunir la famille pour une question de tranquillité et de discrétion.

Joan regarde Fares qui se lance :
— Pouvez-vous nous indiquer, avec certitude, jusqu'à quelle heure Mélanie fut présente la nuit du mariage ? Nous vous demandons cela car elle ne portait plus sa jarretelle et comme cette tradition se pratique en général tard dans la nuit, pour ne pas dire sur le matin.
— Oui, c'est elle qui l'a lancée et il était cinq heures et demie, précise David.
— Et ensuite, que s'est-il passé ?

— C'est une de ses amies qui l'a attrapée. Je les regardais rire. Elles se demandaient sûrement laquelle d'entre elles seraient la future élue. Ensuite Mélanie est revenue vers moi et m'a embrassé en mettant ses mains dans les miennes. Elle était d'une beauté incroyable.
David baisse la tête et ne peut retenir ses larmes qui coulent à grosses gouttes sur ses joues de gamin que la vie vient de détruire. Fares le regarde et son cœur, déjà meurtri par sa rupture, se comprime dans sa poitrine. Il comprend la détresse de ce môme de vingt-deux ans, anéanti par le chagrin. Est-ce pour sa tristesse personnelle dissimulée ou celle de David, toujours est-il que ses yeux s'embuent. L'empathie est une de ses qualités cachées et quand il détourne son regard, Joan capte l'instant et comprend instantanément. C'est elle qui reprend :
— Fares s'il te plaît, peux-tu aller chercher de l'eau et des verres ? lui donnant ainsi l'occasion de sortir et de se reprendre, puis, elle se tourne vers David :
— Ça va aller ?
— Oui, répond David en tirant un mouchoir de la boîte placée devant lui.
Charles De Saillancourt fait ensuite glisser la boîte en direction des autres membres de la famille. D'une voix très douce Joan, continue :
— Que s'est-il passé ensuite ?
— Rien de spécial, je suis allé retrouver des amis et la famille. Mélanie a fait pareil. On faisait le tour de la salle pour essayer de voir tout le monde.

Joan reprend :
— Je suppose qu'il y avait une pièce montée ou un gâteau ?

Tous répondent « oui » simultanément.
— Et il était déjà servi ?

— Oui, confirme Martha De Saillancourt et le champagne aussi, avant l'épisode de la jarretelle.

David continue :

— Un peu plus tard les invités commençaient à partir. Alors j'ai commencé à dire au revoir et c'est là que j'ai cherché Mélanie du regard pour qu'on le fasse ensemble. Ne la voyant pas dans la salle, j'ai demandé à papa s'il l'avait vue.

— C'est vrai, confirme Charles. J'ai alors rejoint ma femme pour l'interroger mais elle non plus ne l'avait pas vue depuis un petit moment. Trouvant cela un peu bizarre, nous avons tous commencé à demander à la volée « avez-vous vu Mélanie ? » et les réponses étaient toujours négatives.

Fares ouvre la porte et dépose des bouteilles d'eau et des gobelets en plastique sur la table. Joan lui résume en quelques mots ce qui vient d'être dit :

— J'ai eu peur et l'inquiétude m'a envahi, poursuit David et je ne peux pas vous dire ce que j'ai ressenti à ce moment-là. Je devenais comme fou.

— C'est vrai, confirme Charles, et je lui ai même demandé de se calmer, que l'on allait la retrouver, qu'elle ne pouvait pas être bien loin.

Nicole Drouin, la maman de Mélanie, intervient :

— C'est à cet instant qu'Alexandra, une des amies de ma fille, nous a signalé qu'elle s'était rendue aux toilettes. Nous sommes donc allés voir, et personne.

— J'ai alors suggéré d'aller dehors, continue Éric Drouin, le père de la mariée, pour faire la tour de la salle et des parkings. Après une bonne dizaine de minutes, rien. Et là je peux vous dire que l'inquiétude commençait à se faire sentir.

— Qu'avez-vous fait ensuite ? demande Fares.

— Nous avons essayé de l'appeler sur son portable et il s'est mis à sonner dans son sac qui était resté à sa place. Puis nous avons attendu, des heures.

— Vous nous confierez son portable, si vous le voulez bien.

— Je l'ai avec moi, dit David en le sortant de la poche de son manteau posé sur la table.

Fares s'approche de la porte et appelle Franck qui arrive au trot :

— Tu le fais parler s'il te plaît, dit-il en lui confiant l'appareil.

— Nous pensions qu'elle allait revenir, continue Éric Drouin, qu'elle avait eu un coup de blues, ça arrive des fois, mais vers 11 heures, nous avons décidé d'aller signaler sa disparition au Commissariat du 17e. Voilà !

Joan reprend :

— Parmi les invités, pas d'inconnu ? Vous les connaissiez tous ? Pas d'histoire avec un ancien petit ami jaloux par exemple ? Personne qui lui en voulait ?

— Non, pas de problème particulier, ni pendant la soirée, ni avant. C'était une fille gentille et elle me l'aurait dit si elle avait eu des problèmes, elle ne me cachait rien.

Joan poursuit :

— Nous n'avons pas retrouvé son alliance, ni sa bague de fiançailles, vous lui en aviez offert une, je suppose ?

— Oui. Elle n'avait pas ses bagues ?

— Non, confirme Joan.

— Mais elles sont où ?

— Nous n'en savons rien, c'est une des premières choses que nous avons constatées. Cela nous a étonnés.

Cette fois, c'est Fares qui gaffe :

— Nous pensons que c'est le meurtrier les a conservées comme…

— Comme trophée vous voulez dire ? coupe David.

Joan envoie un coup de pied sous la table.

— Nous n'en sommes pas certains, minimise-t-elle.

Et comme pour changer de sujet :

— Merci de nous avoir donné une photo récente de Mélanie, elle nous sera très utile.

Fares se lève et poursuit sur un ton rassurant :

— Merci d'être venus, soyez certains que nous mettrons tout en œuvre pour élucider cette affaire. C'est vraiment notre priorité. Je vous le promets !

Pour la présentation du corps, trois jours plus tôt, le médecin légiste avait demandé au thanatopracteur de dissimuler au maximum les lésions des yeux et du cou afin d'épargner la famille des détails sordides. Personne n'avait rien vu et Mélanie leur avait même semblé belle et reposée au point de demander de quoi elle était morte, ce qui avait rassuré les enquêteurs concernant une éventuelle culpabilité.

Chapitre 10

— Bonjour Mesdames, lance à la volée Henri, en pénétrant dans l'open space central de la Brigade Criminelle, sous les yeux médusés de tous les fonctionnaires de Police :

— Bah quoi ? J'ai toujours rêvé de dire ça en entrant dans un Commissariat ou une Gendarmerie ! Ce n'est pas la peine de me faire vos yeux de merlans frits !

— Quand vous aurez fini vos conneries Henri ? Venez par ici, lance Fares agacé, et asseyez-vous en lui désignant une chaise du doigt.

— Bonjour mon chéri, fait Henri en s'approchant de lui pour l'embrasser tout en jetant son manteau imitation fourrure sur le dossier.

— Salut ! dit Fares en lui tendant sa main droite énergiquement.

— Tu me vouvoies maintenant ? Ah, c'est pour ne pas perdre la face devant…

Il pivote d'un quart de tour et désigne du doigt l'ensemble des policiers mais Fares n'y port pas attention et poursuit :

— Je vous présente le Lieutenant Joan Letourneur ma coéquipière.

Henri la dévisage de la tête aux pieds :

— Jolies shoes !

— Merci, vous savez pourquoi nous vous avons fait venir ?

— Oui pour le portrait-robot mais je suis nul en dessin, je vous préviens.

— Ne vous inquiétez pas, nous avons un logiciel très performant et c'est le Brigadier Franck Parisse qui va tout vous expliquer. Tu peux venir, Franck ?

Intrigué, Henri se retourne pour contempler Franck mais aperçoit Jordan. Il se lève d'un coup, le rejoint et avant même que celui-ci ait le temps de réagir, il lui inflige une bise sur chaque joue.

— Je suis content de te revoir.

— Oui, moi aussi, fait-il un peu gêné, mais ce n'est pas moi qui vais m'occuper de toi. Je te présente Franck Parisse. Tu vas travailler avec lui et ensuite, je pense que Fares et Joan auront encore quelques questions à te poser.

— Ah tu vois Fares, lance Henri à la volée, Jordan est moins faux cul que toi ! Lui, il me tutoie ! Bon, alors c'est avec vous que je vais travailler ? demande-t-il ensuite en dévisageant le jeune Brigadier. J'aurais pu plus mal tomber !

À 28 ans, le cheveu brun épais et court, une barbe de quatre jours, un visage presque militaire, un peu dur mais heureusement adouci par ses yeux d'un bleu très foncé, presque noirs, Franck, qui pratique régulièrement la musculation et ça se voit, est cependant empreint d'une certaine timidité.

— Vous voulez bien me suivre, nous allons aller dans un bureau plus calme vous pourrez mieux vous concentrer.

— C'est un suivez-moi jeune homme ?

Fares intervient :

— On passe un deal Henri, je te tutoie mais s'il te plaît, c'est sérieux, c'est vraiment important, essaie de te concentrer.

— OK, OK !

Franck et Henri s'installent devant un bureau et le brigadier ouvre le logiciel de reconnaissance faciale.

Fares, Joan et Jordan se postent derrière eux. Franck entame :

— Je vais faire défiler devant vous des formes représentant chaque partie du visage, exemple le nez, vous voyez, voici une première plaquette avec une trentaine de nez différents, vous me dites lequel s'approche le plus de la personne que nous cherchons à identifier. Ensuite, nous affinerons. Nous allons commencer par la forme générale du visage.

— Oh bah ça, ce n'est pas très compliqué ! Visage ovale, des cheveux blonds en forme de point d'interrogation, un nez rond, des tout petits yeux, une petite bouche et il avait aussi un petit chien blanc… Milou je crois !

Joan et Jordan ne peuvent s'empêcher de rire mais Fares :

— Putain, je t'ai dit que c'était sérieux, Henri !

— Excuse-moi, c'était pour détendre l'atmosphère. Bon OK, on commence. Fais péter les diapos, Franck !

Avec l'aide de Fares, deux heures plus tard, l'imprimante sort le résultat.

— Ce n'est pas mal, non ? demande Fares à Henri.

— Oui, c'est vachement ressemblant, c'est lui, c'est incroyable votre truc. Je n'y croyais pas et surtout, je pensais ne pas y arriver. Il faut dire aussi que Franck m'a beaucoup motivé ! Si tu viens au Blue Boy chouchou, je te payerai un verre. Demande à tes copains, je suis très généreux, fait Henri en posant sa main gauche sur la cuisse droite de Franck.

Joan lève les yeux au ciel et sort du bureau la première :

— Je vais m'occuper de la presse. J'ai fait retoucher la photo d'Alexis pour le rendre un peu plus présentable.

La seule photo que nous ayons a été prise à l'institut médico-légal, et elle n'est franchement pas terrible.

— Attendez, je peux peut-être vous aider. Il faut que je vous montre.

Henri dégaine alors son portable de sa poche.

— Laissez-moi quelques secondes, je ne suis pas très doué… Voilà !

Il exhibe maintenant le portrait d'Alexis, souriant devant son bar.

Joan regarde Fares, stupéfaite.

— Alors lui, tu as bien fait de nous le ramener. Je n'aime pas sortir des phrases toutes faites mais franchement celui-là s'il n'existait pas, faudrait vraiment l'inventer !

— Pourquoi tu ne nous as pas montré cette photo avant ? demande Fares.

— Quand vous m'avez dit qu'il avait été tué, j'ai eu peur d'être inquiété mais maintenant que je vous connais, j'ai confiance. Comme je vous l'ai dit la dernière fois, on a simplement parlé un peu, il m'a dit son prénom mais je n'ai pas réussi à obtenir son numéro. Après un ou deux verres, il m'a juste laissé prendre cette photo. C'est tout. Enfin, je l'ai un peu forcé, mais j'ai quand même eu droit à un sourire !

— Je vais aller montrer la photocopie du portrait-robot au gérant de l'Hôtel de La Ferronnerie, dit Jordan.

— Très bonne idée, fait Fares.

Puis en retournant vers son bureau avec Henri :

— Tu paies un café ? Tu vas m'arrêter pour dissimulation de pièces ? Tu vas me passer les menottes ?

— J'te paie un café !

Chapitre 11

Le lendemain en fin de matinée, Jordan passe la porte de l'Hôtel de La Ferronnerie et demande le Gérant.

— Lieutenant Ackermann, Brigade Criminelle, c'est moi qui reprends l'enquête concernant le meurtre qui a eu lieu dans votre hôtel.

— Bonjour Lieutenant, comment puis-je vous aider ?

— Juste pour info, vous n'êtes pas responsable bien entendu, mais la photocopie des papiers de votre client que vous nous aviez donnée a permis de confirmer que son passeport était un faux. Il est donc descendu chez vous sous une fausse identité. Par contre, après enquête et sur la déposition de plusieurs témoins, nous avons pu effectuer un portrait-robot que je vous demanderai de regarder attentivement.

Jordan pose la photocopie sur le comptoir.

Le Gérant la saisit et commence à hocher la tête de haut en bas sans décoller ses yeux du portrait, puis :

— C'est lui ! C'est très ressemblant. C'est bien lui, j'en suis certain !

— Vous en êtes sûr, parce que ça fait un petit moment maintenant ? !

— Absolument ! Vous pensez que je vais oublier ce qui s'est passé ce jour-là ? Tout ce qui se rapporte à cette affaire est gravé dans ma tête. Et je ne parle pas de ce que j'ai vu dans la chambre ce matin-là.

— Vous devriez peut-être vous faire aider. Il y a des protocoles mis en place pour ça. Pensez-y et si cela ne va pas ou si vous avez le moindre souci, voici ma carte, appelez-moi. En attendant, merci beaucoup, vous avez été très utile pour l'enquête. Maintenant on sait à quoi ressemble le principal suspect.

◈

Joan entre dans le bureau du Commandant Dubreuil :
— On a du nouveau, Chef !
— Asseyez-vous.
— Non je vous remercie, je préfère rester debout. Dans l'affaire de l'Hôtel de La Ferronnerie, vous savez que nous avons fait un appel à témoins en publiant dans la presse la photo d'Alexis, la victime, fournie par le barman du Blue Boy ?
— Et alors, ça a porté ses fruits ?
— Il est identifié, il s'appelait Alexis Constantin, il avait 27 ans et louait un studio à Courbevoie. Il travaillait comme second de cuisine dans un restaurant quartier de la Défense. Avec Jordan nous avons pu enquêter sur lui. Rien de spécial, un gentil garçon courageux et justement, son patron ne comprenait pas son départ subit, il s'entendait très bien avec tout le monde et il était certain qu'il lui était arrivé quelque chose car ce n'était pas son genre de partir sans prévenir. Nous avons rencontré sa mère également. Elle est effondrée.
— C'est parfait Letourneur, bon boulot. Nous avançons bien. Nous savons même maintenant à quoi ressemble le suspect numéro un. Qu'en pensez-vous, nous attendons encore un peu avant de faire aussi diffuser son portrait dans la presse ?
— Sincèrement, je préférerais Chef. Malheureusement, pour le jeune Alexis, cela ne va rien changer mais pour notre suspect, il risque de s'enfuir ! Il ignore que nous savons à quoi il ressemble et ça, c'est une carte qui joue en notre faveur.

— Vous avez raison, parlez-en avec Ackermann et Khazen, faites comme vous le sentez et tenez-moi informé.

Chapitre 12

Le téléphone du bureau de Fares retentit.

— Lieutenant Khazen.

— Fares ? C'est Patrick Ortega, le médecin légiste, vous pouvez venir à l'institut avec Joan ? J'ai quelques précisions à vous communiquer maintenant que j'ai reçu tous les résultats de l'autopsie. Je vous en ai préparé une copie.

— Ne bougez pas, nous arrivons.

Une heure plus tard, Fares et Joan poussent la porte de la morgue à l'institut médico-légal. Le corps de Mélanie est allongé sur une table en inox. Le docteur Ortega fait glisser doucement le drap blanc qui la recouvre jusqu'au bas-ventre et s'arrête là comme pour protéger l'intimité de cette jeune femme, blanche et translucide comme de l'eau de rose.

— Vous pouvez voir le coup porté avec une telle violence qu'il en a fracturé le sternum et pénétré jusqu'au cœur. Il s'agit d'une lame large et très solide, comme un couteau de pêche ou de chasse par exemple. Le geste a été d'une grande précision et c'est ce qui a causé la mort instantanée.

— Mais alors cela veut dire qu'il l'a étranglée post mortem ? s'étonne Joan.

— Oui, nous en sommes certains, mais le pire arrive maintenant. Il était couché sur elle pour l'étrangler.

— Vous voulez dire que pendant qu'il la violait post mortem, il l'étranglait ? demande presque à voix basse Fares en passant machinalement sa main gauche derrière sa tête comme s'il ne supportait plus ce qu'il est en train d'entendre.

— Oui et c'est aussi durant l'acte, très certainement, qu'il lui a enfoncé les yeux dans les orbites comme s'il ne voulait pas qu'elle le regarde en train de commettre l'irréparable. Je pencherais donc pour les yeux d'abord et l'étranglement ensuite pendant qu'il s'acharnait sexuellement sur elle. Bien entendu, cela n'a pas changé grand-chose pour cette pauvre fille, car elle était déjà morte.

— Un dingue, un enfoiré de dingue ! Il faut qu'on s'le fasse Joan, il faut qu'on s'le fasse !

Le Docteur Ortega reprend :

— Oui ça serait peut-être une des façons de régler le problème mais vous savez qu'en réalité avec ce type de meurtrier, c'est que si la justice le considère comme un psychopathe, il sera responsable pénalement, par contre si l'expertise psy le classe comme étant psychotique, vous savez très bien qu'il sera déclaré irresponsable et ne sera jamais condamné.

— Putain ! fait Fares, donc c'est bien ma solution la meilleure !

— Je n'ai rien entendu !

Joan, livide, ne prononce plus un mot en regardant Mélanie. Le docteur Ortega continue :

— Concernant l'ADN, rien pour le moment, il a dû mettre un préservatif. Il en a eu le temps, elle ne se débattait plus. Pour les bagues, elles ont bien été retirées. Brutalement. Je vais vous montrer autre chose, vous voyez ici dans le cou, il y a comme un tout petit hématome et une petite pointe rouge.

— Oui je vois, dit Fares en se penchant, on dirait une trace de piqûre !

— C'est exact, le meurtrier a injecté un somnifère très puissant à base de curare, sûrement à l'aide d'une seringue qu'il lui a plantée dans le cou. Elle est tombée presque instantanément dans un profond sommeil. Il doit être costaud car transporter un corps inanimé sur les bras, il faut avoir une certaine force.

Joan reprend :

— Et pour le reste, il l'a déshabillée ou, à votre avis, il lui a laissé la robe pendant…

— J'allais y venir, il ne l'a pas déshabillée, il a assouvi un phantasme, je pense.

— Où sont toutes ses affaires ? demande Joan.

— Je vous ai fait préparer un sac étanche. Personne ne les a touchés sans gants. Vous pouvez les envoyer au labo car là je pense que nous allons avoir des surprises. Tenez, voici le rapport complet d'autopsie. Je…

Le toubib hésite avant de poursuivre :

— Je voulais vous dire encore une chose : La petite était toujours vierge !

— Pauvre gosse, elle se marie avec l'amour de sa vie et sa nuit de noce…

Joan ne peut terminer sa phrase, elle aspire à fond tout l'air que ses poumons peuvent avaler et, se retournant, cette fois, c'est plus qu'elle ne peut supporter. En regardant Fares, elle essuie discrètement du revers de la main une larme que ses yeux rougis laissent échapper.

Chapitre 13

Le jour se lève doucement sur Miami. Un lever majestueux teinté d'orange et de bleu. Sa situation spécifique confère à cette ville de Floride un climat extrêmement doux, avec une température moyenne qui frôle les 25 °C toute l'année. Paradis tropical au bord de la mer, planté de cocotiers qui s'épanouissent sous un soleil quasi-permanent. Avec en outre son architecture art déco, sa modernité et surtout ses plages, elle s'est donnée depuis de nombreuses années une aura incroyable qui attire une population très éclectique qui vit du tourisme, mais aussi de la finance avec un centre financier et culturel de niveau international. Son renouvellement urbain, par un développement immobilier ahurissant, séduit la Jet-set et le Star-System et fait de cette agglomération étonnante riche et florissante, une sorte de melting-pot bigarré.

C'est dans cette ville que réside la famille Shepherd. Emma, la mère, quarante-neuf ans, est une jolie femme aux cheveux châtain clair, pimpante, au caractère bien affirmé. Elle donne beaucoup de son temps dans différentes associations d'aide aux enfants défavorisés, en échec scolaire. Elle s'occupe ainsi bénévolement, car en réalité, elle n'a pas besoin de travailler, son mari Mark Shepherd est un plasticien de grande renommée. Il possède sa propre clinique ici à Miami, dont le succès se conforte chaque jour par l'affluence d'une clientèle très fortunée. La grande gentillesse d'Emma et son empathie naturelle, la poussent cependant à se dévouer pour les autres, surtout depuis que sa fille Tiffany, jolie étudiante de vingt-quatre ans est très accaparée par ses études à la fac de médecine. Elle veut marcher sur les traces de son père et c'est d'ailleurs ici, il y a près de deux ans qu'elle a rencontré Leighton Kaufmann son fiancé, âgé aujourd'hui de 34 ans et à l'époque en dernière année de chirurgie plastique, une profession qui se mérite. En effet, après sept années d'études de médecine, le futur chirurgien esthétique doit suivre au moins deux années de médecine généraliste avant de se spécialiser en chirurgie plastique, reconstructrice et esthétique. Une spécialisation qui dure, encore quatre ans. Leighton a donc avalé treize années d'études supérieures mais maintenant pour réaliser le rêve de sa vie, devenir chirurgien esthétique. Ce grand gaillard d'un mètre quatre-vingt-quatre, le cheveu raide, blond foncé, toujours coiffé en arrière, légèrement de côté pour donner un effet de fausse raie, a toujours un reflet brillant dû certainement au gel de maintien. Le front bien dégagé, son visage respire l'intelligence. Il est souligné par une barbe de trois jours à la touche rouquine et surtout par la couleur grise de ses yeux, accentuée de bleu. Ajoutez à cela son allure impeccable, très britannique, son élégance naturelle et sa parfaite éducation très bonne famille, vous comprendrez alors pourquoi Tiffany a succombé au charme discret de ce jeune médecin plein d'avenir.

Emma s'active à la préparation du petit-déjeuner dans la cuisine avec Maria, une sans-papiers, qui travaille pour les Shepherd depuis six ans.

— Tiffany ma chérie, dépêche-toi, tu vas finir par être en retard à tes cours !

— Bonjour Maria, dit-elle tout en embrassant sa mère. J'étais au téléphone avec Leighton.

— Il va bien ?

— Oui mais, tu le connais, toujours inquiet. Tu sais que son poste à la clinique ne lui donne pas entière satisfaction

— Je pense qu'il faut qu'il apprenne la patience, ce jeune homme, il n'est pas diplômé depuis si longtemps et il a la chance de pratiquer dans une clinique réputée. Qu'il fasse ses preuves, il a le temps !

— C'est ce que je m'évertue à lui dire chaque jour ! J'essaie en permanence de le canaliser mais lui, il veut tout, tout de suite. C'est un excellent chirurgien, il est doué, très doué même, ses pairs en sont convaincus. Tu sais, il se voit déjà avec sa propre clinique.

— Il a beaucoup d'ambition et c'est ce qui me fait un peu peur. Je ne te pose jamais de questions mais entre vous, tout va bien ? Est-il attentionné ? À part vos sorties, tu ne me dis pas grand-chose !

— Oui maman, ne t'inquiète pas. J'aimerais qu'il passe un peu plus de temps avec moi, mais bon.

— Tiens, sers-toi un bon jus d'oranges, il est frais de ce matin.

— Vos pancakes sont un régal Maria !

— Merci Mademoiselle Tiffany.

— Tu sais ma fille, reprend Emma, tu peux me dire ce que tu veux, je suis ta mère et je vois bien que tu es soucieuse.

Tiffany repose son verre.

— Parfois Leighton me fait peur, on dirait que son ambition n'a pas de limite et j'ai l'impression de passer au second plan. Il admire beaucoup papa et je pense qu'il veut lui prouver je ne sais quoi. Il veut brûler toutes les étapes au point de créer une rivalité avec ses confrères qui exercent depuis des années. Alors bien sûr l'ambiance se dégrade dans sa clinique et les relations avec les autres médecins deviennent tendues.

— Mais il débute, il faut qu'il range son ego au placard. Veux-tu que nous lui en parlions avec ton père ?
— Maman, tu veux vraiment qu'il se fâche avec moi ?
— Nous pourrions faire ça de façon intelligente, à table par exemple en lui disant qu'il nous semble soucieux, il serait bien obligé de répondre quelque chose.
— Tu sais qu'il est déjà allé voir sa banque pour demander un prêt afin d'acheter une clinique ? Bien entendu, la chirurgie plastique est un créneau très porteur, et son banquier en est convaincu, mais pour le moment, la réponse est négative. Non seulement il n'a aucun apport personnel mais, et c'est normal, la banque lui demande de faire ses preuves encore un ou deux ans ou de monter le prêt différemment.
— C'est-à-dire ?
— D'avoir un associé qui a pignon sur rue, solide. Et surtout quelqu'un qui mette sur la table les premiers millions de dollars nécessaires au montage d'une telle opération.
— Tu crois qu'il pense à ton père ?
— Je n'en sais rien, il ne me l'a pas demandé. Je pense surtout qu'il va trop vite et quand j'essaie de lui dire, on se dispute.
— Tu connais ton père, je ne vais même pas lui en parler, car je connais sa réponse d'avance et elle sera la même que celle du banquier : qu'il fasse d'abord ses preuves ! Il faut qu'il comprenne que tout n'arrive pas sur un claquement de doigts. Qu'il vienne avec moi un jour voir les enfants défavorisés, la misère, l'échec, il a besoin de redescendre de son nuage et de reposer les pieds sur terre.

Un petit conseil ma fille, ne te laisse pas trop faire. Il faut parfois montrer aux hommes que, nous les femmes, nous avons un peu de caractère. Crois-en mon expérience, la potiche n'est jamais respectée. Cela fait deux ans que vous vous fréquentez et il serait peut-être temps qu'il te prouve réellement ses sentiments. Bon ! Avale ton café, tu vas vraiment finir par être en retard.

Chapitre 14

La soirée est douce, la famille Shepherd se prépare pour aller dîner en ville dans un nouveau restaurant français situé à Coconut Grove. Mark est sur son trente et un et sortant de son dressing

— Chérie, où es-tu ? Tu veux bien me faire mon nœud papillon s'il te plaît ?

— Je suis dans la salle de bains, viens, je vais arranger ça. Vous êtes très élégant Monsieur Shepherd ce soir.

— Vous aussi Madame Shepherd, vous êtes ravissante.

Mark se penche et dépose un tendre baiser sur le front de sa femme. En quelques secondes Emma noue le papillon de son mari puis se replace une mèche de cheveux en se regardant une dernière fois dans le miroir avant de sortir avec son mari de leur suite parentale. Le couple possède une somptueuse maison dans le quartier de Coral Gables où se trouve l'université de Miami et de nombreuses propriétés de prestige qui s'exposent, tels des joyaux, le long des boulevards bordés d'arbres.

Ville glamour, authentique paradis pour ses plages, son climat et sa qualité de vie, Miami se situe à la cinquième place mondiale en termes de pouvoir d'achat. C'est certainement l'une des raisons pour lesquelles le Docteur Shepherd a ouvert ici sa clinique, il y a une quinzaine d'années.

— Tu es prête, Tiffany ? Tu nous rejoins dans le hall ?

— J'arrive maman, fait-elle en sortant de sa chambre dans une magnifique robe couture en soie beige, fleurie de camellias roses et de feuilles colorées dans un vert tendre.

— Tu es divine, complimente Mark en contemplant sa fille avec un air admiratif plein de tendresse, empreint de fierté.

Il faut dire que Tiffany est une jolie jeune femme pimpante. Ses cheveux châtain clair mi-longs aux reflets roux, ses yeux verts et le teint légèrement hâlé de son visage, dû certainement au climat, révèlent la même douceur que celui de sa maman, Emma, à laquelle elle ressemble beaucoup y compris par sa taille d'un mètre soixante-dix et son corps mince mais pas menu.

— Leighton nous rejoint au restaurant, ou nous devons l'attendre ici ? demande Emma en regardant sa montre.

— Non, nous pouvons y aller, il va nous rejoindre là-bas.

— Ce n'est pas ce qui était prévu ?

— Maman ! Il fait ce qu'il peut ! Il était encore en salle d'op il y a une heure. Il nous rejoint, ce n'est pas grave. Si ça se trouve, il sera arrivé avant nous au restaurant.

Chapitre 15

La famille Shepherd pénètre maintenant dans le restaurant et effectivement Leighton les attend, assis au bar devant un cocktail.

— C'est magnifique, constate Tiffany en laissant vagabonder ses yeux curieux.

Inondée de lumières artificielles, la grande salle où se côtoient les marbres beiges mais aussi noirs, le stuc blanc, le laiton verni, offre un décor très recherché, rehaussé par de grands miroirs judicieusement placés. L'ensemble est certes un peu clinquant mais reste cependant de très bon goût, la french touch. Toutes les tables sont nappées et ornées d'un petit bouquet de fleurs fraîches. Ce sont les fauteuils habillés d'un velours moderne aux motifs design qui apportent une touche volontairement très colorée au décor de ce restaurant très chic. D'ailleurs, présent pour cette soirée Grand Opening, le célèbre décorateur français, Jérôme Torpey, une coupe de champagne à la main, est chaudement félicitée par tous les clients V.I.P. qui ne tarissent pas d'éloges entre deux petits fours et une gorgée de champagne rosé.

— Comment allez-vous, cher ami ? lance Mark Shepherd en s'approchant du Docteur Pascal Lefèvre accompagné de son épouse Monique drapée dans une robe somptueuse, presque extravagante, mais dont le chic prouve à lui seul qu'elle sort tout droit des ateliers d'une grande maison de couture parisienne. Que faites-vous à Miami, cher confrère ? ajoute-t-il et, se baissant pour un baisemain, vous êtes d'une élégance rare Madame.

— Je suis venu à la Convention de l'arthrose et des maladies du sport, poursuit le Docteur Lefèvre.
— Oui, ce n'est pas ma spécialité, mais je suis au courant.
— Nous restons six jours et sommes descendus au Fontainebleau.
— Parfait, chers amis, on se reparle tout à l'heure, sinon appelez-moi et on essaie de se voir avant votre départ.
— Comptez sur moi, je n'y manquerai pas !
Après avoir fait un tour de salle, dans cette foule bruyante et mondaine, salué toutes leurs connaissances à grand renfort de compliments, la famille Shepherd s'installe à leur table très bien placée.
— La soirée s'annonce bien, c'est très agréable, se réjouit Emma.

Le garçon, dont les mains sont habillées de gants blancs, distribue les cartes.

Chacun lit religieusement quand :
— Eh bien, pour payer l'addition il ne reste plus qu'à souhaiter un accident de bus sur Collin's Avenue ! ironise Mark le chirurgien en scrutant la carte.
— Mark ! lance Emma avec tout de même un œil amusé.
— Oui ! Et en espérant qu'il soit bondé ! confirme Leighton en pouffant de rire et en tendant son poing par-dessus la table ronde en direction de celui de Mark hilare, heureux de la pique qu'il vient de lancer, ne s'empêchant d'ajouter :
— Ah oui ! C'est bien ce que je disais, rien que le Foie gras aux olives noires, c'est presque le coût d'une rhinoplastie !

Cette fois la plaisanterie fonctionne, et c'est l'éclat de rire général à la table sous l'œil un peu médusé mais compréhensif du garçon, qui, droit comme un i et son carnet de commandes à la main, ajoute :

— Sinon je vous conseille le Millefeuille de saumon fumé au basilic, fromage frais et petits légumes de Provence et sa chantilly parfumée à la truffe… mais dans ce cas nous approchons de l'implant mammaire, suggère-t-il sourire aux lèvres. Je suis Chris, étudiant en médecine, pour vous servir !

Les quatre visages se tournent vers le garçon et dans une complicité parfaite le fixent durant plusieurs secondes qui lui paraissent une éternité, puis Mark éclate de rire, déclenchant une nouvelle fois l'hilarité générale de la table.

Chris pousse un soupir, Mark jubile :

— Vous auriez vu votre tête ! Excellent, mon garçon ! Bon, calmons-nous, car nous allons finir par nous faire remarquer !

— Je pense que c'est trop tard, papa !

Mark pragmatique :

— Eh bien de cette façon, tout le monde peut admirer vos magnifiques tenues !

Leighton en consultant la carte :

— Heu… Trois lipos, quatre lipos les robes ?

Mark en souriant, fait signe de monter l'enchère avec sa main droite tout en replongeant hypocritement ses yeux dans le menu comme pour échapper à ceux d'Emma, cette fois visiblement agacée :

— Non les garçons, vous allez finir par nous gâcher la soirée !

Après avoir commandé, Mark se tourne vers son futur gendre, le Docteur Leighton Kaufmann.

— Alors mon garçon, où en êtes-vous ? Cela se passe bien à la clinique ?

— C'est difficile, je suis un peu comme un obèse qui veut absolument maigrir mais s'impatiente chaque matin en montant sur la balance ! Il pense que ce n'est pas assez rapide.

— Je comprends ce que vous voulez dire, Leighton, mais Paris ne s'est pas fait en un jour comme disent les Français ! Il faut avoir de la patience. Vous êtes un excellent chirurgien, vous êtes doué, j'en suis convaincu mais vous voulez brûler toutes les étapes. Pensez-vous que j'en sois arrivé là en quelques mois ? Il m'a fallu des années pour monter cette clinique, me forger une réputation solide et remplir mon carnet d'adresses. Croyez-moi, une carrière et un édifice qui s'élève peu à peu, mais qui peut aussi s'effondrer très rapidement, à la moindre erreur une réputation peut s'envoler, et ce, définitivement. Formez-vous Leighton, formez-vous, écoutez, apprenez et absorbez tout ce que vous pouvez comme une éponge. Quand vous serez prêt, c'est le banquier qui reviendra à la charge vers vous comme un vautour sur sa proie.

— Mais qui vous a parlé du banquier ? Vous êtes au courant de ma demande ?

— Leighton, nous sommes une famille unie et nous ne nous cachons rien, coupe Emma en lançant un regard noir vers son mari.

— Ce n'est pas grave, continue Mark, je comprends votre ambition et je la trouve légitime. De plus, je vous trouve très courageux, je ne sais pas comment vous faites pour mener votre vie sur deux fronts ?

— Deux fronts ? s'étonne-t-il.

— Oui, votre carrière et notre fille ! Je vous tire mon chapeau car ne pas privilégier l'un au détriment de l'autre, ce n'est pas facile.

— Oui, c'est vrai ce n'est pas facile, et à ce sujet, je ne suis pas tout à fait d'accord avec vous.

Leighton se tourne alors vers Tiffany et poursuit :

— Je suis conscient que souvent je te délaisse. Mon travail me prend un temps fou et je sais que tu voudrais que je sois plus présent mais sois patiente, je t'aime, tu le sais ? Comme dit ton père, c'est difficile de mener deux courses de front et j'aimerais tant de donner plus. Si je pouvais me couper en deux, je le ferais.

— Vous savez, Leighton, reprend Emma, votre profession vous accapare, mais comme vous l'a dit Mark, vous avez le temps. Vous avez le temps ! insiste-t-elle. Profitez de la vie, de votre amour, ce sont des moments précieux et le temps passe si vite ! Croyez-nous, nous savons de quoi nous parlons. Vivez, soyez heureux. Cela fait deux ans que vous vous fréquentez, votre avenir sentimental aussi est important. Et lui, il n'a pas besoin de banquier, juste beaucoup d'amour et d'attention.

— Merci Emma, vous avez raison, comme s'il profitait de la situation

À la stupéfaction de tous, Leighton se tourne vers Tiffany, plonge la main dans sa poche et en ressort un écrin. Il la regarde longuement :

— Tiffany… Je t'aime… Veux-tu m'épouser ?

Une larme apparaît en moins d'une seconde au coin de l'œil de la jeune femme très émue, son souffle s'accélère :

— Oui je le veux, oui je le veux !

Mark, le père, sort son portable et pragmatique avec un large sourire, immortalise l'instant par quelques photos puis ajoute :

— Bon, maintenant il faut vraiment que je regarde s'il n'y a pas eu un accident de bus sur Collin's Avenue !!!

Chapitre 16

Toutes sirènes hurlantes, une, puis deux, puis trois voitures de police stoppent devant le Marine Stadium, au 3501 Rickenbacker Causeway à Key Biscayne, pour rejoindre une cohorte de véhicules déjà présents. C'est dans cette débauche de moyens déployés qu'arrivent également, aujourd'hui dimanche 4 décembre à 21 heures, le Lieutenant Derek Moore accompagné de son adjoint, Mickael Sollivan, un jeune Sergent black. L'ancienne tribune à la limite du délabrement, en béton tagué, quelque peu isolée, face à la mer, attire naturellement quelques jeunes fêtards ou les désœuvrés du coin, désirant terminer tranquillement leurs soirées en descendant des tonnes de bières devant des feux de camp allumés à la hâte avec tout ce qui traîne. C'est dans cet endroit fantomatique que trois noctambules ont découvert le corps d'une jeune mariée, allongée sous les gradins, dans une posture presque théâtrale. Sa longue robe blanche, immaculée, hormis la tache rouge au niveau du sternum, dénote réellement dans ce fatras de ferrailles poussiéreuses. La scène de crime, déjà ultra-protégée et délimitée, dévoile une ambiance presque surnaturelle dans ce lieu abandonné et sombre. Le Lieutenant Derek Moore et son adjoint le Sergent Mickael Sollivan s'approchent du corps sans vie, allongé sur le sol.

— Vous avez fait les premières constatations ? demande Derek au médecin légiste.

— Oui, jeune femme d'environ vingt-cinq ans, de race blanche. Je pense que le coup mortel a été porté par une lame très rigide en pleine poitrine. Nous confirmerons à l'institut mais elle a très certainement été violée, étranglée et les yeux enfoncés dans les orbites. Nous avons affaire à un vrai malade.

— A-t-elle été transportée interroge Mickael ?

— A priori oui, le meurtre n'a pas eu lieu ici.

— Mais tout ceci sera confirmé après l'autopsie.

— Rien d'autre ? demande Derek.

— Il semblerait que ses vêtements n'aient pas été retirés mais à confirmer également, et je me pose la question, a-t-elle été enlevée avant la cérémonie ?

— Pourquoi ? s'étonne Derek.

— Elle n'a pas d'alliance !

— On lui a peut-être volé ! Où sont les témoins qui ont découvert le corps ?

— Peut-être oui, ils sont là-bas, alignés contre le mur.

Derek et Mickael s'approchent d'eux. Ils sont visiblement encore sous le choc de leur découverte macabre.

— Qui a découvert le corps ? interroge Derek en les dévisageant.

— C'est lui, fait un des jeunes hommes en désignant son acolyte pas très frais.

— Je voulais aller pisser, confirme-t-il, les yeux baissés.

— Et après ?

— J'ai fait un bond. La peur de ma vie et j'ai appelé mes potes mais j'vous jure, on n'a touché à rien. Et on a appelé la Police.

— Pourquoi vous tremblez comme ça ? constate Mickael.

— J'ai froid !

Derek, sceptique, fait signe à l'un des fonctionnaires de Police présents sur place et :

— Donnez-leur des couvertures de survie.

— J'en ai dans la voiture, je reviens.

— Vous permettez que l'on vous fouille ? poursuit Derek.
— Pour quoi faire, on n'a rien volé !
— Justement, pour vous disculper sur un point précis.
Derek claque des doigts faisant signe à un autre policier ganté.
— On cherche des bagues, lui dit-il à voix basse.

Le policier entame alors une fouille très approfondie, tout y passe de la tête aux pieds. Après avoir terminé sa mission sur les trois hommes, il s'approche de Derek et Mickael qui s'étaient un peu éloignés.

— Lieutenant, j'ai fini. Juste ce petit canif et ce petit sachet de shit, sinon rien de spécial, téléphone, papiers d'identité, petite monnaie.
— OK, prenez les identités et laissez-les partir, ordonne Derek, mais avant, vous les conduisez au camion de la scientifique, là-bas, je veux la totale, relevé d'empreintes, échantillons d'ADN et lampe UV pour d'éventuelles traces de sang sur les vêtements, examen des mains et des chaussures.
— Et pour le shit ?
— Un rappel à la loi, vous confisquez, vous confiez à la scientifique et je le consignerai dans mon rapport. Et c'est bon. Ils ne quittent pas la ville et restent à la disposition de la Police. Proposez-leur une aide psychologique s'ils en ont besoin. Ah, tenez, donnez-leur ma carte à chacun, au cas il leur reviendrait un détail, même infime !
— OK Lieutenant !

En s'approchant :

— Bon les rois mages, dit-il en voyant les trois témoins emmitouflés dans leurs couvertures de survie dorées, vous me suivez, on a encore deux trois examens à faire

L'un d'eux se rebiffe un peu :

— Je vous signale que c'est nous qui avons appelé la Police !
— Et alors ? Je t'ai passé les menottes ?
— Non mais…
— Bon alors tu la boucles, car je pourrais le faire rien que pour possession de cannabis. Allez, on se bouge !
— Et faites éloigner tous ces vautours de journalistes. C'est incroyable ! ajoute Derek.

Puis en retournant vers les hommes de la scientifique encore sur la scène autour de la mariée, il interroge :
— Vous avez découvert quelque chose ?
— Des traces de pas mais c'est bizarre, regardez, les traces sont complètement plates, sans dessins de semelle, comme si le tueur avait enfilé des chaussons de protection par-dessus ses chaussures. Cela n'empêche pas de nous donner la taille, c'est du 44/45. Sinon rien d'exploitable. Le corps n'a pas été traîné, il a été déposé et je peux même affirmer, avec beaucoup d'attention, comme si le meurtrier avait voulu créer une scène, un tableau si vous voyez ce que je veux dire. Nous examinons toutes les traces de roues aux alentours. Cette scène est peu banale car ici c'est jonché de mégots, de cannettes en verre ou en alu, de déchets de toutes sortes, alors, allez chercher des indices là-dedans !
— Bon courage les mecs ! Après, vous pourrez faire transporter le corps.

En retournant à leur voiture les deux officiers se font littéralement agresser par les journalistes qui se bousculent avec tout leur matériel.
— Lieutenant, est-il vrai qu'il s'agit d'une mariée ? Est-elle encore avec sa robe ?
— Avez-vous des indices ? Pouvez-vous nous parler de l'affaire ?

— S'il vous plaît Lieutenant, les gens ont le droit d'être informés.

— Bon, écoutez, dit le jeune Sergent Mickael Sollivan visiblement énervé, dès que nous en saurons plus, nous convoquerons la presse. Vous devez bien vous douter que pour le moment nous n'en sommes qu'aux prémices !

— Vous pouvez tout de même nous confirmer qu'il s'agit bien d'une mariée ?

— Oui ! Et c'est tout ce que je peux vous dire !

Chapitre 17

Noël arrive à grands pas, la nuit est maintenant tombée, il fait froid sur Paris qui a déjà revêtu ses habits de fête. Dans son loft de banlieue, Fares sort de la douche et attrape une serviette, il essuie énergiquement sa tignasse épaisse puis tout le reste de son corps musclé, dégoulinant. Il noue la serviette de bain autour de sa taille, tel un paréo, se fixe un instant devant la glace de cette salle de bains tout en carrelage style métro, blanc et vert défraîchi, puis passe sa main dans sa barbe en faisant un mouvement de tête de gauche à droite tout en se contemplant. Avec ses doigts écartés, il coiffe en arrière ses cheveux bruns légèrement ondulés encore humides et, se jugeant certainement acceptable, ne tarde pas à se diriger pieds nus vers la cuisine, ouverte sur le grand salon de son loft à l'éclairage tamisé. Il ouvre le vieux réfrigérateur, qui mériterait sûrement un bon coup d'éponge, en sort une bière qu'il décapsule d'un tour de doigt puis commence à boire directement à la bouteille. Retournant dans le salon, il s'affale dans le canapé en cuir marron vieilli, toujours sa bouteille à la main, tout en étendant sa jambe gauche sur un pouf également en cuir qui n'attendait que lui. Maintenant complètement avachi, il sirote sa bière dans le calme de cette grande pièce au décor très masculin, disons très mec séparé de sa nana et qui n'en a rien à foutre du désordre pour ne pas employer un autre mot. Il est songeur. À quoi peut-il penser ? Son cerveau est très certainement accaparé par toutes ces enquêtes chronophages qui le minent par absence de résultats. Quant à son cœur, il ne lui laisse pas une minute de répit et lui remémore à chaque battement, rythmé comme la timbale du galérien, que sa femme lui manque et ça le hante à en crever dans ses moments de solitude nocturne. Il émet un rot sonore, il s'en fout, il est seul, se lève péniblement et retourne au frigo chercher une autre bière fraîche qui sera la seule compagne de sa soirée. Il pourrait en prendre un stock qu'il garderait sur la table basse, déjà très envahie de bouquins, de dossiers divers, de bouteilles vides, vestiges de soirées bien arrosées, mais non, il préfère sans doute lever sa grande carcasse comme pour dé tétaniser tous les muscles de son corps pourtant bien dessiné et quelque peu velu. Pourquoi se pourrit-il ainsi la vie ? Avec son physique d'Apollon quadragénaire, sa gueule de théâtre un peu abîmée, sollicité de toutes parts par la gent féminine, invité dans toutes les soirées diverses et variées de la capitale, non il préfère sa vie empreinte de sombrité, oui parfois il est utile d'inventer des mots quand on ne trouve pas exactement ce que l'on veut dans une langue pourtant riche et chargée d'histoire ! À croire que cela ne suffit pas ! Mais cette expression va bien à Fares, bon, ce n'est pas toujours le cas car il sait aussi être drôle avec un humour bien à lui qui ne laisse pas place au premier degré. Et c'est vrai qu'on lui pardonne tout à ce grand machin d'origine libanaise, il peut dire tout et n'importe quoi et même quand c'est une vacherie, il a l'art et la manière de la placer avec œil goguenard et sourire aux lèvres. Pourtant la vacherie est dite mais elle entraîne, comme d'habitude, l'hilarité générale. Généreux, gentil, c'est un bon copain, un bon collègue mais peut-être pas un bon ami car des amis il n'en a pas beaucoup, pour ne pas dire pas du tout et il en est conscient, c'est de sa faute. En effet les prétendants sont nombreux et se bousculent mais il les repousse comme s'il écartait l'éventualité de vivre quoi que ce soit d'heureux sans celle qu'il aime et qu'il attend. Après une bonne heure de descente de bières et de lamentations intérieures, Fares se lève, toujours pieds nus, toujours sa serviette autour de la taille et décide alors de sortir du congélateur un plat cuisiné, du poulet basquaise, qu'il place dans le micro-ondes. Quand les trois bips de fin de cuisson se font entendre, il décolle le film de la barquette, attrape une fourchette qui traîne encore sur l'évier et, debout, avale son plat très chaud en quelques secondes tout en se brûlant la langue. Puis il traverse à nouveau ce grand salon, très haut de plafond, éclairé par des globes en verre blanc, pendant au bout de tiges métalliques attachées aux poutrelles de fer noires sur lesquelles viennent reposer des briques peintes en blanc, formant des voûtes caractéristiques des anciennes usines du dix-neuvième siècle. Deux murs sur quatre sont cachés par de grandes bibliothèques en bois envahies de livres de toutes sortes, chinés chez les bouquinistes des quais de Seine ou dans des librairies du Quartier latin. Il adore acheter des lots de vieux bouquins dans des ventes aux enchères, souvent à Drouot, quand il en a le temps. Les grandes baies métalliques noires aux vitres verticales, type usine, donnent un charme particulier à ce loft qu'il a restauré avec goût. De deux couches de peinture blanche et c'est à peu près tout ! Il a eu aussi la bonne idée de conserver, après l'avoir poncé, le vieux plancher en larges et épaisses lattes de chêne des anciens ateliers de reliures qui occupaient les lieux depuis des dizaines et des dizaines d'années, bien avant qu'il ne soit né. Il s'assoit à son bureau, allume son ordinateur et commence à relire la lettre destinée à sa femme, lettre qu'il connaît par cœur et pour laquelle il n'a pas encore décidé par quel moyen il allait lui faire parvenir un jour. Il n'est pas question de lui envoyer lâchement par la poste, cela n'a rien de romantique. Peut-être en lui offrant des fleurs mais pour quelle occasion ? Elle déteste qu'on lui fête son anniversaire, alors il reste les enfants, oui, en offrant aux enfants des places pour un spectacle, il irait les chercher et demanderait à sa femme de les accompagner. Il sait qu'elle ne peut rien leur refuser mais allait-elle accepter ? Intelligente, elle sentirait le vent venir et Fares se dit que son idée sent le piège à plein nez mais bon, c'est la meilleure qu'il ait eue. Après encore quelques minutes de réflexion, ses paupières se font lourdes, il ferme alors son ordi, se lève et se dirige nonchalamment vers le coin chambre du loft qu'il assombrit en éteignant les lumières puis, au pied de son King Size dont la couette avait été juste remontée le matin même à la hâte, il dénoue sa serviette de bain encore humide qu'il laisse tomber sur le parquet et s'affale sur son lit, à plat ventre, la joue sur l'oreiller, espérant sans doute rêver de sa femme et de ses enfants avant de sombrer dans les bras de Morphée, un peu ivre de bières et de bonnes intentions.

Chapitre 18

La voiture banalisée de Fares et de Joan fonce à travers Paris sirène hurlante et gyrophare bleu posé sur le tableau de bord. Tout en conduisant, Fares lance un regard à sa coéquipière

— Tes prédictions ont l'air de se révéler exactes !

— Oui et crois-moi, j'aurais préféré me tromper mais tous les signaux étaient au vert et ne laissaient présager rien de bon.

— J'en ai bien peur. Maintenant, je vais appréhender les week-ends ! lâche Fares tout en regardant son GPS. Il faut que l'on trouve quelque chose, depuis près d'un mois et demi on n'avance pas, je te jure, ça me mine !

— Je sais, avec ce nouveau meurtre nous aurons peut-être plus de chance. Ils finissent tous par commettre une erreur. Toujours !

La voiture arrive dans le bois de Boulogne, le poumon vert de Paris un peu comme Central Park à New York, elle se dirige vers le bâtiment des Services Municipaux. Toujours guidé par le GPS, Fares quitte la route de la Grande Cascade et tourne à droite, allée Saint Denis.

— C'est à quelle adresse exactement ? interroge Joan.

— Ce n'est pas une plaisanterie mais Route de la Vierge aux Berceaux !

— Tu déconnes ?

— Non, je te jure, notre meurtrier doit croire qu'il a beaucoup d'humour, je pense.

Fares se gare juste derrière un véhicule de pompiers déjà sur place ainsi que deux véhicules de police. La scène de crime est déjà très protégée par des rubalises jaunes et des policiers s'affairent à éloigner les badauds à la curiosité malsaine.

— Lieutenants Khazen et Letourneur, fait-il en montrant son insigne.

— La scientifique n'est toujours pas là ? s'étonne Joan.

— Si, regarde, ce sont eux qui arrivent.

Le corps de la mariée gît dans sa belle robe de dentelle blanche, allongée dans l'herbe encore humide de la brume matinale, exposée comme sur un lit de mort. Les mains jointes sur le ventre, formant une scène presque irréelle, les deux jambes bien parallèles, les chaussures aux pieds, tout semble trop bien ordonné mais la tache rouge au niveau du sternum vient gâcher ce tableau qui aurait pu être immaculé.

— J'ai l'impression de revivre le parc Monceau, dit Joan en s'approchant du corps.

Puis, comme par réflexe, elle contemple les mains de la jeune femme.

— Tu as vu, elle n'a plus ses bagues.

— Oui, j'avais remarqué, constate aussi Fares.

Les techniciens de la scientifique bombardent de photos. Rien n'est négligé et chaque partie du corps est immortalisée pour l'enquête y compris le détail sordide des yeux enfoncés dans leurs orbites.

— Qui a découvert le corps ? interroge Fares d'une voix forte.

— C'est le joggeur assis par terre là-bas, indique un policier en le désignant du doigt.

Fares se dirige vers lui :

— Bonjour, Lieutenant Khazen, on me dit que c'est vous qui avez découvert le corps mais en examinant bien le site je me pose une question. Comment avez-vous fait pour le voir si vous courriez sur le chemin ? Il est derrière le fourré, donc invisible en passant, surtout en courant ?
— Ce n'est pas moi !
— Comment ça, ce n'est pas vous ? Il faudrait savoir ?
— C'est Rudy, dit-il en désignant son chien, un petit beagle noir et blanc, assis à ses côtés. Il ne me quitte pas d'une semelle pendant que je cours, mais à un moment, il a bifurqué sur la droite et a disparu dans le buisson, et il s'est mis à aboyer. Je l'ai appelé et lui ai dit de revenir, mais je l'entendais aboyer de plus belle, je me suis donc approché doucement et je l'ai rejoint derrière le buisson. Et c'est là que j'ai vu.
— Et qu'avez-vous fait à ce moment précis ? demande Joan qui a rejoint Fares.
— Comment ça, ce que j'ai fait ? Je n'allais pas lui demander de m'accorder une danse ! J'ai eu la peur de ma vie, ça m'a fait sursauter, mais j'ai quand même eu la présence d'esprit de prendre Rudy dans mes bras, pour la scène de crime. Vous voyez ce que je veux dire. Enfin, je crois surtout que c'était par réflexe.
— Ensuite ? continue Joan.
— Ensuite j'ai appelé la police, j'ai composé le 112 et j'ai appelé les pompiers aussi. Après, c'était sûrement le contrecoup, je ne me suis pas senti bien et j'ai eu envie de vomir.
— Vous êtes du genre efficace vous, lui fait remarquer Fares. Vous n'avez rien vu d'autre ?
— Non Monsieur. Je pense que pour un dimanche matin, j'ai eu ma dose !

— Ça va aller ? Vous voulez que l'on vous fasse raccompagner ? Vous êtes vraiment très pâle.
— Ça ira, je suis garé un peu plus loin.
— Bon comme vous voulez. Je peux quand même vous demander une pièce d'identité si vous en avez une sur vous ?
— Oui, j'en ai une.

Le jeune joggeur, visiblement perturbé par ce qu'il vient de découvrir, fouille dans la petite poche située à l'intérieur de son jogging et en sort sa carte d'identité plastifiée qu'il tend, les mains tremblantes, à Fares. Le Lieutenant saisit la pièce, note toutes les coordonnées et en la rendant, lui joint sa carte.
— Appelez-moi si quelque chose vous revient et s'il vous plaît, allez voir le médecin des pompiers au camion, il va vous aider. Nous vous convoquerons.

Fares et Joan retournent vers les techniciens de la scientifique qui s'affairent autour du corps en compagnie maintenant du Docteur Patrick Ortega arrivé entre-temps sur place.
— Bonjour Joan, salut Fares ! Identique à la dernière fois, dit-il en se relevant. Cette fois plus aucun doute, Joan avait raison, même si pour le moment nous n'en avons que deux.
— Que deux ? coupe Fares. Votre optimisme fait chaud au cœur !
— Arrêtez de vous voiler la face, même si dans ce cas l'expression n'est pas très bien choisie, je l'admets, nous avons bel et bien affaire ici à un meurtrier en série !

Le Procureur arrive sur les lieux et interrompt le médecin :
— Bonjour à tous, j'ai entendu ce que vous venez de dire, mais je vous en prie, continuez :

— Bonjour Monsieur le Procureur. Oui je disais donc que pour moi, il n'y a plus aucun doute, nous avons bel et bien affaire à un meurtrier en série. Le mode opératoire est absolument le même que pour le meurtre du Parc Monceau. Tout concorde. La première affaire n'a pas été dévoilée au grand public, donc très peu de gens en connaissent les détails précis et voyez par vous-même, tout est identique et je suis sûr que les résultats du labo confirmeront mes dires et arriveront aux mêmes conclusions que l'affaire précédente. Si vous ne mettez pas la main sur ce malade, j'ai bien peur de vous revoir bientôt dans les mêmes circonstances ! Pour résumer, voyez la position, l'étranglement, le coup porté à la poitrine, l'enfoncement des yeux, la trace de piqûre dans le cou et la mise en scène macabre. Tout ceci confirme mes dires, il s'agit bien du même homme, et je dis bien homme, j'en suis convaincu.

En dodelinant de la tête le Proc remercie le docteur :

— Merci pour vos remarques Docteur, même si elles ne me ravissent pas ! Terminez et vous pourrez faire transporter le corps.

— Juste une dernière question demande Joan, vous pouvez nous dire l'heure de la mort ?

— Il fait très froid mais d'après mes premières constatations, la température corporelle, je dirai sans trop me tromper qu'elle est morte depuis trois ou quatre heures au plus !

— OK toubib reprend Joan Vous nous appelez dès que vous avez les résultats de l'autopsie et du labo et laissez tomber pour l'envoi à Monsieur le Procureur, nous nous en chargerons nous-mêmes.

— C'est sympa Joan, à bientôt. Salut Fares. Mes respects Monsieur le Procureur.

Un policier de la scientifique s'approche :

— Veuillez m'excuser mais pouvez-vous venir voir ?

— Vous avez découvert quelque chose ? demande Fares en s'approchant du chemin en terre.

— Oui, nous avons relevé des traces de pneus assez récentes qui correspondent, semble-t-il vu l'écartement, à un utilitaire genre trafic ou autre.

— Vous avez raison, on devine clairement que le véhicule a stoppé ici puis a redémarré, confirme Fares. Comme ce n'est pas goudronné, on le voit nettement ici, et là ! Regarde Joan, tu vois les empreintes de pneus ? Elles sont nettes.

— Nous prenons tout ça en photos et nous allons essayer de faire des moulages, ça nous permettra d'obtenir la marque et l'année du véhicule, ajoute le technicien.

Joan avance lentement en examinant le sol sablonneux attentivement.

— Tu as vu Fares, c'est bizarre mais ces traces de pas n'ont pas de motif, tu penses comme moi ?

Fares s'approche et constate à son tour :

— Oui, tu as raison, il a enfilé des protections, des surchaussures, j'en suis sûr, comme celles utilisées dans les hôpitaux ou les salles stériles. S'il vous plaît, je sais que vous connaissez votre boulot mais il nous faut un moulage ultrafin pour ces empreintes, si vous pouvez. Il faut absolument ramasser tout ce qui traîne, le moindre mégot, le moindre indice peuvent être capitaux pour nous, je compte sur vous les gars. Merci beaucoup.

— Lieutenant Khazen, Lieutenant Letourneur, je peux vous parler ? Éloignons-nous un peu, demande le Procureur. Cette affaire est vraiment très délicate et je ne veux pas de psychose dans les journaux mais je sais que nous ne pourrons pas la tenir cachée très longtemps. Vous connaissez ma devise aller vite, sans précipitation. Je sais que le Commandant Dubreuil est très impliqué et qu'il a mis une équipe entière au travail pour la résoudre au plus vite. Cependant une fuite a eu lieu la dernière fois dans la presse, par qui, nous ne savons pas, la famille sûrement ! Depuis cela s'est calmé mais ce deuxième meurtre est une véritable catastrophe ! Après les attentats, Paris ne peut pas supporter une affaire comme celle-là ! Un meurtrier en série et qui plus est, un tueur de mariées ! Vous imaginez les répercussions ? Cela ferait le tour du monde en un clin d'œil !

En se raclant la gorge pour attirer l'attention :

— J'ai bien peur que ce soit trop tard, prononce à voix basse un policier en s'approchant tout en faisant un signe de tête directionnel.

— Comment ça ? fait le procureur en se retournant et en constatant déjà la présence d'une bonne dizaine de journalistes surexcités. Mais comment sont-ils là ? Qui les a prévenus ?

— Ils écoutent et captent nos messages sur nos longueurs d'onde, pas plus compliqué que ça, explique Fares.

— Je n'ai pas de conseils à vous donner, dit Joan mais je pense que vous devriez leur parler. Vous les canalisez, ne leur cachez pas la vérité sans trop en dire toutefois. Il faut distiller l'info. Par contre, si on leur ment, ça va partir dans toutes les directions, en grand n'importe quoi. Je pense qu'il faut absolument diriger l'information et qu'il n'y ait qu'une version : La nôtre ! Pour tout vous avouer, Monsieur le Procureur, nous piétinons dans cette affaire. Faisons de la presse une alliée plutôt que de se la mettre à dos.

Le Proc fixe Joan, réfléchit :

— Vous avez raison Letourneur, vous êtes très perspicace ! Bon, vous présentez bien, venez avec moi !

À peine s'approchent-ils des journalistes, que les questions fusent de toutes parts.

— S'il vous plaît ! Est-il vrai qu'il s'agit d'une mariée ? C'est le second meurtre de mariées n'est-ce pas ? Vous pensez à un tueur en série ? Que pouvez-vous nous dire sur ce meurtre ? Où en êtes-vous sur l'enquête du Parc Monceau ?

— Allez-y Joan

— Si vous voulez des informations, je vous demande un peu de silence et de discipline. Cela sera plus efficace et nous ne perdrons pas de temps. Je suis le Lieutenant Joan Letourneur. Le Procureur Paul de Morveau va vous faire une déclaration concernant ces deux affaires en cours.

Le ton est ferme et du coup efficace. Le silence arrive rapidement.

— Monsieur le Procureur, je vous en prie.

— Oui, merci. Effectivement, il s'agit bien d'une mariée comme dans l'affaire du Parc Monceau. D'après les premières constatations, nous sommes en présence d'une mise en scène qui laisserait à penser qu'il s'agit bien du même meurtrier. Pour le moment, les policiers traquent le moindre indice. Il est encore trop tôt pour affirmer que nous sommes en présence d'un meurtrier en série. Quoi qu'il en soit, nous avons décidé de ne pas vous écarter de cette enquête et de vous tenir informés de la suite des évènements. Nous vous demandons de ne pas broder et d'être nos partenaires et non nos adversaires. Il est normal de tenir informés vos lecteurs ou auditeurs, vous avez besoin de renseignements, nous vous les donnerons s'ils ne vont pas à l'encontre des intérêts de l'enquête, mais par pitié, pas d'extrapolation, pas d'invention pour faire du sensationnel ! Non, pour une fois, la vérité et rien que la vérité. Pour ce faire, nous organiserons régu-

lièrement des conférences de presse et nous comptons sur vous, si de votre côté vous récoltez le moindre renseignement, nous vous demandons de nous le communiquer rapidement, des vies sont peut-être en jeu. Je vous remercie. Lieutenant.
— Merci. Comme je vous l'ai dit, je suis le Lieutenant Letourneur de la Brigade Criminelle et voici mon coéquipier, le lieutenant Fares Khazen, dit-elle en lui faisant signe de s'approcher. Nous sommes chargés de cette affaire et c'est avec nous.

Chapitre 19

Le lendemain matin, lundi et pour une fois à l'heure, Fares arrive pour le débrief hebdomadaire organisé par le commandant Dubreuil à la Brigade. Sourire aux lèvres en passant devant le bureau de Jordan.

— Ta gueule, Jordan !

— Je n'ai encore rien dit !

— Oui, mais tu allais le faire !

— Tout le monde est là ? interroge le Commandant Dubreuil en entrant dans l'open space.

— Oui Commandant, même Fares ! Tu l'as cherché ! balance Jordan en se tournant, content de lui, vers son collègue.

Dubreuil continue :

— Nous allons commencer par l'Hôtel de La Ferronnerie. Quoi de neuf après la diffusion du portrait-robot ?

— Pas grand-chose, rétorque Fares, le peu de pistes que nous avions suite à la parution dans les journaux ont toutes fait chou blanc, inconnu au bataillon ! Quant à Alexis, la fouille de sa chambre n'a rien donné de particulier et dans son ordi non plus. Mis à part qu'il était gay, qu'il bossait comme second dans les cuisines d'un restau à la défense, qu'il fréquentait le Blue Boy, rien de spécial. Nous avons reçu le rapport toxicologique, il ne se droguait pas et rien n'indique qu'il dealait. Il ne reste vraiment que la piste sexuelle, nous recherchons toutes ses fréquentations. Peut-être un meurtre passionnel ?

— Si, il y a quelque chose de nouveau, balance subitement Jordan, et je pense que c'est important. J'ai reçu vendredi dernier un appel du gérant de l'Hôtel de La Ferronnerie, le mec qui a loué la chambre et qui a donné de faux papiers n'était pas français !

— Comment ça ? s'étonne Fares.

— Il avait un fort accent anglais, le gérant en est certain.

— Attends, attends. Le mec qui m'a bousculé au Blue Boy, il s'est excusé en anglais ! Maintenant que tu me dis ça, ça me revient, sur le coup je n'ai pas fait gaffe, mais oui, c'est un étranger ! Tu aurais dû nous en parler avant !

— Quoi ? Le mec te bouscule, il te parle en anglais, tu aurais pu t'en souvenir ! En plus, entre vendredi et aujourd'hui lundi, je ne vois ce que ça change ?

— Vous trouvez ? lance Dubreuil un peu énervé. Chaque jour compte pour l'enquête, il peut récidiver à tout moment ! Bon, maintenant, il n'y a plus de doute. Le barman l'a reconnu, le gérant de l'hôtel l'a reconnu et Fares aussi, nous savons qu'il est d'origine étrangère. Ce dernier fait nous indique pourquoi la parution de son portrait-robot dans les journaux n'a généré aucune réponse. Non seulement il n'est pas français mais il ne vit pas en France ! On a perdu assez de temps, contactez Interpol et lancez un mandat d'arrêt international avec la photo pour meurtre, élément très dangereux ! Passons à l'affaire qui nous préoccupe le plus, le tueur de mariées. Vous avez vu la presse ce matin ? On fait la Une partout ! Il faut dire qu'ils n'ont pas grand-chose à se mettre sous la dent en ce moment ! Cette affaire tombe à pic pour eux, ça va noircir du papier ! Alors, quoi de neuf ? Comme tout le monde le sait, elle s'appelle Céline Touron, née Langlet. Alors, vous avez retrouvé les familles, vous avez enquêté sur elles, fouillé les portables, les ordinateurs, fait les enquêtes de voisinage, l'audition des témoins présents au mariage, vous avez examiné à la loupe le déroulement complet de la journée, de la cérémonie jusqu'au petit matin suivant, et toujours rien ? Vous n'avez rien de nouveau à me dire sauf les noms ?

Joan prend la parole :

— Aussi incroyable que cela puisse paraître, Commandant, nous sommes exactement dans la même configuration que pour le premier mariage ! Il n'y a strictement rien de spécial ! Rien d'anormal et tout s'est déroulé sans le moindre incident jusqu'à la disparition subite de la mariée.

Fares se lève et commence à tourner sur place les deux mains derrière la tête :

— Toute l'équipe a fait un boulot de dingue pour un résultat nul, on n'avance pas, bordel ! Le mec vient, kidnappe une mariée, la viole, l'assassine et disparaît sans un indice, comme s'il allait faire ses courses au supermarché. Je pense que continuer d'enquêter sur les familles est une perte de temps. Il faut vraiment se concentrer sur les indices des scènes de crime. Quelque chose nous échappe.

Au même instant la sonnerie du téléphone portable de Fares retentit.

— Oui, allô !

— Fares ? C'est Patrick Ortega, vous êtes assis ? Tenez-vous bien, on a l'ADN ! Je viens de recevoir les résultats du labo.

— Non ? Pas possible !

— Si !

— C'est génial ! On arrive !

— Que se passe-t-il ? demande Dubreuil.

— Le vent tourne, Commandant ! C'était le médecin légiste, Patrick Ortega. Je ne sais pas comment il a fait, mais on a l'ADN du tueur ! Il me dit qu'il a les résultats du labo. Viens Joan, on file là-bas tout de suite.

— Bon, OK, allez-y, mais pas de fausses joies, cela nous permettra de le confondre lors de son arrestation, mais à mon avis il ne sera dans aucune base de données vu qu'il ne vit pas en France, relève le Commandant Dubreuil.

Puis se retournant vers les autres policiers, il ajoute :

— Pour tous ceux qui restent. Pendant que j'y pense, personne ne m'a parlé de caméras vidéo ? Avez-vous vérifié ça ?

— Non, répond Jordan, il faut dire à notre décharge, qu'avec toutes les vérifications, nous avons été un peu surchargés. Je m'en occupe avec Franck.

— Je ne comprends pas, vous auriez dû commencer par-là ! OK ! C'est une priorité ! Je veux que toutes les caméras soient vérifiées, partout, autour des salles de mariage, du Parc Monceau et même des mairies. Et pendant que vous y êtes, idem pour le meurtre de l'Hôtel de La Ferronnerie, autour de l'hôtel, autour de la boîte le Blue Boy, voire aussi dans le quartier où résidait Alexis Constantin. Allez, roulez !

◈

— Alors ? interroge Fares, suivit de Joan, en poussant la porte de la salle d'autopsie où se trouve le Docteur Ortega :

— Salut les enfants, j'ai reçu le rapport du labo. J'avais eu l'idée de prélever de l'ADN sur le front de Mélanie, la première mariée, car je me suis dit que pendant l'acte sexuel, notre meurtrier avait peut-être transpiré et bingo ! Une goutte de sueur l'a trahi. J'ai fait les mêmes examens sur la seconde mariée, Céline, j'attends les résultats. De votre côté, avez-vous un retour concernant le sac avec toutes les affaires que je vous avais confiées ?

— Non, pas encore, confirme Joan, mais s'il y a la moindre trace d'ADN sur les vêtements, ils vont la trouver. Si c'est positif, nous pourrons comparer les résultats et dans ce cas, il n'y aura plus aucun doute, nous aurons l'ADN du tueur !

— J'ai fait comme la dernière fois, je vous ai préparé un sac avec toutes les affaires de la petite Céline. Envoyez-le vite au labo. Il faut que nous ayons tous ces éléments de comparaison.

— Je commençais à désespérer, avoue Fares. Les derniers résultats me remontent un peu le moral. Enfin, il y a du concret. Merci toubib. On y va, Joan. Puis, tout en quittant l'institut médico-légal, Fares se souvient subitement :

— Au fait, tu as entendu Dubreuil en partant, tout à l'heure ?

— Oui, je ne m'explique pas que l'on ait pu zapper les caméras vidéo ! Mais comment on a pu oublier ça ?

— Attends, tu as vu le boulot que l'on a abattu ces derniers jours ?

— Fares ! Arrête ! On n'a pas d'excuses ! Putain, c'est le b.a.-ba ! Et même si on était débordé, on aurait pu demander à d'autres de s'en occuper. Non, on a merdé, c'est tout !

Chapitre 20

C'est l'effervescence ce samedi dans la très belle maison des Shepherd. Toutes les pièces sont allumées si bien, que de l'extérieur, on a l'impression que cette demeure brûle de mille feux et elle se remarque de loin dans cette magnifique avenue de Coral Gabbles en brillant comme un gâteau d'anniversaire couvert de bougies. Pourquoi tant d'agitation ? C'est ce soir que les grandes décisions concernant le mariage, décidé un peu à la hâte, de Tiffany et de Leighton vont être prises en famille. La date n'est pas tout à fait fixée mais Emma Shepherd a déjà convoqué le meilleur traiteur de la ville et un organisateur de mariage très réputé mais aussi très cher ! En réalité et pour tout dire, la famille se résume à Emma Shepherd, son mari le docteur Mark Shepherd et Tiffany, leur fille. Leighton fera une courte apparition, juste pour entériner les choix faits par sa fiancée et sa mère. Le père, lui, fera uniquement acte de présence pour ratifier les devis et signer les chèques d'acompte mais sûrement pas pour donner son avis qui, évidemment, serait systématiquement contredit par les deux femmes de la maison qui ne manqueraient pas d'ajouter : « De toute façon, tu n'as aucun goût ! » et lui de répondre comme un jeu : « J'ai quand même eu celui de te choisir, chérie ! ». Les parents de Leighton ne sont plus de ce monde et il possède bien deux ou trois vagues cousins qu'il connaît à peine et qu'il n'a pas du tout l'intention d'inviter. Donc, de son côté, sa famille et ses invités vont se résumer au strict minimum : lui ! Et ça l'arrange bien, il déteste toutes les cérémonies et encore plus les traditions. Si cela n'avait tenu qu'à lui, une escapade à Hawaï ou à l'île Maurice entre deux témoins aurait fait l'affaire. Mais voilà ! Cette idée ne colle pas du tout avec les idées de grandeur et le goût pour les réceptions grandioses, le m'as-tu-vu mondain des Shepherd. Ce sont pourtant des gens charmants, Emma se dévoue dans ses associations caritatives mais c'est plus fort qu'eux, il faut étaler et briller dans cette ville magique, qu'est Miami. Alors ce soir, on va choisir, ce qu'il y a de plus chic, de plus cher, et rien ne sera assez beau, assez brillant pour épater la galerie. Les invités seront triés sur le volet et le placement aux tables exécuté avec le plus grand soin. On part de zéro, il faut tout faire, tout choisir, tout imaginer, des décors floraux aux couleurs pour la décoration, rechercher dans des catalogues les robes des demoiselles d'honneur, retenir le traiteur, le pâtissier et choisir les parfums et le style du gâteau gigantesque. Louer la salle de réception parmi les plus belles et les plus renommées de Miami, sûrement dans un palace prestigieux. Mark Shepherd commence déjà à bâiller !

— Bon, écoute Mark, si cela t'ennuie va faire un tour ! s'énerve Emma.

— Et qui, dans ce cas, fera le garde-fou à vos goûts extravagants ? Cela vous arrangerait bien, que je quitte cette réunion pour vous laisser le champ libre avec votre maître de cérémonies très maniéré, et surtout très dépensier avec l'argent des autres ! Que nenni ! J'y suis, j'y reste ! D'ailleurs, il va falloir y aller doucement, il n'y a pas eu d'accident de bus sur Collin's Avenue, dit-il hilare.

Sur ces entrefaites, Leighton pénètre dans le grand salon.

— Ah, bonsoir Leighton. Vous tombez bien mon garçon. Je me débats avec la gent féminine pour essayer de ne pas terminer SDF ! Si vous pouviez influencer quelque peu !

— Bonsoir ma chérie. Il se penche alors vers Tiffany et l'embrasse tendrement. Bonsoir Emma, bonsoir Mark ! Alors, où en êtes-vous ?

— Quarante ou même cent mille dollars ! ironise Mark.

— Papa ! Tu exagères, tu n'es pas content de marier ta fille ?

— Tu sais bien que je plaisante, ma chérie ! Ton bonheur compte par-dessus tout pour moi.

Les heures défilent, tout est passé en revue. Chaque détail est scrupuleusement noté sur un carnet par Emma.

Mark a cessé depuis longtemps d'inscrire les prix sur une feuille, il a vite baissé les bras, comprenant que de toute façon ce mariage lui coûterait un bras ! Mais qu'importe, il n'a qu'une fille qu'il adore et quand il la regarde, radieuse, souriante, rayonnante de bonheur, c'est tout ce qui compte pour lui. Par contre il n'est pas sans avoir remarqué que Leighton semble un peu détaché presque comme si tout cela ne le concernait pas. Jamais il ne donne son avis et s'empresse même de répondre « oui » ou « oui, oui c'est très bien, bonne idée » à toutes les questions que Tiffany lui pose. Cela fait plusieurs fois qu'il consulte sa montre discrètement. Mark reste muet sur le sujet et ne veut surtout pas faire de vagues, ni casser l'ambiance de cette soirée bon enfant. Les deux femmes de sa vie sont bien trop heureuses pour venir ternir quoi que ce soit par une remarque déplacée. Quoi qu'il en soit, il n'est pas question de laisser son sujet d'inquiétude sans réponse. Il réglera le problème plus tard en demandant directement à Leighton, face à face, ce qui le préoccupe. Il devine que quelque chose ne va pas et déteste les situations bancales. Le bonheur de sa fille est en jeu et il ne s'est pas rendu compte que son visage s'est assombri en examinant celui de son gendre. Cela n'a pas échappé à Emma qui connaît bien son mari.

— Tu en fais une tête mon chéri ! Ça ne va pas ? Je t'ai dit d'aller faire un tour si tous ces préparatifs t'ennuient ! Tout à l'heure tu étais tout guilleret et maintenant te voilà tout morose !

Mark rebondit :

— Non, j'étais juste en train de penser que c'est une page qui se tourne dans notre vie et que notre petite Tiffany va nous quitter. Le temps passe tellement vite. On voudrait le figer, conserver nos enfants pour nous, ne pas les voir partir. Bon, d'un autre côté, je serai aussi heureux d'avoir des petits-enfants qui me tournent autour des jambes ou me piaillent dans les oreilles tout en m'appelant Papy. Finalement, en réfléchissant à tout cela, je me rends compte que sous ma carcasse bourrue se cache un grand romantique !

— Oh mon papa préféré !

Tiffany se lève et enlace son père en le serrant très fort dans ses bras.

— Je t'aime, tu sais ! Tu resteras pour toujours mon papa d'amour ! Tu en es conscient, j'espère ?

— Bien sûr mon ange, je ne veux qu'une chose, ton bonheur, lui dit-il à l'oreille en constatant, par-dessus l'épaule de sa fille, que Leighton venait une nouvelle fois de consulter sa montre, guère ému par la scène touchante qui se déroule sous ses yeux, contrairement à Emma qui essuie discrètement à l'aide d'un mouchoir en papier, la larme roulant sur sa joue, puis, se reprenant, elle lance :

— Bon, si on buvait une petite coupe de champagne pour arroser tout ça, qu'en pensez-vous les enfants ?

— Excellente idée ma chérie, acquiesce Mark.

— Non, pas pour moi. Je vais vous quitter, j'ai encore mille choses à faire, je dois retourner à la clinique préparer un cas difficile pour lundi. Certains détails de l'opération me contrarient un peu et il faut que je retravaille le dossier.

— Avez-vous besoin d'aide ? propose Mark, pas dupe.

— Non, Mark, je vous remercie, ça devrait aller. J'aime bien réfléchir seul, sereinement dans mon bureau, la nuit, je me concentre mieux.

— Nous devions passer la soirée ensemble, nous aurions pu dîner tranquillement après.

— Je le sais Tiffany, mais ne t'inquiète pas je me rattraperai. Je te le promets.

— Tu m'avais déjà promis pour ce soir !

— Je le sais ma chérie, mais il faut absolument que je travaille sur ce dossier pour être prêt lundi matin. Je t'appelle demain.

Il embrasse Tiffany sur le front et prend congé.

À peine Leighton a-t-il quitté les lieux qu'Emma intervient :

— Souviens-toi de notre dernière conversation à ce sujet, Tiffany. Il va falloir que tu te fasses un peu respecter, sinon… la potiche !

— Je le sais maman, mais nous ne sommes pas encore mariés.

— Justement, si c'est comme cela maintenant, tu veux me dire comment cela sera plus tard ! Qu'en penses-tu, Mark ?

— Je pense que ta mère a raison. Je le trouve un peu détaché. Il n'est guère prévenant. Pas assez…

— Pas assez quoi ? demande Tiffany sur un ton un peu plus sec.

— Pas assez amoureux à mon goût. Avec ta mère, je me souviens, je ne la quittais pas d'une semelle. Quand nous n'étions pas ensemble, nous passions notre temps à nous appeler. Même le soir, nous discutions des heures au téléphone. Les temps changent et on se trompe peut-être, mais ce qui importe pour nous c'est ton bonheur. Si tu es heureuse, alors nous sommes heureux.

— Parfois je me pose des questions. C'est vrai, j'aimerais qu'il soit plus présent, plus prévenant mais je me dis que c'est peut-être son caractère ! Son travail l'accapare beaucoup. Bon, je suis fatiguée, je monte me coucher.

— Mais tu n'as pas dîné ? s'inquiète Emma.

— Je n'ai plus faim.

Elle embrasse son père et sa mère avec un petit air attristé.

— Dors bien ma chérie et ne t'inquiète pas, tout va s'arranger.

— J'espère maman. Bonne nuit.

Une fois Tiffany montée dans sa chambre Mark intervient :

— Je suis très inquiet. Je ne sais pas si tu as remarqué, mais pendant que vous parliez cuisine et chiffon, j'observais Leighton et franchement on aurait dit que cela ne l'intéressait pas du tout. Il ne cessait de consulter sa montre. On dirait qu'il se moque de son mariage ! Qu'il n'est pas concerné ! Je n'ai pas voulu le dire devant Tiffany, mais tu trouves normal que pendant que nous sommes en train de tout préparer, lui, il parle boulot et consulte l'heure en permanence comme s'il avait un rendez-vous ? Pas un geste d'attention envers notre fille, pas même un petit baiser d'amoureux. Non, je ne veux pas être défaitiste mais quelque chose ne tourne pas rond chez lui, crois-moi !

— Je n'ai pas remarqué ce soir mais je suis sûre que tu as raison et le pire, c'est que je pense que Tiffany n'est pas très heureuse en réalité. Elle essaie de nous le cacher mais je la connais et je sais qu'elle est inquiète. Mais que faire ?
— J'ai bien envie de lui parler seul à seul, je vais lui sortir les vers du nez ! S'il nous cache quelque chose, je compte bien le découvrir. Mes questions seront plus que directes !
— Comment vas-tu t'y prendre ?
— Fais-moi confiance, je vais lui parler clinique et investissements et je vais l'inviter à déjeuner. Je commence à le connaître, il va rappliquer ventre à terre. Tu verras, il sera beaucoup plus attentif que pour les préparatifs de son mariage mais je vais très vite changer de sujet. Il sera bien obligé de réagir. Je vais l'observer de très près et chaque réponse qu'il me fera sera analysée, crois-moi !
— Et si tu découvres quelque chose de négatif ?
— Nous aviserons. Nous en parlerons à Tiffany, je ne lui cacherai rien concernant le rendez-vous que j'aurai eu avec lui. Elle est intelligente, elle comprendra. Qu'en penses-tu ?
— Fais comme tu le sens. Tu sais bien que je te soutiendrai toujours. Après tout, c'est le bonheur de notre fille qui est en jeu.

La soirée avait pourtant bien commencé !

Chapitre 21

La Porsche de Leighton pénètre dans le parking souterrain de la clinique. Il entre son badge d'identification dans la borne d'accès qui lève immédiatement la barrière, descend au premier sous-sol et se gare sur sa place réservée. Le bip de la fermeture automatique des portes résonne dans tout le niveau pratiquement désert. Il marche maintenant tranquillement au milieu de la voie centrale, passe devant les caméras de surveillance et se dirige vers l'ascenseur. Il appuie sur le bouton RDC. Les chambres occupées par les patients se situent au second tandis que les salles de consultation et les salles d'opération occupent la totalité du premier étage et du rez-de-chaussée où se trouve également l'accueil. Les portes de l'ascenseur s'ouvrent et Leighton en sort afin d'aller saluer le gardien de nuit.

— Bonsoir Robert, comment allez-vous ? Pas de problème ?

— Bonsoir Docteur Kaufmann ! Non, tout va bien, je vous remercie.

— Parfait, je monte à mon bureau travailler un peu sur un dossier pour une opération délicate que nous devons pratiquer lundi. J'en ai pour un petit moment.

— Pas de soucis, Docteur.

Leighton retourne vers l'ascenseur qui n'avait pas bougé et appuie cette fois sur la touche 3. L'étage, à cette heure tardive, est déserté. Arrivé devant son bureau, il jette un œil à droite et à gauche, insère la clé dans la serrure, entre et verrouille la porte derrière lui. Il pose négligemment sa serviette en cuir sur son grand et magnifique bureau design en bois de citronnier verni laqué, Il s'assoit dans un somptueux fauteuil en buffle noir, allume son ordinateur et commence à travailler. Il faut laisser passer le temps, laisser défiler les heures pour attendre celle qu'il a planifiée.

Sa montre affiche maintenant trois heures. Il se lève. Ses mouvements deviennent plus rapides, son cœur s'emballe. Il ouvre deux des grandes portes des éléments muraux fabriqués dans la même essence de bois que son bureau et en extrait un grand sac de sport. Il en sort un pantalon gris de travail, une ceinture épaisse en cuir noir, une chemise grise portant le logo d'une société de livraison sur la poche de devant, des chaussures de sécurité, un bloc de feuilles de livraison où des adresses sont notées ainsi que les colis livrés et les signatures des destinataires. Un stylo y est accroché. Ces bons de livraison font illusion, il a tout copié soigneusement sur Internet. En moins de cinq minutes, il se change, s'affuble d'une fausse moustache, de fausses lunettes de vue et d'une casquette portant, elle aussi, un logo identique à celui brodé sur la chemise. Il s'approche de la porte, écoute au travers d'elle, essayant de capter le moindre bruit. Le silence est total. Doucement il déverrouille la serrure, entrouvre et jette un œil pour voir si la voie est libre. Il sort, referme soigneusement la porte puis avance en longeant les murs, la tête baissée. Cette fois il oublie l'ascenseur et se dirige vers l'escalier de service qu'il emprunte en ayant pris soin de détecter le moindre bruit avant de s'engager. Il descend jusqu'au sous-sol et sort par une porte dérobée munie d'une serrure antipanique qu'il suffit de pousser de l'intérieur pour sortir mais qui ne s'ouvre que d'un seul côté si l'on ne possède pas la clé. Il grimpe un petit escalier en béton qui remonte jusqu'au niveau du jardin. Il sait qu'il n'y a pas de caméra par ici. Il avance discrètement dans la nuit, métamorphosé en livreur avec son bloc à la main et un sac en bandoulière. Il suit la rue déserte, tourne à droite à la suivante et fait encore une centaine de mètres pour finir par rejoindre une camionnette blanche garée le long du trottoir. Il a enfilé des gants blancs en coton, pour donner l'illusion aux clients que les colis livrés sont précieux mais lui, il sait que ce n'est pas le cas et que s'il porte des gants c'est pour une tout autre raison. Il possède la clé du véhicule car il l'a loué l'après-midi même sous une fausse identité avec de faux papiers. Il grimpe à l'intérieur et démarre. La camionnette avance maintenant dans les rues de Miami en respectant scrupuleusement la limitation de vitesse et les feux de signalisation, il n'est pas question de se faire arrêter et compromettre ainsi le programme de la nuit. Il emprunte Coral Way qu'il suit pour rejoindre une bonne vingtaine de minutes plus tard Biscayne Boulevard qu'il remonte quelques instants avant d'entrer sur le parking d'une salle des fêtes, louée pour les réceptions, les séminaires ou les mariages. Elle n'est pas immense ni très luxueuse mais son parking est facile d'accès et elle peut recevoir jusqu'à deux cents convives. Nous sommes loin des salles prestigieuses situées dans les palaces 5* de Miami Beach mais nettement plus difficiles à approcher les jours de réception. C'est dans ce lieu que se déroulent, après la cérémonie officielle, les festivités du mariage de Sandra et Alessandro Borreda.

La camionnette stoppe devant l'entrée principale et Leighton attend assis derrière le volant. Il va attendre, attendre encore jusqu'au moment propice où il apercevra la mariée dans le hall d'entrée au travers des grandes portes vitrées. La camionnette est garée de façon à ce

que sa porte coulissante latérale se situe du côté opposé au très large escalier d'accès. Cela fait maintenant près de 15 minutes que Leighton surveille attentivement les allées et venues des convives quand soudain, elle est là, devant ses yeux, superbe, dans sa longue robe blanche. En une seconde, il se précipite hors du véhicule dont la porte latérale est grande ouverte, il monte les marches du perron deux par deux et en pénétrant dans le hall il se dirige cette fois tranquillement vers Sandra. En affichant un large sourire presque racoleur
— Bonsoir, vous êtes Sandra Borreda ?
— Oui, mais… Vous êtes un livreur ? Vous travaillez encore à cette heure ?
— Oui, nous livrons 24 heures sur 24. C'est parfait, j'ai de la chance ! J'ai un joli colis pour vous, c'est sûrement un beau cadeau, vu l'emballage avec un gros nœud. Venez, on en a pour une seconde, je vous le donne, il faudra juste me signer le reçu, c'est tout !

Sandra sans réfléchir sort de la salle et se dirige vers la camionnette garée juste au bas des marches. Le moteur tourne. Elle suit de près le livreur qui fait le tour. Il attrape un colis décoré effectivement par un joli ruban rose et un gros nœud sur le dessus. Il le place directement dans les bras de la mariée. Il plonge sa main droite dans sa poche et en un dixième de seconde enfonce l'aiguille d'une seringue dans le cou de Sandra qui s'effondre, poussée par Leighton à l'intérieur du véhicule de livraison. Il ramasse le colis et le jette à l'intérieur. En un geste, il claque la porte coulissante, grimpe au volant et démarre sans précipitation. En moins d'une minute, a camionnette quitte le parking et disparaît dans les rues de Miami.

Chapitre 22

La camionnette avance lentement, tout phare éteint devant le Marine Stadium, au 3501 Rickenbacker Causeway à Key Biscayne. Elle le contourne et s'arrête dans un coin sombre, à l'abri des regards. Leighton descend la vitre électrique et essaie de capter le moindre bruit. Rien. Juste un léger vent qui siffle sous les gradins. Il passe à l'arrière du véhicule de livraison où Sandra est toujours allongée sur la tôle froide. Il enfile une combinaison en papier blanc. Ses mains sont toujours gantées. Il se baisse et s'allonge doucement sur elle ce qui a pour effet de la sortir un peu de sa torpeur. En un geste rapide, il place sa paume gauche sur la bouche de la jeune femme dont les yeux expriment maintenant une terreur indescriptible. Sans succès, elle essaie de crier mais la main de Leighton devient plus puissante et il appuie si fort que le son est totalement étouffé. D'une voix douce presque rassurante, il lui murmure :

— Chut, chut, chuuut. Calme-toi !

Il saisit de sa main droite le poignard dissimulé dans le sac à bandoulière posé sur le sol métallique du véhicule et place la lame effilée au niveau du cœur. Il appuie lentement mais de toutes ses forces.

— Chut ! Tu ne sens rien, laisse-toi aller, oui comme ça, laisse-toi aller…

La lame s'enfonce dans la poitrine de Sandra. Des larmes coulent sur ses joues. Sa vie s'envole comme le vent léger qui souffle cette nuit-là.

Il va maintenant terminer son œuvre. Comme envoûté, il laisse libre cours à ses pulsions sexuelles dans un délire mental total.

◈

La porte latérale de la camionnette coulisse lentement. Leighton enfile des surchaussures et sort sans un bruit. Il tend l'oreille pour détecter le moindre son. Il place ensuite le grand poignard, qu'il a préalablement essuyé, dans l'étui situé à sa ceinture. Toujours habillé de la combinaison blanche maculée de sang qu'il a enfilée par-dessus ses vêtements de livreur, les mains encore gantées, il soulève le corps sans vie de la jeune mariée et le place sur son épaule comme pratiquent les bouchers dans les abattoirs avec les demi-carcasses animales. Il n'y voit pas grand-chose car ce soir la nuit est noire et l'endroit pas éclairé. Il sort de sa poche son téléphone portable et allume la torche puis se dirige à tâtons en prenant garde de ne pas butter dans les détritus qui traînent çà et là. Cette tribune abandonnée recèle de pièges en tout genre, comme des amoncellements de vieux gradins, tous plus dangereux les uns que les autres, surtout dans une pénombre complète. Mais l'endroit ne lui est pas totalement étranger, il est déjà venu ici il n'y a pas si longtemps. Sur le sol poussiéreux il aperçoit des anciennes rubalises sur lesquelles est inscrit *police scène de crime*. Il se fige et dépose lentement à terre le corps sans vie de Sandra. Commence alors un rituel macabre et ordonné. La robe est placée religieusement, déployée comme pour mettre en valeur une reine sur son lit de mort, les jambes bien alignées et les mains, sans bague, jointes sur le ventre. Les chaussures blanches sont ajustées et Leighton les dépoussière avec ses gants en coton, surveillant le moindre détail. À l'aide de la torche de son téléphone, il fait le tour pour rendre la scène parfaite à ses yeux, déplaçant même des cannettes de bière, des vieux papiers ou autres détritus venant polluer son tableau sépulcral et funeste.

Soudain un craquement le fait sursauter. Des bruits de pas très lents, qu'il estime à environ une vingtaine de mètres, se font entendre. Il n'a plus de doute, il y a quelqu'un. Il éteint immédiatement sa torche, se dissimule très discrètement derrière un pilier en béton et attend en maîtrisant même son souffle. Le son se rapproche. Il entrevoit maintenant une forme dans la nuit qui avance lentement, à pas feutrés, hésitante. Leighton perçoit la respiration de l'homme, probablement un sans-abri qui se fige lorsqu'il arrive au niveau du corps sans vie. Horrifié, il porte alors machinalement la main à sa bouche en laissant échapper des petits cris à demi étouffés, tout en trépignant sur place, pris par une panique incontrôlable. Leighton s'avance froidement telle une ombre, s'immobilise juste derrière l'intrus et allume subitement sa torche en la plaquant sur sa poitrine. L'homme se retourne d'un coup. Il est face à un inconnu, debout devant lui, à un mètre. Sa peur est telle qu'il vacille au poing d'en perdre l'équilibre, au bord de l'évanouissement. Mais avant qu'il ne réalise ce qu'il lui arrive, Leighton dégaine son poignard et le lui enfonce violemment dans la poitrine, restant figé quelques instants comme s'il portait tout le poids du corps de sa victime uniquement avec la lame de son arme. Il l'arrache brusquement et la replante une seconde fois avec une violence inouïe, puis une troisième fois. L'homme s'effondre lourdement sur le sol. Immédiatement Leighton le tire par les pieds, comme pour l'éloigner de son tableau macabre, ne supportant pas que quoi que ce soit vienne entacher son œuvre. Après cela, calmement, il remonte dans la camionnette, met en route et avance jusque sur l'asphalte, il stoppe, descend à nouveau, attrape un balai qu'il avait pris soin de placer à l'arrière, retourne près du corps de la mariée et s'efforce d'effacer toutes les traces de pas et empreintes de pneus, dessinées dans la poussière terreuse du sol.

Quelques instants plus tard, le véhicule disparaît dans la nuit.

Chapitre 23

Le Lieutenant Derek Moore s'approche du corps et s'adressant à son coéquipier le Sergent Mickael Sollivan :

— J'ai l'impression de revoir l'épisode d'un mauvais feuilleton. Non mais tu le crois ? Tout est identique, au même endroit en plus ! On dirait que le meurtrier nous nargue !

— Oui enfin, ce n'est pas tout à fait pareil, cette fois nous avons un petit cadeau supplémentaire ! Il lui a littéralement défoncé la poitrine. Je suis certain que c'est un couteau à lame crantée pour faire de tels dégâts.

— Il s'est acharné et tu veux que je te dise pourquoi ? Parce que ce pauvre mec est venu le déranger pendant qu'il prenait son pied avec la mariée. Et lui ne change rien à l'enquête, ce n'est simplement qu'une pièce rapportée. Sinon, c'est le même terrain de jeu, le même délire ! Il l'a tué parce qu'il était au mauvais endroit au mauvais moment, c'est tout. Pour le reste, nous sommes devant la réplique exacte du dernier meurtre. Putain, tu parles d'un dimanche ! Allez-y les gars, faites votre boulot, dit-il en faisant signe d'approcher aux techniciens de la scientifique.

— Tiens voilà le médecin légiste, observe le Sergent Sollivan, on va peut-être en savoir plus mais à mon avis c'est bis repetita ! Salut toubib !

En approchant, le médecin écarquille les yeux :

— Je ne le crois pas ! Mais qu'est-ce que c'est que ce bordel ? Je rêve ou quoi ?

— Non non, c'est bien la réalité, certifie Derek. Et ce n'est pas un rêve mais plutôt un vrai cauchemar !

— Et celui-là, qu'est-ce qu'il fait là ?

— Nous l'avons découvert en même temps que le corps de la mariée, explique Derek.

— Oui, eh bien ne cherchez pas, il est tombé sur le tueur qui l'a occis manu militari pour éliminer un témoin gênant.

— C'est exactement ce que nous pensions, ajoute le jeune Sergent Mickael Sollivan.

— Je vais commencer par l'homme, propose le médecin légiste en s'avançant. Il ne l'a pas loupé. Aidez-moi les garçons, on va lever un peu le corps pour que je puisse juste jeter un œil sur les plaies.

Les deux policiers s'exécutent et le médecin relève le pull gris et bleu en laine, puis la chemise et enfin un tee-shirt blanc maculé de sang.

— Trois entrées bien nettes et larges, une grande lame, peut-être crantée mais dans tous les cas, le même type de couteau que la dernière fois, très tranchant. Notre homme est probablement sportif, car cela nécessite une sacrée force pour traverser d'un coup trois épaisseurs de tissu et enfoncer une lame dans le sternum. Cette plaie, presque béante, est très certainement due au premier coup porté, ensuite ces deux-là. Nous sommes en présence d'une rage inouïe, d'une folie meurtrière incroyable. Qui peut infliger un tel sort à un homme ? Nous avons affaire à un psychopathe extrêmement dangereux. La position du corps indique sûrement qu'il a été tiré, déplacé. Je le saurai lors de l'autopsie mais vu l'effroi que l'on peut lire sur son visage, je me demande si ce pauvre homme n'est pas mort d'une crise cardiaque. Bon, fait-il en se relevant, on va laisser la scientifique travailler. Passons à la mariée.

— Tu as vu Derek, on dirait que le sol a été comme balayé, fait remarquer le Sergent Sollivan.
— Tu as raison, c'est même certain. Non mais tu crois qu'il apporte un balai avec lui ? J'ai beau être dans le métier depuis un certain temps, parfois il y a des choses qui me dépassent. Alors, toubib ?
— C'est quand même incroyable, nous sommes en présence d'un crime absolument identique. À croire qu'il emmène sur place une check-list et qu'il vérifie, point par point, sa scène de crime.
— Oui sauf que cette fois, il a rajouté un balai ! Et un cadavre supplémentaire !
Le médecin, tout en examinant le corps de la jeune femme, reprend :
— Ce qui prouve, mon cher Derek, que nul n'est parfait. Il a eu un caillou dans l'engrenage et il en aura un à chaque fois, vous pouvez me croire ! Les imprévus ne font pas partie de sa check-list, et un jour il commettra une erreur qui lui sera fatale. C'est comme ça que nous arrivons à les coffrer et vous le savez.

Après un temps de pause il reprend :
— Alors, la position du corps, la trace d'aiguille dans le cou, l'enfoncement des yeux dans les orbites, les marques de strangulation, la position des mains et les bagues manquantes, tout y est ! Pour le viol, post mortem je présume, nous ferons l'examen à l'institut, ainsi que tous les relevés ADN.
— Venez voir par ici, je pense avoir trouvé quelque chose ! sollicite un policier de la scientifique qui examine le sol à la loupe depuis plus d'une demi-heure. Regardez, on dirait une fausse moustache !
— Vous êtes sûr ? questionne Derek. Faites voir !

Le lieutenant se penche, et, effectivement dans la poussière du sol, gît une moustache, couleur châtain foncé, puis, stupéfait :

— Alors là, chapeau ! Tout de suite au labo ! Bravo les gars !

Le médecin ajoute, ironiquement :

— Vous voyez ce que je vous disais il y a cinq minutes ? La perte de sa moustache ne faisait pas partie de sa check-list, à mon avis. La foi, les mecs, il faut toujours garder la foi !

Chapitre 24

Mark Shepherd a donné rendez-vous à Leighton dans un bar à jus de fruits et smoothies sur le port de Bayside. Il est tranquillement assis et sirote un délicieux cocktail sans alcool, spécialité de la maison. Il est bien décidé à parler à son futur gendre de son attitude envers sa fille, même si pour cela il doit jouer de stratagème en faisant semblant, pour l'attirer, de s'intéresser à son projet d'achat d'une clinique de chirurgie plastique. Il se doutait que s'il ne l'avait pas appâté de la sorte, il ne serait jamais venu, prétextant être débordé. Il commence à le connaître et beaucoup de ses travers font naître en Mark un début d'agacement qui le préoccupe et ce problème récurrent remonte régulièrement à son esprit. Il a autre chose à penser, avec son travail de chirurgien, qu'aux ambitions démesurées de Leighton qui, comme d'habitude, est en retard ! Mark espère qu'il ne va pas se décommander car lui aussi a autre chose à faire avec un emploi du temps surchargé. Alors il attend, et s'il le fait, c'est pour sa fille, son unique enfant qu'il a eue avec sa femme Emma. Même s'il est un chirurgien réputé, sa vie professionnelle chronophage passera toujours derrière sa vie familiale et surtout derrière les intérêts et le bonheur de sa fille chérie. Après une bonne demi-heure de patience, il aperçoit enfin Leighton qui arrive tranquillement, téléphone portable à l'oreille.

— C'est d'accord, nous faisons comme ça, pensez à prévenir l'anesthésiste ! Excusez-moi Mark, je suis désolé pour le retard mais vous savez comment ça marche ! Il faut s'occuper de tout, tout vérifier.

— Bonjour Leighton. Asseyez-vous, vous buvez quoi ?

— La même chose que vous, ça a l'air sympa.

— S'il vous plaît ! appelle Mark en se tournant vers le serveur, la même chose ! Pour vous répondre, Leighton, il y a bien longtemps que j'ai appris à déléguer. Il faut apprendre à faire confiance aux gens car si vous ne le faites pas, votre vie professionnelle va vite devenir un enfer. Une journée dure vingt-quatre heures mon garçon et il y a un temps pour toute chose, comme disait le sage Roi Salomon. À chacun son métier, la chirurgie pour vous, le secrétariat pour vos assistantes, les soins pour le personnel soignant etc. Vous ne pouvez pas tout contrôler ! Cela ouvre la transition pour votre projet d'achat de votre propre affaire. Où en êtes-vous ?

— J'avais repéré une clinique à vendre, très belle, bien équipée, à douze millions de dollars. Il y a quelques dettes à rembourser aussi.

— Douze millions ? Elle n'est pas donnée !

— Elle est à Hallandale Beach.

— Oui, pas mal, Miami d'un côté, Fort Lauderdale de l'autre. Et alors ?

— Mon banquier n'est même pas venu la visiter. Tous les prétextes étaient bons pour refuser le prêt mais je pense surtout que c'est parce que je ne possède pas un apport initial suffisant. La banque demande quatre millions de dollars sur la table pour soi-disant pallier mon manque d'expérience. Ils exigent aussi la présence dans le dossier d'un associé ayant pignon sur rue, une grande expérience professionnelle et surtout une renommée solide. C'est drôle, mais j'ai la vague impression qu'il parlait de vous !

— Vous m'avez évoqué lors de vos entretiens ?

— Oui, peut-être une fois !

— Vous connaissez les banquiers, ils ont toujours besoin de garanties et si vous lui avez parlé de moi, vous pensez bien qu'il s'est tout de suite renseigné et pas étonnant maintenant qu'il ait de telles exigences pour le montage de votre prêt. Qu'attendez-vous de moi exactement, Leighton ?

— Êtes-vous intéressé par une association, pour des parts dans ma clinique ? Disons vingt pour cent.

— Dans Votre clinique ? Pour l'instant il n'y a pas de clinique et si clinique il y avait, vous ne croyez pas que ce serait en partie grâce à moi ? Et vous me proposez généreusement vingt pour cent ? Écoutez Leighton, vous êtes un gentil garçon, mais je pense que vous êtes un peu déconnecté de la réalité. Si je devais mettre quatre millions de dollars sur la table, ce qui représente le tiers de la somme, j'ose espérer que vous me concéderiez le même pourcentage, soit au minimum trente pour cent.

— Je n'avais pas vu les choses comme ça, vous avez raison, trente pour cent.

Mark le regarde sans piper mot. À ce moment précis, il s'interroge sur ce qui l'interpelle le plus, le manque de lucidité de ce garçon ou ce que sa fille lui trouve ? Pathétique, oui, c'est le mot qui lui vient à l'esprit sur l'instant. Il se reprend :

— Et pour Tiffany ? L'avenir, c'est quoi ?

— Elle n'a pas terminé ses études, lorsqu'elle sera diplômée nous verrons, elle pourra travailler soit dans votre clinique, soit dans la mienne !

— Oui mais là vous voyez, je vous parlais de son avenir sentimental.

— Je ne comprends pas votre question, nous allons nous marier !

— Vous êtes dithyrambique lorsque vous parlez de votre travail et l'on sent bien que cela vous tient à cœur, mais concernant ma fille, jamais vous nous dites quoi que ce soit. Vos projets après le mariage par exemple, votre voyage de noces, si vous voulez des enfants, comment vous allez vous installer ?

Le ton monte un peu.

— Vous sous-entendez quoi au juste ? Que je n'aime pas votre fille ? Que c'est juste par intérêt ?

— Ai-je dit cela ? Avec Emma, la seule chose qui nous intéresse, c'est le bonheur de Tiffany et pour être franc avec vous, et vous savez que c'est un de mes traits de caractère, je vous trouve, comment dire, un peu distant, pas prévenant. Vous vous fréquentez depuis deux ans maintenant et, si je peux me permettre, je la trouve un peu seule. Les fréquentations sont un des moments les plus heureux de la vie, on bâtit des projets, c'est le bonheur parfait, l'amour tout simplement. Si je vous compare avec moi lorsque je courtisais Emma, je ne sais pas, c'est le jour et la nuit. Leighton, aimez-vous ma fille ?

Leighton se lève calmement, se penche vers Mark et lui susurre à l'oreille :

— Je vais me marier avec votre fille, que cela vous plaise ou non ! Et je vous conseille de me parler sur un autre ton, je sais beaucoup de choses !

Chapitre 25

Joan s'approche de Fares et lui tend une enveloppe :

— Tiens, on a reçu les résultats du labo concernant les robes de Mélanie De Saillancourt et de Céline Touron.

— Alors ?

— Tu le crois ? Sur les deux robes, le labo a trouvé de l'ADN. Après examen, il s'avère que les deux prélèvements sont identiques. Tu vois, il a beau faire très attention mais il commet des erreurs. Cet ADN a aussi été comparé à celui trouvé sur le front de Mélanie avec l'échantillon prélevé par le médecin légiste, c'est encore et toujours le même ! Nous pouvons dire maintenant que l'ADN du tueur est formellement identifié. Reste plus qu'à l'arrêter !

— Tu as raison, reste plus qu'à !

— Arrête ! C'est une bonne nouvelle, nous avançons !

— Et pour les caméras vidéo, on a des news ?

— Tu sais très bien qu'il y a toute une équipe qui y travaille. Mais c'est long, ce sont des heures et des heures d'enregistrement à visionner.

— Oui, sur ce coup-là, nous avons été nazes, admet Fares mais tout compte fait, après réflexion, je préfère pour eux que pour moi ! Je ne me voyais pas assis durant des heures devant un écran.

— Ce n'est pas sympa pour les copains ! C'est nous qui faisons la connerie et ce sont eux qui se tapent le boulot !

— Le monde est injuste ma pauvre Joan, rétorque Fares en joignant ses mains derrière la tête, après avoir incliné le dossier de son fauteuil tout en collant sa jambe droite sur le tiroir ouvert de son bureau. Le monde est injuste ! Tu me fais un café ?

— Hé le Libanais, tu te crois au pays, ou quoi ? Tu lèves tes fesses de ta chaise, tu files là-bas, tu connais ? Dans le coin cuisine ! Tu ne prépares pas un, mais deux cafés et tu m'en ramènes un dare-dare !

Il soupire, se lève et, tout en ronchonnant, se dirige d'un pas lent vers le petit réfectoire.

— Beau petit cul ! lui lance alors Joan contente d'elle.

Tout en marchant, Fares lui fait un doigt d'honneur.

— Tu nous en fais un aussi ? demande Jordan quand il passe à proximité de son bureau.

— Ta gueule, Jordan !

Cependant, après quelques minutes, quand Fares ressort de la cuisine, il porte alors quatre cafés, il en dépose deux pour ses collègues Jordan et Franck et retourne à son bureau avec les deux autres.

— Tu es un amour, tu vois, quand tu veux !

Après avoir siroté tranquillement, Fares suggère :

— Viens, j'aimerais bien savoir où ils en sont au visionnage ?

— Bonne idée.

C'est Jordan et Franck qui ont récupéré tous les enregistrements dans Paris. Ils les ont ensuite confiés à leurs collègues attachés à la vidéosurveillance. Depuis trois jours maintenant, en plus de leur travail habituel, ces policiers visionnent les films.

En moins de temps qu'il en faut pour le dire, Fares et Joan entrent dans la salle de contrôle où des dizaines d'écrans plats tapissent les murs. Quatre policiers sont en train de faire dérouler devant leurs yeux des heures d'enregistrements.

— Salut les gars, vous avez trouvé quelque chose ? demande alors Fares tout en fixant les écrans.

— Salut Fares, Salut Joan ! Pas grand-chose d'utile ou que l'on ne connaisse déjà, répond un des policiers. Il y a tout de même deux ou trois petites choses intéressantes. Dans cette petite pile là, il n'y a rien.

— Ne me dites pas que vous avez regardé tout ça ? s'étonne Fares.

— Si ! Attendez, ça fait trois jours à quatre personnes que nous sommes dessus !

— Quel boulot !

Le policier poursuit :

— Pour ces DVD par contre, nous les avons numérotés et aussi notés les plages. Vous allez voir

Le fonctionnaire introduit une disquette dans le lecteur.

— Ce n'est pas là… Là non plus… Ah, voilà !

— C'est à quel endroit ? demande Joan en fronçant les sourcils, les yeux rivés sur l'écran. Ah oui, j'y suis, c'est le Parc Monceau de nuit. Mais, c'est la camionnette qui sort du parc ! Regarde Fares !

Le policier la coupe :

— Oui, on la voit nettement et en zoomant on peut même lire sa plaque, mais tout ça vous l'aviez déjà, c'est ce que je vous disais tout à l'heure. Par contre, à aucun moment nous n'apercevons le conducteur. Ce qui est à retenir, ce sont les horaires. Elle est entrée à vingt heures seize et est ressortie à vingt heures cinquante-sept.

— C'est exactement la plage horaire que nous avait donnée un témoin, un homme très distingué, tu te rappelles Fares ?

— Oui évidemment ! Quoi d'autre, sinon ?

— Alors pour les mariages, les mairies, rien ! Pour la boîte, le Blue Boy, nous n'avons pas de film, il n'y a pas de caméra dans le coin. Par contre, pour l'Hôtel de La Ferronnerie, là, c'est le quartier des halles et c'est truffé de caméras ! Nous pensons l'avoir repéré avec les horaires que Jordan et Franck nous ont communiqués. Mais c'est un malin votre type ! Il a une capuche et baisse toujours la tête. La seule chose que l'on peut dire, c'est qu'il est grand. Si c'est bien lui et nous en sommes persuadés, on le voit apparaître à l'angle de la Rue Courtalon le soir du meurtre à vingt-trois heures cinq où est situé l'Hôtel de La Ferronnerie et où malheureusement il n'y a pas de caméra. À cette heure tardive, aucun doute il allait au Blue Boy et on le voit ensuite descendre dans le parking des halles.

— Et pour le retour ? s'inquiète Fares. Vous auriez dû le voir repasser entre trois et cinq heures du matin avec le jeune Alexis ?

— Non rien ! Ils ont dû arriver par l'autre côté de la rue. D'ailleurs, le lendemain matin, quand il a quitté l'hôtel, idem, personne ! Il avait sûrement garé sa voiture ailleurs qu'au parking.

— On peut voir l'extrait où on l'aperçoit ? demande Joan intriguée :

— Oui, pas de problème.

Le policier cherche la bonne plage sur le DVD :

— Ça ne va pas tarder… Le voilà dit-il en le montrant du doigt.

Effectivement, l'image est nette et c'est très impressionnant de regarder passer à l'écran un homme dont on sait qu'il va bientôt commettre un meurtre. Le pas est rapide, la silhouette est grande mais elle est dissimulée sous une parka sombre et la tête est recouverte par une large capuche sous laquelle il porte une casquette. Soudain Fares s'approche de l'écran.

— Attendez, vous pouvez revenir en arrière ? Juste un peu…

Le policier s'exécute immédiatement, Fares est très concentré :
— OK… OK… Encore un peu…
Quelques secondes passent et :
— Stop !

L'image se fige.
— Juste un peu en arrière s'il vous plaît… Stop ! Regardez !
— Je ne vois rien, avoue Joan, perplexe.
— Pas le mec, regardez le miroir de la vitrine !

Toute l'équipe a les yeux rivés sur l'écran. L'image est fixe et un des policiers confesse :
— Ça y est, je vois ! C'est moi qui l'ai visionnée celle-là ! Je suis désolé, ça m'a échappé.
— Ce n'est pas grave, minimise Fares, vous faites un boulot très contraignant et c'est normal qu'au bout d'un moment, vous déconnectiez. Nous, nous arrivons avec un œil neuf et un peu de chance, j'avoue !

En effet, l'homme passait devant une boulangerie décorée de miroirs peints à l'ancienne. En arrêt sur image, il est toutefois possible de distinguer une partie du visage bien que l'éclairage de la rue ne soit pas très violent.
— Vous pouvez zoomer ? réclame Fares.

L'agrandissement devient un peu flou pour ne pas dire médiocre mais le corps de Fares est fixe comme une statue de cire, immobile pendant plusieurs secondes, le regard concentré sur le profil affiché.
— C'est lui ! Putain ! C'est lui, j'en suis sûr ! J'ai regardé ce mec droit dans les yeux quand il m'a bousculé au Blue Boy. Je ne vois pas son visage en entier mais ça me suffit. J'en mettrais ma main à couper. Vous pouvez nous sortir une photo ?
— Pas de problème !

En quelques secondes, le portrait du meurtrier sort de l'imprimante en une dizaine d'exemplaires. Fares jubile :
— Super les gars ! Vous êtes des bons ! Bon boulot ! Si vous trouvez autre chose, surtout vous nous prévenez immédiatement ! Merci beaucoup.

Fares quitte la salle de visionnage en compagnie de Joan puis se tournant vers elle :
— Nous allons pouvoir compléter la fiche Interpol avec cette photo.
— Je vais m'en occuper après déjeuner, propose Joan.

En arrivant à son bureau Fares fouille nerveusement dans le dossier Alexis et en sort très rapidement le portrait-robot établi par Henri, le barman du Blue Boy et lui-même. Il les met côte à côte et les compare immédiatement.
— Regarde Joan ! C'est ressemblant non ? Pour moi, il n'y a aucun doute !

Joan n'est pas aussi enthousiaste que Fares, le tirage n'étant pas extraordinaire.
— Oui peut-être !
— Quoi peut-être ? Bon OK la photo n'est pas terrible mais je t'assure que c'est lui, j'ai eu ce mec devant les yeux, à un mètre de moi, plusieurs secondes et je l'ai fixé durement, rappelle-toi, je t'ai dit que je voulais le taper quand il m'avait bousculé !
— Ah bah ça, c'est une référence ! Même Dubreuil s'en souvient ! Bon allez, tu viens déjeuner ?
— Je suis fauché.
— J't'invite ! Jordan, Franck ! Vous venez à l'annexe avec nous ?

Chapitre 26

Jordan pousse la porte vitrée de ce petit troquet parisien typique qui sent bon le café et la cuisine traditionnelle. Toute l'équipe entre rapidement, car il ne fait pas chaud à Paris à cette période.

— Salut Paul, tu as une table pour quatre ? demande Joan en s'approchant du grand comptoir en bois sculpté surplombé d'un zinc magnifique très certainement, début du siècle dernier.

Le patron s'affaire à la pompe à bière. Il remplit trois chopes puis les dépose devant des clients assis sur des tabourets haut perchés.

— Oui celle du fond, comme d'habitude ! Le plat du jour est noté sur l'ardoise. C'est blanquette de veau à l'ancienne !

— Oui c'est une blanquette de veau quoi ! ironise Joan.

— T'as tout compris ma jolie ! Allez vous asseoir, j'arrive.

Ils traversent la salle au décor chargé. Chaque mur est couvert de photographies encadrées de toutes les tailles et représentant les anciens quartiers de Paris en noir et blanc. Çà et là apparaissent aussi des portraits d'acteurs ou d'actrices célèbres et sûrement disparus. Les murs sont tendus de cuir couleur bordeaux et le plafond a conservé ses poutres en chêne foncé sur lesquelles sont accrochées de vieilles casseroles en cuivre et autres ustensiles divers et variés. Cette ancienne brasserie n'est pas très large mais profonde et les banquettes sont disposées face à face, perpendiculairement tout le long du mur qui s'enfonce de la façade jusqu'aux cuisines situées dans le fond. Nos quatre policiers ont leurs habitudes et c'est toujours à la même table qu'ils déjeunent, ensemble, quand ils en ont la possibilité avec leurs emplois du temps chargés.

— Alors les enfants, qu'est-ce qui vous ferait plaisir ? demande le patron. Combien de plats du jour ?

Tout le monde lève la main. C'est avec un crayon à papier que le patron note toutes les commandes sur un petit carnet, puis il déchire ensuite la page qu'il passe en cuisine.

— Parfait, vous allez vous régaler ! Trois bières et une eau pétillante, comme d'hab, je suppose ?

— Non quatre bières, vous n'allez pas boire sans moi les mecs !

— Qu'est-ce que tu fous là, Henri ? Comment tu nous as trouvés ? demande Fares un peu surpris.

— Je suis passé à votre bureau et on m'a dit que vous étiez ici. J'peux m'asseoir ? dit-il en tirant une chaise de la table située derrière lui et, sans attendre la réponse, se pose en bout de table.

— Tu n'es pas content de me voir mon Fafa ? Et toi mon p'tit Franck ? Comment tu vas ?

— Ça va bien, je vous remercie !

— Tu peux me tutoyer chouchou, maintenant que l'on a travaillé ensemble sur ce portrait-robot, on est un peu comme des collègues de bureau ! Joan, toujours aussi jolie… Et toi Jordan, la pêche ?

— Oui ça va. Tu as l'air en forme, qu'est-ce qui t'amène ? Que nous vaut l'honneur de ta visite ?

— Ah tu vois Fares, lui au moins il est poli et toujours aussi gentil, pas comme toi, vieux ronchon !

— Bon, accouche, Henri !

— Oui bah si je devais accoucher, ça ne serait pas toi le père, j'te rassure !

Joan, Jordan et Franck éclatent de rire tandis que Fares lève les yeux au ciel en esquissant tout de même un léger sourire. Henri continue :

— Je me suis souvenu d'une chose, c'est moi qui les avais servis à leur table, le soir où Alexis et l'autre s'étaient rencontrés… ce mec parlait avec un fort accent anglais.

— Quelle découverte ! Merci mais on le savait déjà, quand il m'avait bousculé il s'était excusé en anglais. C'est tout ?

— C'est là où tu te trompes, mon Fares préféré, il n'est pas Anglais mais Américain ! Je peux vous dire que je connais la différence entre l'accent anglais et américain. J'ai pratiqué, si vous voyez ce que je veux dire…

— Épargne-nous les détails sordides !

— Tu ne peux pas être aimable ? Je l'ai bien écouté parler pendant que je les servais. Ce mec est américain, ma tête à couper !

C'est Joan qui reprend :

— Américain ! Tu es sûr ?

— Certain !

— Merci Henri, c'est intéressant, ça va nous aider à orienter l'enquête. C'est très gentil. Tu déjeunes avec nous ?

— Je ne voudrais pas vous déranger !

— Arrête ton cinéma, tu en meurs d'envie, balance Fares, tu as déjà mangé ?

— Non.

— Paul ! Une blanquette de plus s'il te plaît, lance Jordan à la volée en faisant signe, le bras levé.

— C'est gentil mais je paye ma part. On ne t'entend pas mon petit Franck. Tout va bien ?

— Oui, je t'écoute religieusement, plaisante-t-il en faisant de la place sur la table. Et toi ? Les affaires marchent bien ?

— Trop ! J'aurais besoin de vacances, je suis un peu fatigué. Sinon, l'enquête avance ? Quand j'y pense, c'est dingue ! J'ai eu l'ADN de ce mec entre mes mains quand j'ai débarrassé les verres, vous vous rendez compte ?

Fares secoue la tête, fait la moue des grands jours tout en réfléchissant sur ce que vient de dire Henri :

— Attendez, c'est vachement intelligent ! Henri, tu m'étonnes de jour en jour ! Il ne sait pas qu'on le recherche, il ne nous a pas vus le suivre en sortant de la boîte la dernière fois et il ne sait pas non plus que l'on connaît son visage ?

— Donc, réalise Joan, cela veut dire qu'il peut revenir !

— Tu as tout compris !

C'est Jordan qui poursuit :

— Alors là Henri, tu es chargé de mission. Si jamais ce mec revient, surtout tu mets le verre et tout ce qu'il aura touché, cannettes, bouteilles, de côté dans un sac plastique et tu nous appelles tout de suite. Il faudra que tu prennes les objets délicatement sans te faire repérer, en évitant de les prendre à pleine main pour protéger les empreintes et l'ADN.

— Compris, j'y suis, je vais mettre des gants, prendre un sac et à l'aide d'un stylo que j'enfilerai dans les goulots, je débarrasserai la table comme dans Les Experts, discrètement !

Plus une parole autour de la table. Tout le monde fixe Henri avec une tête médusée, se demandant sûrement si c'est du lard ou du cochon. Oui bon, sauf peut-être Fares ! Mais connaissant maintenant le numéro qu'il avait en face de lui, il reprend :

— Tu déconnes j'espère ?

Mort de rire et content de lui, Henri, frappe la table de sa main droite.

— Les trombines que vous faites ! J'vous jure, j'aurais dû vous filmer ! HAAA ! Ça fait du bien de rire un peu !

Fares en secouant la tête :

— Oui, surtout à nos dépens ! Non mais sans blague Henri, on est sérieux là !

— Mais je sais mon Fafa, j'ai pigé !

Puis regardant Franck :

— Ça y est mon petit Franck, je suis flic, on est vraiment collègues !

— Bon alors, j'ai cinq blanquettes, dit le patron du café en arrivant au niveau de la table. Il pose les assiettes et… Je reviens avec les bières et l'eau. Je vous amène le pain aussi !

— Bon appétit Fafa ! ironise Joan.

— Je vais te tuer, Henri !

Chapitre 27

Un des battants de la double porte du pénitencier de San Quentin s'ouvre. Un homme en sort, les deux mains agrippées à la sangle qui court sur son épaule retenant un lourd sac gris pendant dans son dos. Grand, baraqué comme un lutteur turc, avant-bras et torse tatoués, le cheveu brun court et la barbe noire, épaisse, il avance sous le soleil de Californie jusqu'à la double grille qui s'ouvre automatiquement devant lui lorsqu'il arrive à son niveau. Nous sommes au printemps 1982, Kevin Barnes vient d'être libéré après avoir purgé une peine de 25 années pour meurtre qu'il a passée dans la prison d'état de San Quentin dans l'État de Californie, située à Point San Quentin au Nord de San Francisco, dans le comté de Marin. C'est dans cet univers carcéral, que Kevin Barnes a passé sa jeunesse parmi des milliers de détenus, pour la plupart des gangs hispaniques et noirs, couverts de tatouages et foulard attaché sur la tête et qui tournent en rond dans la cour principale, en permanence dans la ligne de mire de fusils dépassant des miradors. Triste record, le couloir de la mort de cette prison est le plus encombré des États-Unis. Kevin a maintenant quarante-huit ans. Durant toutes ces années sous les verrous, il a travaillé à la buanderie de cet établissement pénitentiaire Il a dû façonner son caractère, se forger une réputation de gros dur puis choisir un gang moyennant, au début, le cantinage hebdomadaire de cigarettes et autres services divers pour assurer sa protection tant physique que sexuelle. Au fil du temps il a su se faire respecter. La musculation l'a aidé à ne plus compter les jours mais a eu aussi pour effet de développer et sculpter tous les muscles de son corps pour finir, surtout avec son mètre quatre-vingt-huit, à devenir très imposant. Pour parfaire le tableau, il s'est fait tatouer les avant-bras et le torse. N'ayant pu échapper durant ces années à quelques bagarres, qu'il a gagnées en défigurant deux ou trois détenus, il est rapidement monté en grade carcéral, imposant respect et crainte de la part des autres détenus, ce qui est primordial dans ce genre d'endroit, si l'on veut rester vierge et surtout en vie !

C'est dans cet univers malfamé qu'il a pourtant trouvé l'amour. Durant sa détention, il recevait chaque semaine du courrier d'admiratrices, dont il se demandait bien quelle était la véritable motivation de ces femmes pour écrire à un homme qu'elles ne connaissaient pas, hormis par les coupures de presse, et de surcroît meurtrier ? Toutefois, parmi toutes ces lettres, une avait retenu son attention. La douceur de l'écriture, l'empathie, cette volonté de correspondre uniquement par compassion, l'avait touché et à celle-là, il avait répondu. Elle s'appelait Julia Kaufmann. Durant plus de deux années ils ont correspondu et après des mois d'échanges, ils se sont déclaré leur amour. La tournure des lettres avait alors changé et ce n'était plus Cher Kevin mais Mon doux amour. Ils se sont juré fidélité par contumace, et elle lui avait toujours dit que le jour de sa sortie, elle serait là, à l'attendre. Lorsqu'il avait été jugé coupable et incarcéré, Kevin avait vingt-trois ans, il en a maintenant quarante-huit et Julia vingt-trois. Le destin est parfois bizarre mais leur écart d'âge correspond exactement à la durée d'incarcération de Kevin. Jamais il n'avait parlé dans ses lettres de son affaire, elle lui avait bien demandé une fois, sans curiosité malsaine mais il lui avait répondu qu'il lui donnerait toutes les explications sur son passé en temps voulu, qu'il préférerait le faire de vive voix quand il sortirait et qu'ils seraient tous les deux, face à face dans l'intimité, sans écoute ni censure. Plus jamais elle ne lui en avait reparlé.

Il avance maintenant sur ce parking, sous le soleil printanier, très agréable, de la mi-journée. Elle est là, ses cheveux mi-longs flottent doucement sous l'effet d'un vent léger et sa beauté est au-delà de ce que Kevin avait pu imaginer même dans ses rêves les plus fous. Debout devant sa vieille Buick verte, portant une jolie robe d'été en voile blanc, elle l'attend, immobile. Ses yeux oublient même de ciller, ils se contentent de fixer cet homme puissant qui progresse vers elle, tel un légionnaire, auréolé de gloire après une guerre sans fin, magnifique ! Son cœur bondit dans sa poitrine au point de la faire vaciller. Il laisse tomber lourdement son sac sur au sol et l'admire, immobile, sans un mot, comme un enfant regarde sa mère, émerveillé. Dans une entente parfaite, ils se jettent dans les bras l'un de l'autre et se serrent, se serrent si fort qu'ils ressentent chacun les battements affolés de leurs cœurs fous d'amour. Puis, à l'aide de sa main droite, délicatement, il penche en arrière la tête de Julia, avance lentement son visage près du sien et pose ses lèvres brûlantes sur celles de cette jeune femme qu'il attendait depuis si longtemps. Le baiser dure une éternité. Leurs corps finissent par se détacher. Ils se contemplent encore longuement, toujours sans un mot, comme pour faire durer cet instant magique, ad vitam aeternam. Puis, tout sourire, dévorant des yeux son compagnon :

— Viens, rentrons à la maison. Tu veux conduire ?

— Non, vas-y, je préfère m'asseoir à tes côtés et profiter de toi. Tu connais la route, fais-moi tout découvrir, fais-moi tout voir, je suis comme une éponge asséchée qui a besoin de ton eau.

◈

La nuit est maintenant tombée sur San Francisco. C'est dans une rue calme, non loin du centre-ville, que Julia loue un petit deux-pièces, sobre et bien arrangé qui lui correspond et dont le loyer modeste est en adéquation avec son petit salaire de secrétaire. Elle a choisi ce travail pour se rapprocher de l'homme qu'elle aime, même si elle ne l'a vu que de très rares fois, au travers d'une vitre, dans un parloir crasseux, sans intimité, où tout le monde hurle dans des téléphones en Bakélite noire pour se faire entendre.

Kevin est déjà installé dans ce grand lit confortable à la couette et aux draps, blanc immaculé et parfumé. Assis, seul dépasse du couchage, son torse musclé et bronzé, où s'étalent des tatouages bleus et verts. Il a fait briller et coiffé ses cheveux bruns sur le côté comme un enfant premier de la classe. La lumière de la chambre avait auparavant été tamisée par Julia qui avait disposé un voile fin sur la lampe de chevet, fermé les doubles rideaux et allumé trois bougies dans des coupelles en porcelaine posées sur la commode, geste mille fois répété comme dans un scénario qu'elle voulait parfait. La porte de la salle de bains s'ouvre et elle apparaît, drapée dans un peignoir rose tendre, brodée en soie de Chine. Elle s'avance vers le côté gauche du lit, laisse glisser la soie le long de son corps à la plastique parfaite. Kevin la contemple tel un chef-d'œuvre sans prix, son être tout entier frémit. Elle se couche doucement sous la couette et leurs deux corps maintenant se serrent, face à face, leurs lèvres se caressent dans un léger frottement et leurs souffles courts sont un prélude à cet amour tant désiré.

Les mains se promènent longuement, très longuement. Elles effleurent et découvrent, avec passion et tendresse, la nudité de l'autre. Le baiser devient fougueux. Kevin passe lentement au-dessus de sa partenaire, approche avec douceur sa gloire toute masculine au bord de la porte dorée puis glisse doucement dans le bonheur humide de Julia. Pas de mot, non, juste des gémissements passionnels, le son de souffles courts, accompagnés des va-et-vient, lents et puissants, d'un homme affamé d'amour.

Chapitre 28

Le jour se lève lentement sur San Francisco. Serrés l'un contre l'autre, Kevin se réveille doucement. Il est heureux et pose ses lèvres sur l'épaule de Julia en un doux baiser.

— Tu as bien dormi ?

Elle s'étire, le regarde tendrement :

— Oui, et toi ?

— C'était la plus merveilleuse nuit de ma vie. Je suis réveillé depuis un petit moment et je te regardais dormir. On dirait un ange. Je t'aime.

— Moi aussi je t'aime.

— Tu sais, je réfléchissais et je me disais que jamais je ne te mentirai. Une fois, tu m'avais demandé si j'étais réellement coupable et tu voulais en savoir plus sur mon affaire. Je t'avais promis de tout te raconter quand nous serions réunis, tous les deux, seuls.

— Tu n'es pas obligé de le faire. Je sais que c'est douloureux pour toi et je n'aurais jamais dû te poser cette question.

— Je t'ai fait une promesse et je veux la tenir. On ne doit rien se cacher. Tu dois tout savoir sur moi. Sinon, comment entamer une relation sérieuse sur des cachotteries ou des mensonges ? Je hais le mensonge. Il va falloir que tu m'acceptes comme je suis, brut de décoffrage ! En réalité, nous avons beaucoup échangé par courrier mais comme les lettres étaient censurées, on ne pouvait pas tout se dire. En fin de compte, on ne se connaît pas complètement et je veux rattraper ça, en commençant par te dire la vérité sur mon affaire. Tu es d'accord ?

— Oui, même si je sens que cela va être un peu difficile !

— Tu as fait des recherches dans les journaux ?

— Avant de te poser la question, oui. Mais comme tu m'avais promis de tout me dire, alors j'ai cessé.

— Tu as découvert quoi ?

— Que… que tu avais assassiné ton meilleur ami, mais je n'y ai jamais cru !

— J'ai été condamné à 25 ans pour ça et c'est la vérité, je l'ai tué !

Julia, qui s'était toujours persuadée que les journaux mentaient est maintenant perturbée :

— Mais c'était un accident ?

— Un accident oui et non, prémédité, peut-être un peu. Je ne sais pas si je voulais réellement le tuer ou juste lui filer une bonne raclée, à elle aussi d'ailleurs !

— Mais pourquoi ?

— C'était ma fiancée et lui mon meilleur pote ! Et ils couchaient ensemble ! Comment ils ont pu me faire ça ?

— Tu ne l'as pas tuée, elle ?

— Non, et je ne l'ai pas touchée. Elle disait qu'elle m'aimait !

— Au début peut-être, mais après tu aurais dû ressentir des choses, voir et comprendre que cela ne marchait plus entre vous. Vous n'avez pas parlé ?

— Si ! Et elle m'avait même avoué un jour qu'elle aimait quelqu'un d'autre. Mais elle s'était bien gardée de me dire que c'était Tony !

— Pourquoi tu ne l'as pas laissé tomber ?

— Parce que je l'aimais.

— Tu ne peux pas forcer quelqu'un à t'aimer. Votre histoire était vouée à l'échec. Quand as-tu appris que c'était avec Tony, ton meilleur ami ?

— Ils ne me l'ont jamais dit, c'est moi qui l'ai découvert, un jour je les ai surpris. C'est pour ça que j'avais la rage ! C'est sous la colère que je l'ai tabassé et c'est aussi pour ça que le tribunal a retenu le meurtre passionnel vu leur mentalité. Je n'ai écopé, si je puis dire, que de 25 ans ! Sinon, j'étais bon pour la chambre à gaz !
— Je pense que tu n'aurais pas pris autant d'années si tu l'avais corrigé le jour où tu as découvert leur liaison. Alors que là, c'est plusieurs mois plus tard, la veille de leur mariage que tu l'as tué.
— Mais le jour où je l'avais appris, je lui avais déjà mis une raclée ! Pour la veille du mariage, je ne sais pas ce qui m'a pris. J'avais bu, ça c'est certain. Je ne supportais pas d'être évincé de leurs vies. C'était pourtant les deux personnes que j'aimais le plus au monde. Je ne voulais pas le tuer, je désirais simplement qu'il aille à son mariage avec la gueule défoncée pour que tous les invités comprennent ce qu'ils m'avaient fait subir tous les deux. Oui, je sais, cela n'a rien de glorieux ! Je l'ai frappé plusieurs fois et à un moment il est tombé et a heurté une grosse pierre. Je m'en suis voulu durant toutes ces années, où crois-moi, j'ai largement eu le temps de méditer ! Je m'en veux encore aujourd'hui.
— Kevin, je suis sûre que tu es un gentil garçon et j'espère que toutes ces années de prison t'auront appris à corriger tes pulsions. Tu sais, je suis jeune, mais je crois qu'un homme ne se mesure pas uniquement à la taille de ses muscles mais aussi, et avant tout, à une qualité que peu d'entre eux cultivent, la maîtrise de soi. Je pense aussi qu'un homme doit être capable de dire en face ce qu'il pense, sans être sous le coup de la colère.
— Tu es intelligente et sage pour ton âge, mon bébé. Je ne te mérite pas.

— Ne dis pas ça ! Tu es sûr qu'il n'y avait que de la colère ce jour-là ? Moi, je ne le crois pas ! Il y avait autre chose !
— Quoi ?
— L'orgueil ! Tu n'avais pas supporté que l'on te piétine.
— Si avant toi quelqu'un m'avait parlé comme ça, je l'aurais démonté !
— C'est sûrement parce que j'ai touché le point sensible, ton amour-propre ! La jalousie, l'orgueil, la fierté, en réalité, vous les hommes ne supportez pas l'humiliation. Mais tu sais, il y a aussi la modestie, l'humilité et la gentillesse qui sont pourtant des qualités que les femmes recherchent de nos jours. Tu veux que je te dise, le macho a du plomb dans l'aile, tu peux me croire ! Les générations qui arrivent seront complètement différentes.
— J'ai changé mais j'ai encore des efforts à faire, c'est certain. Mais tout le monde a des efforts à faire, même toi peut-être ? dit-il en riant
— Non, moi je suis parfaite !
— Et c'est toi qui me parles de modestie !
— Oui mais ça, c'est pour les mecs ! Qu'est-elle devenue après ?
— Qui ça ?
— Ta fiancée.
— Jena ? Je ne sais pas, je n'ai jamais eu de nouvelles. Elle est peut-être mariée, avec des gosses ? C'est drôle mais, c'est quelque chose qui me perturbe ça, mon intervention dans le cycle de la vie. Le fait d'avoir tué Tony, par ma faute des enfants ne seront peut-être pas nés mais par contre, si plus tard elle a rencontré quelqu'un, alors d'autres enfants auront sûrement vu le jour. C'est bizarre non ? J'ai du mal à accepter cette idée.
— On devrait en faire un sujet de philosophie. Comment imagines-tu ta vie dans un futur proche ?

— En tout cas pas sans toi. Je vais me ranger, chercher du travail, peut-être dans une grande blanchisserie, j'ai de l'expérience maintenant. Et puis je vais te faire un ou deux gosses, on trouvera un appartement plus grand ou une petite maison avec un jardin. Et on fera l'amour, tout le temps, comme cette nuit. C'était le paradis. Tu es tellement belle !

Leurs deux corps s'approchent l'un de l'autre et leurs lèvres s'unissent à nouveau en un long baiser langoureux.

Chapitre 29

Il fait très chaud durant cet été 1987. Kevin et Julia habitent une jolie petite maison avec un étage. La façade recouverte en bardage bleu ciel. La porte principale, les fenêtres et les volets sont peints en blanc. On accède à la porte de l'entrée après avoir gravi trois marches en bois, traversé un perron couvert, sous lequel une petite balancelle bouge lentement sous l'effet d'un léger courant d'air. Sont disposés çà et là quelques pots de fleurs que Julia arrose de temps en temps, quand elle y pense. Elle est très occupée, entre son travail de secrétaire, entretenir la maison, satisfaire toutes les exigences de Kevin et veiller à l'éducation de Leighton, leur fils, né de leur amour en janvier 1983. Avec son passé judiciaire Kevin a du mal à trouver du travail. Il accepte quand il en trouve, des petits boulots, guère rémunérateurs, et son côté macho ressurgit régulièrement, surtout quand il a exagéré sur les bières, ne supportant pas d'être nourri par Julia. Elle fait pourtant ce qu'elle peut tout en essayant de ne pas lui faire de reproches afin de ne pas l'humilier.

— Il est bientôt 19 heures, qu'est-ce que tu fous, bordel ! La bouffe n'est même pas prête !

— J'arrive Kevin, je termine la toilette du petit et je le couche.

— Grouille-toi un peu !

— Mets la table s'il te plaît, ça m'avancera.

— C'est ça, je vais faire la bonniche !

— Sois gentil !

Kevin se lève de son fauteuil, dans lequel il a passé une bonne partie de la journée à siroter des bières et finit quand même par mettre le couvert non sans râler.
— C'est gentil, lui dit Julia en arrivant dans la cuisine. Le petit s'est endormi. Essayons de ne pas faire trop de bruit. Tu veux manger quoi ?
— Ce que tu veux, je m'en fous, je crève la dalle !
— Je sais, mais je suis fatiguée de ma journée et quand je rentre, je dois tout faire ici, y compris aller chercher Leighton chez la nounou.
— Ça va, c'est sur ta route, ça ne va pas te tuer non plus !
— Non mais ça me prend du temps. Tu pourrais faire l'effort d'aller chercher ton fils.
— Je n'ai pas de bagnole, c'est toi qui la prends pour aller bosser !
— Kevin ! C'est à deux pâtés de maisons ! Ça te sortirait un peu !
— Pourquoi tu n'as pas acheté du poulet frit chez KFC ?
— Et pourquoi tu n'as pas été le chercher ? Tu pourrais m'aider un peu ! Je fais tout ce que je peux, je n'ai que deux mains !
— Ah ouais ? Bah il y a autre chose que j'aimerais que tu fasses de temps en temps, si tu vois ce que je veux dire !
— Tu veux tout ce qui te plaît, tout ce qui t'arrange mais toi, tu me donnes quoi ? Tu as un fils et tu ne l'as même pas reconnu sous prétexte que son père est un ex-taulard ! Nous pourrions être heureux, mariés avec un joli petit garçon. Mais non, il faut que tu gâches tout ! Il ne faut surtout pas que tu t'engages en quoi que ce soit.
— Arrête de geindre ! On en a déjà parlé mille fois. En plus, une femme mariée honore son mari, ça fait combien de temps que tu ne m'as pas touché ?

— Tu n'es jamais content. Tu ne comprends pas que je suis fatiguée et si tu étais un peu plus gentil, peut-être que… Arrête la bière s'il te plaît.
— Fais pas ci, fais pas ça ! Tu me les casses !

Puis, titubant, imbibé d'une bonne vingtaine de cannettes il se met à hurler :
— Tu me gonfles ! Tu m'emmerdes avec ta vie bien rangée ! Tu m'étouffes, tu comprends, ça ? Tu m'étouffes ! vocifère-t-il en la bousculant violemment. J'vais faire un tour. File-moi les clés de la bagnole !

Kevin ivre de rage, attrape le trousseau, prend son portefeuille sur la tablette de l'entrée puis sort en claquant brutalement la porte, sans se soucier le moins du monde du sommeil de son fils qui dort paisiblement au premier. Julia reste debout dans la cuisine, blanche, tétanisée, une larme coule sur sa joue. La tête vide, elle reste immobile un long moment. La tristesse l'envahit. Sur le plan de travail, gît une bouteille de whisky abandonnée, à demi pleine. Sans savoir pourquoi, le geste lent, elle la saisit et emplit un verre sale, vestige de Kevin, qui traîne sur l'évier. En fermant les yeux, elle en avale le contenu d'une traite puis se sert à nouveau presque machinalement. Jamais elle n'avait absorbé une telle quantité d'alcool en une seule fois. Est-ce par défi, pour contrer l'homme qu'elle aime encore, pour lui mettre la honte quand il rentrera ? À vrai dire, elle n'en sait rien. Après le troisième, ivre, elle monte avec peine le petit escalier en chêne, ouvre la porte de la chambre et s'effondre sur le lit.

Chapitre 30

Julia pousse la porte d'un magasin spécialisé dans les accessoires de mariage située Sacramento Street, Love Marriage. Cette boutique très classique, au décor très classique, propose un choix de robes très… classiques ! Elle aurait mieux fait de s'appeler Classic Marriage mais la gérante avait préféré Love Marriage. Cet établissement a la particularité d'appartenir à la sœur de Julia, Kate Kaufmann, son aînée de 12 ans. Elle a donc 39 ans puisque Julia, aujourd'hui en a 27. Kate ne s'est jamais mariée et elle porte bien le côté classique de la vieille fille qui n'a pas hérité de la beauté de sa sœur, non, elle a plutôt reçu, le jour de la distribution, une bonne dose de méchanceté et serait, sans aucun doute, lauréate s'il y avait un prix de la calomnie et du ragot. La boutique est déserte, pas une cliente.

— Bonjour Kate ! Ne me dis pas que ton…

— Mec, ex-taulard, poivrot, chômeur, tu as pourtant le choix !

— T'a demandée en mariage ? poursuit-elle sur un ton caustique.

— Si, et je vais dire oui !

— Grand bien te fasse, je préfère pour toi que pour moi !

— Oui c'est vrai, toi les beaux mecs baraqués, grands, musclés, ah, et tatoués, j'oubliais, ce n'est pas ton genre ! On se demande bien quel est ton genre d'ailleurs, puisque tu ne nous en as jamais présenté un ! Ce qui est sûr, ce n'est pas dans Mode et tricots que tu vas dénicher la perle rare !

Kate hausse les épaules en levant les yeux au ciel puis s'enquiert :
— Bon alors ? C'est quoi ton budget ?
— Je ne sais pas. Je n'imagine pas combien peut coûter une robe de mariée ! Par exemple, celle-là ? demande-t-elle en désignant un modèle très frou-frou, sur un présentoir.
— Elle fait 1 200 dollars !
— Elle n'est pas donnée ! Je peux l'essayer ?
— Oui, tu fais du combien en taille ? Un bon 42, non ?
— 38, ça ira !

Julia prend un réel plaisir à enfiler, les unes derrière les autres, toutes ces robes qui sur elle, deviennent des rêves de princesses. Elle passe de rayon en rayon, elle veut toutes les essayer mais pour gagner du temps, elle les place jute devant elle et les fait virevolter en dansant devant un grand miroir sur pied, telle Cendrillon rêvant du bal princier. Pourtant, son cœur est triste, car en réalité, Kevin ne l'a jamais demandée en mariage. Alors pour conjurer le sort, pour essayer de le persuader, elle a décidé d'acheter aujourd'hui la robe qui lui ferait tourner la tête, à condition bien entendu, que celle-ci ne tourne pas déjà par son apport quotidien en cannettes de bières, bon marché, qu'il engloutit du matin au soir.

Après une heure et demie d'essayage sous le regard venimeux de sa sœur, elle finit par en choisir une, un diamant parmi les strass ! Sur le jupon, le bas de la robe est en triple épaisseur de voile et le bustier enveloppant est en dentelle de Calais.
— Elle est magnifique dit-elle. Je la prends ! Les gants longs en satin aussi. Merci pour ton aide. Combien vaut-elle ?
— 1 350 $! Et les gants 180 $ soit 1 530 $.

Kate plie la superbe robe délicatement dans du papier de soie et la dépose avec les gants, dans une grande boîte en carton rose, siglée Love Marriage.

— Je te dois combien alors ? demande Julia en tendant sa Master Card, espérant un petit geste commercial de la part de sa sœur.

— Je te l'ai déjà dit, 1 530 $. J'espère que tu ne vas pas lui montrer ? Ça porte malheur !

Elle paie sans dire un mot.

— Tu me diras la date de la cérémonie, j'espère que je serai invitée !

Julia quitte le magasin, la boule au ventre, contrariée par l'attitude mesquine de sa sœur et surtout inquiète de la future réaction de l'homme qu'elle aime, Kevin.

◈

Julia ouvre doucement la porte de la maison espérant grimper directement jusqu'au dressing de la chambre sans se faire repérer par Kevin. Elle passe discrètement devant le salon.

— Maman !

— Bonjour mon chéri, attends, je monte une minute dans la chambre pour me changer et je reviens, dit-elle à Leighton en dissimulant le grand carton du mieux qu'elle peut.

— C'est un cadeau pour moi ? Oh merci maman !

— Heu non mon chéri, c'est pour maman ! Mais si tu es sage, tu en auras peut-être un !

— Mais c'est quoi ? Dis, c'est quoi ?

Kevin, avachi dans son fauteuil, sort de sa torpeur :

— Tu rentres enfin ? Quel cadeau ? De quoi il parle ?

— Rien, je voulais te faire une surprise mais avec le petit, c'est un peu raté.

— Qu'est-ce que tu m'as acheté ? On n'a pas un rond, tu crois que c'est le moment de dépenser du fric dans des conneries ?
— C'est un peu pour nous deux !
— C'est quoi ? Combien t'as payé ?
— Je vais tout te dire, je reviens !

Angoissée, Julia monte au premier, entre dans sa chambre, pose la boîte sur la petite bergère en velours située à côté de la porte de la salle de bains et s'assoit sur le bout du lit. Elle a du mal à contenir les larmes qui pointent au coin de ses yeux. Qu'est-ce que j'ai fait ? pense-t-elle maintenant, très inquiète de la réaction de Kevin. En être arrivée au point d'avoir peur de son conjoint, de sa violence, qui, elle le sait, peut se traduire aussi bien physiquement que verbalement. Vivre en permanence avec son enfant sous le même toit qu'un homme irascible et maintenant alcoolique, lui est insupportable. Alors elle vit avec son passé qui n'est pourtant pas si lointain. Elle espère le changer, le ramener à la raison, lui faire comprendre qu'il a un petit garçon, que la vie n'est pas que chagrin et tristesse, surtout lorsqu'elle vous a donné une seconde chance. Il n'a pas le droit de tout gâcher pour un passé révolu et encore moins de se chercher des excuses et de se morfondre sur un sort qui n'y est pour rien. On récolte ce que l'on sème et cette vie se charge de vous le rappeler car effectivement elle ne fait pas de cadeau et ne tolère pas les dérapages, alors quand par miracle elle vous tend la main une nouvelle fois, c'est lui faire injure que de la dédaigner, comme un train qui passe devant le quai et dans lequel on n'est pas monté. Où est celui qu'elle a adoré, celui pour qui elle aurait donné sa vie, celui qu'elle a attendu deux années, celui qui a rempli ses nuits de rêves éveillés. Elle s'était imaginé un avenir digne d'un roman à l'eau de rose où les gens s'aiment à n'en plus finir, courent sur les plages en se tenant la main, en s'embrassant à chaque instant et en se disant des mots d'amour.

À ce moment, Kevin sort de la cuisine et s'avance jusqu'au bas de l'escalier sculpté en chêne foncé.

— T'es où bordel ? Qu'est-ce tu fous ? Le p'tit n'a pas mangé, viens lui donner à bouffer !

— J'arrive, je me rafraîchis ! J'ai quand même droit à cinq minutes après mon travail, non ?

Elle se change, passe des vêtements plus décontractés, tire un mouchoir du distributeur en carton posé sur sa table de nuit et essuie ses yeux. Avant de descendre, elle cache la grande boîte dans le bas de l'armoire dressing et essaie de bien la dissimuler sous des pulls stockés à cet endroit durant la saison chaude.

— Maman ! ?

— J'arrive mon bébé.

Elle descend les escaliers rapidement et pénètre dans le salon où le son de la télévision est si fort qu'elle est obligée de demander à Kevin de baisser un peu. Leighton lui saute dans les bras.

— Bonjour mon trésor ! Tu as été sage, j'espère ?

Elle le serre dans ses bras et lui assène des milliers de bisous sous les rires du gamin.

— Kevin, s'il te plaît, on ne s'entend pas parler !

— Ça y est, tu arrives et tu commences déjà à me les briser menu !

— Il est où le cadeau ? J'veux le voir ! demande Leighton, en trépignant.

— C'est quoi encore, cette histoire de cadeau ?

— Je te montrerai tout à l'heure. Je vais faire à manger au petit. Au fait, tu as été à ton rendez-vous dans cette grande laverie ? Qu'est-ce qu'ils t'ont dit ? Ils demandaient dans l'annonce quelqu'un de fort, je présume qu'ils ont dû être impressionnés en te voyant ?

— Tu parles ! L'entretien s'est bien passé jusqu'au moment où la patronne m'a demandé où j'avais appris le métier.

— Qu'est-ce que tu lui as répondu ?

— Que veux-tu que je lui réponde ? Dans le pressing le plus huppé de San Francisco, à San Quentin, et mes patrons s'appelaient Joe le dépeceur et Mat le pédophile ! Elle m'a demandé si j'avais une lettre de recommandation !

— Comment tu as fait ?

— Comment j'ai fait ? Tu ne sais pas, j'avais justement le CV de Joe le dépeceur avec moi, je lui ai refilé. Elle l'a lu attentivement et elle m'a dit qu'elle me recontacterait ! T'as des questions, j'te jure !

— Tu ne lui as pas dit la vérité ?

— Si, je lui ai dit, et la seule chose de vraie dans ce que je viens de te dire, c'est la fin de ma phrase « Je vous recontacterai ! »

— Elle va peut-être le faire ? Il faut garder espoir, on ne sait jamais.

— Tu crois au père Noël, toi ?

— Y a le père Noël qui va passer ? demande en sursautant le petit Leighton.

— Non mon chéri, dépêche-toi de finir !

Kevin se lève et ouvre une énième bière qu'il engloutit en quelques secondes.

— Tu ne devrais pas boire comme ça, ce n'est pas bon pour ta santé. Moi je crois en toi et je sais que tu vas réussir, que la chance va tourner.

— La chance ! Il y a bien longtemps que je n'y crois plus à la chance !

— Je ne sais pas ce qu'il te faut ! Regarde ce qu'il y a dans cette petite chaise, un merveilleux petit garçon, ton fils. Ton fils, Kevin ! Regarde qui lui donne à manger en ce moment, ta femme, ta merveilleuse petite femme ! Moi, Julia ! Alors la chance, tu n'en manques pas ! Quand tu te présentes pour une embauche, il faut absolument que tu sois sûr de toi ! Sûr de ce que tu es, magnifique, grand, costaud ! Tu crois qu'ils en voient passer tous les jours des gars comme toi ? C'est très difficile de trouver un bon employé de nos jours !

— Mais quand je me présente, ils n'en savent rien !

— Et alors, c'est toujours comme ça ! L'embauche, c'est la loterie. Tu peux être bardé de diplômes et avoir un comportement qui déplaît, ou ne pas être doué, ou fainéant ! C'est la première impression qui compte. C'est comme en amour ! La première fois où je t'ai vu, je suis tombée à la renverse et crois-moi, même si on m'avait dit que tu avais un caractère de cochon, je n'aurais pas reculé ni cédé ma place à une autre ! Aie confiance en toi ! Tu me dis que c'est une femme la patronne ? C'est vendu, fais-moi confiance, tu es pris !

— Qu'est-ce que tu racontes ?

— Tu es aveugle ou quoi ? Tu crois que je ne les vois pas toutes les filles qui te regardent dans la rue ? Même les mères de famille, les saintes-nitouches, en train de pousser leur gosse dans des poussettes, quand elles te croisent elles se cognent dans les arbres et disent pardon monsieur ! Je t'assure que si j'avais reçu un billet d'un dollar à chaque fois qu'un regard s'est posé sur toi, je serais riche. Tu mets le couvert s'il te plaît, lui demande-t-elle en le regardant assis devant la table de la cuisine, je vais faire la toilette de Leighton et le coucher. Avant de monter, elle s'approche et, avec une douceur toute féminine, lève le menton de Kevin, caressant tendrement sa joue recouverte par une barbe noire soyeuse. Il la contemple alors de ses grands yeux verts, toujours avec cet air un peu triste qui l'a fait chavirer tant et tant de fois. Délicatement, elle pose ses lèvres sur les siennes. Il se laisse faire sans piper mot. Il est ce qu'il est, mais une chose est certaine, il aime sa Julia, plus que tout au monde.

— Je t'aime, gros balourd !

— Moi j'te déteste !

— Je sais !

Chapitre 31

Le Lieutenant Derek Moore suivi de près par son adjoint, le Sergent Mickael Sollivan, fait irruption dans le bureau de leur Chef, le Capitaine O'Brian de la Police Criminelle de Miami.

— Ouvrez la télé Chef, ordonne presque le Lieutenant, Canal 5 !

Même s'il n'est pas habitué à une telle incursion, le Capitaine O'Brian s'exécute et appuie sur le bouton de la télécommande.

« ...il semblerait que nous ayons affaire à un second meurtre de la même espèce à Miami. En effet, il y a plusieurs semaines, le corps d'une jeune mariée a été découvert par des fêtards sous la tribune de l'ancien Marine Stadium, au 3501 Rickenbacker Causeway à Key Biscayne. C'est maintenant un second meurtre, identique en tout point au premier, qui tombe sur les bureaux des enquêteurs et qui rend la Police complètement perplexe. Le cadavre de la seconde jeune mariée a été déposé au même endroit sous la tribune de l'ancien Marine Stadium et dans les mêmes conditions, c'est-à-dire dans une mise en scène macabre, très théâtrale, le corps parfaitement aligné, les mains jointes et poignardée, semble-t-il, en plein cœur. Nous n'avons pas eu beaucoup d'informations de la part des enquêteurs, particulièrement du lieutenant Derek Moore et de son adjoint, le Sergent Mickael Sollivan de la Police Criminelle. Les jeunes gens qui avaient découvert le corps du premier meurtre avaient été très

perturbés et ce sont eux qui nous ont communiqué, récemment, tous les détails que nous venons de vous donner. Cependant, cette fois, il y a quelque chose de nouveau, un second corps a été découvert par les enquêteurs sur les lieux du crime. Il s'agirait d'un homme d'une trentaine d'années, peut-être un SDF, dont l'identité n'a pas encore été révélée. Paraît-il toutefois que ce dernier n'aurait rien à voir dans la mort de la jeune femme mais plutôt qu'il se serait trouvé par hasard, au mauvais endroit, au mauvais moment, et sans doute, a-t-il été témoin de quelque chose qu'il n'aurait pas dû voir. Pour cette raison, la police pense qu'il a été tout bonnement éliminé. Alors... attendez... C'est une nouvelle très importante que l'on me communique et qui vient de tomber, confirme la jeune reportrice de Miami pour CBS en tenant son micro d'une main et en appuyant sur son oreillette de l'autre, c'est incroyable, nous venons d'apprendre que deux meurtres tout à fait comparables auraient, et je dis bien « auraient » été commis à Paris, en France ! Pour le moment nous n'en savons pas plus, mais bien entendu, nous vous tiendrons informés, heure par heure, de cette affaire à rebondissements. Nous allons contacter notre reporter sur place à Paris pour en savoir plus. Restez sur notre chaîne ! C'était Alexandra Lee pour CBS ».

— Mais qu'est-ce que c'est que ce bordel lance alors le Capitaine O'Brian ? Vous étiez au courant de ça ?

— Non, nous venons de le découvrir en même temps que vous, avoue Derek Moore, un peu gêné et surtout complètement stupéfait de la nouvelle qu'il vient d'entendre à la télé. Moi je voulais juste vous faire écouter ce que les journalistes disent sur l'affaire mais je ne pensais pas entendre un truc pareil ! On a bien fait d'allumer la télé !

— Heureusement ! Sinon on serait passés pour des Charlots ! vocifère O'Brian. Il est impératif de rebondir. Disons que nous sommes au courant depuis ce matin, bien entendu, informés par nos services intérieurs !
— Quels services, Chef ? demande Mickael Sollivan.
— Non mais tu es con ou quoi ? On s'en fout du service et on n'a pas besoin de le citer, c'est pour ne pas perdre la face si on nous interroge ! Tu as compris ? On le savait AVANT les journalistes ! Capich ?
— Oui Chef, excusez-moi, je n'avais pas percuté !
— Bon, vous vous débrouillez comme vous voulez mais vous m'appelez Paris. Prenez des notes, je ne vais pas répéter. En France, ils appellent ça le 36 Quai des Orfèvres je crois, c'est très connu, c'est le Siège, l'État-major de leur Police Judicaire. Vous n'aurez pas de mal à trouver le numéro de téléphone.

Comme pour se rattraper de la bourde qu'il a lancée il y a deux minutes, Mickael Sollivan soulève une question qui a quand même son importance :
— Je ne voudrais pas être défaitiste, mais on ne parle pas un mot de français, Chef ! En plus ça sera du technique !
— Tu as raison ! Dans l'emballement, je n'y avais pas pensé, à celle-là ! Vous ne connaissez pas quelqu'un qui parle français dans votre entourage ? Une fois la mise en relation faite, ils auront bien un fonctionnaire bilingue !

Derek réfléchit puis intervient :
— Carole, à l'identité, sa mère n'est pas française ? Il me semble ! D'ailleurs son prénom, si j'ai bonne mémoire, s'écrit comme en France, avec un E à la fin.
— Oui, tu as raison confirme Mickael. Par contre, j'espère qu'elle parle le français couramment ? Elle a toujours vécu ici aux US !
— Nous n'allons pas épiloguer durant des heures ! Allez la chercher et faites ce que je vous dis. Appelez Paris,

débrouillez-vous comme vous voulez, je veux des informations avant la fin de la journée !

◈

— Téléphone, Fares ! hurle Joan pour appeler son collègue en pleine discussion footballistique avec Jordan et Franck.

— Tu ne peux pas répondre ? dit-il en s'approchant.

— Tu rigoles ou quoi ? Tu crois que j'ai que ça à faire ? Machin !

Il décroche et c'est une voix féminine qui est à l'autre bout du fil avec un fort accent anglais.

— Allô bonjour, vous êtes le Lieutenant Fares ? Votre standard m'a dit que vous vous occupiez de l'affaire des mariées.

— Bonjour, oui entre autres ! Je ne suis pas tout seul mais qui êtes-vous ?

— Je m'appelle Carole Evans des Services de la Police Criminelle de Miami en Floride.

— Miami ? s'étonne Fares. Quel rapport avec nous ? Attendez, ne quittez pas !

Fares claque des doigts et fait venir près de son bureau Jordan et Franck. Avec Joan, tous sont maintenant prêts à écouter l'appel de la Police américaine.

Selon les situations, Fares peut converser dans un français littéraire parfait, ses hautes études de Lettres refaisant immédiatement surface. Il appuie sur la touche *Haut-Parleur* de son téléphone.

— Veuillez m'excuser, je suis le Lieutenant Fares Khazen, Brigade Criminelle, je vous écoute ! Que puis-je pour vous ? Juste pour information, j'ai appuyé sur la touche haut-parleur de mon téléphone et nous sommes quatre officiers de police, tous chargés de l'affaire, à vous écouter.

— C'est gentil de me le dire. De mon côté, je ne suis pas enquêtrice et si l'on a fait appel à mes services, c'est uniquement parce que je parle couramment français. Nous avons fait la même chose ici, je suis entourée par deux policiers qui vont vous poser des questions que je traduirai. Il s'agit du lieutenant Derek Moore et du Sergent Mickael Sollivan. Ils vous disent bonjour !

Après de courtes présentations, c'est le Lieutenant Moore qui entame la discussion, immédiatement traduite par Carole Evans :

— Êtes-vous informés que nous avons eu deux meurtres de mariées à Miami depuis un mois et demi ?

— Ce n'est pas possible ! Non, nous n'étions pas au courant !

— Nous avons appris aussi de notre côté que deux meurtres ont été perpétrés également chez vous, à Paris, durant ces dernières semaines et d'après nos renseignements, ils seraient absolument identiques.

— Attendez, c'est incroyable !

Les quatre policiers de Paris sont totalement stupéfaits d'entendre une telle nouvelle et n'en croient pas leurs oreilles. Fares reprend :

— Comment l'avez-vous appris ?

— Pour vous dire la vérité, par la presse ! Le Lieutenant Moore me demande si vous pouvez nous décrire, en quelques mots, le mode opératoire utilisé chez vous en France ? Nous pourrions ainsi le comparer avec le nôtre et déterminer si nous avons affaire à un seul et même meurtrier car personne dans les deux pays ne pouvait être au courant. La presse vient juste de le dévoiler.

— Pas de problème, accepte Fares. Alors, tout d'abord, il s'agit de jeunes mariées, enlevées le jour de leur mariage, retrouvées vêtues de leur robe, de leurs collants, de leurs chaussures, allongées sur le sol dans une mise en scène très précise, les mains jointes sous la poitrine, les jambes serrées et les robes arrangées à la perfection. Les bijoux, alliances et bagues de fiançailles sont retirés et non retrouvés. Concernant le décès, un coup violent porté au cœur, très certainement par un poignard à grande lame, qui cause la mort instantanément. Ensuite il y a le viol post mortem accompagné d'un étranglement et d'un enfoncement des yeux dans les orbites.

— C'est hallucinant ! s'écrie le Lieutenant Derek Moore après que Carole Evans a traduit la narration de Fares. Je ne sais pas si vous allez nous croire, c'est tellement saisissant !

— Ne nous dites pas que c'est la réplique parfaite ? comprend alors Fares.

— Au détail près !

— C'est impossible !

Joan se frotte le front :

— C'est une histoire de dingue, non mais attends, c'est une caméra cachée ou quoi ?

Fares se calme puis ajoute :

— Il faut que l'on mette toutes nos découvertes en commun au plus vite, nous avancerons de concert, qu'en pensez-vous ?

— C'est un peu le but de notre appel. Il est impératif que nos deux services collaborent, si votre État-major est OK ?

Fares réfléchit puis reprend :

— Oui, il n'y aura pas de soucis, nous nous en chargeons. Sinon, comme il ne peut pas s'agir de deux meurtriers différents, cela veut dire que notre homme voyage beaucoup et qu'il est, soit américain, soit français. Voilà ce que je vous propose, après accord de notre hiérarchie, nous vous enverrons par mail toutes nos coordonnées : adresse, mails, téléphones ainsi que les noms de tous les officiers affectés sur cette affaire. Pour votre information, Le Lieutenant Moore pourra m'appeler en direct car je parle couramment anglais. Je suis Fares Khazen mais il peut m'appeler Fares.

Derek saisit alors le téléphone des mains de Carole et en anglais :

— Salut Fares, enchanté de faire ta connaissance.

— Salut Derek !

— Nous avons maintenant quatre meurtres sur les bras, il s'agit donc d'un serial killer ! J'espère que notre collaboration sera fructueuse et que nous mettrons vite hors d'état de nuire ce cinglé !

— Oui, j'y compte bien ! Pour info, Joan ma coéquipière parle aussi anglais, alors si je ne suis pas disponible, tu peux la joindre en cas d'urgence.

— C'est entendu !

Les deux Lieutenants s'échangent les mails et les numéros de portables puis raccrochent. Tout en secouant la tête Fares continue :

— C'est quand même une histoire de fous ! J'vous jure, j'suis sur le cul !

— Attendez de voir la tête de Dubreuil, ironise Jordan. Hé, on y va tous ensemble, je ne veux pas manquer ça !

— Si vous voulez, je peux commencer à trier les pièces les plus importantes du dossier, propose Franck, et même si je dois rester tard ce soir, je n'ai rien à faire, ça ne me gêne pas. De cette façon, dès que nous aurons l'accord de Dubreuil, nous ne perdrons pas une seconde et pourrons mailer rapidement à Miami.

Joan approuve et remercie Franck :

— Très bonne idée ! C'est gentil, ça va nous avancer.

— C'est génial, confirme Fares. Il faut que ce soit succinct mais très ciblé tout de même sur les points impor-

tants. Envoyons d'abord les grandes lignes et nous affinerons au fur et à mesure.
— Je suis aussi curieux de recevoir leur dossier, aux Ricains, lâche Jordan, ils ont peut-être des trucs que nous n'avons pas ? Et vice versa d'ailleurs ! Si tu veux, je peux bosser avec toi Francky ? Tu veux que je reste ce soir ?
— Non, non, t'inquiète Jordan, je vais me débrouiller. Je travaille mieux quand je suis seul. Ça me fait du bien en ce moment.

Joan, à qui rien n'échappe, surtout avec les coups de cafard cycliques de son coéquipier Fares, qu'elle dorlote à sa façon, s'inquiète :
— Ça va Franck ? Tu es sûr que cela ne te dérange pas ?
— Non, pas du tout, si je vous le propose c'est que je peux.

Elle l'observe et décèle un petit air morose qu'il n'arbore pas d'habitude. Franck n'est pas extraverti, c'est un garçon calme, discret, contrairement à son binôme, Jordan, qu'il faut parfois supporter avec son humour bien à lui. Elle continue de le fixer ce qui a pour effet de le gêner. Il baisse les yeux et Joan.
— Bon les garçons, Fares, Jordan, je propose que vous commenciez à rassembler les pièces ici, à mettre un peu d'ordre, ça ne fera pas de mal au dossier. Franck et moi nous allons prendre un petit café.

Elle regarde Fares fixement durant deux secondes, en fronçant les sourcils. Sans un mot, grâce à la complicité qui les unit, il capte instantanément qu'il doit retenir Jordan.
— Bon, Jordan, on a du boulot !

◈

Joan prépare dans le coin cuisine de la Brigade, un puis deux cafés. Elle les dépose sur le mange debout devant lequel Franck l'attendait.

— Tiens, attention, il est chaud.

— Je te remercie.

— Tu sais avec Fares, il a fallu que j'apprenne la psychologie ! Je pourrais ouvrir un cabinet. Nous sommes très proches et il ne peut rien me cacher. Je capte tout de suite, même s'il essaie de le dissimuler sous sa grande carcasse et son humour de façade, quand il a un coup de cafard, quand il est morose.

Franck sourit :

— Vous êtes presque fusionnels.

— Je l'aime, tu sais.

— Je sais !

— Pas comme tout le monde le pense, bien évidemment, mais je l'aime.

— De mon côté, Jordan est gentil, un peu lourd parfois, mais c'est un bon copain, c'est mon coéquipier ! Je peux compter sur lui et je suis sûr que si je lui demandais n'importe quel service, il se couperait en deux mais nous n'avons pas la symbiose qui vous caractérise, Fares et toi. Je ne peux pas tout lui confier, m'épancher comme avec toi. Il est un peu brut de décoffrage.

— Il n'a pas ta sensibilité, c'est un nounours !

Franck sourit à nouveau :

— Oui, c'est le mot qui le qualifie le mieux, il aurait dû s'appeler Teddy !

Joan hésite :

— Tu sais Franck, regarde-moi s'il te plaît, je n'ai jamais dit à personne, à qui que ce soit, que c'est toi qui as reconnu le tampon du Blue Boy sur le jeune Alexis, même pas à Fares.

— Je le savais. Je te remercie pour ça.

Franck s'approche doucement de Joan et la serre dans ses bras :

— Il y avait longtemps que j'avais envie de faire ça. Merci.

— C'est notre petit secret. Tu n'as pas eu peur quand Henri est venu ici pour faire le portrait-robot, il aurait pu te reconnaître ?

— Il y a tellement de monde dans cette boîte, il y fait sombre, franchement il y avait peu de chance. En plus, je n'y vais que très rarement, c'est pas trop mon truc ! Je suis un peu solitaire.

— Cela ne m'explique pas ton cafard. Tu veux en parler ?

— Quel cafard ?

— Arrête ! Tu me prends pour un poussin de deux jours ?

— Rien ne t'échappe ! J'me suis fait larguer.

— Hé ! Il y a un miroir là., tu t'es vu ? C'est l'autre qui va pleurer, fais-moi confiance ! Tu es magnifique, tu vas t'en remettre, le temps efface les larmes, crois-moi. Tu n'aimerais pas que l'on se fasse un petit restau un soir ?

— Avec plaisir. Je t'invite.

— Qu'est-ce que vous foutez tous les deux ? balance Jordan en faisant irruption dans le coin cuisine, tu dragues mon coéquipier ou quoi, Joan ? Vous avez eu le temps de vider la cafetière pendant que nous, avec Fafa, on bossait !

Fares qui arrive à son tour, entend, se racle la gorge et :

— Ta gueule, Jordan !

Chapitre 32

L'horloge de la Brigade Criminelle annonce neuf heures précises. C'est Joan qui frappe à la porte du bureau du Commandant Dubreuil. Elle entre, accompagnée des trois compères.

— Qu'est-ce qui se passe ? C'est quoi ce débarquement ? Vous vous collez en grève ou quoi ?

— Non, réplique-t-elle, on vient juste vous en apprendre une bien bonne et on voudrait tous voir la tête que vous allez faire après vous l'avoir dévoilée !

— Très drôle ! Accouchez Letourneur, je n'ai pas que ça à faire !

— Nous avons reçu un appel de la Floride aux US.

— Vous avez gagné une croisière et vous voulez m'emmener avec vous ?

— Pas tout à fait ! C'est la Police Criminelle de Miami qui voulait nous informer que deux meurtres de mariées ont été commis chez eux et ils ont appris par la presse que nous en avions eu deux aussi à Paris. Après comparaison avec les nôtres, il s'avère que le mode opératoire est absolument identique !

— C'est le premier avril ou quoi ? Mais qu'est-ce que vous me racontez ? Ce n'est pas possible ? Tout ? Tout est pareil ? Les robes, les coups portés ?

— Tout, Commandant ! Nous pensons qu'il s'agit du même homme et nous avons maintenant quatre meurtres d'un meurtrier en série sur les bras. C'est Fares qui les a eus en ligne. Ils veulent collaborer avec nous.

— Évidemment, pas de problème. Il va falloir être très pointus dans notre partenariat. Pas question de passer pour des guignols !
— Ce n'est pas l'image qu'ils ont de nous contredit Fares, bien au contraire. Avec votre accord, nous désirons échanger toutes nos informations et nous tenir régulièrement informés sur l'avancée de l'affaire. Comme je suis parfaitement bilingue, c'est moi qui serai leur interlocuteur principal, secondé de Joan qui maîtrise aussi l'anglais. Qu'en pensez-vous ?
— C'est parfait ! Fares, vous allez préparer le dossier et leur faire parvenir les pièces principales !
— D'accord, mais c'est Franck qui s'en est déjà chargé, il a travaillé une bonne partie de la nuit pour faire le tri mais nous ne voulions rien envoyer sans votre accord.
— Allez-y ! C'est bien les enfants ! Attention, vous ne faites qu'un envoi pour le moment. Vous me prévenez dès qu'ils nous auront fourni leur dossier. Pas de sens unique, j'exige une véritable collaboration ! Je n'en reviens toujours pas ! J'aurais bien voulu voir vos têtes quand vous avez reçu l'appel !
— Pour tout vous dire Chef, c'est ce que vous disait Joan tout à l'heure, si nous sommes venus à quatre dans votre bureau, confirme Jordan, c'est pour voir aussi la vôtre !
— Bon, vous l'avez vue maintenant ! Alors au boulot ! Et si on pouvait choper ce mec avant les Américains, ça serait pas mal, si vous voyez ce que je veux dire ! Je préviens le procureur.

Chapitre 33

Un gros chat angora gris traverse la petite pelouse non tondue et s'achemine doucement, la queue en l'air, vers la pergola de la petite maison bleue. Dans le silence pesant de la nuit, il grimpe la première marche et vient se frotter en ronronnant contre les pieds nus de Julia, assise, les yeux dans le vide, revêtue de sa magnifique robe de mariée. Une bouteille de scotch est posée à côté d'elle sur les lattes en bois du perron balayées par le vent du soir. Julia avance sa main et le caresse tandis qu'il passe et repasse dans une danse féline langoureuse accompagnée de ronrons amoureux. Elle pleure silencieusement. Une goutte de sang s'écoule lentement de son nez pour rejoindre sa lèvre supérieure enflée par la violence d'une gifle, assénée du revers de la main, quelques instants plus tôt, par Kevin. Il vient de lui faire une énième scène, sous l'emprise de l'alcool, parce qu'elle a eu l'audace de lui demander de légaliser leur union et qu'enfin il reconnaisse l'enfant, le petit Leighton, qu'il a eu avec elle quatre ans auparavant. Les paroles cruelles vociférées à son encontre résonnent encore dans sa tête et elle ne sait pas si ce sont les mots ou les coups qui lui font le plus mal. La porte de l'entrée s'ouvre avec force et le silence de la nuit est subitement interrompu.

— Tu crois m'amadouer avec ta robe pourrie ?

Kevin titube, il ne tient pratiquement plus debout. En jean, torse nu, il arbore fermement par le goulot une bouteille de whisky quasiment vide et ordonne à Julia de rentrer tout de suite.

— Magne-toi ou je vais te chercher et si j'te choppe, j'te fous une branlée dont tu vas te souvenir, crois-moi !

Sous les menaces, elle se lève et progresse péniblement vers la porte d'entrée. Elle le bouscule volontairement en passant devant lui.

— Regarde ce que tu m'as fait, tu n'es qu'un lâche, non seulement tu ne veux pas reconnaître ton propre fils, mais ça ne te suffit pas, maintenant tu lèves la main sur moi !

La colère aidant, elle se retourne et approche son visage au ras du sien en hurlant :

— Regarde ! Salaud ! Tu m'as frappée ! Tu vois ce que tu m'as fait ?

Elle passe alors sa main sous son nez et essuie son sang qu'elle frotte sur la joue de Kevin puis se met à le frapper de rage, les deux poings fermés. Il essaie d'esquiver les coups, surpris par la foudre subite de sa compagne.

— Arrête ! Mais arrête ! Je vais te démonter si tu continues.

— Vas-y, tu ne sais faire que ça ! Pas foutu de trouver un travail, mais par contre, pour picoler, tu es le premier !

— Ça te va bien, tu t'es vue ? Poivrote !

— À qui la faute ? vocifère-t-elle en redoublant ses coups.

Kevin réussit à lui attraper les poignets et la pousse violemment en arrière. Elle perd l'équilibre et s'affale sur le carrelage de la cuisine. Il en profite pour s'éclipser, espérant, dans un sursaut de lucidité, échapper à la hargne de Julia. Il grimpe péniblement l'escalier, en s'accrochant à la rampe en bois massif, pour enfin, après une ascension pénible, accéder au palier du premier étage.

Julia, sonnée mais toujours ivre de colère, se relève en faisant tomber une chaise.

— Ordure ! Tu n'es qu'une ordure !

— Pourquoi elle crie, maman ? s'inquiète le petit Leighton, réveillé par les hurlements, debout devant la porte de sa chambre, en pyjama et les pieds nus.

— Voilà, tu es content ? Tu as réveillé le petit ! dit-elle en apparaissant au bas de l'escalier.

— J'AI réveillé le petit ? TU as réveillé le petit avec tes cris de foldingue !

— Tu vas voir si je suis folle. TU VAS VOIR SI JE SUIS FOLLE !

En trébuchant dans sa robe longue, titubante, elle monte les marches, puis, telle une furie, elle se précipite hystériquement sur Kevin en le rouant de coups de poing et de coups de pied, sous les yeux de Leighton qui hurle, terrorisé.

Kevin tente de se protéger comme il peut à l'aide de ses avant-bras :

— Arrête ! Mais arrête !

Les coups continuant de pleuvoir, ne se retenant plus, ivre d'alcool et de colère, tel un dément, Kevin assène à Julia une très violente gifle du revers de la main. Sa tête fait un quart de tour tandis que son corps perd l'équilibre et s'envole dans le vide, drapé dans le voile blanc de sa robe. C'est dans un bruit sourd que Julia s'affale lourdement sur les premières marches, la tête en bas.

Kevin reste comme pétrifié. Après quelques secondes, il retrouve ses esprits et se précipite en dévalant l'escalier. Affolé, il s'assied à côté de Julia. Il soulève alors le corps de sa compagne et passe une main derrière sa tête qu'il lève doucement et la repose sur sa cuisse. Sa main caresse le visage et effleure sa chevelure tandis que ses propres joues s'inondent de larmes. Un hurlement

désespéré retentit dans la petite maison bleue. Il ne se rend pas compte qu'il appelle au secours à voix basse, les mots ne pouvant s'échapper, retenus par le chagrin et son souffle coupé.
— Elle a bobo maman ?
— Ne reste pas là mon chéri, je t'en supplie ! hurle-t-il, fou de douleur, je t'en supplie, ne reste pas là ! Elle va bien, elle va bien !

Il dodeline d'avant en arrière, broyé par la douleur. Ses larmes coulent à flots.
— À l'aide, à l'aide ! Par pitié… Je veux bien t'épouser chérie, je veux bien me marier avec toi, je t'en supplie, reste en vie. Je t'en supplie !

◈

Alertées par les voisins, trois voitures de police, sirènes hurlantes, stoppent devant la maison, suivies de près par deux ambulances. La débauche de moyens est monnaie courante aux États-Unis, pays souvent gangrené par une violence devenue presque banale. Un premier policier fait irruption dans la petite entrée, une arme à la main, suivi par ses autres collègues. Comprenant immédiatement la situation, il ordonne :
— Faites venir les toubibs. Vite !

Les infirmiers se précipitent au secours de Julia.
— Levez-vous Monsieur. Ça va aller.

Aidé par un Sergent, Kevin effondré, se dirige vers la cuisine.
— Il y a le petit au premier.

Le policier jette alors un œil et aperçoit en effet Leighton, tétanisé, en haut des marches.
— S'il vous plaît, occupez-vous du p'tit, ordonne-t-il à ses collègues.

— Je m'en charge, dit un des infirmiers en grimpant l'escalier. Viens mon trésor. On s'occupe de ta maman, ne t'inquiète pas.

Il attrape l'enfant et le redescend avec précaution, le portant dans ses bras et en faisant surtout attention que ses yeux ne se posent pas sur sa mère inconsciente, maintenant allongée sur le sol. La magnifique robe a été découpée sur le devant à l'aide d'une paire de ciseaux. Un médecin entame un massage cardiaque tandis qu'un second pose une perfusion. Ils travaillent dans une parfaite symbiose.

— Préparez une ampoule d'adrénaline, 5 mg. Le défibrillateur est Ok ?

— Oui c'est bon !

— Nous allons choquer, écartez-vous !

Sous la violence du choc, le corps de Julia se soulève et retombe.

— On a une constante ?

— Non, pas de pouls.

Le médecin urgentiste injecte maintenant l'adrénaline.

La ligne sur l'écran reste plate, l'appareil recharge.

— Écartez-vous, second choc !

Le pauvre corps de Julia se soulève à nouveau. Après quelques secondes, un bip se fait entendre.

— On a un pouls !

— OK, surveillez les constantes et placez-la sous oxygène. J'appelle l'hôpital !

◈

Kevin est toujours assis dans la cuisine, prostré.

— Je suis le Lieutenant John Derosa. Que s'est-il passé ? Les voisins nous ont dit avoir entendu une violente dispute, si violente qu'ils ont fini par nous appeler.

— Comment va-t-elle ?

— Les médecins sont à son chevet.

— Elle va s'en sortir ?
— Monsieur s'il vous plaît, je vous dis qu'ils s'en occupent. Vous allez souffler dans cet éthylotest.

Le Lieutenant Derosa lui tend le petit tube relié à l'appareil.
— Allez-y, soufflez jusqu'à ce que je vous dise d'arrêter. Allez-y, allez-y, allez-y… C'est bon ! Deux grammes quatre-vingt ! Êtes-vous en mesure de m'expliquer ce qui s'est passé ce soir chez vous ?
— On s'est engueulé !
— Oui bah ça, je l'aurais deviné tout seul ! Vous aviez absorbé de l'alcool tous les deux ?
— Oui
— Combien
— Presque une bouteille
— Chacun
— Non moi
— Et votre femme ?
— Je ne sais pas, la bouteille est dehors, sous l'avancée.

Le Lieutenant Derosa prévient immédiatement les médecins que Julia est alcoolisée. Maintenant stabilisée, elle sera placée sur un brancard et transportée de toute urgence au California Pacific Medical Center.

La petite maison bleue grouille, telle une ruche, de policiers, de techniciens en tout genre. Des dizaines de photos ont été et sont encore prises. Les relevés sont effectués et les résultats sont placés sous scellés ainsi que quelques pièces à conviction qui viendront étayer l'accusation lors du procès. Le lieutenant reprend :
— Comment est-elle tombée ? L'avez-vous frappée ?
— Elle était devenue hystérique, me donnait des coups de poing, m'insultait et je n'arrivais pas à la calmer. Elle était complètement ivre !

— Je vous rappelle que vous avez deux grammes quatre-vingt d'alcool dans le sang ! Pourquoi était-elle dans cet état ? Quel était le motif de votre dispute ?

Kevin est toujours ivre et ses yeux s'ouvrent et se ferment lentement, le débit n'est pas régulier.

— J'ai fait de la taule et je n'arrive pas à trouver de boulot. Depuis que nous avons eu un bébé, elle est obnubilée par le mariage, elle veut que je reconnaisse le petit. Pour lui donner quoi ? Mon nom ? Un nom de taulard ? Pour son avenir, je préfère qu'il porte le sien, mais elle n'arrive pas à se mettre ça dans le crâne.

— C'est pour ça qu'elle est habillée en mariée ?

— Oui, elle a payé cette robe une fortune alors qu'on n'a pas un rond ! Elle n'arrive pas à comprendre mon point de vue.

— Je vous repose la question : l'avez-vous poussée dans l'escalier ?

— Non, je ne l'ai pas poussée.

Kevin essuie ses yeux toujours humides.

— Elle me cognait tellement devant Leighton et hurlait si fort que j'ai pété un câble. Je l'ai giflée pour la calmer mais elle est tombée à la renverse. Je vous jure, je ne voulais pas ça. Je l'aime ! Putain, je l'aime.

L'officier Derosa désabusé, soupire :

— Votre nom est bien Barnes ? Kevin Barnes ?

— Oui.

— Kevin Barnes, je vous mets en état d'arrestation pour tentative de meurtre sur la personne de Julia Kaufmann. Vous avez le droit de garder le silence, tout ce que vous direz à partir de maintenant pourra être retenu contre vous devant un tribunal. Vous pouvez faire appel à un avocat et si vous n'en avez pas les moyens, un avocat vous sera commis d'office. Vous pourrez passer un coup

de téléphone au Central. Avez-vous compris ce que je viens de vous dire ?
— Vous n'avez rien écouté ! Vous vous en foutez !
— Monsieur, ce n'est pas moi qui décide, vous passerez devant un juge. Monsieur, je vous repose la question, avez-vous compris vos droits ?
— Oui !
— Avez-vous un avocat ?
— Non. Je n'ai pas de fric. Que va devenir Leighton ? Où est mon bébé ?
— C'est l'assistante sociale qui va s'en charger. Avez-vous de la famille proche ?
— Non. Julia a une sœur à San Francisco. Kate Kaufmann. Une salope ! Une vieille fille ! Elle a une boutique Sacramento Street.
— Nous allons la contacter. Passez-lui les menottes !

Chapitre 34

Après avoir passé la nuit en cellule de dégrisement, Kevin est maintenant sain d'esprit. La porte en barreaux d'acier de sa cellule s'ouvre.

— Debout Barnes ! Vous allez être entendu par le Lieutenant Derosa.

Le policier lui passe des menottes et, le saisissant par le bras, le conduit par d'interminables couloirs jusqu'au bureau de l'enquêteur.

— Asseyez-vous, s'il vous plaît, demande poliment le Lieutenant John Derosa, et détachez-le s'il vous plaît !

— Voici Maître Emilio Cruz, votre avocat commis d'office, puisque vous avez déclaré que vous ne pouviez supporter les frais de procédure.

— Bonjour Maître, j'espère que vous serez meilleur que celui que j'ai eu la dernière fois ? J'avais écopé de 25 ans !

— Comment allez-vous, ce matin ?

— Comment voulez-vous que j'aille ? Je suis anéanti. Avez-vous des nouvelles de Julia ? demande-t-il en fixant le Lieutenant Derosa.

— Pas encore ! Je vous préviendrai dès que j'en aurai. Je résume la situation. Vous vous appelez Kevin Barnes, vous êtes né le 2 octobre 1934, à Philadelphie en Pennsylvanie. Hier, le 12 septembre 1987 à 22 heures 50, vous avez été arrêté avec les charges suivantes :

Tentative de meurtre sur la personne de Julia Kaufmann, votre conjointe.

Votre casier judiciaire indique que vous avez déjà été jugé pour des faits similaires en 1957 et avez été condamné à 25 années de détention pour meurtre que vous avez purgées dans la prison d'État de San Quentin dans l'État de Californie, située à Point San Quentin au Nord de San Francisco, dans le comté de Marin, pour l'assassinat de Tony Dorns.

— Cela n'a rien à voir avec l'affaire présente ! coupe l'avocat.

— Effectivement, mais vous n'êtes pas sans savoir que la récidive risque de peser lourd sur la décision des jurés. Vous êtes bien obligé d'en tenir compte. Et nous aussi !

— C'était un accident ! réplique Kevin. Nous nous étions battus. C'était mon meilleur ami et il avait couché avec ma fiancée. Il méritait une raclée. Vous auriez fait quoi, vous ?

— En tout cas, je ne l'aurais pas tué ! affirme le Lieutenant.

Kevin sourit :

— Trop sûr de vous ! Vous l'auriez juste corrigé ? C'est ce que j'ai fait, figurez-vous ! Seulement pendant la bagarre il est tombé en arrière et sa tête a heurté une pierre. C'était un accident ! Et cela aurait pu vous arriver aussi ! J'avais un avocat commis d'office complètement nul ! Excusez-moi Maître, ce n'est pas pour vous que je dis ça. C'était un homicide involontaire. Résultat ? J'ai écopé de 25 ans !

— Pourquoi n'avez-vous pas fait appel de la décision ? interroge l'avocat, surpris.

— J'étais jeune, sans famille et sans un rond. J'ai laissé passer le délai.

— C'est bis repetita ! Décidément, vous n'avez pas de chance, observe le Lieutenant, nous sommes sur des faits pratiquement similaires ! Une dispute, des coups de part et d'autre et la victime perd l'équilibre, tombe, et sa tête vient heurter violemment les marches de l'escalier, trois mètres plus bas.

Énervé, l'avocat intervient :

— Il y a peut-être une grosse différence, cette fois, Lieutenant ! Julia Kaufmann n'est pas morte à ce que je sache ! Nous sommes en présence, ici, d'une banale dispute d'un couple, comme il en existe tous les jours, avec une fin tragique qui se termine par une hospitalisation, je vous l'accorde ! Cependant, je ne vois pas où est la tentative de meurtre ? Il s'agit d'un accident et rien d'autre ! De plus, les deux protagonistes étaient sous l'emprise de l'alcool je vous rappelle et je demande qu'un médecin établisse, aujourd'hui même, un constat sur les coups portés au visage de mon client par sa compagne, ivre. Elle était en train de l'agresser ! Je demande également que soit porté au dossier l'alcoolémie de Julia Kaufmann au moment des faits ! Ce taux a été relevé, j'espère ?

— Je présume, oui.

— Vous présumez ? Eh bien j'espère que l'hôpital a fait son travail consciencieusement. Écoutez Lieutenant, si vous n'avez rien d'autre, je pense que nous allons en rester là. Je vous demande de libérer mon client immédiatement.

— Nous avons autre chose.

— Nous pourrions savoir, Lieutenant ?

— J'y arrive. Devant un officier de Police et interrogé par l'assistante sociale, sous enregistrement vidéo comme le stipule la loi, l'enfant Leighton Kaufmann a déclaré, je cite les propres mots du petit : « papa, il a poussé maman ! »

Chapitre 35

Mercredi 14 septembre, bureau du Juge Robert Sanders. Cet homme d'une soixante d'années, vieux briscard des palais de justice, en a vu de toutes les couleurs et il ne faut pas lui faire prendre des vessies pour des lanternes ! Il aime d'ailleurs, quand il est en présence d'un affabulateur, montrer ses cheveux blancs et demander : *De quelle couleur sont-ils ? ...Blancs, votre Honneur !* Alors cessez de me prendre pour un pigeon de basse-cour !

L'audience dure déjà depuis un bon quart d'heure.

Maître Emilio Cruz :

— Monsieur le Juge, j'attire votre attention sur le fait que cet enregistrement a été effectué sans la présence de la partie adverse et qu'il s'agit des dires d'un enfant de quatre ans ! Il est indispensable de rappeler dans cette triste affaire, que les deux parents étaient ivres au moment des faits et dans un état de démence ! Comment voulez-vous qu'un enfant de cet âge puisse discerner, dans un tel conflit et une situation aussi dramatique, qui est celle de voir sous ses yeux ses parents en train de se battre comme des chiffonniers, qui a tort ou qui a raison ? Nous avons visionné l'enregistrement et force est de constater qu'aucune question contradictoire, pouvant disculper mon client, n'a été posée à cet enfant. Tout était orienté et à charge !

— N'exagérez pas, cher Maître ! interrompt le Juge Robert Sanders. Par contre, je veux bien admettre que l'état psychologique de l'enfant au moment des faits, son âge, sa vision des choses et même son emplacement sur le palier, tout cela a pu altérer son jugement, sa compréhension des actes horribles qui se déroulaient devant lui. À 4 ans, c'est encore un bébé ! Et il n'y a rien qui compte plus pour un bébé que sa maman. Cette affaire est très délicate.

Le Procureur :

— Si je puis me permettre votre Honneur, les dires de l'enfant sont sans ambiguïté : « *papa, il a poussé maman !* »

— D'où la nécessité à cet instant précis de son interrogatoire, répond Maître Kruz, quelque peu agacé, de lui poser les bonnes questions dans son langage comme : Comment papa il a poussé maman ? Et la réponse aurait peut-être été : Il a tapé maman ! Et c'est comme ça que maman est tombée ? Et la réponse aurait très certainement été Oui ! Donc maman est tombée quand papa l'a frappée ? Et la réponse aurait encore été Oui, à coup sûr ! Tout cela prouve de façon évidente que l'on peut faire dire ce que l'on veut à un enfant et surtout interpréter des faits, dans un sens ou dans un autre ! Ce qui reste indéniable dans cette affaire, c'est qu'il n'y a jamais eu intention de donner la mort ni aucune préméditation ! Même s'il a une drôle de façon de le démontrer, Kevin Barnes, et nous en sommes absolument convaincus, est profondément amoureux de Julia Kaufmann. Votre honneur, je demande, avec l'accord et en présence de médecins spécialisés, de l'assistante sociale et de toutes les parties ici représentées, que le petit Leighton soit à nouveau interrogé sur cette affaire et ce très rapidement, en veillant prioritairement à l'impact invasif et déstabilisant qu'un tel interrogatoire pourrait avoir sur la santé mentale de cet enfant !

Le procureur bondit :

— Je m'oppose fermement à une telle demande ! Il n'en est pas question ! Cet enfant est déjà assez perturbé comme ça !

— Monsieur le Procureur, j'apprécie votre intervention et respecte votre avis, mais c'est encore moi qui décide dans mon tribunal. Si vous ne vouliez pas que cet enfant soit à nouveau interrogé, alors il fallait veiller à ce que la première fois les choses soient faites dans le respect de la loi, en présence de l'avocat de la défense ! J'ordonne donc, et dans les conditions qui viennent d'être évoquées, que le petit Leighton Kaufmann soit réinterrogé, avec toutes les précautions d'usage, que cet interrogatoire soit filmé comme l'exige la loi, et ce, dans un délai maximum de deux jours.

— Merci votre Honneur !

La sonnerie du téléphone portable de Maître Kruz retentit au même instant.

— Allô !

— Maître Kruz ?

— Oui

— Lieutenant Derosa à l'appareil !

— Bonjour Lieutenant. Que puis-je pour vous ?

— J'ai une mauvaise nouvelle à vous annoncer. Julia Kaufmann est décédée cette nuit à l'hôpital California Pacific à 2 heures 45.

◈

Après délibération, le tribunal a déclaré Kevin Barnes coupable de violences corporelles et verbales et, de coups et blessures sur la personne de Julia Kaufmann ayant entraîné la mort. Il bénéficiera cependant de circonstances atténuantes, le témoignage de son fils Leighton n'ayant pas été retenu, grâce à la plaidoirie absolument remarquable de son jeune avocat commis d'office,

Maître Emilio Cruz. Il sera décisivement condamné à une peine de six années d'emprisonnement à purger à la prison d'état de San Quentin, dans l'État de Californie, après ne pas avoir fait appel la décision rendue par l'honorable juge Robert Sanders.

Chapitre 36

Fares ne dort pas. Il est allongé sur son lit dans la pénombre et son cerveau lui repasse en boucle la conversation qu'il a eue avec la police américaine. Comment est-ce possible que, durant une même période, quatre meurtres identiques aient été commis à six mille kilomètres de distance. C'est du jamais vu ! Bien entendu il y a l'avion mais cela ne donne pas une réponse satisfaisante à toutes les questions qui défilent dans son crâne. Le meurtrier profite-t-il de sa profession et a-t-elle un rapport avec les meurtres ? Est-ce durant ses déplacements professionnels à l'étranger qu'il commet ses méfaits ? Quel métier peut-il exercer ? Est-il français ou américain ? Il est sûrement américain car nous n'avons aucun retour concernant l'ADN. Oui mais cela ne veut rien dire, s'il n'a jamais été condamné. Pourquoi des mariées ? Il y a bien une raison ? Y a-t-il réellement qu'un seul et unique meurtrier ? Si ça se trouve, il y en a deux qui planifient tout ensemble pour brouiller les pistes ? Cette hypothèse est quand même peu probable ! Fares se tourne et se retourne dans son grand lit et le fait de ne pas s'endormir commence à l'énerver. Il se lève, puis se dirige vers la cuisine, ouvre le réfrigérateur, en sort une bouteille d'eau et boit directement au goulot à grosses gorgées. Il replace la bouteille puis repart directement s'affaler sur son lit, espérant trouver le sommeil. Enfin après une bonne vingtaine de minutes, ses yeux cillent et une douce léthargie est en train de l'envahir, quand la sonnerie de son portable le fait sursauter.

— Fares ?
— Qui est-ce ? demande-t-il flottant entre deux nuages.
— Lieutenant Derek Moore Police Criminelle de Miami.
— Salut Derek. Je crois que l'on va revenir sur nos accords ! Pas de coup de fil 24/24 !
— Quelle heure est-il chez toi ?
— Six de plus que chez toi ! Donc trois heures du matin !
— Ici il est 9 heures PM et tu vois je suis encore au bureau. Bon, écoute ça ! On a retrouvé une fausse moustache sur la deuxième scène de crime.
— Une moustache ? Et alors, tu l'as essayée, elle te va bien ?
— Vous les Frenchies, vous avez un humour ! On m'avait un peu prévenu. Arrête de déconner ! Nous l'avons fait analyser et devine ?
— Oh putain, une devinette à trois plombes !
— Nous avons l'ADN du cinglé !

Fares sursaute car il vient de comprendre que plusieurs réponses à ses questions peuvent subitement être résolues.

Derek continue :
— On va pouvoir le comparer avec le vôtre ! C'est génial, non ? J'envoie un mail tout de suite à ton bureau et je mets le résultat du test en pièce jointe.
— Très bien et si c'est le même, nous aurons la certitude de n'avoir qu'un seul tueur ! En France, il n'est pas répertorié dans notre base de données, mais peut-être que chez toi ce sera bon ?
— J'ai déjà fait vérifier.
— Et alors ?
— Rien !
— Fais chier ! Tu pourrais faire un effort pour me faire plaisir ! Juste pour me montrer la tête du tueur !

— Désolé Fares, il n’est pas dans notre base de données non plus. « Pour me faire plaisir ! » Vous êtes quand même bizarres vous, les frenchies !
— Franco libanais, s’il te plaît ! C’est marrant mais j’ai subitement envie de te dire un truc que je dis souvent à un collègue qui s’appelle Jordan !

Chapitre 37

Joan manque de tomber à la renverse en arrivant au bureau de bon matin comme à l'accoutumée. Fares est déjà là ! Et il travaille !

— Préviens-moi avant de me faire un coup pareil ! Tu veux me faire mourir d'une crise cardiaque, ou quoi ? Elle se penche et fait la bise à son coéquipier. Tu as bien dormi ?

— Non, justement, je n'arrivais pas à fermer l'œil, je n'ai pas arrêté de ressasser, je me repassais en boucle tout ce qui me turlupine sur notre affaire et au moment où j'allais m'endormir, mon portable qui sonne. Derek !

— Non ? À quelle heure ? Qu'est-ce qu'il voulait ?

— Trois plombes ! Ils ont découvert une fausse moustache sur leur deuxième scène de crime et ils ont trouvé un ADN. Il me l'a tout de suite envoyé par mail. C'est pour ça que je suis arrivé de bonne heure. Je l'ai transmis au labo pour le faire comparer avec le nôtre.

— Non mais attends, c'est génial !

— Oui mais par contre, comme nous, ils ont fait chou blanc dans leur base de données. Pas répertorié aux US.

— Tu ne veux pas non plus que tout nous tombe tout cru du premier coup ? Il faut bien que l'on serve à quelque chose ! Allez viens, je te paye un café, mon Fafa !

— Non, arrête avec ça !

— Quoi ! C'est mignon Fafa ! Moi je trouve que ça te va bien !

Ils se dirigent maintenant vers le coin cuisine et en arrivant, tombent sur Jordan et Franck, affalés à une table.

— Ça va, les mecs ? demande Fares avant de s'asseoir.

En quelques minutes, il explique sa nuit à ses comparses et, tout en sirotant son café

— J'espère qu'ils ne vont pas mettre la journée pour comparer deux ADN ? Au fait, avec les caméras, rien de nouveau ?

— Non répond Franck, ils continuent de visionner. Par contre, on a reçu le résultat de la balistique pour Alexis. C'est du 9 mm. Et son assassin s'est servi d'un silencieux. J'ai toujours du mal à imaginer que l'on puisse abattre quelqu'un, comme ça, froidement. Il faut le faire ! À trois mètres de distance, il a visé en plein cœur, une seule balle ! Il faut un sang-froid incroyable ! Aucun scrupule, aucune pitié.

— Ces gens-là n'ont pas de conscience, la vie pour eux n'a pas de valeur, ajoute Jordan. Toi, tu es un grand romantique, c'est pour ça !

Joan, qui réfléchit toujours à bon escient, continue :

— Oui, mais moi ce qui m'interpelle le plus, c'est pourquoi, après avoir passé la nuit ensemble, subitement, un des deux gars se lève et tire une balle en plein cœur de l'autre. Comme ça, sans motif, sans mobile ?

Fares fronce les sourcils et se gratte la barbe, ce qui est bon signe :

— Parce que ce n'est pas comme ça que ça s'est passé, tout simplement ! Ils étaient déjà levés tous les deux ! Imaginez, un est debout dans la chambre, près de la fenêtre, à côté du radiateur sur lequel il s'est ouvert le crâne quand il a été abattu. À côté de la petite table en bois. Vous me suivez ? Qu'y avait-il sur la table ?

Joan dégaine la première :

— Je ne sais pas… Téléphone, portefeuille.
— Exact ! Et qu'est-ce qu'il y a dans un portefeuille ?

Joan continue :

— De l'argent, des papiers d'identité je suppose !
— Des papiers d'identité ! Bingo ! Et où était le second pendant qu'Alexis se trouvait seul dans la chambre ?
— Aux toilettes ou sous la douche, émerge subitement Jordan dans un moment de lucidité.
— Exact, sous la douche ! On peut donc imaginer qu'Alexis a fouillé, en se croyant tranquille, dans les papiers de l'autre et qu'il a découvert quelque chose qu'il n'aurait jamais dû connaître. La véritable identité de celui qui, ne l'oublions pas, s'était fait enregistrer sous un faux nom, Kevin Barnes !
— Mais pourquoi s'être fait enregistrer sous un faux nom ? réfléchit Joan à haute voix. Quel intérêt ? Pour quel motif ?
— C'est la bonne question et quand nous aurons la réponse, nous aurons également résolu l'affaire ! conclut Fares décidément en pleine forme. En attendant, poursuit-il, le fait de cacher sa véritable identité était si important pour lui, qu'il n'a pas hésité à descendre celui qui l'avait découverte.
— Il y a un portable qui sonne, fait remarquer Franck.
— Je crois que c'est le tien Fafa, constate Jordan qui, instantanément, se fait flinguer par le regard destructeur de Fares !

Joan, contente d'elle, ajoute :

— Je pense que ça va lui rester !
— Fares j'écoute !
— Oui bonjour, c'est le labo. Bon, on s'est mis immédiatement sur votre demande de comparaison d'ADN de ce matin et effectivement c'est positif ! Vous aviez rai-

son. Il s'agit bien du même homme ! Je vous envoie le dossier.

— Génial ! Merci beaucoup !

Il pose son téléphone sur la table :

— C'était le labo. C'est positif, ADN identiques, c'est le même mec ! Il faut prévenir Derek aux US ! Il est quelle heure ? Alors, huit heures et demie moins six ça fait deux heures et demie du mat chez lui. C'est parfait !

— Tu ne vas pas lui faire ça ? s'inquiète Joan.

— J'vais me gêner !

Chapitre 38

— Papa semble très contrarié contre toi ! constate Tiffany. Que s'est-il passé ? Maman m'a dit que vous vous étiez donné rendez-vous à Bayside pour parler de ton projet. Je ne comprends pas, vous vous êtes disputés ?

— Mais non, rétorque Leighton, tu connais ton père, il faut toujours qu'il dramatise tout ! C'est normal, il s'inquiète pour nous. Pour tout t'avouer, il me trouve trop distant avec toi !

— Mais si vous deviez parler affaires, pourquoi la conversation a-t-elle subitement bifurqué sur nous deux ?

— Il m'a invité à prendre un verre avec lui pour évoquer mon projet mais je pense qu'en réalité, il n'a pas du tout l'intention d'investir, ce n'était qu'un prétexte pour savoir ce que j'ai dans le cœur, me sonder. Tu sais quoi ? Il a osé me demander si je t'aimais !

— Mais pourquoi a-t-il fait cela ? Non vraiment, je ne comprends pas son attitude. Je me demande si maman n'est pas un peu responsable ? Je vais éclaircir cette affaire, tu peux me faire confiance !

— Tiffany, je t'en prie, laisse tomber ! Cela ne sert à rien, ils sont inquiets comme tous les parents, c'est normal ! Et puis je reconnais que mon comportement envers toi n'a pas toujours été démonstratif. J'ai souvent fait passer mon travail avant toi mon pauvre amour. Je te fais une promesse, je vais me rattraper. Il n'a pas tout à fait tort, je ne pense qu'à moi et alors que je devrais consacrer le plus clair mon temps à te séduire, je ne parle que de ma future clinique, de mes projets et pendant ce temps, tu

vis ta vie sans moi, tu poursuis tes études. Je ne suis qu'un idiot !
— Ne dis pas ça ! Je sais que tu m'aimes et je t'accepte comme tu es, avec tes qualités et tes défauts. Tu fais ce que tu peux et en réalité, tu ne penses qu'à notre bonheur, à notre avenir, j'en suis consciente même si parfois, c'est vrai, j'aimerais que tu sois davantage présent à mes côtés, que l'on sorte parfois au restaurant, que l'on aille danser ou tout simplement marcher un soir sur la plage. Tu vas me dire que ce sont des rêves de jeune fille, que c'est futile ? Peut-être, mais j'ai envie de souvenirs avec toi.
— J'étais loin de me douter que tout ceci avait de l'importance à tes yeux. Je te vois toujours plus mûre, mais j'adore aussi ce côté gamine. Tu as raison ! Nous allons remédier à la situation. Je t'ai fait une promesse et je vais la tenir. Que dirais-tu d'aller à Disney World le week-end prochain comme deux gamins ? Nous prendrons un hôtel sur place pour une nuit, rien que nous deux. Mais rassure-toi, je louerai deux chambres, je respecte votre point de vue, à toi et à tes parents, sur le sujet !

Elle sourit et lui saute littéralement dans les bras :
— Tu vois, c'est ta face cachée, celle que je connais et que mes parents ignorent. Ils n'imaginent même pas un seul instant que tu sois capable d'avoir une idée pareille. Quant au respect de mes convictions, je te remercie, cela me fait vraiment plaisir !
— C'est normal ! C'est un peu difficile pour moi parfois d'accepter cette situation, ça me parait d'un autre siècle, surtout de nos jours ou tout est axé sur le sexe et les plaisirs, mais je respecte. J'aurai la force et la volonté d'attendre jusqu'aux noces ! C'est l'amour, que veux-tu ! Je réserverai les vols dès demain. Pendant que j'y pense, la semaine suivante je dois retourner à Paris, rencontrer à

nouveau le professeur en médecine qui souhaite investir dans un établissement à Miami. Il désire me revoir afin de planifier nos futurs accords et préparer les éventuels contrats. C'est beaucoup de travail et nous devons chiffrer l'opération. Je suis obligé d'y aller, il a déjà planifié plusieurs rendez-vous importants.

— Ne t'inquiète pas, je comprends.

— Tu sais, je n'y vais pas de gaîté de cœur. J'aimerais tant que tu viennes avec moi. Paris est une ville merveilleuse mais il faut y aller en amoureux et pas avec des rendez-vous qui vont s'éterniser jusque tard dans la nuit. Sinon, tu penses bien que je t'aurais demandé de venir.

— J'en suis sûre. Tu m'y emmèneras pour notre voyage de noces. C'est une bonne idée non ?

— Oui, j'adorerais. Tu me parles de voyage de noces mais je te signale que nous n'avons toujours pas retenu la date du mariage !

— C'est vrai, d'ailleurs l'organisateur a déjà relancé maman. Il va vraiment falloir nous décider. Que pensestu du mois de mai ?

— Pourquoi pas, je vais vérifier mon planning.

— Vérifier ton planning ? coupe-t-elle un peu contrariée ? Ce n'est pas un simple dîner en ville ou une soirée au théâtre, il s'agit de notre mariage !

— Tu as raison, excuse-moi mais justement, cela nécessite de prévoir une bonne dizaine de jours d'absence. Entre la préparation, le jour du mariage et le voyage de noces, il faut que tu comprennes que c'est difficile pour moi de décaler des opérations prévues de longue date, mais rassure-toi, je vais trouver un créneau.

— Trouver un créneau ? Tu te moques de moi, Leighton ? Tu es en train de me dire que tu vas réussir à me caser entre une liposuccion et un lifting ?

Leighton se rend compte de l'énorme bourde qu'il vient à nouveau de sortir.

— Pardonne-moi Tiffany, ce n'est pas ce que je voulais dire. Je suis désolé.

Une larme perle au coin de l'œil de Tiffany et Leighton s'en aperçoit, il s'approche immédiatement d'elle et la serre très fort dans ses bras.

— Tu m'étouffes.

— Je suis désolé, pardonne-moi. Je suis si maladroit parfois. Pardonne-moi, je t'en prie. Tu sais que ce n'est pas ce que je voulais dire. Je te propose de choisir la date de notre mariage, quand tu veux, et je te promets, j'annulerai toutes les interventions sur la période retenue pour au moins 15 jours ! Tu es d'accord ?

Le silence s'installe pour quelques secondes et, toujours serrés l'un contre l'autre :

— Oui ! Je t'aime.

— Moi aussi je t'aime mon ange.

Ça va me coûter une fortune, mais bon ! dit-il en riant.

Elle se détache alors de lui et le frappe sur la poitrine.

— Tu n'es qu'un goujat !

Puis, se blottissant à nouveau dans ses bras :

— Mais tu es trop mortel !

— Je sais.

Chapitre 39

Leighton roule dans Miami, le soleil brille sur la ville qui grouille de touristes en quêtes d'une bonne table avant d'aller lézarder sur la plage de Miami Beach. Sa montre indique midi lorsqu'il gare sa voiture dans le sous-sol de la clinique où, pense-t-il, il n'en a plus pour très longtemps à travailler ici. Il entre dans son bureau, claque la porte, jette sa veste et sa serviette en cuir sur un fauteuil avant de s'installer devant son ordinateur.

— Elle m'emmerde avec son mariage ! Qu'est-ce que j'ai foutu de ce dossier ?

Il ouvre puis referme différentes applications tout en se parlant à lui-même.

— Putain, je l'ai tellement bien rangé, où ai-je pu le classer ?

Il tâtonne encore deux minutes :

— Ah, le voilà !

Leighton tape sur les touches son mot de passe et un dossier Mark's File s'ouvre.

— Tu vas voir si je vais céder à tes menaces. Tu changeras très vite de ton avec moi quand je te mettrai ça sous le nez ! Tu vas le dégainer ton fric, je te jure que tu vas le dégainer !

Il sélectionne plusieurs pages et clique sur *imprimer*. Les unes derrière les autres, les feuilles jaillissent de l'imprimante. Il les saisit aussitôt puis les classe et les agrafe dans un ordre bien précis.

Leighton avait surpris une conversation à voix basse entre Mark et Emma il y a plusieurs mois. À ce moment précis, ils étaient assis, lui et Tiffany, dans un des grands canapés So British, décorés de grandes fleurs aux couleurs acidulées sur fond blanc, du salon d'honneur de la magnifique demeure des Shepherd. Leighton s'était levé :

— Je vais me chercher un verre d'eau, tu en veux un, Tiffany ?

— Oui je te remercie. Avec des glaçons s'il te plaît !

— D'accord, je te rapporte ça.

D'un pas décidé, il était sorti du salon, était passé par l'immense entrée d'où part un sublime et imposant escalier en marbre de Carrare paré de sa rampe en inox et laiton dorée, qui, à lui seul, aurait suffi à payer sa Porsche, avec assurance et carburant pour au moins dix ans ! Sans un bruit, tennis aux pieds, à pas bien involontairement feutrés, il avait longé un long couloir, puis avait bifurqué à gauche devant le grand vestiaire et s'était arrêté, avant d'entrer dans la cuisine, percevant une conversation à voix basse entre Mark et sa femme Emma. Il avait reculé d'un pas et s'était plaqué contre le mur.

— J'ai vu sur le compte que tu as encore envoyé un virement à cette mégère !

— Arrête avec ça s'il te plaît ! Tu sais très bien que je ne peux pas faire autrement !

— Mais ça va durer combien de temps ?

— Emma, nous avons signé un contrat !

— TU as signé un contrat, moi je n'étais pas d'accord. Tu aurais mieux fait d'aller devant les tribunaux, je te l'ai toujours dit ! Maintenant c'est trop tard vu que tu paies depuis des années, c'est comme si tu avais reconnu ta responsabilité et même ta culpabilité.

— Tu ne vas pas me remettre ça sur le tapis et me faire cette scène tous les six mois ?

— Mais Mark ? Cent mille dollars chaque semestre et encore pendant cinq ans !!!

— Si nous étions passés devant un tribunal, nous aurions pu être ruinés ! À l'époque, je n'ai pas voulu prendre ce risque et sans compter l'impact catastrophique que cela aurait eu sur la clinique ! Non, non, pas question. Je préfère lui donner ses quatre millions de dollars, d'autant et tu le sais, qu'ils sont étalés sur vingt ans !

— As-tu réfléchi un seul instant que tu aurais pu gagner ?

— Ou perdre. J'ai fait une faute professionnelle, j'en paie le prix !

Leighton avait reculé tout doucement jusqu'au début du couloir puis était reparti en marche avant en faisant volontairement du bruit et en chantonnant. Il était entré dans la cuisine tout guilleret.

— Ça va les beaux-parents ? Vous en faites une tête ! Vous parliez de quoi ?

— Rien d'important Leighton ! avait répondu Emma. Nous ne sommes pas d'accord sur la recette de la tarte tatin !

— Pas grave, allez sur Internet, ne vous disputez pas pour ça ! Vous avez deux verres d'eau, avec glace, s'il vous plaît ?

— Retournez près de Tiffany, je vous les apporte, avait proposé gentiment Emma.

— C'est très gentil, remercia Leighton en sortant de la cuisine.

— Tu penses qu'il nous a entendus ? s'était inquiété Mark.

— Mais non, nous parlions à voix basse et je l'ai entendu arriver.

— Je ne sais pas pourquoi mais je me méfie un peu de lui. C'est vrai, on ne le connaît pas beaucoup. C'est de ta faute aussi, si tu ne m'avais pas ennuyé avec ça ! En plus, ce n'est pas comme si tu manquais de quelque chose ! Alors s'il te plaît, ne m'importune plus avec cette affaire ! Je prends la tarte, apporte les boissons et retournons au salon avec les enfants.

Chapitre 40

Le Docteur Mark Shepherd vient de passer quatre heures en salle d'op sur un cas de réparation faciale très compliqué. Il est épuisé ! Il entre tranquillement dans son bureau, une tasse de thé bien chaud à la main, quand soudain il sursaute de peur, rattrape de justesse sa tasse qu'il manque de renverser, en découvrant Leighton, assis confortablement dans un large fauteuil de cuir bleu nuit.

— Que faites-vous là ? demande-t-il sur un ton sec. Comment êtes-vous entré ?

— C'est votre assistante qui m'a ouvert lorsque je lui ai dit que j'étais votre futur gendre ! Il faut que l'on parle !

— Depuis notre dernier rendez-vous, je n'ai plus du tout envie de vous parler. Je vous tolère pour ma fille, parce qu'elle vous aime et que je ne veux pas la rendre malheureuse. Sinon je n'ai plus rien à vous dire.

— Oh mais ce n'est pas grave car en réalité c'est moi qui vais le faire et vous allez m'écouter. Vous ne connaissez rien de moi par contre de mon côté, ce n'est pas tout à fait pareil. Comme je vous l'ai dit la dernière fois, je sais beaucoup de choses !

— Et je pourrais savoir quoi ? Qu'avez-vous inventé ? Que désirez-vous ? Je suppose que si vous êtes venu jusqu'ici c'est dans un but bien précis ? M'intimider par je ne sais quel moyen ? Mon pauvre garçon, vous êtes pathétique ! Vous vous êtes vu ? Vous n'êtes qu'un petit chirurgien minable, la grenouille qui veut se faire aussi grosse que le bœuf mais qui a besoin des autres pour grossir sinon elle reste dans sa vase ! Vous ne me faites pas peur. Je vais parler à ma fille, lui dévoiler votre véritable personnalité, et devinez qui elle croira ?

— Vous ne lui direz rien du tout, sombre prétentieux ! Et comme chirurgien minable, je ne suis pas le seul, nous sommes deux, lui répond Leighton en balançant un dossier sur le bureau de Mark.

— Qu'est-ce que c'est que ça ?

— Ouvrez, je suis impatient de voir la tête que vous allez arborer dans deux minutes !

Mark saisit la grosse pochette et l'ouvre. Dès la première page il reconnaît tout de suite le contrat qu'il a signé avec sa patiente il y a une quinzaine d'années. Il continue à feuilleter et comprend très vite avec toutes les photos, les rapports d'expertise, les courriers échangés, que son gendre a réussi à fouiller dans son ordinateur en son absence et en a sorti la totalité de ces documents restés secrets jusqu'à ce jour.

— Comment avez-vous eu ça ?

— Le ton change, n'est-ce pas ? Peu importe comment ce dossier est parvenu jusqu'à moi. Vous pouvez garder cet exemplaire, il s'agit d'une copie. Le principal est, que je suis au courant de tout. De votre petit arrangement. Il ne fallait pas éclabousser le célèbre docteur Shepherd, alors pas de procès, une simple rente sur vingt ans. Même si votre patiente a quelques séquelles, à cent mille dollars tous les six mois, la pilule est plus facile à passer ! Coquette somme, quatre millions de dollars ! Je suppose également qu'ils passent à l'as des impôts ? Je comprends qu'Emma soit très en colère ! Eh oui, de ça aussi je suis au courant !

— Vous n'êtes qu'une petite ordure !

— Je sais ! mais s'il vous plaît, laissez-moi profiter de cet instant jubilatoire. Vous, le grand Mark Shepherd ! Je vois d'ici la presse se gaussant et je ne parle pas de toutes vos patientes botoxées. Scandalisées, elles vont déserter vos salles d'attente, vous fuir comme la peste ! Et croyez-moi, votre carnet de rendez-vous va fondre comme neige au soleil ! C'est sûr, vos associés ne vont pas hésiter une seconde à vous éjecter. Quel dommage, terminer une carrière comme la vôtre si, misérablement ! Pitoyablement !

— Ça y est ? Vous avez terminé votre cinéma ? Je m'en moque, vous pouvez faire ce que vous voulez, je ne céderai à aucun chantage.

— Comme vous voulez.

Leighton se lève, calmement saisit sa serviette en cuir puis se dirige vers la porte du bureau de Mark qui tente une dernière chance.

— Vous avez pensé à Tiffany ? Au mal que vous allez lui faire ?

Leighton se fige mais ne se retourne pas. Mark en profite pour poursuivre :

— Je pensais que vous l'aimiez ? À moins que ça aussi, c'était juste pour nourrir votre ambition sans limite ! Accouchez Leighton, si vous êtes ici ce n'est pas par hasard ! Que voulez-vous exactement ? Crachez le morceau !

— Vous savez très bien ce que je veux et c'est drôle, les sommes sont similaires. Quatre millions de dollars ce qui représente le tiers de l'investissement de départ de ma clinique.

— Je ne possède pas cette somme.

— Oh mais personne ne vous demande d'investir votre argent personnel ! Vous allez souscrire un prêt à votre banque et vous entrerez au capital de ma nouvelle société. Vous voyez, je ne suis pas rancunier, nous allons être associés ! De plus, je vais bientôt faire partie de la famille, ne l'oubliez pas, je vais épouser votre fille ! Bien

entendu, j'ai revu votre participation à la baisse. Quinze pour cent, ça ira ?
— Ne me prenez pas pour un imbécile, c'est surtout pour bénéficier de ma notoriété auprès de votre banque !
— Oui, c'est un peu vrai, je vous l'accorde ! Alors Beau Papa, qu'en pensez-vous ? Vous permettez que je vous appelle comme ça ?
— Trente pour cent, sinon allez-vous faire foutre ! J'aurai peut-être un scandale sur les bras à gérer si je dis non mais vous, vous n'aurez jamais votre clinique, alors réfléchissez bien, ce sera ma seule offre, à prendre ou à laisser !
— Vous m'étonnez Mark ! Si si,, je vous assure, je suis admiratif là. Trouver encore les ressources pour négocier dans une situation pareille, chapeau bas ! Vingt pour cent !
— J'ai dit trente ou allez vous faire foutre !

Sur ce, énervé, c'est Mark qui attrape ses affaires et commence à plier bagage.
— Que faites-vous ? s'alarme Leighton.
— Les négociations seront terminées quand j'aurai passé le pas de cette porte.
— C'est d'accord, trente pour cent !

Mark fixe Leighton droit dans les yeux :
— Écoutez bien mon garçon, ça me fait mal au ventre de signer un nouvel établissement avec vous, mon soi-disant gendre, mais vous avez intérêt à ce que ça marche, sinon, je vous en fais le serment, je pulvériserai votre carrière ! Et ce ne sont pas des paroles en l'air !

Chapitre 41

L'assistante sociale, Nelly Sanders termine d'habiller le petit Leighton. Elle lui lace ses souliers en cuir et lui enfile un petit manteau de laine que sa maman Julia avait acheté dans un magasin chic, spécialisé pour les enfants de 0 à 14 ans. Elle s'était ruinée ce jour-là et en avait caché le prix à Kevin pour ne pas se faire rabrouer. Ce dernier, toujours sans emploi, n'aurait pas compris ni accepté une telle dépense, uniquement motivée par l'amour d'une mère envers son fils adulé. Elle aimait le gâter même, si égoïstement, elle se faisait plaisir à elle-même, fière ensuite de se promener, d'aller le chercher à l'école, quand son travail le lui permettait, en exhibant, l'air de rien, ce fils, cet enfant magnifique, dans les parcs ou partout elle se baladait en lui tenant la main. Lui, il suivait, trop heureux de ne pas rester à la maison avec un papa qui râlait tout le temps et qui criait sur maman. À cinq ans, on est mieux dehors avec sa mère, surtout qu'elle lui passait tous ses caprices, « achète-moi ci, achète-moi ça, j'veux une glace », qu'enfermé à la maison devant des Cartoon, qu'il connaissait par cœur, pour les avoir vus mille fois !

Aujourd'hui, le petit Leighton est complètement déboussolé. Il ne comprend pas pourquoi maman est partie en le laissant, elle aurait dû l'emmener avec elle et puis aller chercher papa à la prison. La prison c'est comme un hôpital où les docteurs vous soignent et quand on est guéri, on sort plus beau qu'avant avec des beaux dessins sur les bras, sur le ventre et puis dans le dos. Alors il attend, il attend tous les jours que maman revienne et pour ça, il reste des heures derrière la fenêtre, observant la moindre silhouette féminine qui ressemble de près ou de loin à celle de sa mère. Cela inquiète fortement les médecins et l'assistante sociale chargée de le suivre en attendant son placement définitif. Tous les jours, c'est la même et insistante question : C'est aujourd'hui que maman elle vient ? Et la réponse est à chaque fois la même : Non mon chéri, elle a toujours bobo et les médecins la soignent. À cinq ans, comment lui expliquer la mort, cette horrible chose si abstraite pour un enfant et même si l'on avait le pouvoir de lui révéler la vérité et de lui faire comprendre que ça mère ne reviendra jamais, qui se dévouerait, qui serait capable de prononcer les mots qui vont assombrir et changer définitivement l'avenir de cette petite vie qui n'aspire qu'à l'amour et à la tendresse de ses parents, les seules personnes qui comptent réellement dans son univers d'enfant ? Alors, on laisse passer les jours, on procrastine, en espérant que demain sera plus doux qu'aujourd'hui, attendant que les visages familiers disparaissent, lentement, et s'enfouissent dans les méandres vaporeux des couloirs de l'âme et du temps.

La voiture démarre, emportant Leighton vers sa nouvelle vie, avec comme bagage une simple valise. Après une demi-heure de circulation chargée, elle s'immobilise devant une jolie boutique du centre-ville Love Marriage.

— Trésor, nous sommes arrivés chez tatie Kate, tu vas voir, elle t'attend, elle est très gentille.

La porte de l'appartement situé au-dessus de la boutique s'ouvre.

— Entrez. Alors c'est toi le fameux Leighton ?

Le petit s'avance sans dire un mot pour embrasser sa tante mais elle se recule.

— Tu peux retirer ton manteau puis elle demande sur un ton sévère : J'espère qu'il est propre au moins ?
— Oui, les couches, c'est fini depuis longtemps, n'est-ce pas Leighton ? confirme Nelly Sanders, l'assistante sociale. Il est très sage et attentionné à l'école. Il fait beaucoup de progrès. C'est un gentil petit. Vous n'avez jamais été mariée ?
— Grand Dieu non ! Quand je vois le résultat tout autour de moi, je remercie le ciel chaque jour !
— C'est paradoxal ! Vous êtes propriétaire d'une boutique qui vend du bonheur, tout ce qui est indispensable pour réussir le plus beau jour de votre vie, vous l'avez d'ailleurs appelé Love Marriage, et d'un autre côté vous semblez désabusée.
— Oui bon, vous n'êtes pas ici pour me psychanalyser ! Donnez-moi les documents à signer, qu'on en termine tout de suite !

Kate Kaufmann saisit presque brutalement le dossier des mains de Nelly Sanders, les pose sur la table, sort un stylo à bille du tiroir et les signe sans la moindre hésitation.
— Comme convenu, vous recevez une aide mensuelle de huit cent vingt dollars pour son éducation.
— Avec ça, je ne vais pas aller loin ! Heureusement que je ne le fais pas pour l'argent !
— Vous avez toutes nos coordonnées. Si vous avez le moindre problème, n'hésitez pas à appeler nos services. Je vous laisse ma carte personnelle en cas de besoin ou de conseils.
— Je vous remercie mais ça ne sera pas nécessaire.

Nelly Sanders s'accroupit et prend Leighton dans ses bras. Il la serre très fort.
— Tu seras sage, tu me le promets ?
— Je veux pas rester là. Je veux maman.

— Fais-moi un gros câlin. Papa va t'écrire souvent. Il t'aime tu sais.

— S'il l'aimait tant que ça vocifère Kate, il n'aurait pas tué sa mère ! Mais ce n'est pas l'intelligence qui l'étouffe !

Outrée, l'assistante se relève.

— Comment osez-vous dire des choses pareilles devant le petit ! C'est une honte ! Je pense que je vais entamer une procédure d'annulation d'adoption devant le tribunal.

— Je viens de signer une adoption définitive. Il va vous falloir autre chose qu'une simple phrase pour m'emmener devant la commission de révision. Nous en avons terminé ? Alors vous pouvez disposer. Leighton, dis au revoir à la dame !

— Comme m'y autorise la loi, je passerai régulièrement lui rendre visite. Je vous conseille fortement de vous en occuper correctement car à la moindre plainte de sa part, à la moindre incartade, je déploierai tout l'arsenal juridique à ma disposition pour vous le retirer et je vous taillerai une réputation de mégère, dont vous et votre boutique aurez du mal à vous relever, croyez-moi ! Mariage d'amour, tu parles !

— C'est ça, c'est ça ! répond Kate en poussant l'assistante sociale Nelly Sanders vers la sortie.

Elle claque la porte puis se tourne vers Leighton :

— Tu ne vas pas pleurer toi ? Suis-moi, je vais te montrer ta chambre.

Elle traverse son appartement et fait découvrir au bambin son nouvel univers, une chambre triste, sans aucun artifice, sans le moindre jouet. Un décor d'un autre temps, ressemblant plus à une chambre de bonne qu'à un terrain de jeux et encore moins à une chambre d'amis car en réalité, des amis, elle n'en a pas. Des cartons s'entassent dans un coin, une table à repasser est encore déployée avec le fer posé dessus. Le lit une place, recouvert d'un plaid à carreaux marron et vert foncé, est plaqué contre le mur et seul un tableau, qui n'est en réalité qu'un poster à cinq dollars, représentant le fameux pont de San Francisco Le Golden Gate Bridge, vient égayer la tristesse de cet endroit à mourir d'ennui.

— Pose ta valise sur le lit et range tes affaires dans l'armoire ordonne Kate à ce pauvre petit bout complètement déboussolé. Et retire-moi cette casquette ridicule ! Tu as déjeuné ?

— Non Madame.

— Madame ? Appelle-moi Kate. Je t'ai acheté des corn flakes et je t'ai préparé un chocolat chaud. Tu aimes ça ?

— Oui Madame.

— Je t'ai dit de m'appeler Kate ! Alors ne me fait pas répéter ! Bon, range tes affaires dans l'armoire et rejoins-moi à la cuisine.

Le petit Leighton ouvre la porte de la vieille penderie en bois. Il dépose, comme il peut, ses affaires sur les étagères recouvertes de vinyle adhésif fleuri. Après plusieurs minutes, il s'avance doucement jusqu'à la porte de la cuisine, habillé d'un short marron et d'une chemise à carreaux, style bûcheron, qui lui va à ravir. Il a toujours aux pieds ses souliers hauts en cuir et lacets et dont des chaussettes, en laine beige, en sortent pour monter jusqu'aux genoux. Qui ne craquerait pas devant ce petit homme de cinq ans, avec sa frimousse d'angelot blondinet ? Même si ses grands yeux bleus illuminent sa petite bouille, c'est de la tristesse que l'on perçoit en le regardant, immobile, fixant sa tante :

— Assieds-toi, je vais te servir.

— Merci mad… Kate.

— Tu t'es lavé les mains ?

— Non.

— Non qui ?
— Non Kate.
— Alors lève-toi et viens te les laver à l'évier.

Trop petit pour atteindre le robinet, elle finit par l'attraper par la taille et le soulever. Ce geste a pour effet de le faire rire.

Comme c'est la première fois qu'elle le voit sourire, elle s'adoucit.

— Dépêche-toi d'aller déjeuner, ça va être froid. Aujourd'hui tu n'iras pas à l'école, je te garde avec moi. Je vais te montrer la maison et la boutique. Nous apprendrons à mieux nous connaître. Tu es d'accord ?
— Oui Kate. On pourra aller voir papa ?
— Non, ce n'est pas possible pour le moment mais si tu es sage, alors je verrai si l'on peut le visiter.
— Oh merci Kate !

Il se serre contre elle dans un élan de gratitude. Par réflexe, elle lève alors les bras en l'air comme pour échapper à cette étreinte et dont elle n'avait pas l'habitude.

— Calme-toi, je t'ai dit SI tu es sage ! Tu as pris une douche ce matin ?
— Oui, je suis tout propre. Où ils sont mes jouets ?
— Dans ton ancienne maison, on ira les chercher, j'ai récupéré les clés.

Après la visite de l'appartement sans aucun intérêt pour lui, Kate et Leighton descendent au magasin. Elle ouvre la porte située au bas de l'escalier et allume la lumière. Le petit garçon écarquille alors les yeux et reste pantois devant tant de belles robes toutes blanches.

— C'est beau Kate ! Je peux jouer ? demande-t-il en commençant à courir partout.

Les enfants sont ainsi faits, ils ont une faculté d'oubli temporaire parfois déconcertante. C'est peut-être mieux pour eux, évincer la souffrance par le jeu dans la plus parfaite insouciance. Pourtant, malgré cette trêve momentanée et superficielle, leurs petits cerveaux les rappellent à la dure réalité quand les souvenirs tenaces remontent à la surface, sporadiquement. En réalité, depuis un moment, Leighton refait pipi au lit, ce que l'assistante sociale s'est bien gardée d'annoncer à sa tante Kate. Pour le moment, il court en tournant autour des mannequins, en touchant tout et n'importe quoi comme s'il fallait qu'il extériorise un trop-plein d'énergie emmagasinée depuis des jours et des jours sous une chape d'inquiétude et de chagrin.

Il attrape un diadème en strass qu'il se pose sur la tête comme une couronne.

— Regarde Kate, je suis un roi, dit-il en sautant comme un cabri.

— Ne fais pas de bêtise, calme-toi ! Viens m'aider à bouger ces cartons, tu es fort ?

— Oui Kate, je suis très fort !

— Ça te plaît ? Tu vas travailler avec moi ?

— Oui mais je dois aller à l'école aussi pour que maman soit fière de moi.

— Ta maman elle est très fatiguée et elle se repose à l'hôpital, alors il faut la laisser dormir. Tu es d'accord ?

— Oui mais après on pourra aller la voir ?

— Je t'ai dit si tu es sage, alors arrête de sauter comme ça, tu vas casser quelque chose.

À peine Kate a-t-elle prononcé cette phrase que Leighton trébuche et tombe sur un présentoir à bijoux qu'il renverse dans sa chute. Tous les colliers et autres accessoires volent en éclats à travers la boutique et se répandent sur la moquette vieux rose.

— Voilà ! Tu es content de toi ? Je t'ai dit d'arrêter de courir dans le magasin. Maintenant tu as tout cassé.

Elle le saisit brutalement par le bras et le secoue en l'agrippant par sa chemise.

— Quand je te dis quelque chose tu obéis ! Tu es puni ! Mets-toi à genoux ici dans le coin, mains sur la tête. Et je ne veux plus t'entendre !

Durant près d'une demi-heure Kate ramasse les colliers et les perles qui jonchent la moquette, certains sont intacts, d'autres irrémédiablement détruits.

— Kate j'ai mal aux bras, je peux me relever ?

— Si tu bouges, je te mets une fessée dont tu vas te souvenir.

— Mais j'ai mal !

— Cesse tes jérémiades ! lui ordonne-t-elle, énervée tout en comptabilisant la perte qu'il venait de lui faire subir.

Leighton tente alors de se lever et, tout en conservant ses mains sur la tête.

— J'ai envie de faire pipi !

Kate le voit et fond alors sur lui en lui assénant plusieurs claques violentes sur le crâne. Ne pouvant plus se maîtriser, comme une furie, elle se met subitement à le tabasser et se déchaîne en le secouant comme une poupée de chiffon. Hors d'elle, elle vocifère les pires ignominies qu'un petit garçon déjà fragile puisse entendre et, tout en continuant de le frapper.

— Quand je te dis de ne pas bouger, tu ne bouges pas ! Tu n'es qu'un petit bâtard, un fils de taulard, parce que ma sœur s'est fait engrosser par cette ordure, maintenant c'est moi qui hérite de toi et qui suis obligée de te nourrir parce qu'il l'a tuée, tu m'entends, ton père a tué ta mère et il va crever en prison ! Et pendant ce temps je vais devoir supporter tes conneries ! Ça ne fait pas un jour que tu es là et tu me coûtes déjà de l'argent mais tu vas me le payer. Tu vas me rembourser jusqu'au moindre centime, tu m'entends braille-t-elle à la limite de la démence.

Les coups continuent de pleuvoir.

— Tu m'entends, tu vas me payer !

Le gamin hurle de frayeur.

— Pardon Kate ! Pardon…

Une grande tache humide apparaît à l'entrejambe de son petit short. Avec une respiration haletante, il se remet à genoux, les yeux remplis de larmes et la goutte au nez, il suffoque. Il pleure et pleure encore durant de longues minutes.

— Regarde-moi !

Leighton se retourne doucement.

— Qu'est-ce que c'est que ça ? Tu as fait dans ta culotte ? Monte dans ta chambre, je ne veux plus te voir de la journée et tu seras privé de repas, que ça te serve de leçon !

Entre de gros sanglots, il renifle et monte péniblement l'escalier tout en s'aidant à l'aide de sa petite main droite posée sur la rampe en bois.

— Je te demande pardon Kate. Je te demande pardon. Maman t'es où ?

Chapitre 42

Les mois passent, les années passent…

Leighton a maintenant huit ans. C'est toujours un magnifique petit garçon qui grandit à l'ombre de sa tante, ultra-présente et plus possessive qu'une mère biologique. Est-ce par amour ou par pure cupidité ? Il se doute bien de la réponse et dans son cœur il sait bien que l'amour donne des bisous et lui, les bisous, il ne connaît pas. Il se souvient de ceux de sa maman et de ses étreintes langoureuses, de sa tendresse infinie. Toujours est-il qu'elle ne laisse aucun répit, aucune liberté à cet enfant qui ne s'épanouit, hormis l'école, que parmi des robes de mariées et des accessoires de cérémonie. C'est son opinion, sa vision des choses qui compte et tout le reste n'a pas d'importance ou n'est que foutaise, perte de temps. Quand le petit a demandé une console de jeux pour faire comme les copains ou par goût personnel, la réponse fut un Non catégorique. « Tu ne vas pas t'abrutir avec ses jeux pour débiles mentaux, je t'interdis même d'y jouer à l'école ! » Leighton a bien compris depuis longtemps qu'il ne faut surtout pas contredire sa tante et que pour avoir la paix, un simple oui suffit ! Alors le oui Tatie ou le oui Kate, il connaît, mais une fois dehors, ah, une fois dehors c'est la liberté, les copains, les rires, les plaisanteries. Tous les enfants attendent le week-end avec impatience pour être en famille, faire du sport, aller se promener avec papa, maman, ou papy et mamie, mais pour lui, c'est exactement l'inverse, il redoute ces jours longs à mourir d'ennui sans voir le moindre ami. Souvent, il reste à la boutique à regarder défiler toutes ses mariées qui s'admirent dans les miroirs et qui se prennent pour des princesses, en virevoltant comme des cendrillons, avant d'aller au bal rejoindre leur prince charmant. Il est encore trop jeune pour savoir que le mariage, c'est comme la loterie, soit elles se feront tabasser comme les chiens ou les tapis persans au printemps, soit elles rouleront en limousine avec chauffeur. Alors il s'ennuie durant des heures à regarder sa tante mentir comme elle respire, en certifiant que celle-ci vous va à ravir ! Même s'il a fallu s'y mettre à plusieurs pour boucler la fermeture éclair pendant que les bourrelets faisaient comme ils pouvaient pour se dissimuler derrière une rangée de dentelle salvatrice. Voilà, c'est dans cet univers surréaliste que grandit le petit Leighton depuis trois longues années. Servi par une intelligence au-dessus de la moyenne, alors que sa tante le jour de la distribution, était sûrement dissimulée sous l'estrade, il absorbe, telle une éponge, toute la connaissance piochée çà et là dans les livres de la bibliothèque de Kate. Ceux qui retiennent toute son attention ont toujours pour thème le corps humain, les maladies et en règle générale, la médecine. Bien entendu, il ne comprend pas tout et dans ce cas, pose des questions à sa tante, trop heureuse d'y répondre et d'avoir enfin un auditoire tout ouïe au grand savoir qu'elle pense avoir. Il faut dire que, durant deux années, Kate a fait Médecine mais les résultats furent si médiocres qu'elle n'a jamais pu entamer la troisième ! Ceci étant dit, restant persuadée d'avoir reçu un don de guérison, son échec à la Faculté restera toute sa vie un de ses plus grands regrets. Depuis, elle estime pouvoir se passer de ces ignorants et pratique sur elle-même et sur Leighton, l'automédication. Elle n'est pas avare non plus de conseils envers ses clientes et n'hésite pas à rédiger des ordonnances sur papier libre où elle prescrit sans le moindre scrupule, tel médicament pour le surpoids, la circulation sanguine ou les hémorroïdes ou tel régime récupéré dans La Femme Moderne dont elle est une fervente lectrice. S'il n'est pas encore mort de fièvre, ou par les pilules prescrites par sa tante, c'est que durant ces années, le pauvre petit bonhomme aura au moins prouvé une chose, ses parents, en plus de son intelligence, lui ont légué une santé de fer. Il en aura déchargé des cartons, rangés des rayons, soulevé des poids bien trop lourds pour son âge et surtout supporté le caractère aigri et acariâtre de sa tante Kate, mécontente de sa vie sans joie et sans plaisir, sauf peut-être celui de fustiger son petit-neveu pour le punir certainement d'être le fruit d'un amour qu'elle n'a pas eu et n'aura jamais.

— Tu le fais exprès ? Tu ne vois pas que c'est de travers ? Recommence, je veux que ce soit parfaitement aligné, c'est un magasin de luxe ici.

— Mais Kate ! J'avais fini.

— Recommence je te dis ! Et ce n'est pas terminé, tu as encore ce carton-là à vider. Après tu iras faire tes devoirs !

Fatigué par sa journée d'école où il se dépense sans compter, il termine le travail ordonné par sa tante et monte enfin l'escalier qui mène à l'appartement. Il l'aura gravi un certain nombre de fois ce maudit escalier, il le déteste. Il déteste aussi cette boutique, il déteste aussi sa chambre, toujours identique au premier jour, mais ce qu'il déteste le plus, c'est sa tante, celle qui représente le malheur.

Le téléphone retentit et Kate décroche.

— Love Marriage Bonsoir !

Une voix masculine grave est à l'autre bout du fil.

— Bonsoir Madame ! Vous êtes Kate Kaufmann ?

— Oui, à qui ai-je l'honneur ?

— Martin Delaware, Directeur de la prison d'État de San Quentin dans le Comté de Marin, Californie !

Chapitre 43

Deux semaines plus tôt…

La plupart des prisonniers sont sortis pour la promenade et tandis que certains tournent sans but précis, mis à part celui de se dégourdir les jambes, d'autres s'adonnent à la musculation avec des appareils rudimentaires mais sûrement très efficaces rien qu'à en juger par leurs corps de bodybuilders surdéveloppés et tatoués. Dans les miradors, des gardiens armés de fusils à lunette, surveillent d'en haut cette cour des miracles, peuplée de bêtes sauvages, cruelles et brutales et surtout sans aucun scrupule, où la pitié n'a pas sa place. C'est l'heure et le lieu de tous les dangers, celui des vengeances, des trafics discrets en tout genre, des magouilles, d'échanges de lopettes ou de choix de nouveaux partenaires non consentants. Chaque gang a son territoire bien défini et chaque place sur les gradins est réservée depuis longtemps par des caïds prêts à en découdre au moindre regard déplacé. Toutes les origines, toutes les idéologies sont réunies, sans se côtoyer, ni se parler, sous peine de déclencher instantanément des bagarres qui finissent toujours dans le sang. Parfois ces rixes sont provoquées volontairement afin de détourner l'attention des surveillants. Alors, armés de lames improvisées en guise de couteaux, faites bien souvent avec des manches de brosses à dents affûtés, dans lesquels ont été implantés des morceaux de métal taillés, ses armes sortent discrètement des ateliers, passent de mains en mains, et finissent par atterrir dans celles de celui qui a été choisi pour exécuter la salle besogne, une condamnation à mort ordonnée par un chef de gang belliqueux, à la barbe et aux nez des gardiens.

C'est dans cet univers malfamé que survit depuis trois ans Kevin Barnes. Bien sûr, il devrait être habitué à un tel environnement, il a déjà passé vingt-cinq années de sa vie dans cet enfer carcéral mais maintenant, une chose compte pour lui, récupérer son fils lorsqu'il sortira enfin d'ici. Alors il espère une remise de peine pour bonne conduite et il accomplit chaque jour son travail, consciencieusement, à la buanderie dans laquelle il a retrouvé son poste.

Il est en train de trier des draps sortis d'une grande panière, avant de les enfourner dans la gueule d'un énorme lave-linge. Un détenu s'avance discrètement vers lui en faisant semblant de venir l'aider. La tête baissée et à voix basse :

— Ricco veut te parler.

— Qu'est-ce qu'il me veut ?

— Je n'en sais rien moi, tu crois qu'il me met dans ses confidences ? On m'a juste demandé de te faire la commission.

— On ? Qui on ?

— Putain, tu fais chier ! Des mecs à lui !

— Quand ? Et où ?

— À la promenade, cet après-midi. Tu te mettras le long du grillage nord et c'est lui qui viendra à toi. Tu es d'accord ?

Kevin réfléchit un instant :

— Ouais, c'est bon.

Le détenu s'éloigne et disparaît rapidement.

Chapitre 44

Kevin arrive à 14 heures pour la promenade quotidienne, dans l'immense cour inondée de soleil et marche à pas lents vers le grillage côté nord. Le vent soulève la poussière du sol et fait voler bon nombre de papiers et détritus divers. Tous les terrains de sport sont déjà occupés et la fonte se soulève puis redescend aux bancs de musculation. Plusieurs groupes d'hommes le regardent passer et le dévisagent de la tête aux pieds, il faut dire qu'il en impose, tant par sa taille que par sa corpulence de bodybuilder bronzé et tatoué qui se dessine sous un marcel blanc. Sa barbe noire termine parfaitement son look de bûcheron canadien. Pourtant, bien que sûr de lui, tout en avançant vers son lieu de rendez-vous, il s'inquiète dans son for intérieur car il sait, mieux que quiconque, que le moindre dérapage peut conduire à des représailles qu'il veut à tout prix éviter, sachant où elles peuvent mener. Alors, il essaie de conserver, du mieux qu'il peut, cette apparence de gros dur que rien ne peut déstabiliser ni intimider. Leighton, c'est tout ce qui compte pour lui, c'est son point fort mais aussi son point faible et il le sait. Jamais il ne parle de lui, ni de sa famille, ni de son enfant, afin d'inhiber toute tentative de chantage ou de racket. Après quelques minutes, il ralentit le pas, regarde autour de lui et s'adosse contre le grillage, il plie sa jambe droite en plaçant son pied contre la clôture métallique afin de se donner un style décontracté et imperturbable. Il sort de la poche de son pantalon de travail gris, un paquet de cigarettes et en allume une.

Avec Julia et la venue du petit, il avait arrêté mais ici, c'est presque une obligation de cloper si on ne veut pas passer pour une lope.

Un détenu, sec comme un coup de trique et tatoué des pieds à la tête, y compris dans le coup et sur le visage, s'approche de lui. Il prend la même posture en s'adossant contre le grillage. Trois de ses sbires se placent en face d'eux et les fixent.

— Salut Barnes.

— Salut Ricco !

Kevin ne s'abaisse pas à lui demander ce qu'il veut. Lui, il n'a besoin de rien et surtout ne réclame jamais le moindre service à quiconque, alors il le laisse prendre l'initiative d'entamer la discussion. Il attend. Une puis deux minutes s'écoulent.

— Tu veux une perm de sortie ?

— Une perm ? Parce que toi tu as le pouvoir d'intimider Delaware ? Tu lui fais quoi pour qu'il soit à ta botte ?

— Rien de ce que tu penses, sinon c'est toi que j'aurais envoyé !

— Arrête tes conneries et dis-moi ce que tu veux. Je suppose que si tu m'as fait venir c'est que tu as un service à me demander ?

— Tu penses sincèrement que j'ai besoin de toi ? Je claque des doigts ici et tout le monde est à ma botte !

— Ah ouais ? Bah va donc les claquer chez les blacks là-bas. Je reste ici pour admirer le spectacle ! Alors accouche.

— Tu ne te démontes pas, toi, Barnes ! Tu n'as peur de personne !

— Je n'emmerde personne, surtout !

— Oui, eh bien tu ferais bien d'avoir un peu peur de moi.

— J'en tremble, tu ne vois pas ? Alors, tu déballes la marchandise ?

Qu'est-ce que tu veux exactement ? Qu'est-ce qui me permettrait d'obtenir le Saint Graal, une perm ? Enfin, je te parle de Saint Graal mais ignorant comme t'es, je suppose que pour toi c'est de l'abstrait ?

Les palabres, en réalité, sont presque un rituel, pour étaler sa force et ne jamais perdre la face devant les autres. Alors on gesticule tout en s'intimidant par des insultes et des gestes plus vulgaires les uns que les autres. Une seconde solution est de rester impassible, totalement froid et étanche aux invectives de son adversaire, afficher une force tranquille intimidante. C'est l'option que choisit en permanence Kevin et jusqu'à ce jour, elle lui a toujours été favorable.

— J'en ai rien à foutre de ton sans graille, moi !

— Tu veux une clope ? coupe alors Kevin, ce qui a pour effet immédiat de stopper la verve de Ricco. Il en prend une aussi, sort son briquet et allume les deux cigarettes puis il reprend :

— Explique ton problème. Tu me garantis que je pourrai obtenir une perm ?

— J'te le garantis, mec !

— J't'écoute.

— On va faire rentrer de la came et on a pensé à la société de blanchisserie qui nous livre le linge sale des hôtels, pour l'introduire. J'ai des connaissances dehors et un mec placé où il faut dans cette boîte. Il dissimulera ce que tu sais dans le linge qui arrive de l'extérieur et comme c'est toi qui le réceptionnes en tant que responsable de cette partie de la blanchisserie, c'est du tout cuit !

— Quelle quantité ?

— Deux kilos mon frère ! Pour ce qui est des détails, on te tiendra informé.

— Deux kilos ! Vous êtes des malades ! Et en parlant de détail, tu en oublies peut-être un ?
— Ah ouais quoi ?
— Je ne t'ai pas donné mon accord ! Et en plus qu'est-ce qui me prouve que je vais obtenir ma permission ? Tu crois que je vais te croire sur parole ? Il me reste trois ans à purger et tu penses sincèrement que je vais risquer perpète pour tes beaux yeux ?
— Et si j'te refile un document signé des propres mains de Delaware ?
— Tu l'as avec toi ?
— Non, mais j'peux l'obtenir !
— À la Saint-Glinglin je suppose ? Tant que je n'ai pas ce document sous les yeux, je ne bouge pas d'un iota. Et si je vois la moindre trace de dope entrer dans ma blanchisserie, je te jure qu'elle atterrit dans les chiottes ! Je veux des garanties.
— Tu les auras mec ! Fais-moi confiance.
— Ah bah si tu le dis, je suis rassuré ! Arrête avec ta confiance. Le document sinon que dalle ! Et au fait, pendant que j'y pense, pourquoi Delaware signerait une permission ? Je suppose qu'il n'est pas au courant de ton petit trafic ? Alors explique-moi ça s'il te plaît, comment tu as fait pour l'influencer ?
— Fais marcher ta cervelle !

Ricco fait alors tourner son index autour de sa tempe comme pour dire à Kevin de réfléchir un peu.
— Ça y est, ça a fait le tour dans ta p'tite tête ?
— Ne me dis pas que…
— Non, justement, je t'ai rien dit.
— Putain, ce n'est pas vrai ? Bon, on s'tient au jus.

Kevin s'éloigne. Il comprend maintenant toute la portée de l'affaire. Il est très inquiet car il sait qu'avec une

sortie dans trois ans et un tel secret sur le dos, il risque sa vie. Un gang au complet, le directeur et sûrement une bonne quantité de matons sont impliqués. Il pourrait parler à l'extérieur du trafic et même dénoncer, y compris durant sa permission, si permission il y a…
— Dans quoi j'me suis embarqué ! Quel con ! mais quel con j'ai été !

Kevin réalise la portée d'un tel service et regrette d'avoir accepté de parler à cette pourriture, ça ne pouvait lui rapporter que des ennuis. Il aurait dû refuser de le rencontrer et rester neutre. Mais de toute façon maintenant, c'est trop tard, les dés sont jetés ! Ricco en a trop dit, il lui a volontairement tout balancé afin de refermer le piège sur sa proie ! Kevin blêmit. S'il participe au business, il est en danger de mort et s'il refuse, il est en danger de mort.
— C'est foutu ! Je suis cuit ! Comment je vais faire pour me sortir de ce guêpier ?

Chapitre 45

La nuit est maintenant tombée sur San Quentin. Tous les prisonniers sont enfermés, certains, les plus dangereux sont seuls, d'autres occupent à deux l'espace avec des lits superposés. Pourtant, selon les arrivées, souvent les détenus s'entassent jusqu'à trois, voire quatre par cellule. Kevin a la chance, si l'on peut dire, de partager la sienne avec un seul codétenu, Tony Dorenzo, un beau bébé de 32 ans, d'un mètre quatre-vingt-sept et quatre-vingt-seize kilos, tatoué à souhait, qui occupe le lit supérieur. Ils n'ont jamais eu de problème particulier entre eux et se respectent. Les deux hommes tuent le temps en lisant de nombreux livres qu'ils se repassent après les avoir terminés. Ils leur arrivent de les commenter et ne sont pas toujours d'accord sur la qualité de l'écriture ou de l'histoire. Des photographies personnelles recouvrent les murs, couleur vert d'eau, mais ne viennent pas empiéter sur le territoire de l'autre, chacun son coin. Tony s'inquiète :

— Que se passe-t-il, tu n'as pas dit un mot depuis que nous sommes enfermés ? T'as eu une embrouille ?

— Non t'inquiète ! J'ai un peu le bourdon.

— Tu veux qu'on fasse une partie de carte ?

— Non, pas ce soir.

— Ça te gêne si j'allume la télé ?

— Non, vas-y.

Le cerveau de Kevin fonctionne en mode course. Il réalise que s'il parle à Tony, il le met aussi en danger de mort, alors il pèse le pour et le contre. D'un autre côté, rien que le fait d'être son codétenu, donc ensemble dans la même cellule, ne l'a-t-il pas déjà condamné ? Il en est certain. Alors, lui parler ou pas ne changerait pas grand-chose, jamais il ne ferait croire à ses détracteurs, qu'il n'a rien dit. Assis sur le bord de son lit, les coudes sur les genoux, il se tient la tête, soucieux. Comment annoncer à Tony, qu'il vient sûrement de le condamner à mort ? Il faut trouver une solution, mais laquelle ?

Après un long moment de silence, Tony, préoccupé, éteint la télé, puis se penche par-dessus la petite rambarde de son lit. C'est alors qu'il aperçoit Kevin dans cette position, immobile. Il descend de sa couchette, conscient que quelque chose ne va pas.

— Kevin, on se fait confiance, t'es mon pote ? Alors dis-moi ce qu'il y a ?

— J'ai merdé !

— Comment ça, t'as merdé ?

— L'ordure de Ricco m'a piégé. Ils veulent faire rentrer de la dope dans la taule avec le bahut qui apporte le linge des hôtels. Et ils me demandent de réceptionner la came.

— Et alors ? T'es pas obligé d'accepter. Tu les envoies chier !

— Pas si simple ! J'ai écouté ce bâtard parce qu'il m'a dit qu'il pouvait me faire avoir une perm de sortie.

— Et tu l'as cru, toi ? Comment il peut t'obtenir une perm ce bâtard ?

— C'est là qu'est le problème ! Delaware marche dans ce trafic et je me demande même s'il n'en est pas le boss ? Il doit y avoir un certain nombre de matons véreux avec eux.

Tony baisse le ton et parle maintenant à voix basse.

— Attends, t'es en train de me dire, qu'ils sont impliqués dans un trafic de came organisé dans la taule avec le boss ?

— Oui, mais ce n'est pas ça le plus grave ! Le plus grave c'est que nous soyons au courant. C'était le piège, maintenant je ne peux plus faire autrement que d'accepter ! Si je refuse, je suis mort et si j'accepte, je suis en sursis jusqu'à ma sortie qui n'aura jamais lieu car ils me descendront avant. Ils ne me laisseront pas sortir avec un tel secret ! Est-ce que tu réalises ce que ça veut dire ?
— Tu parles de ton fils ?
— Oui, bien sûr mais pas seulement. Je parle de toi aussi. Jamais ils ne croiront que j'ai gardé le silence. Alors, que je me sois confié en toi ou pas, ne change pas la donne, si tu vois ce que je veux dire.

Tony percute et s'assied sur le lit à côté de Kevin sans un mot.
— Je vois que tu as saisi.
— Qu'est-ce qu'on va faire ?
— Si j'le savais ! Il faut gagner du temps. Je crois que je vais accepter leur proposition dans un premier temps.
— Comment tu as pu croire qu'ils allaient te laisser sortir, même pour une perm ? Te faire berner à ce point, tu es pourtant un mec intelligent ?
— Il faut croire que non ! J'ai surtout pensé à Leighton, je suis tellement impatient de le revoir, de le serrer dans mes bras ! J'ai merdé grave !
— Il faut faire marcher nos neurones. Et vite ! T'inquiète mon pote, on va trouver une solution pour contrer ses fumiers.

Tony remonte dans sa couchette et essaie de reprendre sa lecture tandis que Kevin s'allonge sur le dos pour essayer de trouver le sommeil. Chacun tente comme il le peut de cacher à l'autre son inquiétude. Elle est pourtant palpable rien que par le silence inhabituel qui règne dans la cellule.

Environ une heure plus tard, toujours pas un mot ni un bruit. Tony tente à voix basse :
— Tu ne dors pas ?
— Comment tu le sais ?
— Je ne t'entends pas ronfler ! Et du coup, ça m'empêche de dormir aussi ! C'est ton ronron qui me berce !
Kevin sourit :
— T'es un mec génial. Je suis désolé de t'infliger un truc pareil !
Subitement, Tony se redresse et, comme si la grâce l'avait touché, il vient d'avoir une illumination.
— Et si c'était des craques !
— Comment ça ?
— Si Ricco baratinait ?
— Attends, tu veux dire qu'il me fait croire à un trafic organisé pour m'obliger à faire le coup et il m'appâte avec sa perm alors qu'en réalité Delaware n'a rien à voir avec ça ?
— T'as tout compris mon pote ! Alors il ne te reste qu'une solution. Tu ne fais rien tant qu'il ne t'a pas refilé ton document de sortie signée par le boss.
— Ça t'arrive souvent, des coups de génie comme ça ?
— Les bouquins, ça rend intelligent !
— Oui justement ! Franchement tu mérites mieux que la taule. Tu n'as pas intérêt à recommencer tes conneries quand tu sortiras, sinon j'te jure, j'te défonce !
— Oui Papa !
— Rigole mon pote, j'te défonce le portrait !
— Je pense à un truc…
— Quoi ?
— Et si Ricco te file réellement ta feuille de sortie pour ta perm ?

— Putain ! Tu bousilles l'ambiance ! S'il me la donne, on revient à la case départ, cela voudrait dire que Delaware est dans le coup.
— D'accord mais s'il ne te la donne pas, rien ne dit que Delaware ne trempe pas dedans quand même et qu'il n'a jamais été question pour lui de perm ! Il n'est peut-être même pas au courant. Si ça se trouve c'est une pure invention du Ricco.
— Arrête ! Tu m'embrouilles la tête là ! Je ne sais même plus où j'en suis !
— Parce que tu comprends, si Ricco te refile ta perm, c'est que Delaware trempe. À l'inverse s'il ne te la donne pas, comment savoir s'il est de la partie ou pas ?
— Putain, tu m'files mal au crâne !
— Tu as cinq solutions, la première, tu fais le boulot sans condition. La deuxième, tu fais pas le boulot. La troisième, tu fais le boulot SI tu as ta perm. La quatrième, tu prends le risque et tu dénonces chez Delaware pour sauver ton cul.
— La cinquième, je t'bouffe ! J'te jure je vais te bouffer et il ne restera rien ! Je dénonce ??? OK ! Je vais dans son bureau et si l'autre est véreux ? Je suis mort, massacré par ses sbires au mitard. Et c'était quoi la cinquième ?
— On s'évade !
— Très drôle !
— On descend Ricco !

Chapitre 46

Le plafonnier de la cabine du camion de la PCH (Pressing of Californian Hotels) est allumé pour identifier le chauffeur. Le poids lourd avance lentement dans le sas d'entrée réservé aux véhicules de livraison. Le premier grand portail, donnant sur l'extérieur, se referme. Des gardiens munis de longs manches, au bout desquels sont fixés des miroirs, commencent à inspecter le châssis. Ils ouvrent ensuite le store métallique arrière, coulissant vers le haut, et grimpent à l'intérieur afin de vérifier s'il n'y a personne, tout en passant un détecteur de métal sur les grandes panières en plastique. Si l'opération est négative, ils finissent le contrôle par le chauffeur en lui demandant ses papiers ainsi que les bordereaux du chargement ou de livraison. Le contrôle terminé, ils font un signe d'approbation à la caméra confirmant que tout est OK. Le second portail, donnant accès à la cour intérieure, commence alors à glisser sur ses rails. Le camion pénètre maintenant dans l'aire de livraison et recule jusqu'au quai de déchargement où l'attend Kevin, deux autres détenus et un gardien en uniforme. Kevin, qui a reçu des instructions précises, doit repérer l'air de rien, la panière numéro 16 et empêcher à tout prix que ses aides la saisissent.

Une par une les panières descendent sur le quai. Il y en a 52 à décharger et il va falloir, très vite, repérer celle qui contient le précieux sésame ! Kevin ne peut pas se contenter de regarder les autres, devant le gardien, il fait donc les allers-retours le plus rapidement possible jusqu'au moment où il repère enfin celle qu'il attend, la numéro 16. Il se place alors stratégiquement, de façon à obliger ses deux aides à se diriger vers d'autres panières. Le déchargement est maintenant terminé et la livraison est stockée dans un coin de la laverie. Kevin en tant que responsable organise le travail

— Bon les gars, vous commencez avec toutes celles-là, vous triez le linge comme d'habitude et mettez en machine pour une première tournée. Moi je m'occupe de toutes celles-là.

Les draps sont entreposés devant la machine 1, les serviettes et les peignoirs devant la 2 et enfin, toutes les nappes et serviettes de table, les vêtements de travail iront dans la 3. Kevin, ne se fait pas remarquer, il vide les panières et commence à trier. La 22 est vidée puis la 12, la 5 et enfin il attrape la numéro 16. Il s'arrange pour tourner le dos au gardien puis poignée par poignée, il retire le linge et le jette sur les tas respectifs quand soudain il aperçoit deux ballots entièrement scotchés par un large adhésif. Il sort alors discrètement de sa poche un petit tube, remplit au réfectoire par de la sauce tomate, quand les spaghettis étaient au menu. Il l'ouvre et verse son contenu sur un drap blanc tout en prenant soin de bien étaler la tache. Il entoure ensuite les deux paquets et forme comme un gros chiffon laissant la tâche rouge bien apparente puis se dirige, d'un pas décidé, vers le fond de la laverie.

— Où tu vas Barnes ? demande immédiatement le surveillant.

— Je vais mettre ce drap aux détachants répond-il en exhibant la tache.

On ne peut pas mettre ça en machine avec les autres !

— OK c'est bon.

— Merci chef.

En quelques secondes, hors de vue du gardien, il place les deux ballots dans un carton de lessive vide qu'il avait préparé le matin même, puis le cache derrière la pile de cartons pleins. Il retourne au tri, l'air de rien, soulagé que tout se soit passé comme il l'avait prévu.

Tony n'était pas d'accord avec Kevin lorsqu'il lui a dit quelle option il avait choisie. Bien entendu, la lettre pour sa permission, il l'attend encore et il ne sait toujours pas si le directeur Delaware est impliqué dans ce trafic. Pour lui c'était la meilleure solution et surtout celle qui lui permettait de gagner du temps tout en restant en vie, lui et Tony. Tout en triant le linge, il réfléchit et constate que le gardien n'a pas l'air au courant de la livraison. À juste titre, il se dit que si Delaware était impliqué, il aurait placé un gardien qui lui aurait facilité la tâche. Or ce n'est pas le cas. Ou a-t-il joué son rôle de surveillant pour ne pas éveiller les soupçons des deux autres détenus ? Son cerveau analyse les situations à la vitesse de la lumière, malheureusement, il se pose beaucoup de questions sans donner les réponses. Il tente alors quelque chose. Ce n'est pas à lui de donner des ordres concernant les allées et venues des prisonniers.

— Vous pouvez y aller les gars, je vais terminer.

Le gardien ne réagit pas. Après une vingtaine de minutes Ricco arrive dans la buanderie comme prévu. Comme prévu certes ! Mais Kevin n'avait pas été informé comment cette ordure a fait pour passer les différents postes de contrôle et arriver jusqu'à lui dans la laverie. Il s'approche du maton et lui tend, sans même se cacher, une enveloppe entourée par un élastique. Le gardien la saisit et la glisse immédiatement, sans vérifier, dans la poche intérieure de son blouson de service. Kevin vient de comprendre ! Il s'agit bien d'un gros trafic organisé dans la prison et orchestré par Delaware. Ricco s'avance maintenant vers lui.

— Où est la came ?

— Tu as ma perm signée ?

— Ne joue pas à ça avec moi.

— Pas de perm, pas de came !

— Il y a un problème ? demande le gardien.

— Tout va bien Chef répond Ricco, sûr de lui. Tu te décides ? Tu ne voudrais pas qu'il arrive quelque chose à ton fils ?

— Espèce de fumier.

Kevin attrape instantanément Ricco par le coup et serre de toutes ses forces mais une très forte douleur à l'arrière jambe, provoquée par la matraque du maton, lui fait mettre genoux à terre et lâcher prise. Ricco en profite pour lui asséner un violent coup de poing au visage.

— Tu nous files cette came tout de suite sinon je te jure qu'on se charge de ton morveux et de ton copain de cellule. Tu t'entends bien avec Tony ? Alors bouge ton cul.

Kevin se redresse et se dirige vers le stock de lessive. Il retire les premiers cartons puis ouvre celui qu'il avait caché derrière la pile et en sort les deux ballots.

— Eh bien voilà ! Ramène-toi ici.

Il revient sur ses pas et s'immobilise devant Ricco qui lui tend les mains.

— Tu vois quand tu veux !

À ce moment Kevin lâche les ballots, les laissant volontairement tomber au sol.

— Penche-toi en avant. Tu dois y être habitué ! dit-il en partant. Il se dirige maintenant vers la sortie afin de rejoindre le quartier où se situe sa cellule.

— Il va nous faire avoir des emmerdes, s'inquiète le maton.

— Tu veux que je m'en occupe ?

— Non, pas maintenant. On aura peut-être encore besoin de lui et de toute façon, on le tient avec son rejeton. Mais je vais en toucher deux mots au boss.

Chapitre 47

Le soleil brille dans un ciel sans nuage, il chauffe la cour de promenade, sans pratiquement un coin d'ombre. Tout semble normal, les tireurs d'élite sont en place dans les miradors, la ronde incessante des marcheurs est réglée comme une partition d'orchestre symphonique. Elle tourne toujours dans le sens des aiguilles d'une montre, comme pour faire avancer le temps plus rapidement, celui des rêves et de l'espoir, celui de voir un jour s'ouvrir les portes du pénitencier vers une vie meilleure. Le sol sablonneux, terreux, jonché de mégots, parsemé de quelques pousses de mauvaises herbes qui ont eu la chance de ne pas se faire piétiner, est balayé par un vent d'ouest, soulevant un nuage de poussières, gris et suffoquant. Les hommes y sont habitués et certains ont noué un bandana autour de leur visage protégeant la bouche et le nez, tentant de réduire l'absorption d'une pollution volatile et irritante. Les gardiens tolèrent cette pratique bien qu'elle ne soit, habituellement, pas acceptée car elle dissimule les faces patibulaires de ces prisonniers souvent instables. C'est l'heure des clopes et des discussions sans grand intérêt où se trament quelques plans sur la comète, se mettent au point les petits trafics ou le programme ordinaire de la journée. Certains jours pourtant, l'atmosphère est plus lourde et le danger devient presque palpable pour celui qui est habitué à ce genre d'endroit malfamé. C'est alors que circule de mains en mains l'objet du verdict prononcé par les jurés d'un tribunal impitoyable, celui de la vengeance, de l'élimination des nuisibles, des empêcheurs de tourner en rond, et la sentence est irrémédiablement toujours la même, la mort, prononcée sans la moindre pitié par un caïd ou un chef de gang belliqueux et retors.

— Tu sais ce que tu as à faire ? demande Ricco en faisant glisser de sa manche une lame fabriquée à l'atelier de maintenance par un exécutant à sa botte.

L'homme attrape discrètement la longue lame qu'il cache dans le creux de sa main et dont une partie remonte à l'intérieur de sa manche, puis se dirige vers son nouveau martyre carcéral, déjà irrémédiablement condamné. Il est suivi de près par deux lascars qui auront la tâche de faire disparaître l'arme le plus discrètement possible après l'agression. Durant ce temps un petit nombre de détenus se séparent alors en deux groupes, trois hommes partent vers la gauche tandis que les autres progressent vers la droite, nonchalamment. Ils ont pour ordre de faire le tour complet de la cour de promenade et lorsqu'ils se rencontreront de l'autre côté, un des protagonistes lancera, à voix haute, une insulte à laquelle il sera impossible de ne pas répondre, au risque de passer pour des faibles devant tous les détenus qui l'auront entendue, le but étant de provoquer une bagarre générale détournatrice d'attention. Ricco, bien entendu n'aura rien à voir avec cette affaire faisant même en sorte de se faire remarquer par un maton planté non loin de lui.

— Comment ça va les tarlouzes ? On se promène !

Instantanément un des hommes fond sur celui qui vient d'envoyer la vanne et les coups de poing commencent à pleuvoir, tandis que les autres détenus, dans la combine, se ruent les uns sur les autres et entame une violente castagne d'où fusent les coups et les insultent. Les détenus affluent pour ne pas manquer une seconde de ce spectacle et c'est maintenant une foire d'empoigne incroyable, accompagnée de hurlements vociférés par tous les prisonniers devenus incontrôlables et surexcités, sous les yeux des surveillants qui tentent de les séparer. La sirène d'alerte est déclenchée. Dès que la rixe a commencé, dans une chronologie parfaite, les trois hommes désignés par Ricco s'approchent de Kevin, dont l'attention est détournée par ce qui se passe de l'autre côté de la cour, et avant même que celui-ci ne puisse réagir, la lame aiguisée, tel un rasoir, entre et ressort à quatre reprises de son torse, avec une rapidité et une violence incroyable. Il tombe alors sur ses deux genoux puis s'effondre sur le côté. Tony qui était à ses côtes se précipite tandis que les trois meurtriers s'éclipsent en direction de la bagarre pour se noyer parmi les détenus survoltés. Le sang de Kevin inonde déjà sa chemise, les yeux entrouverts, il essaie de prononcer quelques mots à l'attention de son pote effondré à ses côtés. Assis par terre, Tony le soutient comme il peut, il pose la tête de Kevin sur sa cuisse.

— J'ten supplie Kev, reste avec moi !

Ses sanglots haletants l'étouffent presque mais il trouve la force de hurler.

— Qu'est-ce que vous foutez, allez chercher du secours, bande de conards !

— Va voir mon fils, je t'en supplie, dis-lui que je l'aime !

— Je te le promets, ne pars pas, je t'en supplie ne pars pas !

Les yeux de Kevin se ferment tandis que des surveillants accourent avec un brancard. De l'autre côté de la cour des coups de feu tirés en l'air retentissent pour disperser les protagonistes et faire cesser cette insurrection. Un renfort de matons suréquipés, tels des policiers antigang, fait irruption dans la cour et à grand renfort de gaz lacrymogène et de coups de matraque, disperse les curieux tandis que les responsables de cette émeute sont jetés au sol et menottés dans une complète pagaille et sous le hurlement assourdissant de la sirène d'alerte.

L'ambulance pénètre dans la prison et en quelques minutes, des médecins urgentistes pénètrent dans l'infirmerie où Kevin est allongé sur un lit, immobile. Des gestes de réanimation sont immédiatement entrepris par ces hommes de médecine, tel des robots programmés. Tout ce qui est possible de faire est accompli avec une maîtrise incroyable. Kevin est intubé et placé sous respiration artificielle, une perf est posée, il est choqué à l'aide d'un défibrillateur portatif à plusieurs reprises mais son cœur a déjà cessé de battre. Un médecin hoche la tête.

— C'est terminé. Heure de la mort constatée à 14 heures 50.

Le corps est recouvert d'un drap blanc. Il sera transporté à la morgue du comté.

Chapitre 48

Le téléphone retentit et Kate décroche.

— Love Marriage Bonsoir !

Une voix masculine grave est à l'autre bout du fil

— Bonsoir Madame ! Vous êtes Kate Kaufmann ?

— Oui, à qui ai-je l'honneur ?

— Martin Delaware, Directeur de la prison d'État de San Quentin dans le Comté de Marin, Californie. Je vous appelle concernant votre beau-frère, Kevin Barnes. J'ai une mauvaise nouvelle à vous annoncer. Il a été victime d'une agression dans la cour de la prison. Malheureusement ses blessures étaient d'une telle gravité qu'il est décédé à l'infirmerie de notre établissement pénitentiaire.

C'était le 19 avril 1990, Kevin Barnes est mort à l'âge de 56 ans, poignardé par un codétenu dans la cour de la prison de San Quentin. À la demande de son avocat, il sera inhumé au côté de Julia Kaufmann, l'amour de sa vie.

◈

À sa sortie, Tony Dorenzo contactera l'avocat de Kevin, Maître Emilio Kruz, qui commençait à se tailler une solide réputation au barreau de San Francisco, n'ayant perdu aucune de ses affaires après celle de Kevin. Tony lui déballa toute l'affaire et une commission d'enquête fut ouverte grâce à l'intervention appuyée du vénérable Juge Robert Sanders qui fut attristé en apprenant la mort brutale de Kevin Barnes. Il avait décelé en lui une parcelle de bonté, pas un ange, non, mais pas non plus quelqu'un de mauvais, sans doute un être marqué par une malchance persistante. En un regard, l'expérience aidant, il pouvait capter l'étincelle qu'il savait reconnaître au fond des yeux et qui lui permettait souvent de ne pas se tromper sur les intentions, le mobile et même la qualité de l'âme qu'il avait en face de lui. Celle de Kevin n'était pas noire. Le juge contacta donc un de ses amis, Procureur à San Francisco qui ordonna l'ouverture d'une commission d'enquête, et après un peu plus d'an d'investigation, le réseau de la prison de San Quentin fut totalement démantelé. Les arrestations s'enchaînèrent les unes derrière les autres. Les condamnations allèrent de cinq à vingt-cinq ans d'emprisonnement et c'est l'ex-directeur, Martin Delaware, qui décrocha le gros lot avec une peine trente années de réclusion incompressible, pour complicité d'assassinat et trafic de drogue en bande organisée.

Le caïd Ricco Garcia Estevez fut retrouvé mort dans les toilettes de la cour de promenade, le 13 juin 1991, criblé de dix-huit coups de couteau, la langue tranchée et les testicules coupées. Tony fut dans un premier temps soupçonné du meurtre mais il fut rapidement disculpé lorsque les véritables coupables furent démasqués, un gang sud-américain, les Black Lobos, pour lesquels Ricco trafiquait, jusqu'au jour où il les avait dénoncés à la nouvelle direction après s'être fait arnaquer à son tour.

◈

Tony s'est marié et est devenu père d'un petit garçon qu'il a appelé Kevin et d'une jolie petite fille, Carolina. Il a ouvert une petite boutique d'informatique à Miami où il vit maintenant, car il avait pressenti qu'il y avait beaucoup d'avenir dans ce nouveau domaine. Il est à la tête aujourd'hui d'une chaîne de cent trente magasins, éparpillés sur tout le territoire américain. Rien ne pourra lui faire oublier son ami. Comme il lui avait promis, il appela, à sa sortie, Kate Kaufmann. Elle ne lui a jamais laissé rencontrer, de près ou de loin, le petit Leighton et cachait même les lettres qu'il avait envoyées au début, toujours restées sans réponse.

Chapitre 49

Le Blue Boy affiche complet ce samedi soir, l'ambiance est survoltée et Henri ne sait plus où donner de la tête derrière son bar. Ils sont pourtant trois barmen à servir mais ça se bouscule, ça rit, ça parle fort, bien que ce dernier point soit normal vu le niveau sonore de la musique, ça gesticule et ça finit même par râler à force d'attendre. Henri s'énerve en s'adressant à ses employés :

— Bon les garçons, il va falloir vous bouger un peu ! Pas de bavardage inutile. On n'est pas ici pour draguer ! J'ai une caisse à remplir, moi !

Puis s'adressant à un consommateur mécontent de faire le pied de grue depuis plus de dix minutes.

— Ça va ! Je ne suis pas une machine non plus. Alors chacun votre tour, comme à confesse ! Tu veux boire quoi mon beau ? Un gin-fizz ? C'est parti ! Tiens mon chéri. Douze euros s'il te plaît.

Henri encaisse et se tourne vers un jeune blondinet d'une vingtaine d'années qui se laisse doubler sans dire un mot.

— Tu sais ce que tu veux mon chou, ou tu es là juste pour admirer mon corps de rêve ? Si tu ne joues pas des coudes, je vais te retrouver piétiné devant mon comptoir.

— Merci Monsieur.

— Merci Monsieur ? Vous avez entendu les garçons ? On m'a dit merci monsieur et merci pour quoi d'ailleurs, tu ne m'as pas encore dit ce que tu voulais ?

— Je voudrais deux whiskies coca et un double scotch s'il vous plaît, vous pouvez nous les apporter à la table là-bas ? Je vous paie tout de suite. Combien je vous dois ?

— Alors, treize et treize ça fait vingt-six et vingt-quatre. Cinquante euros tout rond jeune homme ! Quant à porter votre commande à la table, je ne peux pas, on est complètement débordé ! Si tu ne peux pas tout emporter, fais deux allers-retours, je te garde tes boissons. OK ? Elle est où ta table ?

— Là-bas, dit-il en la montrant du doigt. C'est celle avec mon ami qui a une veste rayée.

Le bar étant surélevé, Henri jette un œil et repère la table.

— Tiens, emporte déjà les deux whiskys.

Le jeune homme qui possède sûrement deux bras gauches saisit le premier verre et, bousculé, manque de le renverser :

— Allez, laisse tomber ! Va t'asseoir, je t'apporte ta commande.

— Avant le lever du soleil, on peut espérer être servi ? demande un client vraiment très mécontent et surtout bien éméché.

— Écoute Darling, rien qu'à ton haleine, je suppose que tu as déjà fait le plein, et ce n'est pas les douze mètres que tu viens de parcourir qui ont vidé ton réservoir ? Alors tu vas gentiment attendre le retour du pompiste et si tu es gentil, je te ferai le pare-brise ! Pour le moment, tu fermes ta trappe et tu attends !

Le client médusé en reste bouche bée. Henri dispose sur le plateau les deux whiskies coca, le double scotch, un petit bol de cacahuètes et des serviettes en papier. Il s'extirpe de l'arrière de son comptoir et entame son chemin de croix dans une foule bigarrée, se frayant un passage avec son plateau parmi des danseurs échauffés et des amoureux transis.

— Chaud devant ! Pousse tes fesses chéri ! Tiens salut Georges, tu vas bien ? Chaud devant !

On reconnaît tout de suite le professionnel car c'est en moins de deux minutes qu'il parvient à se hisser jusqu'à la table du blondinet et de son ami, l'homme à la veste rayée.

— Bonsoir ! Alors deux whiskies coca et un double scotch. Les deux whiskies sont pour qui ?

— Un pour lui et un pour moi et le double est pour moi aussi répond l'ami, avec un fort accent anglais.

Henri relève la tête en posant les verres sur la table basse et son regard plonge instantanément dans des yeux gris bleu qu'il avait déjà vus auparavant. Son sang ne fait qu'un tour et un frisson incontrôlable l'envahit. Devenu blême, ses jambes se dérobent presque. Il faut absolument qu'il se ressaisisse. Il dépose le bol de cacahuètes et les serviettes :

— Voilà ! Si vous avez besoin d'autre chose, n'hésitez pas, je suis au bar !

Il s'éloigne de la table tout en prenant un air détaché.

— Poussez-vous les mecs, chaud devant !

Arrivé derrière le comptoir un des barmen l'interpelle :

— Ah quand même ! Qu'est-ce qu'il t'arrive, t'en fais une tête ?

— S'il te plaît, occupe-toi des clients et pas de ma trombine.

Henri allait saisir le téléphone puis il réfléchit. Non, il vaut mieux continuer de servir, l'air de rien, sans attirer l'attention. La seule chose qu'il doit faire maintenant est de surveiller les verres utilisés par l'homme à la veste rayée, sans se faire remarquer. C'est lui aussi qui devra impérativement débarrasser la table lorsque les boissons seront consommées afin de récupérer les précieux verres. Après une bonne dizaine de minutes, Henri profite d'une accalmie au bar pour enfin attraper le combiné. Il compose le numéro qu'il a appris par cœur, et à trois heures cinq du matin la sonnerie du portable de Fares retentit. Affalé comme à l'accoutumée sur son lit, le cheveu hirsute, il décroche.

— Si ce n'est pas important, je vous tue !

Henri arbore un large sourire pour paraître décontracté derrière son bar.

— Fafa, c'est moi Henri !

— Putain Henri !

Et à voix basse :

— Il est là !

— Qui ?

— Devine ? Pas le pape ! Le meurtrier d'Alexis !

— Tu es sûr de toi ?

— Non non,, tu ne sais pas, je confonds avec la Reine d'Angleterre, t'es naze ou quoi ? Lève tes jolies fesses du plumard et radine-toi avec tes copains vitesse grand V ! Et pas de sirène hurlante, discret s'il te plaît ! Pendant ce temps, je vais faire ce que vous m'avez demandé.

Juste avant de raccrocher et cette fois à voix haute.

— Oui, tu peux venir, il y a une bonne ambiance ce soir. À tout de suite ! Bisou mon Fafa !

Assis sur le bord de son lit, Fares compose le numéro de Jordan.

— Jordan ? C'est Fares !

— Fares ? Qu'est-ce qu'il t'arrive ? Tu as vu l'heure ? Il est trois plombes !

— Henri vient de m'appeler, son américain est au Blue Boy !

— Quoi ? Il est sûr de lui ?

— Non non, il confond avec la Reine d'Angleterre ! T'es naze ou quoi ? Bon, tu te bouges ? On se donne rendez-vous là-bas. J'appelle Joan. Comme je suis plus loin que vous, je vais mettre du temps à arriver, alors vous entrez et vous buvez un verre, l'air de rien, en m'attendant. Ne vous faites pas remarquer. Et tu t'habilles boîte, pas flic !
— Compris. Magne-toi d'arriver, il ne faudrait pas le perdre une seconde fois !

Fares saute dans son jean, passe un marcel blanc, qui met en valeur ses pectoraux, enfile son blouson en cuir dont il relève le col et coiffe ses cheveux noirs en arrière. Il termine par ses boots, toujours non lacées, passe le coup de téléphone à Joan et cinq minutes plus tard, il est au volant de sa Saab perso, sur laquelle il a tout de même fait installer une sirène de police qu'il mettra en route à chaque intersection. Il est près de trois heures et demie du matin et il n'a pas envie de réveiller toute la banlieue et la capitale. Son gyrophare bleu est posé sur le tableau de bord et sa rotation lumineuse termine, si besoin est, de le réveiller. Il n'a pas eu le temps d'avaler un café et il se dit qu'Henri lui en offrira bien un en arrivant. Il se la jouera tranquille, n'ayant pas l'intention de débouler dans la boîte comme un cow-boy. Cette fois, pense-t-il, le piège se referme. Les boulevards désertés défilent, avalés à vive allure. Il sait qu'il prend des risques à cette heure tardive de la nuit car c'est dans cette tranche horaire que les chauffards se permettent tout et n'importe quoi, comme brûler les feux par exemple. Il ne faudrait pas renverser un motard ou bien heurter un autre véhicule, ce qui réduirait à néant tous les efforts réalisés depuis des semaines pour boucler favorablement cette enquête. Il lève un peu le pied.

Après quarante-cinq minutes, la Saab se gare à une centaine de mètres du Blue Boy. Fares consulte sa montre. Quatre heures et quart ! Il est inquiet car il aperçoit déjà quelques clients quitter la boîte. Il entre et rejoint Henri au bar en ignorant volontairement ses coéquipiers. La musique est toujours aussi forte. En l'apercevant, Henri fait le tour du comptoir et avant même que Fares ne réagisse, il le bise sur les deux joues.

— Salut mon Fafa. Waouh le look ! Ce sont tes poils ou tu as collé un morceau de moquette ? demande-t-il en ne pouvant s'empêcher de toucher. Je suis désolé mon grand mais ils se sont barrés dix minutes avant que tes potes n'arrivent.

Fares bondit de rage et hurle :

— Putain ! C'est pas vrai ? Fait chier !!! FAIT CHIER !!!

— Tu sais, ce n'est pas de ma faute, j'ai fait tout ce que j'ai pu pour les retenir et je leur ai même proposé un verre offert par la maison. Je ne pouvais pas insister, ça aurait paru louche. Ils avaient sûrement autre chose à faire si tu vois ce que je veux dire... Joan et Jordan sont là-bas dans le fond. Je leur ai déjà annoncé la nouvelle. Va les rejoindre, j'arrive.

— Excuse-moi Henri, ce n'est pas contre toi. Tu as fait déjà plus qu'il ne fallait. Il n'est plus question de te faire prendre le moindre risque.

— Ta gentillesse me touche. Tu veux boire quelque chose ?

— Un double scotch s'il te plaît et l'addition est pour moi. Joan et Jordan ont déjà commandé ?

— Oui, ils sont servis. Et quant à l'addition, ça me ferait mal que tu paies mon Fafa, surtout ce soir !

— Henri te l'a dit ? demande Joan à voix forte dès que Fares les rejoint.

Sans répondre, il s'installe sur la banquette à côté d'elle, pose ses coudes sur ses genoux et se frotte la tête avec ses deux mains en regardant le sol.

— J'ai les boules, vous ne pouvez même pas imaginer ! En plus il est parti avec un jeune mec. Reste à espérer qu'il ne lui réserve pas le même sort qu'à Alexis !
— Nous avons fait le plus vite possible. On ne peut pas se télétransporter ! oppose Joan. Je comprends ton amertume et quant au jeune, je ne pense pas qu'il risque quoi que ce soit.
— Sauf s'il fouille dans ses papiers ! rétorque Fares.

Jordan aussi essaie comme il peut de lui remonter le moral car, même s'il n'est guère psychologue, il connaît son ami et voit bien que cette fois, il est vraiment contrarié, tant il s'implique dans ces deux affaires qui le minent depuis des mois. Il se lève et vient s'asseoir à son tour à côté de lui.
— T'inquiète, on va le coincer. Pour le moment il a de la chance mais le vent va tourner. Ça ne sert à rien de te mettre la rate au court-bouillon. Allez, fais-nous risette ! Tiens voilà ton pote Henri.

Joan attire son attention par une grimace discrète tout en lui faisant un signe de tête en direction de son coéquipier. Henri comprend, pose le double scotch sur la table basse devant Fares tout en conservant une main dans le dos.
— Ne te mets pas dans des états pareils mon Fafa ! J'ai un cadeau pour toi !

Fares relève la tête doucement et fixe Henri avec ses yeux de chien battu.
— Et voilà !

Il brandit de derrière lui un sac-poubelle en plastique gris !
— C'est la maison qui offre !

Intrigué, Fares attrape le sac et l'ouvre. À l'intérieur, trois verres. Comprenant instantanément la valeur du cadeau, Henri lui aurait offert un lingot d'or, l'effet aurait été le même ! Il se lève et tout en tenant le précieux sac, il enlace fortement Henri qui n'en demandait pas tant !

— J'ai cru qu'il allait te rouler une pelle ! ajoute Jordan, avec beaucoup de classe, comme à l'accoutumée, heureux de voir son pote se ressaisir.

— Ta gueule, Jordan !

— Ah, tu vois, s'esclaffe Henri, il va beaucoup mieux ! Il reprend du poil de la bête. Quant à ce que tu viens de dire, s'il l'avait fait, je n'aurais pas appelé les pompiers ! Bon, je vais chercher une bouteille et on trinque, les amis !

Chapitre 50

L'équipe ne s'est pas couchée. Ils sont sortis du Blue Boy vers sept heures du matin et Joan est directement rentrée chez elle. Après tout, c'est dimanche et aujourd'hui, elle n'est pas d'astreinte. Fares, voulant déposer les verres en lieu sûr, est allé directement à la brigade et Jordan a voulu absolument l'accompagner. En pénétrant dans le bureau, ils sont un peu inquiets car visiblement Henri n'a pas ouvert qu'une seule bouteille et ce ne sont pas les quelques cafés ingurgités à la hâte qui vont faire baisser le taux d'alcoolémie des deux compères !

Jordan, dans un moment de lucidité :

— Hé ! Heureusement que Dubreuil ne bosse pas ! T'imagines sa tête s'il nous voyait ? On serait obligés de lui avouer qu'on a encore passé la nuit au Blue Boy !

Jordan se tord en deux, hilare. Fares l'observe, leurs regards se croisent et l'effet est immédiat, un fou rire incontrôlable qui perdure à cause de Jordan imitant le Commandant Dubreuil :

— Qu'est-ce que vous foutiez encore au Blue Boy ? Et vous avez encore picolé ? Oui, mais c'est de la faute à Henri, Chef ! Il est amoureux de Fafa !

— Arrête ! J'en peux plus ! J'ai mal à l'estomac ! Oh la vache !

Fares s'essuie les yeux et lance une question absolument existentielle :

— Tu crois qu'on est bourré ?

— Noooonnn ! Juste un tout petit peu !

Le rire reprend de plus belle.

— Mais qu'est-ce que c'est que ce foutoir ?

Le Commandant Dubreuil ne travaille pas ce dimanche, mais en revanche, c'est le Commissaire Varin qui est de service et justement, c'est lui qui vient de faire irruption dans l'Open Space, alerté par le barouf de Fares et de Jordan.

— Vous vous sentez bien tous les deux ? Faites-moi profiter de ce qui vous fait autant rire ! Et qu'est-ce que c'est que ces tenues ?

— C'est de la faute à Henri, Chef ! répond Jordan, hilare.

— Mais parole, vous êtes ivres ? Je veux bien être cool les gars, mais là, vous déconnez ! Heureusement qu'il n'y a pratiquement personne aujourd'hui. Quel bel exemple vous faites ! Vous êtes de service, Khazen ?

— Non Chef, Jordan non plus !

— Alors qu'est-ce que vous foutez là ?

— Il faut envoyer ces verres au labo de toute urgence. Il y a dessus les empreintes et l'ADN du tueur de l'Hôtel de La Ferronnerie.

— Vous les avez récupérés où ?

Jordan se précipite pour répondre :

— Au Blue Boy Chef !

— Et qu'est-ce que vous foutiez au Blue Boy ?

— Ah non ! Ça ne va pas recommencer ! proteste Jordan en se redressant avant de s'effondrer sur son bureau.

— Donnez-moi ça, je vais les mettre au coffre, vous les récupérerez demain, et foutez-moi le camp sans vous faire remarquer. Vous êtes venus comment ?

— En voiture, Chef !

— En voiture ? ! Bon, j'en ai assez entendu ! Aidez-le et suivez-moi !

Fares encore lucide attrape, comme il peut, Jordan à moitié endormi. En moins de cinq minutes, ils se retrouvent tous les deux devant la grille de la cellule de dégrisement.

— Entrez là-dedans !

— Vous n'allez pas nous faire ça, Chef ?

— Je vais me gêner ! Je reviendrai vous voir dans trois ou quatre heures, et si ça va mieux, vous pourrez partir. En attendant, bonne sieste les Blue Boy !

Le Commissaire claque la grille et tourne la clé et tout en regagnant son bureau.

— Au Blue Boy ! Ils me prennent vraiment pour un abruti, ces deux-là !

Chapitre 51

Il est huit heures du matin et avant le débrief du lundi, Joan travaille à son bureau depuis déjà plus d'une heure quand s'approche le Commissaire Varin.

— Bonjour Lieutenant Letourneur.

— Bonjour Commissaire.

— Khazen et Ackermann m'ont déposé ça hier. Ils prétendent qu'il y a les empreintes et l'ADN du tueur de l'Hôtel de La Ferronnerie sur les verres que contient ce sac-poubelle ! Mais j'en doute, à mon avis, il doit surtout y avoir les leurs, vu l'état qu'ils étaient tous les deux hier matin !

— Je leur avais dit de ne pas venir.

— Comment ça, vous leur aviez dit de ne pas venir, vous étiez avec eux ? Ils ont voulu me faire avaler qu'ils sont allés au Blue Boy et que c'est là qu'ils ont récupéré ces verres, soi-disant !

— C'est vrai Commissaire !

— Comment ça, c'est vrai ?

— C'est vrai que j'étais avec eux et c'est vrai pour les verres !

— Et vous étiez aussi fraîche qu'eux ?

— Non, moi je tiens mieux l'alcool ! répond Joan en souriant.

— Très drôle, vous rirez moins quand je vous aurai dit que je les ai collés en cellule de dégrisement pendant quatre heures !

— Non, sérieux ?

— Vous pensiez que j'allais les laisser repartir en bagnole, bourrés comme ils étaient ? Ça leur fait les pieds et que ça leur serve de leçon. Et quant à vous, ne l'ébruitez pas !
— Qu'elle n'ébruite pas quoi ? demande Franck, inquiet, en arrivant près du bureau de Joan.
— À lui, vous pouvez le dire mais à personne d'autre, compris ? Et envoyez-moi ces verres au labo, et au trot !
— Qu'est-ce qui se passe ? continue Franck. Il est remonté comme un coucou Suisse !
— Henri a téléphoné à Fares dans la nuit de samedi à dimanche. Il a reconnu le meurtrier d'Alexis de retour dans sa boîte. Il a appelé Fares et, avec Jordan, nous sommes allés tous les trois au Blue Boy pour le coincer.
— Pourquoi vous ne m'avez pas appelé ?
— Franck, il faut que je te fasse un dessin ?
— Mais je m'en fous maintenant, de toute façon je vais leur dire. En attendant j'aurais bien été de la fête. Et alors que s'est-il passé ensuite ?
— Le temps que nous arrivions, il avait déjà filé.
— Putain, j'imagine la tête de Fares !
— Par contre Henri a été génial, je te jure j'adore ce mec ! Jette un œil dans ce sac.
— Non ! Je ne le crois pas ? Comment il a fait ?
— Je te dis qu'il est génial !
— Il vous a peut-être encore échappé mais maintenant, nous avons ses empreintes et sûrement son ADN ! Tout ça ne m'explique pas la colère de Varin continue Franck lucide.
— Ensuite, reprend Joan, on a picolé jusqu'à sept heures avec Henri et nos deux abrutis de collègues n'ont rien de trouvé de mieux à faire que de venir ici, hier matin, pour déposer le sac. Complètement bourrés et bien entendu, discrets comme ils sont, Varin, qui était de permanence,

les a entendus. Quatre heures de cellule de dégrisement, tu le crois ?

— Non ! Tu déconnes ?

— J'te jure !

— Mais ce matin c'est le débrief, s'inquiète Franck, comment faire pour expliquer tout ça ? Et Dubreuil ? Et encore le Blue Boy ? Là on est morts !

— Oui, mais cette fois nous avons été appelés, il y a du résultat ! J'espère que Varin ne va rien dire à Dubreuil ?

— Là, tu rêves, ma vieille !

— Bon, écoute Franck, tu envoies ça au labo tout de suite, tu leur dis que l'on veut les résultats pour avant-hier ! Pendant ce temps, je vais aller voir Dubreuil et discuter avec lui avant la réunion.

— Tu es géniale ma Jo ! Et bon courage pour l'engueulade ! J'ai comme une légère intuition que tu ne vas pas y couper !

◈

Joan frappe à la porte du bureau du Commandant Dubreuil et, sur un ton très sec :

— Entrez !

— Ah vous voilà ! Il ne manquait plus que vous à la fête ! Fermez la porte !

Joan complètement décontenancée :

— Commissaire, nous nous sommes déjà vus. Bonjour Commandant ! Salut Fares, salut Jordan !

Chapitre 52

Un jeune stagiaire s'approche du bureau de Joan vers 16 heures.

— L'accueil m'a dit de vous remettre ça en mains propres.

— C'est quoi ?

— Une enveloppe cachetée, ça vient du labo, je crois.

— Merci beaucoup.

Joan ouvre l'enveloppe :

— Les garçons ! Venez, j'ai les résultats du labo !

Joan commence à parcourir le rapport sous les yeux de Fares, inquiet. Jordan et Franck déboulent, impatients. Après quelques instants d'une lecture rapide.

— NON ! J'le crois pas… IN CRO YABLE !

— Quoi ? Accouche ! lance Fares énervé.

Sans lui dire un mot, elle lui colle le rapport dans les mains, tandis que Jordan et Franck commencent à lire par-dessus son épaule. On entend une mouche voler.

— Vous lisez la même chose que moi les mecs ? Ce n'est pas possible ! Nous n'avons plus deux mais UNE affaire ! Ah le pied !

Fares se lève et se dirige vers les bureaux de ses supérieurs, rapport en main.

— Où tu vas ? demande Joan.

— Je vais clouer le bec à la Kommandantur !

Fares fait irruption sans frapper dans le bureau du commandant Dubreuil et jette le dossier devant lui.

— Qu'est-ce que c'est que ça ?

Fares ne répond pas et attend la suite. Dubreuil ouvre l'enveloppe et entame la lecture. À mesure qu'il avance, ses yeux s'écarquillent.

— L'ADN du meurtrier de l'Hôtel de La Ferronnerie est identique à celui du tueur des mariées ??? Non ! Comment est-ce possible ? Les résultats du labo sont formels ! Je n'en reviens pas ! Bien joué !

Fares jubile et alors qu'il sort de la pièce, sans avoir prononcé le moindre mot, Dubreuil le rappelle :

— Khazen ! Demi-tour !

Fares revient devant le bureau de son chef et reste debout, immobile.

— Vous savez que je vous apprécie mais n'en profitez pas ! Je sais que vous êtes capable du meilleur comme du pire. Je reconnais avoir plus souvent le meilleur, cependant je vous le dis franchement Fares, l'engueulade de ce matin, avouez que vous ne l'avez pas volée !!! Tous les deux, bourrés comme des coings devant le Commissaire Varin. Vous êtes des malades ou quoi ? Je vais encore une fois arrondir les angles, j'aurai sûrement un peu moins de mal avec ce rapport. Seulement, par pitié, arrêtez vos conneries ! En ce qui concerne le Lieutenant Ackermann, ça ne m'étonne pas, il est toujours dans les coups foireux, mais cette fois vous avez entraîné Le Lieutenant Letourneur avec vous ! La prochaine étape c'est quoi ? Toute la brigade au Blue Boy ?

Fares essaie tant bien que mal de se contenir de rire :

— Vous n'allez pas vous marrer non plus ? Bon allez, dégagez ! Foutez-moi le camp ! Je garde le rapport, je vous le rendrai tout à l'heure.

Chapitre 53

Par une magnifique journée de mai 1998, l'horloge annonce 16 heures et la sonnerie de l'International French Collège de San Francisco, retentit. Les portes s'ouvrent et en un instant, la pelouse disparaît sous les pas de tous ces jeunes étudiants, fils ou filles de français émigrés ou de familles récemment installées aux États Unis pour des raisons professionnelles et intégrées dans la communauté de Californie, ou tout simplement de riches familles américaines voulant donner une éducation plus européenne à leurs enfants, adolescents heureux de terminer les cours par ce bel après-midi de printemps. Le calme fait place maintenant aux cris, aux rires, aux sonneries de téléphone qui retentissent de tous les côtés. Tous les élèves portent le même uniforme, bleu marine et vert, chemise blanche et cravate rayée, obligatoire dans cet établissement privilégié. La plupart empruntent la petite rue privée menant au parking pour retrouver la voiture que papa leur a offerte pour leur seizième anniversaire. D'autres comme Leighton se dirigent vers l'arrêt du bus scolaire, ces immenses car jaunes célèbres sur tout le territoire américain. Dans un français presque parfait.

— Leighton ! Tu viens à la fête qu'organisent Brian et Sandra samedi ?

Leurs parents ne seront pas là, ils partent en week-end et Brian organise une fête dans le jardin. Tu peux prendre ton maillot, il y a une piscine !

— Je suis au courant, Brian me l'a dit, mais je ne sais pas si je pourrai venir, il faut que je demande à ma Tante.
— Laisse-le Cindy, il faut qu'il demande à tatie ce pauvre garçon ! se moque une seconde copine de classe.
— Très drôle, les filles, je suis MDR !
— Il y aura pratiquement toute la promo et d'autres copains que Sandra a invités. On pourra fumer tout ce que l'on veut et c'est open bar !
— Oui, tu as raison de me donner le programme, je pense que ce sont les arguments que je vais reprendre pour plaider ma cause auprès de ma tante !
— Ça serait génial que tu viennes, on pourrait s'éclater ! Et ça te sortirait un peu. Tu n'en as pas marre de faire le groom dans cette boutique de mariées ?
— Cindy ! Si je pouvais faire autrement, tu ne penses pas que je le ferais ? C'est elle qui m'a élevé !
— Elle profite de toi, Leighton ! Tu n'as pas un instant de liberté. Tu dois toujours travailler, travailler. Depuis que tu es petit, elle te tient sous sa coupe cette vieille mégère ! Franchement, je l'ai rencontrée une fois, et tu as vu l'accueil qu'elle m'a réservé ? On aurait cru que je venais lui enlever le pain de la bouche !
— Je suis nourri, logé, blanchi et elle m'a inscrit dans cette école.
— Je sais que tu es reconnaissant pour ça, seulement la contrepartie est lourde. En réalité elle te verse un salaire pour les services que tu lui rends quotidiennement. Et je ne te parle pas de la pension qu'elle perçoit, très certainement. Crois-moi, elle te le fait payer cher et ce n'est pas elle la perdante !
— Que veux-tu que je fasse ? Je n'ai pas d'autre solution. Pour samedi, je n'ai que 16 ans, Cindy ! Je suis obligé d'avoir sa permission !

— Tu ne lui dis pas, tu attends qu'elle s'endorme et tu nous rejoins. Allez, s'il te plaît !

— Je vais voir ! Je ne te promets rien.

— J'ai une idée ! Tu veux que te donne une des pilules de ma mère ? Tu lui écrases dans sa salade ou dans sa purée ou dans je ne sais quoi et hop ! Tranquille jusqu'au lendemain.

Leighton sourit s'imaginant en train d'écraser une pilule dans de la nourriture.

— Remarque, c'est une bonne idée !

Le chauffeur met en route le puissant moteur du bus et Leighton est obligé de grimper à bord.

— Génial ! Je t'apporte une pilule demain ! promet Cindy en s'écartant, sous le regard dubitatif de sa copine.

Leighton se retourne sur la plateforme.

— Non mais attends, je blaguais !

— Trop tard ! À demain.

Il s'installe à l'intérieur et s'assoit près d'une fenêtre. Alors que le bus s'ébranle, il fait un petit coucou aux deux filles restées sur le bord du trottoir.

— Il est trop top ! Tu as vu ses yeux ? Et ses cheveux bouclés, on dirait un ange !

— C'est ça ! Cindy ? Tu es amoureuse ou quoi ?

— Peut-être ! Tu ne le trouves pas craquant et terriblement séduisant ?

— Ça y est, elle craque, on est foutu !

Et, tout en s'éloignant :

— Ne me dis pas que tu vas piquer un somnifère à ta mère ?

— J'vais me gêner !

Chapitre 54

Leighton écrase un comprimé dans un mortier trouvé dans un des tiroirs de la cuisine. La poudre est maintenant suffisamment fine et pourra être intégrée dans la purée de pommes de terre qu'il vient de préparer. Il le fait de temps en temps, cuisiner le repas pour sa tante quand elle remonte du magasin situé à l'étage d'en dessous, fatiguée de sa journée. La table est dressée. Il plante la pointe d'un couteau dans une des pommes de terre pour s'assurer de leur cuisson. C'est bon, il peut jeter l'eau et les verser dans un saladier. Il ajoute le beurre, sale, et goûte. Pendant ce temps, il ouvre un blister contenant des tranches de jambon et les dispose dans un plat qu'il met sur la table.

— C'est prêt ? demande Kate en faisant irruption dans la cuisine.

— Tu m'as fait sursauter !

— Qu'est-ce que tu as fait à manger ?

— Une bonne purée maison et du jambon. Assieds-toi, je vais te servir. Retire tes chaussures, tu seras plus à l'aise.

— Tu es bien prévenant ce soir ! Tu as quelque chose à me demander ?

— Non Tatie, tout va bien. Donne-moi ton assiette, je vais te servir.

Kate lui tend son assiette et il dépose trois grosses cuillères à soupe de purée. Il attrape une petite salière, qu'il avait pris soin de vider auparavant et saupoudre de poudre blanche. Il mélange énergiquement.

— Dis-moi si elle est bonne ? Je l'ai faite comme tu me l'as montré. Pommes de terre écrasées à la main, beurre et sel. Et puis c'est tout !

— Elle est parfaite ! Sers-toi et mange avec moi ? Que vas-tu faire ce soir ?

— J'ai des devoirs à réviser. Je suis fatigué, je n'ai pas l'intention de me coucher tard !

Après une bonne demi-heure, le repas est à présent terminé.

— Je t'ai préparé une camomille bien chaude.

— Je ne sais pas ce que je ferais sans toi !

Kate boit doucement son infusion et ses yeux commencent à se fermer. Elle lutte pour ne pas s'endormir.

— Tu as eu du monde aujourd'hui ?

— Je n'ai pas arrêté de la journée, je suis exténuée.

— Pourquoi tu n'embauches pas une vendeuse ?

— Tu crois que je suis millionnaire ? Et puis tomber sur une bonne à rien, un souillon, non merci ! De toute façon je n'en ai pas besoin, lorsque tu n'as pas cours, tu es là ! J'en ai assez entendu, je vais me coucher, je tombe de sommeil. Débarrasse la table et fais la vaisselle. Bonne nuit !

— Bonne nuit Kate ! Demain repose-toi un peu. c'est dimanche !

Leighton termine les tâches ordonnées par sa tante et file dans sa chambre afin de préparer ses affaires pour la soirée organisée dans la villa des parents de Brian et Sandra. Mais avant cela, il doit s'assurer que sa tante dort à poings fermés. Jamais elle ne prend de somnifères et il est un peu inquiet car il a écrasé le comprimé en son entier alors que l'on pouvait visiblement le couper en deux. Il tourne la poignée et pousse tout doucement la

porte. Elle est couchée et ses ronflements confirment, à eux seuls, qu'elle est déjà partie aux pays des rêves.
— Yes !

En un clin d'œil, il est changé, parfumé et surtout bien décidé à passer une soirée mémorable. Le plus discrètement possible, il relève la porte du garage donnant directement sur la rue. Elle grince et il se jure de remédier au problème dès le lendemain, surtout s'il doit réitérer l'opération sortie régulièrement ! Il desserre le frein à main de la vieille Ford et, le garage étant en pente, elle commence à avancer sans un bruit. Il referme la porte et fait démarrer la voiture. Il faut qu'il soit prudent, ce n'est pas le fait d'abîmer ce tas de ferraille mais plutôt d'avoir à expliquer à Kate comment une aile ou un pare-chocs aurait pu prendre un coup avec un véhicule immobilisé dans son box. Les représailles seraient terribles et il n'ose même pas y penser !

Chapitre 55

La Ford s'immobilise et à peine le moteur coupé, Leighton entend la musique jaillir de la maison éclairée comme un sapin de Noël. Il faut dire que la porte d'entrée est ouverte comme pour faire profiter les voisins, qui n'ont pas l'air irascibles, de cette ambiance de carnaval. Lorsque Leighton fait son apparition dans l'allée, tous les regards convergent vers lui, déjà parce que du haut de ses 16 ans, il est d'une beauté renversante, la grandeur et les yeux de son père Kevin et la douceur des traits de sa mère Julia mais surtout puisqu'il était plus qu'improbable qu'il réussisse à s'extirper des griffes de sa tante, des paris ont été organisés. Trente contre un pour sa non venue et bon nombre de copains ce soir vont perdre de l'argent ! La nouvelle ne tarde pas à se répandre. Un fêtard place deux doigts dans sa bouche et un grand sifflement résonne dans le salon, ce qui fait se tourner toutes les têtes.

— Hé les mecs, devinez ! Leighton est là ! Alors tous ceux qui ont voté contre, aboulez la monnaie !

— Leighton est là ? s'étonne Cindy, super surprise.

Elle se précipite dehors à sa rencontre et lui saute presque dans les bras ce qui agace profondément sa copine qui pense que les garçons doivent souffrir un peu avant de leur accorder la moindre faveur. La soirée se déroule sans incident majeur même si par-ci par-là, flotte une odeur de pétards. Les étudiants respectent les lieux, ce qui était une condition sine qua non pour organiser la fête à cet endroit. Bien entendu l'alcool servi en open bar amène toujours quelques débordements, vite refrénés par deux trois gaillards bâtis comme des armoires normandes, assurant le service d'ordre. L'accès aux chambres à l'étage est aussi prohibé, Sandra ne voulant pas que sa soirée se termine en Love Party, la plupart des étudiants présents n'affichant que 15 à 17 ans au compteur ! Les French Kiss sont tolérés sur les canapés et sur la piste de danse improvisée, quant aux cigarettes, c'est à l'extérieur que ça se passe !

C'est à près de deux heures du matin que Leighton ouvre discrètement la porte du garage, Il entre la Ford en marche arrière, referme le tout et monte directement dans sa chambre. En passant dans le couloir, il entend, au travers de la porte, les ronflements saccadés de sa tante, toujours profondément endormie. Il sourit et remercie mentalement Cindy de cette géniale idée et surtout pour la soirée qu'il vient de passer. Pour tous ses amis, ce fut une fête estudiantine comme les autres mais pour lui, c'est la révélation ! Il existe une autre vie, ailleurs, que celle imposée par sa tante depuis des années, une vie composée de joie, de rire, d'insouciance et de liberté. Il compte bien dorénavant en profiter et, se promet-il, à partir de maintenant, tout va changer !

Chapitre 56

La porte de la chambre de Leighton s'ouvre brutalement. Il sursaute !
— Tu comptes dormir jusqu'à quelle heure ? Il est dix heures et demie ! Lève-toi, tu as du travail !
— Oui je te remercie, moi aussi j'ai bien dormi !
— Ne joue pas à ce petit jeu-là avec moi ! Alors ravale tout de suite ce petit ton ironique !
— Tu ne peux pas être aimable ? Tu as vu comment tu me parles ? Tu trouves que je n'en fais pas assez ?
— Lève-toi immédiatement ! C'est dimanche et tu sais très bien que tu as le ménage du magasin à faire.

Leighton se lève d'un bond et fait exprès de passer devant sa tante, entièrement nu, avant de se diriger vers la salle de bains.
— Petit vicieux ! Tu devrais avoir honte !
— Profite, je suis sûr que tu n'as jamais vu ça de toute ta vie ! dit-il en claquant la porte.

Après une quinzaine de minutes, il ressort de la salle de bains et tombe face à face avec Kate qui avait eu le temps de ruminer et qui l'attend toujours dans le couloir ! Telle une hystérique, elle se met à le frapper. Il essaie d'esquiver les coups comme il peut mais ceux-ci se font de plus en plus forts.
— Petit vicieux ! Tu es bien comme ta mère, une marie-couche-toi-là !

Leighton a beau n'avoir que 16 ans, il dépasse déjà les un mètre quatre-vingt-deux. Les coups, et le fait que sa tante cite sa mère en termes peu élogieux, le mettent subitement hors de lui. D'un revers de la main il la gifle violemment puis la saisit par le cou et serre fortement.

— Tu vas te calmer sorcière ! Cela fait des années que je supporte ton caractère de vieille fille aigrie. Tu n'arrives pas à la cheville de ma mère. Elle au moins elle était belle ! Mais toi tu es moche ! Moche à l'extérieur et laide à l'intérieur ! Alors le ménage, c'est toi qui vas le faire aujourd'hui. Et à partir de maintenant, terminé, je ne suis plus ton esclave ! Tu as compris ?

Il la relâche et la pousse en arrière. Elle peine à reprendre sa respiration.

— Petite ordure ! Après tout ce que j'ai fait pour toi ! Je me suis ruinée pour toi !

— Tout ce que tu as fait pour moi ? J'espère que tu plaisantes ? Tout ce que MOI j'ai fait pour toi !

— Comment oses-tu !

— Ferme ton clapet ! Tu vas m'écouter jusqu'au bout ! Depuis des années je suis ton petit esclave attitré et toi tu touches une pension sur laquelle tu ne m'as jamais donné le moindre centime ! Je suis habillé avec des fins de séries ou des soldes alors que tous mes copains ne portent que de la marque ! Jamais un geste gentil ni la moindre attention. En huit ans, jamais tu ne m'as embrassé ! Pas une fois ! Jamais tu ne m'as remercié ni récompensé pour mon travail. Même lorsque je te rapporte mon livret trimestriel avec pratiquement les meilleures notes de la classe, pas une seule fois tu m'as félicité. Alors écoute bien, à partir d'aujourd'hui, c'est terminé ! Fini le gentil Leighton ! Et terminé le boulot et le ménage de la boutique. J'aiderai uniquement dans l'appartement et c'est tout ! J'ai des études à faire moi, pas comme toi le grand médecin Kate Kaufmann !

Après ces paroles, surexcité, il entre dans sa chambre et claque la porte violemment. Sa tante, ivre de rage continue de vociférer :

— ESPÈCE D'ORDURE !

Leighton sort à nouveau et la fixe, droit dans les yeux, avec un regard qui la terrifie.

— Si tu l'ouvres encore une fois, Je te jure que je fous le feu à cette baraque et que je te fais cramer avec !

Sa porte claque à nouveau puis il hurle de l'intérieur :

— Va faire ton ménage et fous-moi la paix !

Chapitre 57

La nuit est à présent tombée sur San Francisco. Le silence est palpable dans toute la maison, lourd même ! Leighton n'est pas ressorti de sa chambre depuis la scène de ce matin. Kate a nettoyé et rangé toute la boutique, seule, puis est partie à pied, il ne sait où, sûrement maronner des pensées négatives se dit-il. Et il n'a pas tort. Elle déambule dans la ville en ressassant dans sa tête chaque mot sorti de la bouche de son neveu, en se trouvant mille excuses. Après tout elle a tout donné pour lui, elle a sacrifié sa vie, et voilà comment elle est remerciée. Quelle ingratitude ! Bien entendu, pas une seconde d'analyse personnelle, par de remise en cause, pas de remords, non, tout est la faute de ce petit égoïste mais elle va lui faire payer, il va regretter ses paroles. Elle va lui rabaisser son caquet à ce jeune freluquet prétentieux ! Tu vas voir, s'il est mal habillé ! Son argent de poche ? Terminé ! Il n'aura plus un sou !

Vers dix-neuf heures, Leighton entrouvre sa porte et tend l'oreille. Pas un bruit. Il sort et avance dans le couloir sombre. Il vérifie que Kate n'est pas dans sa chambre en poussant doucement sa porte. Personne. Sans savoir pourquoi, il entre et commence à ouvrir les tiroirs de la commode. Rien d'intéressant se dit-il, même ses sous-vêtements lui ressemblent, délavés, ternes et démodés. Il se dirige vers le placard mural dont il ouvre en grand les deux battants. Tout est parfaitement suspendu et aligné. Les manteaux, les robes, dont la dernière a dû être achetée en solde, il y a plus de dix ans, les chemisiers. Sur les étagères les pulls sont pliés et rangés au cordeau comme dans un placard militaire. Les chaussures reposent sur deux barres métalliques dans le bas du placard au côté d'une dizaine de boîtes qui, pense-t-il doivent, contenir des chapeaux. Il ne sait pas ce qu'il cherche, alors il les ouvre toute, une par une. Il fouille et constate que cette armoire reflète bien la vie de sa tante, morne, terne, sans intérêt. Comment peut-on gâcher son existence à ce point ? Qu'est-ce qui a bien pu, à un moment ou à un autre, faire qu'elle devienne si amère et si acariâtre ? Il n'en sait rien et ne le saura sans doute jamais car ce n'est sûrement pas elle qui lui dévoilera la moindre parcelle de sa vie. Un amour déçu ? Une jalousie maladive ? Il se demande la méchanceté naturelle existe ? Peut-on naître méchant ? A-t-on un destin de salaud tracé à l'avance ? Il ne va pas tarder à obtenir un début de réponse. Derrière une boîte à chaussures, il tombe sur un coffret en bois. Il l'ouvre. À l'intérieur il découvre un trousseau de clés et cinq lettres toujours dans leurs enveloppes. Elles ont toutes été ouvertes ce qui tente à prouver qu'elles ont aussi été lues. Il regarde les cachets qui remontent à 1991 et 1992. Il s'assied en tailleur sur la moquette, ouvre la plus ancienne et commence la lecture.

Leighton,

Tu ne me connais pas mais moi j'ai bien connu ton papa. Je m'appelle Tony, ton papa était mon ami, c'est en prison que j'ai eu la chance de le rencontrer. C'est lui qui m'a fait promettre de t'écrire et de te voir quand je sortirais. Pour commencer, il faut que je te dise que nous étions dans la même cellule et avons amplement eu le temps de faire connaissance, de nous raconter nos vies respectives puis, les mois et les années passant, nous apprécier au point de devenir de véritables amis. Ton père était un homme remarquable à tout point de vue et même si certains te disent le contraire, alors ne les écoute pas car moi, qui l'ai bien connu, je peux te dire que sa vie n'a pas été toujours facile. C'était quelqu'un de très droit. Je te parle comme à un petit homme car tu as 9 ans maintenant et il est temps pour toi de connaître la vérité, bien que tu en saches une bonne partie, pour en avoir été témoin. Je vais essayer de t'expliquer les choses dans des termes simples afin que tu comprennes bien. Comme nous avions du temps, bien qu'il travaillât à la blanchisserie de la prison en journée, il me racontait son histoire, le soir, lorsque nous avions du mal à nous endormir. Ce n'était pas son premier séjour en prison. Lorsqu'il était jeune, il a fait du mal, sans le faire exprès, à son meilleur ami qui lui avait volé sa fiancée. Il y a eu une violente dispute suivie par une bagarre et c'est durant cette bagarre que son ami est tombé et qu'il est mort.

Ton papa a fait 25 ans de prison pour cela. Je sais que tu dois penser que ce n'est pas juste, mais la vie est parfois cruelle et il n'a pas eu de chance. Quand il était en prison avec moi, il recevait du courrier, surtout après que son histoire ait fait l'objet de parutions dans la presse. Un jour, il a reçu une jolie lettre, d'une jeune femme qui désirait correspondre avec lui pour lui donner un but durant son incarcération. À celle-là, il a répondu et puis ce fut un échange de courrier régulier, ce qui fait, qu'au bout d'un certain temps, un sentiment est né. Elle s'appelait Julia Kaufmann, ta future maman.

Leighton a du mal à retenir ses larmes. Il s'essuie la joue puis reprend sa lecture.

Nous partagions tout et parfois, il me lisait une partie de la dernière lettre reçue, sans bien entendu, me dévoiler leur intimité. Je voyais bien qu'il devenait peu à peu amoureux. Une fois, elle a joint une photo. Elle était plus que jolie. À la fin de sa première peine, à sa sortie de prison, elle était là, à l'attendre sur le parking. Ils ne se sont plus quittés. Ils ont été très heureux, surtout lorsque tu es né. Mais tu sais, des fois les gens se disputent pour des raisons sans importance et puis aussi pour des choses graves. Un jour, ton papa et ta maman se sont disputés très fort et il a eu un accident.
Tu sais, la prison est un endroit dangereux et il y a des gens peu fréquentables qui cherchent toujours la bagarre. Une fois, des prisonniers se sont battus et ton papa a été gravement blessé par un autre, alors qu'il ne se battait pas. Plus tard, quand tu seras plus grand, je t'expliquerai tout cela en détail mais il faut encore que tu grandisses et que tu sois sage. J'espère que tu travailles bien à l'école et que tu as beaucoup de copains. Si tu veux, tu peux m'écrire et je serai vraiment très heureux de correspondre avec toi. Pour cela, il faut d'abord que tu demandes l'autorisation à ta tante Kate. Raconte-moi ta vie, dis-moi ce que tu aimes, fais-tu du sport ? Tu sais Leighton, si tu as besoin de quoi que ce soit, il ne faut pas que tu hésites. Demande-moi. Tu peux m'appeler au téléphone aussi, je serai très heureux de t'entendre. Quand on se connaîtra bien, tu pourras, si tu le souhaites, venir passer quelques jours, ici à Miami, où j'habite à présent car j'ai quitté San Francisco.
Je suis vraiment impatient de recevoir une réponse à ma lettre et de faire ta connaissance.
Je te souhaite beaucoup de bonheur.
À très bientôt,

Tony

Leighton a un profond sentiment d'amertume en terminant la lecture. Il replace la feuille de papier dans son enveloppe et s'empresse d'ouvrir la seconde, datée de deux mois plus tard.

Mon cher Leighton,

Je n'ai pas eu de réponse à mon premier courrier et j'en suis étonné. J'espère que tu l'as bien reçu. N'hésite pas à m'appeler si tu as le moindre problème.

Les lettres défilent. Une à une, il les dévore et en apprend toujours plus sur son père, sur sa vie en prison et sur sa mort quand soudain, sa tante fait irruption, le faisant sursauter.

— Qu'est-ce que tu fais dans ma chambre ? Tu fouilles dans mes affaires, maintenant ?

— TES affaires ? Tu veux dire les miennes, que tu m'as cachées. Ces lettres me sont adressées. Tu ne t'appelles pas Leighton, jusqu'à preuve du contraire ?

— Rends-moi ça tout de suite !

— Viens les chercher !

Elle s'approche de lui comme une furie mais il la bouscule et se faufile dans le couloir. Il entre dans la cuisine et en claque la porte.

Deux secondes plus tard, Kate entre à son tour et se précipite sur lui mais comme au jeu des chaises, il tourne autour de la table centrale.

— Tu n'es qu'une sorcière ! Comment as-tu pu me cacher le courrier de l'ami de papa ?

— Parce que c'est un repris de justice comme ton père, ce bon à rien ! Ne me fais pas tourner en bourrique, tu vas le regretter. Donne-moi ces lettres !

— Jamais, tu m'entends ? Jamais !

— Vous êtes tous les trois de la mauvaise herbe. Les chiens ne font pas des chats et des ordures font des ordures ! Tu as le même caractère que ta mère. Il fallait qu'elle ait tout et moi rien ! C'est bien fait pour elle si elle est morte ! Tu m'entends ? C'est bien fait pour elle ! Et c'est ton père qui l'a tuée ! Oui, ton père ! Et toi tu as tout vu, tu étais là !

La lame d'un grand couteau entre profondément dans la poitrine de Kate tenue par la main droite de Leighton. Les yeux presque révulsés, il fixe sa tante, son regard plongé dans le sien. Il tient encore la lame fermement quelques secondes sans bouger puis la ressort et dans un mouvement de rage, l'enfonce à nouveau jusqu'au manche. Il approche alors son visage au ras du sien et à voix basse.

— Tu vas la boucler, sorcière ! Je te jure que tu vas la boucler !

Sa main gauche est posée sur la tempe de sa tante, il pose son pouce sur l'œil qu'il enfonce jusqu'à l'éclatement dans le fond de son orbite.

— Non, je n'ai rien vu ! Et toi non plus !

Le silence est total dans la maison, seul Leighton perçoit le râle de Kate dont la bouche s'emplit de sang. Il retire la lame et la laisse s'effondrer sur le carrelage. Il contemple ses derniers instants, ses derniers soubresauts presque avec jubilation. Il reste immobile debout devant elle, le couteau à la main jusqu'à son dernier soupir.

Désormais son cerveau est en ébullition. Tel un robot programmé, il enclenche l'option survie. C'est lui qui s'occupe du ménage et il sait parfaitement où sont rangés tous les chiffons, les produits ménagers, les gants, les sacs-poubelles. Il réfléchit et se dit qu'il n'a pas besoin d'effacer les empreintes sur les meubles, il habite ici et qu'au contraire cela ferait bizarre d'essuyer les meubles ou les poignées. Il ouvre le placard situé sous l'évier, en sort des gants en latex qu'il enfile. Il attrape un premier grand sac-poubelle gris, l'ouvre et place à l'intérieur le couteau ensanglanté, préalablement entouré de vieux chiffons trouvés dans le garage, couteau qu'il n'a surtout pas rincé au robinet pour ne laisser aucune trace. Il se dit que nous sommes dimanche et comme c'est le jour du ménage, il n'aura pas de mal à expliquer pourquoi cela sent l'eau de javel, c'est toujours lui qui passe la serpillière ce jour-là et une fois le corps déménagé, il nettoiera à nouveau pour éliminer le moindre indice. Calmement, descend à la boutique et ne tarde pas à trouver une robe de la taille de sa tante, emballé dans un immense plastique transparent. Il remonte à l'appartement en ayant bien pris soin de tout refermer derrière lui. Seules, resteront sur les poignées, les empreintes de sa tante, la dernière à avoir fermé la porte de la boutique. Lui, il a toujours ses gants. Délicatement il extrait la robe de sa protection. Il examine le sol attentivement et après plusieurs minutes d'inspection, il a le temps, il est seul et n'attend personne, il semble satisfait, pas une goutte de sang n'est tombée à terre. Les vêtements de sa tante sont maculés mais ils ont absorbé la totalité du liquide rouge visqueux, comme une éponge. Délicatement, il entame la seconde phase de l'opération, comme si celle-ci avait été maintes et maintes fois répétée. Il glisse sous le corps de grands sacs-poubelles et les dispose tout autour puis entame un déshabillage méticuleux. Il retire une à une les chaussures, il lève la jupe noire et fait glisser lentement la paire de collant. Il tourne le corps sur le côté et fait descendre la petite fermeture éclair de la jupe qu'il tire ensuite jusqu'aux pieds. Il a seize ans mais le sang-froid de Leighton est impressionnant, glacial. Il découvre sous la jupe une combinaison en satin. Il décide de la couper à l'aide d'une paire de ciseaux qu'il trouve dans le tiroir de la table. Avant, il doit découper le pull en lainage totalement inondé. Il ne veut pas le glisser sous le corps, alors il taille dans les manches sur toute la longueur, et ouvre aussi du bas jusqu'à l'encolure. Il n'a plus qu'à soulever le torse de sa tante pour retirer, les morceaux de laine. Tout ce qui lui sert pour effectuer le nettoyage est placé dans un second grand sac-poubelle qu'il a doublé. Même les ciseaux, après usage connaîtront un sort identique. La combinaison étant retirée, il coupe la petite sangle du soutien-gorge. À l'aide de grands chiffons, il essuie l'abdomen de Kate et sa poitrine. Les deux plaies ont cessé de saigner mais il place dessus un gros morceau de coton qu'il a trouvé dans l'armoire à pharmacie de la salle de bains. Le reste du paquet est également jeté. Il faut maintenant réussir à enfiler la robe blanche sans la salir. Alors il réfléchit et prend son temps. Après une demi-heure, sa tante porte maintenant une de ses robes de cérémonie, elle qui en a très certainement rêvé de son vivant et sur ce point, elle rejoint le destin de sa sœur Julia, qui ne se sera jamais marié avec Kevin et qui mourra aussi dans une robe de mariée. Par le haut, il enfile Kate dans l'immense sac de protection en nylon transparent, qu'il descend jusqu'aux pieds et le ferme à l'aide d'un cordon. Tous les plastiques sont jetés, y compris ses gants en latex. Il en enfile une nouvelle paire, se déshabille entièrement, et jette la totalité de ses vêtements, jusqu'à ses sous-vêtements, ses chaussettes, ses tennis, tout y passe et termine dans le second sac à détritus. Il retourne ensuite dans sa chambre, enfile un jean, passe un pull et choisit des baskets, celles qu'il aime le moins car il sait que celle-là aussi, il devra s'en débarrasser puis il attrape une seconde paire qu'il emporte avec lui. Ensuite, tel un scénario réglé au millimètre, il descend au garage, ouvre la malle arrière de la Ford et remonte dans la cuisine, en laissant toutes les portes ouvertes derrière lui, afin de chercher le corps gisant sur le sol carrelé. Il passe ses deux bras sous le sac mortuaire et dans un effort incroyable, le hisse sur son épaule. Titubant, il descend à nouveau l'escalier menant au garage et jette sa tante dans le coffre ouvert de la voiture. Sans le moindre remord, il claque le couvercle de la malle arrière puis remonte, cette fois, pour tout fermer derrière lui, lumières et portes en n'omettant pas d'embarquer les deux sacs, celui contenant le couteau et le second remplit de toutes les affaires. Il éteint la lumière du garage et sort la Ford discrètement. Il traverse à présent la ville en faisant attention au moindre feu, au moindre stop. Il surveille en permanence sa vitesse pour ne pas se faire arrêter par la police. Les avenues défilent car il sait où il va. Il y a quelques mois, avec l'école, une sortie avait été organisée au stade Polo Field dans le Golden Gate Park et il se souvient de l'endroit qui lui paraît parfait pour déposer un corps discrètement.

La vieille Ford quitte Lincoln Way et tourne sur Martin Luther King Jr Drive. Il roule lentement cherchant l'endroit idéal. Son cœur bondit dans sa poitrine car il ne faudrait qu'il se fasse repérer par un autre automobiliste ou un promeneur. Mais ce dimanche soir à cette heure, tout est calme. Il arrive aux abords d'un petit lac, Mallard Lake. Tout est désert, il stoppe sa voiture dans un endroit discret, sur du sol dur, regarde tout autour de lui. La voie étant libre, il ouvre très rapidement la malle arrière, en sort le corps qu'il dépose sur le bord de la rive. Très vite, il retire le sac plastique enveloppant sa tante, puis retourne à la voiture. Il enfourne le sac plastique dans un autre sac-poubelle pour éviter d'introduire le moindre grain de sable ou de terre dans sa voiture et c'est pour la même raison qu'il retire ses baskets et les remplace par celles qu'il avait pris soin d'apporter. Il a maintenant trois sacs-poubelles dont il doit se débarrasser sur le chemin du retour. C'est donc trois fois qu'il s'arrête pour les déposer, un par un dans des containers différents, à des endroits différents. Une demi-heure plus tard, de retour à la maison, Leighton referme la porte du garage et monte directement à la cuisine pour se laver les mains à l'eau de javel, il contemple le moindre détail, tout lui semble parfait. Il ne lui reste qu'à passer une dernière fois la serpillière puis il file ensuite se doucher. Il enfile à nouveau son jean et va chercher le tee-shirt blanc qu'il a porté la veille. Dans la chambre de sa tante, il replace les lettres dans leurs enveloppes après les avoir frottées avec un chiffon puis il remet le petit coffre dans le bas du placard en prenant soin de le laisser un peu dépasser. Tout lui vient machinalement, et, comme si chaque geste était programmé, il avance sans la moindre hésitation et surtout sans le moindre remord, guidé tel un pantin par un marionnettiste de génie.

Une telle maîtrise de soi et une telle froideur à seize ans feraient frémir n'importe quel psychiatre. Leighton semble contenir sa peur, il se concentre sur la version qu'il devra dire aux policiers et qu'il ne va pas tarder à appeler. Il patiente encore une demi-heure puis sa main se pose sur le combiné, il aspire profondément et compose le 112.

— Police de San Francisco, je vous écoute.
— Bonsoir Madame, je suis Leighton Kaufmann, j'ai seize ans et je suis seul à la maison, ma tante n'est pas rentrée. Jamais elle ne sort et je suis inquiet.
— Tu vis chez elle ?
— Oui, mes parents sont morts et c'est elle qui m'élève.
Avant d'appeler, il s'était dit de faire très attention à ne jamais parler de sa tante au passé, toujours au présent, comme si elle était toujours vivante.
— Jamais elle ne me laisse seul le soir, je ne comprends pas…
— Quelle est ton adresse ?
— C'est la boutique Love Marriage située Sacramento Street.
— Bon, écoute, ne t'affole pas, elle a peut-être été retardée. Je t'envoie une patrouille.
Moins de dix minutes plus tard un véhicule de police se gare devant la boutique et deux policiers en uniforme sonnent à la porte donnant sur la rue. Leighton, pieds nus, descend l'escalier et ouvre, vêtu de son jean et de son tee-shirt blanc un peu froissé.
— Vous êtes Leighton Kaufmann ?
— Oui.
— Vous nous avez appelés. Que se passe-t-il ?
— Je suis inquiet, car il est maintenant près de dix heures et ma tante n'est pas rentrée. Jamais elle ne s'absente et encore moins à cette heure-ci. Il faudrait peut-être appeler les hôpitaux pour savoir si elle n'a pas eu un accident ? Mais moi je ne sais pas comment faire, je n'ai que seize ans !
— Pouvons-nous entrer ?
— Bien sûr.
Les deux hommes montent et font un rapide tour d'inspection avec leurs torches à la main.

— Tu ne sais pas où elle peut être ? Vous avez de la famille dans le coin ?
— Non Monsieur. Et puis ce n'est pas son genre, elle m'aurait appelé.
— Tout est parfaitement rangé, ça sent le propre !
— C'est moi qui fais le ménage.
— Toi ? Je vais t'embaucher, tu vas venir chez moi ! Et pourquoi c'est toi qui fais le ménage ?
— Comme Tatie travaille au magasin, moi je l'aide après mes cours. Je nettoie, je fais à manger, la vaisselle, enfin, des choses comme ça pour l'aider !
— Et pourquoi pas la lessive ?
— Ça m'arrive, je mets le linge dans la machine mais je ne repasse pas !
— Ta tante est sortie vers quelle heure ?
— Quinze heures environ ! Moi après j'ai pris la voiture et je suis allé me promener.
— Où ça ?
— À Fishermans Wharf, j'aime bien aller là-bas. Quand je suis revenu, elle n'était toujours pas rentrée.
— Tu es rentré à quelle heure ?
— Je ne sais pas. Dix-neuf heures trente, vingt heures peut-être.
— Et pourquoi vous n'avez pas été vous promener ensemble ?
— On s'était disputés !

La radio du policier grésille :
— Sergent O'Tool, sur Sacramento Street, code 10-24.
— Entendu Sergent, envoyons renfort. Terminé

C'est maintenant trois véhicules de police qui stoppent devant la maison de Kate Kaufmann. Les deux policiers font un rapport complet au Capitaine Andrew MacKey arrivé sur les lieux, pendant que d'autres entament une fouille complète de la maison.

— Bon mon garçon, mes hommes m'ont fait le point. Ta tante ne serait pas rentrée. Elle a quitté le domicile vers 15 heures et est partie à pied, c'est bien ça ?

— Oui Monsieur.

— Il paraît que vous vous êtes disputés ? Pour quel motif ?

— Elle ne voulait pas que je sorte. Comme tous les dimanches, je devais faire le ménage de la maison et celui du magasin. J'ai dit que j'en avais assez et que je ne le ferais pas ! Mais j'ai tout de même nettoyé la maison et elle, elle a fait la boutique. Après, je suis parti me promener à Fishermans Wharf et quand je suis rentré elle n'était toujours pas là.

— Tu ne sais pas où elle aurait pu aller ?

— Non, elle ne sort jamais.

— C'était à quelle heure votre dispute ?

— Ce matin.

— C'est toi qui as préparé le repas à midi ?

— Non, nous n'avons pas mangé.

— Tu n'as rien à me dire de spécial ? Tu n'as pas fait de mal à ta tante ?

— Pourquoi je lui aurais fait du mal ? Je ne comprends pas ?

— Elle était gentille avec toi ? Il me semble que tu faisais beaucoup de choses dans la maison pour un garçon de ton âge ?

— Elle m'a recueilli à la mort de mes parents et elle travaille beaucoup pour m'élever. C'est normal que je l'aide ! Mais aujourd'hui, pour une fois, je voulais aller me balader. On aurait pu, pour une fois manger du poisson sur le port. Elle n'a pas voulu. Le ménage, toujours le ménage.

— Capitaine ! Regardez ça !

Le policier met dans la main du capitaine les cinq lettres trouvées dans le placard de la chambre de Kate.

— Elles sont classées par date. J'ai lu la première, vous devriez y jeter un œil.

Leighton reconnaît immédiatement les lettres de Tony mais ne bronche pas d'un sourcil. Le capitaine MacKey dévore la première en quelques minutes.

— Tu connais un certain Tony Dorenzo ?

— Non, je ne connais pas ! Qui c'est ? C'est quoi ces lettres que vous avez trouvées ? Elles étaient où ?

— Dans la chambre de ta tante.

— Elles me concernent ?

— Nous t'en parlerons plus tard.

— Donc elles me concernent !

— Je t'ai dit que nous t'en parlerons plus tard !

— Attendez, vous trouvez des lettres, vous me demandez si je connais un certain Tony je ne sais plus quoi et maintenant vous ne voulez plus rien me dire ?

— Bon, écoute, tu es mineur et je ne peux pas te laisser seul ce soir.

— Oui, c'est ça, changez bien de conversation ! Quant à ce soir, vous pouvez laisser un policier ici, avec moi. Elle va bien finir par revenir ! Demain matin je dois aller en classe.

Le policier réfléchit :

— Bon, c'est d'accord, je n'ai pas le choix. Le Sergent O'Tool et son coéquipier resteront ici avec toi en attendant l'arrivée de ta tante. À partir de cet instant, tu ne touches plus à rien, c'est compris ?

Il fait un signe en levant son index en direction des deux policiers pour bien leur faire enregistrer ce qu'il vient de dire. Puis il poursuit :

— Si demain matin, ta tante n'est pas rentrée, tu ne vas pas en cours Oc ?

— D'accord ! Et je ferai quoi ?

— Nous verrons. Pour le moment, va te coucher et essaie de dormir.

— Vous pensez qu'il lui est arrivé quelque chose ? demande-t-il les yeux en larmes. Je n'ai plus qu'elle au monde.

À la vue du chagrin de Leighton, le Capitaine se radoucit :

— Va te coucher mon grand, tu ne crains rien, les policiers restent ici et on se revoit demain matin.

Chapitre 58

Le petit lac Mallard dans Golden Gate Park n'a jamais connu une telle effervescence, surtout à cette heure matinale. Il n'est pas encore 7 heures et c'est plus d'une dizaine de véhicules de secours, police, police scientifique, ambulance, coroner qui sont garés dans tous les sens. Au grand dam du Capitaine MacKey, des journalistes avides d'informations sont déjà présents sur place, essayant de réunir assez d'éléments pour sortir un papier. Heureusement, un cordon de policiers les empêche d'avancer. Il s'approche de la victime :

— Bande de vautours ! Qu'est-ce qu'on a ? demande-t-il au médecin légiste en train d'examiner le corps. Mais… C'est une robe de mariée ?

— Très perspicace, Capitaine !

— Cessez vos vannes toubib, vous avez une identité ?

— Non, pas de papiers sur elle !

— J'ai ma petite idée sur la question. Je vous parie qu'elle s'appelle Kate Kaufmann ! Qu'est-ce qu'elle a à l'œil ?

— Il est enfoncé !

— C'est récent ?

— Je pense que oui !

— Et on sait de quoi elle est morte ?

— Je me suis posé la même question pendant un bon moment et j'ai découvert ça dit-il en écartant de sa main gantée, le bustier de la robe.

— On dirait du coton ?

— Oui, mais ce qui m'intéresse, c'est ce qu'il y a en dessous ! J'opterais pour deux coups de couteau.

— Elle a donc été habillée après avoir été poignardée !

— Exactement, puis transportée jusqu'ici. La robe est nickel, pas une tâche, pas une salissure ! Incroyable non ? Juste déposée, abandonnée là et au revoir ! Si vous voulez mon avis, pendant qu'il la poignardait d'une main, il lui enfonçait l'œil de l'autre, avec son pouce… de cette façon. Ce qui me laisse penser que notre homme est droitier.

— C'est surtout un grand malade !

— Un malade sûrement mais si c'est un mode opératoire, vous savez ce que cela veut dire ! Vous allez en avoir d'autres, Capitaine !

Chapitre 59

— Pourquoi vous m'avez fait venir ici ? interroge le jeune Leighton assis sur une chaise devant le bureau du Capitaine MacKey dans les locaux de la Police Criminelle de San Francisco.

— Je n'ai pas une bonne nouvelle à t'annoncer…

— C'est tatie ? Elle est blessée ?

Le Capitaine MacKey le fixe en tournant légèrement la tête de gauche à droite.

— Elle est morte ?

— Je suis désolé !

Leighton fond en larmes.

— Mais, vous êtes sûr que c'est bien elle ?

— Elle n'avait pas de pièce d'identité sur elle. Nous avons emporté une photo de ta tante hier et malheureusement nous sommes certains qu'il s'agit bien de Kate Kaufmann.

— Elle est morte comment ? Elle a eu un accident ? Où elle est ?

— Il ne s'agit pas d'un accident, c'est un meurtre ! Pour l'instant elle est toujours à l'Institut médico-légal.

— Un meurtre ? Ce n'est pas possible, qui lui aurait voulu du mal ? Je pourrai la voir ?

— Je ne sais pas, je vais me renseigner. Tu veux vraiment la voir ?

— Oui, s'il vous plaît !

— Quand tu es allé à Fishermans Wharf hier, tu as fait quoi ?

— Je me suis promené, pourquoi ? Je n'avais pas d'argent. Après notre dispute, je n'avais pas le moral. Même si parfois elle est dure avec moi, je n'ai qu'elle.

— Leighton, as-tu tué ta tante ?

— Quoi ? Mais… mais vous êtes malade de me poser une question pareille ! Pourquoi je l'aurais tuée ? C'est ma seule famille ! Et comment j'aurais fait ? On se dispute parfois, comme tout le monde ! Vous ne vous êtes jamais disputé avec votre femme, vous ? C'est pour ça que vous m'avez fait venir ? Je ne sais même pas comment elle est morte !

Il s'effondre sur le bureau en pleurs.

— Écoute, pour toute enquête, nous commençons toujours par interroger les membres de la famille car dans la plupart des cas, c'est un de ses membres le meurtrier. Une fois cette hypothèse écartée, alors nous élargissons notre champ d'investigation. Pour l'instant tu es notre premier suspect !

— Je vous ai demandé comment elle a été tuée ? Répondez-moi s'il vous plaît !

— Elle a été poignardée.

— Poignardée ? Qui a pu faire une chose pareille ?

— Toi ?

Leighton se redresse, essuie d'un geste ses larmes puis fixe le Commandant de police.

— Oh ! J'ai 16 ans, c'est entré dans votre tête, ça ? Au fait, ! Comme je suis mineur, cet entretien ne devrait-il pas être filmé ?

— Tu me sembles bien informé !

— Je n'ai que la télévision comme distraction. Je regarde beaucoup de films…

— Ce n'est pas réellement un interrogatoire, je voulais simplement t'informer du décès de ta tante.

— M’informer ? Vous êtes en train de m’accuser de meurtre ! Alors je vais vous dire comme à la télé, à partir de maintenant je ne dirai plus un mot sans la présence d’un avocat.

— Comme tu veux ! Je vais te placer en salle d’interrogatoire. Tu y resteras jusqu’à l’arrivée d’un avocat désigné d’office. En attendant, tu me suis, je vais faire relever tes empreintes.

— Vous ne me passez pas les menottes ?

— N’en rajoute pas, s’il te plaît !

Chapitre 60

Leighton est toujours, depuis des heures, dans cette salle d'interrogatoire lugubre. Il s'est endormi, la tête posée sur la table. Au travers de la grande vitre sans tain, le Capitaine MacKey le regarde avec son coéquipier.

— Je ne sais pas quoi penser ! Ce môme me fait pitié, il a vraiment mal débuté dans la vie. Une chose est sûre, il est d'une intelligence remarquable, largement au-dessus de la moyenne ! D'un côté, il me fait de la peine et de l'autre je me demande s'il n'est pas en train de nous mener en bateau. Sa tante s'en servait de boy à tout faire, un Cendrillon masculin !

— Oui, sauf que lui, il a peut-être dessoudé la mégère et dans son histoire, il n'y a pas de princesse !

— Tu es d'un romantisme !

— Non, je suis terre à terre !

— Bonjour Messieurs, Maître Barbara Lipton, comme le thé, vous n'aurez pas de mal à vous en souvenir, Avocate désignée d'office. C'est le jeune Leighton Kaufmann ? Parfait ! Je peux entrer voir mon client ?

— Je vous en prie Maître, je suis le capitaine Andrew MacKey.

Vêtue d'un tailleur blanc impeccable et grimpée sur des talons aiguilles interminables, Maître Lipton, une femme de caractère, d'une bonne quarantaine d'années, entre dans la salle en faisant sursauter Leighton.

— À partir de maintenant je ne veux plus entendre un mot sortir de ta jolie petite bouche, c'est compris ?

— Qui êtes-vous madame ?

— Maître Barbara Lipton, ton avocate désignée d'office ! Et appelle-moi Maître ! As-tu déjà été interrogé ?

— Oui, tout à l'heure par le policier MacKey.

— Où est l'enregistrement ?

C'est le Commandant qui répond :

— Je l'ai simplement informé de la mort de sa tante, ce n'était pas vraiment un interrogatoire !

— Il m'a accusé d'avoir tué tatie Kate !

— Et qu'as-tu répondu ?

— Bien sûr que non ! Je n'ai qu'elle au monde, c'est elle qui m'élève, pourquoi j'aurais fait une chose aussi horrible ? dit-il les yeux en larmes.

— Pas vraiment un interrogatoire, hein ? Sur quelles preuves vous basez-vous pour affirmer cela ?

— Écoutez Maître, vous connaissez la procédure ! L'enquête n'en est qu'à son début.

— Avez-vous le moindre lien qui relie le meurtre à mon client ?

— Ils se sont fortement querellés et sa tante est, soi-disant, partie à pied, alors que lui a pris la voiture pour aller se balader. Et comme par hasard, la tatie s'est envolée et on la retrouve morte, poignardée et affublée d'une des robes de mariée de sa boutique !

— Et pourquoi il aurait habillé sa tante d'une robe de mariée après l'avoir tuée ?

— Demandez-lui, il est là !

— Je suppose que la scientifique a terminé ses investigations dans l'appartement ? Quels sont les premiers résultats ?

— Pour l'instant tout est négatif !

— Poignardée et pas la moindre goutte de sang ? Vous imaginez ce gosse en train de tuer sa tante, puis de faire disparaître toutes les preuves, au point de défier la scientifique, habiller un corps sans vie d'une robe et enfin, aller déposer le tout à des kilomètres de chez lui ? Et tout ça, bien entendu, réalisé par un gamin !

— Si vous avez une autre solution, je suis preneur !

— La solution est que vous fassiez votre boulot d'enquêteur ! C'est à vous de trouver l'assassin et d'apporter les preuves sur la table avant de balancer je ne sais quelle accusation ! Bon, ! J'en ai assez entendu pour aujourd'hui ! Avez-vous autre chose qui puisse vous permettre de retenir mon client ? Non ? Dans ce cas, tu te lèves, nous partons ! Messieurs, rendez-vous devant le Procureur. Et vous avez intérêt à avoir un dossier solide ! dit-elle en se levant.

— Il ne quitte pas la ville !

— Si, je l'emmène à Disney World cet après-midi ! répond Maître Barbara Lipton en quittant la salle d'interrogatoire, accompagnée de Leighton.

MacKey fulmine :

— Quelle connasse !

— Il faut reconnaître que nous n'avons pas grand-chose non plus ! Disney World, elle a de l'humour et en plus elle est canon !

— Bon, ça va !

Chapitre 61

— Borde, pas un indice, pas la moindre empreinte, pas la moindre tache de sang, rien, nada ! Tu le crois, toi ? demande le Capitaine Andrew MacKey à son coéquipier. Et pourtant tu ne m'enlèveras pas de l'esprit que c'est lui, que c'est le môme qui a fait le coup ! J'en suis sûr à cent pour cent ! J'en ai l'intime conviction, je le sens dans mes tripes et tu le sais, jamais je ne me trompe. Comment a-t-il pu commettre le meurtre parfait à son âge ? Après vérification, la robe vient bien du stock mais rien ne prouve que c'est lui qui la lui a enfilée. Il y a des empreintes à lui dans toute la maison et dans le magasin, c'est normal, il y habite ! Comme par hasard, il nous dit qu'il est allé se promener le dimanche après la dispute, de cette façon il couvre le fait que le moteur de la voiture a effectivement tourné ce dimanche après-midi. La maison est d'une propreté incroyable et tout vient d'être lavé, c'est encore normal, il fait ça tous les dimanches ! Il aurait pu nous le passer sous silence mais non, comme si de rien n'était, il nous annonce qu'il s'est disputé avec sa tante, pour bien montrer qu'il n'a rien à cacher ! L'examen de la voiture est on ne peut plus clair, rien à déclarer hormis quelques cheveux de la tante sur le siège passager avant ! Normal, c'est sa voiture !

— Tu t'investis trop dans cette affaire ! rétorque son collègue. Et si ce n'était réellement pas lui ! Tu y as pensé, à ça ?

— Qui veux-tu que ce soit d'autre ? Si elle est vraiment partie se calmer en marchant, supposons qu'elle se fasse agresser par un mec pour la voler par exemple, tu vois son agresseur qui la poignarde, à deux reprises, puis il se dit « Tiens, je devine que cette femme doit être la propriétaire d'une boutique d'accessoires de mariage, je vais aller voler une robe pour la faire belle avant de l'abandonner dans un coin tranquille ? » Ça ne tient pas debout ! Rien ne colle dans cette affaire ! Une semaine de boulot et que dalle !

— Vu sous cet angle, c'est certain que ça ne tient pas beaucoup la route ! Seulement voilà ! Nous n'avons strictement rien qui puisse faire condamner le jeune Leighton. Pour l'emmener devant le juge, il va nous falloir du solide, surtout avec son avocate, je ne te fais pas un dessin ! Ton intime conviction sans preuve ne va pas mener à grand-chose ! Ou ce môme est un véritable génie, ou alors il a une chance incroyable, mais ça, je n'y crois pas beaucoup, un truc n'aurait pas collé comme d'hab. Non je pencherais plutôt pour la première solution, c'est le Albert Einstein du crime !

— Remarque, tu as peut-être raison ! confirme MacKey. Tu as jeté un œil sur le casier de son père biologique ? Kevin Barnes, mort à 56 ans, poignardé dans la cour de promenade de la prison de San Quentin ! Il n'a jamais reconnu son fils. Condamné à 25 ans de taule pour l'assassinat de son meilleur ami, puis il replonge pour 6 ans après avoir tabassé la mère de Leighton et l'avoir poussée, soi-disant involontairement, dans l'escalier. Elle est morte de ses blessures à l'hôpital ! Alors les chiens ne font pas des chats !

En réalité l'affaire ne sera jamais close ! Aucune preuve ne viendra étayer les doutes du Capitaine Andrew Mackey qui restera persuadé jusqu'à sa retraite que le jeune Leighton est bien l'assassin de sa tante Kate Kaufmann. Elle sera inhumée non loin de sa sœur et de

Kevin Barnes dans le cimetière de Colma à San Francisco.

Tous les biens de sa tante ont été vendus et l'argent, ainsi récupéré, soit 357 000 $, majorés du montant du solde du compte courant, soit 210 000 $, est bloqué sur un compte en faveur de Leighton, en attendant sa majorité.

Jamais, jusqu'à présent, Leighton Kaufmann ne s'est rendu sur leurs tombes.

Chapitre 62

Le téléphone retentit dans la somptueuse demeure située, quartier Coral Gables à Miami.

— Allô !

— Bonjour, vous êtes Tony Dorenzo ?

— Non, je suis son frère. Ne quittez pas je vous le passe.

Après quelques instants :

— Allô ! Tony Dorenzo, qui est à l'appareil ?

— Bonjour, je… je suis Leighton Kaufmann.

— Leighton ? Le fils de Kevin ?

— Oui Monsieur.

— Ce n'est pas possible ! Où es-tu ?

— À San Francisco.

— Tu as quel âge maintenant ?

— Je vais bientôt avoir 17 ans !

— Que se passe-t-il, mon grand ?

— Ma tante a été assassinée. Et je n'avais plus qu'elle…

— Assassinée, tu dis ?

— Oui Monsieur.

— Appelle-moi Tony. Que veux-tu que je fasse pour toi ?

— Je ne sais pas quoi faire, ils veulent me placer dans un institut jusqu'à ma majorité. Ma tante avait caché les lettres que vous m'aviez envoyées. C'est la police qui vient de me les donner. Je les ai toutes lues. C'est comme ça que j'ai eu vos coordonnées. Vous deviez vous demander pourquoi je n'avais jamais répondu ?

— Oh non ! Sûrement pas ! J'ai eu ta tante une fois au téléphone et j'ai tout de suite compris à qui j'avais af-

faire. Je m'en suis douté. Bon, je ne peux pas te laisser comme ça. Tu veux venir à Miami ?
— Je ne sais pas !
— Si tu es d'accord, je vais te faire venir à la maison déjà quelques jours, et après on avisera ?
— Je ne veux pas m'imposer et surtout pas vous déranger.
— Écoute-moi bien Leighton, tu vas ramasser toutes tes affaires et préparer tes valises. Tu me dis où tu es en ce moment et je t'envoie une voiture dans environ deux heures. Le chauffeur te conduira à l'aéroport. J'appelle tout de suite et je te réserve un vol en Jet Privé pour Miami.
— En Jet ?
— Oui en Jet Privé !
— Je n'ai jamais pris l'avion de ma vie, ni le train d'ailleurs.
— As-tu compris ce que je viens de t'expliquer, Leighton ?
— Oui.

À peine a-t-il répondu que de profonds sanglots l'envahissent, ce qui bouleverse Tony.
— Ne pleure pas Leighton. Je t'en prie. Ton calvaire est terminé. Arrête de pleurer, s'il te plaît !
— Je n'y arrive pas !
— Allez, sèche tes larmes et va faire tes valises, je t'envoie le chauffeur, il s'occupera de tout, ne t'inquiète pas. D'accord ?
— Oui Tony.

Leighton raccroche et pendant qu'il essuie ses joues, un sourire inquiétant se dessine sur ses lèvres. Il sait qu'à partir de cet instant, sa vie va enfin changer. Dans un an et trois mois, il percevra plus d'un demi-million de dollars, 567 000 pour être exact, augmentés des intérêts. Alors cela vaut bien un peu de patience. Donc, encore une touche de chagrin durant quelques jours, parsemé de morosité, histoire de provoquer la pitié et l'empathie, et ensuite, la grande vie, la renaissance. D'autant que cette vie-là s'annonce plutôt sous de bons auspices !

Chapitre 63

Le Jet se pose en douceur sur la piste de l'aéroport de Miami. Leighton est émerveillé, non seulement il n'a jamais pris l'avion mais en avoir un, avec son personnel, pour lui tout seul, c'est un rêve éveillé !

Les portes du salon privé s'ouvrent. Une, puis deux hôtesses apparaissent suivies de Leighton et d'un porteur poussant un chariot avec les bagages. La famille Dorenzo est présente au grand complet pour accueillir le fils de Kevin Barnes. Intimidé, il s'approche d'eux pendant que les hôtesses prennent congé. C'est Tony qui avance et qui le serre dans ses bras toujours aussi musclés.

— Tu te doutes que je suis Tony, je te présente Maria mon épouse et mon fils Kevin.

— Comme papa ?

— Oui ! Comme ton père. Carolina ma petite poupée. Et Angelo mon petit frère. Enfin petit ! Tu vois l'engin !

Leighton les embrasse tous, les uns derrière les autres.

— Tu as fait bon voyage ? demande Maria.

— Tout était parfait. C'était la première fois que je prenais l'avion. On ne pouvait rêver mieux !

Le prenant par l'épaule, Tony commence à se diriger vers la sortie.

— Allez les enfants, on y va ! Le chauffeur nous attend.

— Il faut que je prenne mes bagages !

— T'inquiète ! Angelo, tu pousses le caddie ?

— Ben voyons ! Ça commence ! dit-il en riant. Hé, Leighton, il ne faudra pas que tu en prennes l'habitude, je veux bien parce que c'est ton premier jour !

Le chauffeur est toujours de faction, debout devant la Lincoln noire, longue d'une bonne dizaine de mètres. Les bagages disparaissent dans le coffre et tout le monde s'engouffre à l'intérieur de la limousine.

Durant le trajet, Leighton ne décolle pas sa tête de la vitre pour ne rien manquer de cette ville extraordinaire, sous le regard attendri de Tony et de sa femme.

— Il est beau comme son père, et il a ses yeux dit-il tout bas.

Maria se tourne vers son mari, ce colosse, sa forteresse qui pourtant à cet instant, a les yeux humides. Elle pose alors sa main sur la sienne. Angelo, qui surprend ce geste de tendresse, tout en captant la sensibilité de son frère, tient Carolina dans ses bras, elle s'est endormie. Le petit Kevin, adorable avec sa casquette des Marlins, l'équipe de baseball de Miami, joue avec une petite voiture qu'il fait rouler sur le cuir noir des sièges.

Après une demi-heure de route la limousine entre dans la propriété et stoppe devant la fastueuse maison.

— Voilà ton nouveau chez toi, dit Tony en prenant à nouveau le jeune homme par l'épaule, repérant une montée de larmes.

— Si cette maison ne te plaît pas, t'inquiète, je la fais détruire et j'en fais bâtir une autre ! Suffit de me le dire !

La plaisanterie de Tony réussit à faire sourire Leighton qui renifle en essuyant la goutte qui pointe au bout de son nez.

— Allez viens, poursuit Angelo, le petit frère de Tony, on va te montrer tes nouveaux appartements ! Ta chambre est à côté de la mienne !

— J'espère que tu ne ronfles pas comme ma pauvre tante !

L'entrée est si vaste que la maison de Kate aurait pu tenir dans son intégralité à l'intérieur. Quant à la chambre, un palace ! Rien ne manque, salle de bains privative, coin salon, bureau, dressing, télévision, téléphone, ordinateur.

— Elle ne fait que quarante-cinq mètres carrés, ce n'est pas la plus grande mais j'espère que tu seras bien

— Merci Tony, merci Maria et à toi aussi Angelo.

— Moi je n'y suis pour rien, c'est surtout mon grand frère. Sois le bienvenu !

— On ne se connaît pas, mais j'ai l'impression que vous faites partie de ma famille depuis longtemps !

— C'est le cas ! répond Tony, tu fais partie de la famille depuis le jour où j'ai rencontré ton père. Allez, tu t'installes, tu ranges tes affaires et tu prends ton temps. Dès demain nous chercherons une école pour toi.

— J'étais au lycée français à San Francisco.

— Si c'est ce que tu veux, il y en a plusieurs ici à Miami, et je connais du monde !

— Oui j'aimerais, je commence à bien me débrouiller en français. Tu fais quoi, Angelo, comme études ?

— Je suis en troisième année de médecine. Je veux faire chirurgie plastique ! Je suis un passionné depuis tout petit ! Je mettais des bandages à mon chien ! Et toi, tu as une idée de ce que tu veux faire plus tard ?

— Aucune ! Je bosse bien à l'école mais ma tante ne m'a jamais dirigé vers quoi que ce soit ni même posé la moindre question, d'ailleurs. À part sa boutique, rien ne l'intéressait. Parfois, je lui montrais mes notes, toujours des A +, pas le moindre compliment. Je sortais très rarement, ma seule distraction était la télé quand elle travaillait, car quand elle était là, il fallait regarder ses programmes.

Angelo le coupe :

— Ça va changer, mon pote ! Tony m'a payé juste une petite Mustang Shelby GT 500, un vrai petit joujou, juste parce qu'il adore son petit frère et qu'il est fier de ses résultats à la Fac ! Alors je pense que l'on va rattraper le temps perdu ! On va déjà aller frimer à Miami Beach, c'est du classique pour commencer et après je te ferai découvrir Mon Miami !

— Va pas nous le dévergonder ! Surtout avec tes potes de Fac, rechigne Tony. Laissez-le ranger ses affaires. Après on te fera visiter la maison et ce soir nous irons au Casablanca. Je vais téléphoner à la Baby Sitter pour les petits. Cela vous convient, comme programme ?

— C'est parfait ! Mais pour le moment je vais l'aider, propose Maria. Tony, en attendant, va t'occuper des enfants s'il te plaît.

Juste avant de sortir de la chambre Tony se retourne :

— Leighton, cela nous fait très plaisir que tu sois là ! Tu es ici chez toi. Sois le bienvenu, mon garçon.

Chapitre 64

La soirée est douce et paisible au restaurant Le Casablanca à Miami Beach. Chacun fait plus ample connaissance avec l'autre. Les questions sont très variées et les réponses franches et sans complexe. Leighton découvre une famille unie, ce qui lui a toujours manqué jusqu'à présent et le sourire qu'il affiche maintenant est sans arrière-pensée. Pour la première fois de sa vie, il se sent bien, il semble heureux et épanoui. Il rit de bon cœur aux blagues de Tony et aux anecdotes d'Angelo à la fac de médecine. Il mange avec appétit, d'aucuns diraient qu'il dévore, laissant ses assiettes aussi propres qu'à la sortie du placard. Maria le contemple en souriant, le regard plein de tendresse et compatissant. Tony aussi le regarde avec une certaine admiration. Ce garçon est dans sa vie comme un puzzle dans lequel il lui manquait la dernière pièce pour mettre un point final à un passé révolu. Il est heureux.

— Dis donc mon garçon, il vaut mieux t'avoir en photo qu'à table ! J'en avais déjà un qui faisait la razzia dans les placards de la cuisine, je pense à présent, Chérie, que nous allons avoir un deuxième tueur de frigo !

— J'avais faim !

— Oui, on avait remarqué !

Un ange passe. Le silence ne dure que quelques instants.

— Je peux te poser une question, Tony, concernant mon père ?

— Oui, que veux-tu savoir, mon grand ?

— Je ne voudrais pas gâcher la soirée mais j'ai besoin de savoir comment il est mort ?

— Je savais que tu me poserais cette question tôt ou tard. Je m'attendais quand même à un peu plus tard ! Mais je vais te répondre. Après une affaire glauque de trafic dont il n'était pas à l'origine, Kevin fut contraint de faire entrer de la drogue dans la prison par l'intermédiaire de la blanchisserie dont il était responsable. Tout le monde trempait dans cette magouille et quand je dis tout le monde, c'est tout le monde ! Le Directeur et une bonne dizaine de gardiens étaient impliqués.

— Même le directeur ?

— Oui hélas ! Ils l'ont menacé de te faire du mal à l'extérieur s'il ne leur obéissait pas. Il savait de quoi ils étaient capables et ne voulant pas mettre ta vie en danger, ni la mienne d'ailleurs car ils lui avaient laissé sous-entendre qu'ils me feraient la peau dans la cour de promenade. En plus, ils lui avaient fait miroiter qu'il obtiendrait une permission de sortie de plusieurs jours et il aurait tout fait pour venir te voir. Alors il a accepté. Le problème, c'est qu'une fois que tu as mis la main dans le système, il t'engouffre le bras ! Et comme il fallait s'y attendre, cela n'en finissait plus. Ce fut une fois, puis deux, puis trois ! Il devenait le passeur officiel de cette mafia interne et bien entendu, la permission, il n'en a jamais vu la couleur !

— Qu'est-ce qui s'est passé ensuite ?

— Si tu avais connu ton père, une vraie tête de mule ! Un jour il leur a annoncé qu'il ne fallait plus compter sur lui tant qu'il n'aurait pas sa permission ! Seulement, ils ne pouvaient pas prendre le risque de le laisser sortir, il connaissait trop de choses et il aurait pu parler ! Donc, comme prévu avec ton père, ce fut terminé ! Malgré les menaces de mort, plus un gramme n'est entré dans la prison par son intermédiaire. Quelque temps plus tard, nous étions en promenade, une altercation a été organisée de l'autre côté de la cour, pour détourner l'attention. Pendant ce temps, alors que nous étions captivés par la rixe qui se transformait en bagarre généralisée, trois hommes se sont approchés de nous et avant même de comprendre le piège, l'un d'eux a poignardé à plusieurs reprises ton père en pleine poitrine.

Tony baisse les yeux, il a du mal à poursuivre.

— Nous étions tous les deux à terre. Il m'a fait promettre de m'occuper de toi. Puis il est tombé dans le coma, dans mes bras. Il est mort à l'infirmerie.

La tête également baissée, Leighton regrette :

— Je n'aurais pas dû te poser cette question ce soir. Je suis désolé.

— Ce n'est pas grave, ne t'inquiète pas. Ça va aller. De toute façon, je t'en aurais parlé, un jour ou l'autre. Ça me fait du bien à moi aussi.

— Si on commandait des desserts ? propose Maria fort à propos pour détendre l'atmosphère.

— C'est une super idée, j'ai justement encore un petit creux ! surenchérit Angelo. Et toi Leighton ?

— Je veux bien. Mais alors un gros, avec du chocolat et plein de crème !

Tony, tout colosse qu'il est, passe discrètement la main sur ses yeux, puis il sourit en regardant sa femme :

— Maria ! Nous sommes foutus ! Avec ces deux-là ? Ruinés j'te dis !

Chapitre 65

Les mois passent, Leighton est retourné à l'école et il s'épanouit totalement dans son nouvel univers. Il a de nouveaux amis, une nouvelle famille très unie. Malgré la différence d'âge avec Angelo, son aîné de sept ans et Leighton étant très mûr pour son âge, les deux s'entendent à merveille et ne sont pas les derniers à faire la fête. Les études restent la priorité bien entendu, mais les sorties nocturnes se succèdent à un rythme soutenu et se terminent un peu trop souvent imbibées, sous le regard réprobateur de Tony qui a dû intervenir à plusieurs reprises. Mais tout cela reste bon enfant et Leighton continue de s'épanouir comme une orchidée dans une serre climatisée. Au début totalement réticent, au fil du temps il s'est vu adopté et surtout intégré par les Dorenzo qui le considèrent comme un membre à part entière de la famille. Contrairement à ce qu'il pensait, lui aussi est tombé sous le charme et il les aime, il les aime sincèrement et profondément. Il adore désormais cette ville et pour cause.

Ici, les hivers de la Floride sont très courts et propices à une vie douce. Alors à Miami, nom qui signifie « eau douce », dès le matin de bonne heure, sur sa terrasse, son balcon, ou même dans les restaurants, les bars au coin de la rue, on prend tranquillement son petit café, sous les premiers rayons de soleil qui vous caressent la peau. Tout est préservé, la nature, les arbres somptueux et les plantes tropicales dont beaucoup sont protégées comme dans le quartier de Coconut Grove ou Coral Gables, lieu de résidence des Dorenzo. La ville est connue dans le monde entier pour ses longues plages de sable blanc mais aussi pour la gentillesse de ses habitants cosmopolites et son quartier Art Déco. La diversité ethnique procure à la ville une grande richesse culturelle et Miami dispose de nombreux musées, de salles de spectacles et de théâtres, de parcs et de jardins publics, d'un grand aquarium et d'un célèbre zoo... mais aussi d'innombrables restaurants, de boîtes de nuit, qu'Angelo, Leighton et leurs amis écument à volonté !

◈

Majeur depuis plus d'un an, Leighton a perçu le produit de la vente immobilière de sa tante ainsi que l'argent de son compte courant. C'est un beau jeune homme, riche, distingué, très courtisé, qui habite toujours chez les Dorenzo. Tony le considère comme son fils mais quelque chose l'inquiète. Jamais il n'a vu Leighton avec une amie, il n'en a d'ailleurs jamais présenté une. Il en a bien parlé à Angelo mais celui-ci est resté très évasif sur le sujet. Ils sortent ensemble, font les quatre cents coups, flirtent mais rien de sérieux, pas d'attache, les études d'abord ! Enfin, les études d'abord, ça, c'est la version pour Tony, pour ne pas l'inquiéter car les soirées vont bon train et l'alcool coule à flots.

Ce soir-là, par miracle, Angelo et Leighton ont réussi à passer au travers des mailles de la police et de leurs alcotests. Les deux compères tiennent à peine debout. La Mustang, dont il est à se demander comment elle a fait pour arriver sans accident jusque devant la porte d'entrée de la grande demeure, est garée en travers avec une roue dans la pelouse et une dans le parterre de fleurs.

— On va se faire tuer par mon frangin !

— Angelo ! Faut que j'te dise quelque chose !

— Chuuuut ! Tu vas réveiller toute la baraque !

Ivre et plié en deux, Leighton soutient comme il peut son comparse.

— Arrête ! Viens, appuie-toi sur moi ! Allez grimpe ! Je ne vais pas t'porter jusqu'en haut !

Après plus de cinq minutes pour monter l'étage, ils se dirigent vers leurs chambres, heureusement opposées à celles des enfants et des parents.

Leighton ouvre la porte d'Angelo, le jette sur son lit et lui retire ses chaussures !

— Tu… tu voulais me dire quoi ?

— Rien ! On est bourré !

— Ça, je le sais déjà !

— J'ai décidé de faire médecine ! Chirurgie plastique, comme toi !

— Mais tu peux pas !

— Pourquoi ?

— T'es toujours bourré ! Ah elles vont être belles les bonnes femmes !

— Chuuut, Tais-toi, tu vas réveiller tout le monde !

Les deux partent dans un délire complet, morts de rire allongés l'un à côté de l'autre sur le grand lit, ils finissent par se calmer.

Angelo se tourne vers Leighton et le regarde fixement :

— J't'aime bien tu sais.

— Moi aussi.

En hésitant un peu, Angelo prend l'initiative, se penche vers lui et pose doucement ses lèvres sur les siennes. Leighton ne dit rien.

Il va maintenant sur ses vingt ans et pourtant, jusqu'à ce jour, il n'a jamais eu le moindre rapport sexuel, découragé par une tante acariâtre jusqu'à l'âge de dix-sept ans puis, sans se poser de questions, il se laisse draguer lors de soirées bien arrosées mais sans vouloir aller plus loin, ce qui déconcerte toujours ses partenaires féminines pourtant nombreuses. Avec un air sérieux et un peu mystérieux, cela se termine toujours par un « non, pas ce soir, demain j'ai cours, il faut que je sois sérieux ». En réalité, depuis des mois et des mois son cœur brûle, il explose même, complètement accro à Angelo, sans rien lui laisser paraître, sans mot dire. Alors ce soir, il se laisse faire, il s'abandonne à lui. Pourtant, il y a encore une heure, il était loin de se douter de ce qui allait survenir cette nuit-là.

◈

Le temps passe, coulant comme un long fleuve tranquille. Angelo n'a pas les mêmes sentiments pour Leighton. Il l'adore bien entendu, mais tout en poursuivant ses études, il continue en parallèle sa vie de débauche, multipliant ses conquêtes, tant féminines que masculines. Il finira tout de même par obtenir ses diplômes et entamera une carrière brillante pour la plus grande fierté de son frère Tony qui n'a jamais été dupe de leur liaison mais sans jamais y faire la moindre allusion. Ne supportant plus cette situation, ce rôle de jouet que l'on range dans un placard et que l'on ressort de temps à autre, lorsque l'on en a envie, à vingt-deux ans Leighton s'installera dans un très bel appartement terrasse, qu'il louera une fortune, au nom de Dorenzo, au trente huitième étage d'une luxueuse tour en bordure de mer, persuadé qu'en s'éloignant d'Angelo, le temps finirait par apaiser, voire éteindre la flamme qui consume son cœur en secret. Il suivra le même cursus que lui et obtiendra brillamment ses diplômes après de longues années d'études. Il restera toujours très proche des Dorenzo. Puis un jour sa vie basculera.

— Vous avez laissé tomber une feuille !
— Merci beaucoup !
— Je suis en dernière année, je m'appelle Leighton Kaufmann.
— Tiffany… Tiffany Shepherd
— Shepherd, comme le célèbre Docteur Mark Shepherd ?
— Oui, c'est mon père.

Chapitre 66

Fares entre dans le bureau du Commandant Dubreuil, le matin de bonne heure.

— Vous m'avez demandé, Chef ?

— Oui, asseyez-vous Khazen. Pour ce qui est de l'affaire du tueur de mariées, il s'agit maintenant, comme vous le savez, d'une enquête internationale, enregistrée sur les fichiers d'Interpol et nous travaillons en étroite collaboration avec la police de l'État de Floride. Je n'ai que des bons retours vous concernant et je tenais à vous féliciter pour votre excellent travail en cette affaire. Je ne sais pas si vous le savez mais le Procureur Paul de Morveau est très proche de la Mairie de Paris. Malgré cela, elle lui met la pression et il a été également appelé par la Ministre de la Justice en personne afin de faire accélérer les choses. Ils veulent une conclusion définitive de ce dossier et ce, dans les meilleurs délais ! Ces meurtres ont une répercussion désastreuse sur le tourisme de la Capitale et en particuliers sur les touristes asiatiques dont bon nombre désirent se marier à Paris. Nous avons carte blanche et dans le cadre de notre collaboration avec les US, il a été décidé d'envoyer un enquêteur français à Miami. Après consultation avec le Commissaire Varin, et ce, malgré l'affaire du Blue Boy, si vous voyez ce que je veux dire, c'est vous qui avez été choisi ! Vous maîtrisez parfaitement l'anglais et connaissez ce dossier sur le bout des doigts.

— Je suppose que je n'ai pas le choix ?

— Vous supposez très bien, Khazen !

— Je peux emporter le Lieutenant Letourneur dans mes valises ?
— Pas pour l'instant. Vous partez seul. Une fois sur place, si vous en avez réellement besoin, et j'ai dit réellement, pas pour faire du tourisme ou des beuveries, nous aviserons à ce moment-là. Je n'y serai pas opposé car je sais que votre binôme fonctionne parfaitement bien.
— Et c'est quand est-ce le départ prévu pour ?
— Arrêtez vos conneries Khazen ! C'est sérieux ! Je vous préviens, je ne veux pas de débordement là-bas ! Et les soirées bien arrosées, vous oubliez !
— Pour ça, il faudrait que je parte avec Jordan !
— Très drôle ! Vous représentez la brigade Criminelle de Paris et si, comme je le pense, nous bouclons cette affaire promptement, les médailles vont tomber comme à Gravelotte ! Ce sera très bon pour votre promotion ! On n'a pas tous les jours une affaire comme celle-là, qui fait la Une des journaux et une priorité du gouvernement ! Alors c'est vous qui allez stopper ce tueur et quand je dis vous, c'est vous, pas le Lieutenant Derek Moore ou son coéquipier, le Sergent Mickael Sollivan. Compris ? Ou il faut vous faire un dessin ?
— J'ai compris. Vous ne m'avez toujours pas dit la date du départ !
— Non ?

Le capitaine Dubreuil se racle la gorge :
— Demain matin.
— Demain matin ? Heureusement que mon passeport est à jour ! Mes valises ne sont pas faites !
— Oui eh bien quand on voit votre garde-robe, un sac à dos suffira ! Dès que vous quitterez mon bureau, vous réglerez les affaires courantes avec Letourneur et vous rentrerez chez vous pour vous préparer.

— OK Chef. Et sur place, je serai armé ?
— À ce sujet, il n'était pas question, avec le profil de ce tueur, que vous n'ayez pas d'arme ! Donc tout est déjà arrangé. Vous recevrez une arme de service dès votre arrivée. Vous signerez simplement quelques documents. Vous nous rendrez compte chaque jour de l'avancée de l'enquête, à moi, à Varin, Letourneur, enfin, qui vous voulez, le principal est que nous ayons un retour régulier pour en informer le Procureur qui fera suivre. Vous n'avez pas de question ?
— Pour les frais ?
— J'allais y venir. Voici une carte de retrait et son code. Vous pouvez tirer dans n'importe quelle banque. Faites-en bon usage, il s'agit de l'argent du contribuable, alors factures ! Pour les premiers frais, il y a trois cents dollars en espèces dans cette enveloppe. Voici votre feuille d'accréditation, faites-en des photocopies avant de partir. Même si elle est française, vous emportez votre plaque. Une chambre vous a été réservée dans un hôtel à Miami. Vous verrez ça sur place avec le Lieutenant Moore qui vous attendra à l'aéroport. Faites un bon voyage, Khazen, dit-il en se levant, nous comptons sur vous. Bonne chance !

◈

Le lendemain matin, c'est Joan qui accompagne Fares à Roissy.
— Tu n'as rien oublié ?
— Je ne pense pas !
— S'il te manque quelque chose d'important, je te fais un Chronopost. Ta valise n'est pas bien grosse !
— Je n'ai pas pris beaucoup de choses, chaussettes, boxers, tee-shirt, jean de rechange, trousse de toilette et

le dossier. S'il me manque des trucs, je ferai un peu de shopping là-bas !

— Je serais bien partie avec toi, tu vas me manquer !

— Toi aussi ! Mais tu as vu ce qu'a dit Dubreuil, si je sens que ça n'avance pas ou que j'ai du mal à m'adapter à leurs méthodes, je peux te faire venir.

Il la fixe un instant avec son regard de chien battu qui ferait fondre une motte de beurre même dans un réfrigérateur puis pose ses lèvres sur son front.

— Prends soin de toi. Et prépare ta valise !

— Tu m'appelles dès ton installation.

— Compte sur moi.

— Je t'aime grand machin.

— Moi aussi je t'aime.

Fares avance jusqu'aux portes automatiques, se retourne une dernière fois pour faire un petit signe de la main puis disparaît dans la foule bigarrée de cet immense aéroport international, destination Miami.

Chapitre 67

Juste derrière les guichets de Douanes, le Lieutenant Derek Moore accompagné de son coéquipier, le Sergent Mickael Sollivan, fait le pied de grue dans le grand hall des arrivées, en attendant l'apparition des premiers passagers du vol Air France en provenance de Paris Charles de Gaulle. C'est Mickael qui tient un petit panneau sur lequel est inscrit Fares Khazen.

Après quelques minutes :

— Je te parie que c'est lui, affirme Derek, en voyant débouler effectivement un grand machin, comme dit Joan, le cheveu hirsute, une barbe de cinq… non dix jours, boots aux pieds non lacées, habillé d'un jean délavé, d'un large tee-shirt blanc froissé à l'encolure détendue, et de son sempiternel blouson en cuir vieilli au col relevé, tirant une ridicule petite valise à roulettes !

— Salut les mecs ! dit-il en s'approchant directement de ses collègues américains. Même sans le panneau, je vous aurais reconnus à deux kilomètres ! se moque-t-il avec un large sourire.

— Je te retourne le compliment, c'est exactement ce que je venais de dire à Mickael en te voyant débarquer de la douane ! Salut Fares ! Tu as fait bon voyage ? Tu veux que je prenne ta valise ? Elle n'est pas trop lourde ? ironise-t-il à son tour, tu as quoi là-dedans ? Une brosse à dents ?

C'est drôle mais à cet instant précis, et pour la seconde fois avec Derek, Fares pense à Jordan.

— Non, ça ira, je ne voulais pas me charger. S'il me manque quelque chose, tu m'emmèneras faire les boutiques !
— Pour ça, tu iras avec Mickael, il est toujours tiré à quatre épingles, c'est le Roi du shopping ! Il connaît toutes les bonnes adresses ! On va te déposer à ton hôtel, ce n'est pas le grand luxe mais il est confortable et à deux pas de la plage, à Miami Beach. On pense que ça te plaira.
— C'est gentil !
— Profite de ta journée pour t'installer, te détendre un peu, achète-toi des tongs, va te balader et repose-toi car demain, boulot ! C'est moi qui viendrai te chercher à huit heures tapantes.
— C'est parfait ! Je vous paie une bière les mecs ?
— Non, nous sommes en service mais pourquoi pas un soir, ce sera avec plaisir ! Allez en route, nous avons laissé la voiture de patrouille devant, privilège de la police ! Tu es sûr que tu ne veux pas un chariot ?

◈

En arrivant le lendemain à l'hôtel, Derek trouve Fares assis sur un des tabourets du bar, en train d'avaler son petit-déjeuner.
— Salut Fares, tu as bien dormi ?
— Salut Derek ! J'étais crevé du voyage mais je suis tout de même sorti faire un petit tour à Miami Beach à pied hier soir. C'est génial ! J'adore cette ambiance avec de la musique dans tous les bars, les restaurants, à tous les coins de rue, c'est incroyable ! Je ne suis pas rentré trop tard, j'étais crevé et j'ai dormi comme une pierre !
— Comme une quoi ?
— Comme une masse si tu préfères !
Derek reste interrogatif :

— Laisse tomber ! Tu veux un café ?

Et avant même qu'il ne réponde :

— Vous nous remettez deux cafés s'il vous plaît ! J'ai pris le dossier avec moi, de cette façon, nous pouvons partir directement à ton bureau.

Une bonne vingtaine de minutes plus tard, Fares débarque au Commissariat central de Miami en compagnie de Derek. Ils font, relativement rapidement, le tour des bureaux pour les présentations puis son arme de service lui est remise après qu'il eut signé tous les documents y afférents. Il la place dans un Holster sur son côté gauche, sous son blouson. Il comprend vite que les plaisanteries sur le franchy vont bon train dans son dos et il aperçoit même, tant elle est discrète, une policière s'éventer avec un dossier après son passage tout en disant à sa collègue :

— Waouh, j'en ferais bien mon quatre-heures ! Qu'est-ce qu'il est mignon ! Il reste combien de temps ?

— Arrête ! Il nous regarde ! Franchement, on ne peut pas dire que tu sois réservée, toi ! Bon, c'est vrai qu'il déchire ! Le nez un peu grand peut-être…

— On s'en moque, ça lui donne un charme dingue ! Tu crois qu'ils sont tous comme ça en France ?

— Je n'en sais rien mais lui, il paraît qu'il est d'origine libanaise. Il est Lieutenant et j'ai entendu dire qu'il s'appelle Fares.

Derek frappe à la porte de son supérieur, le Capitaine Phillips :

— Entrez ! Ah bonjour Lieutenant Moore, je suppose que vous êtes le Lieutenant Khazen ?

— Bonjour Capitaine.

— Asseyez-vous. Alors comment se passe votre arrivée ? Vous êtes bien installé ?

— Oui, je vous remercie.

— Vous allez travailler avec Moore et Sollivan. Les présentations sont faites avec tous vos collègues du service ?

— Oui Commandant, c'est fait, confirme Derek. Il a déjà affolé la basse-cour et foutu le feu au poulailler !

Le Capitaine éclate de rire et tout en faisant un clin d'œil à Fares :

— Qu'est-ce que vous voulez, ces Français ont une réputation à défendre ! Blague à part, j'exige une parfaite collaboration entre vous, toutes les informations doivent être partagées. Vous pourrez téléphoner à Paris pour faire vos rapports ou les envoyer par mail. Cette affaire est une priorité, nous avons la presse et le maire sur le dos pratiquement chaque jour !

— J'ai déjà entendu ça quelque part !

— Oui, je me doute qu'à Paris ce doit être la même chose. Je suis certain que vous allez faire une bonne équipe. Bon, au boulot les enfants, vous avez un assassin à me coller sous les verrous ! Si vous avez besoin de quoi que ce soit Khazen, vous n'hésitez pas à me demander, ma porte est toujours ouverte !

Une fois dans le couloir Moore constate :

— Il t'a à la bonne, le vieux !

— Oui, il a l'air sympa !

— Ça dépend des jours mais en règle générale, il n'est pas désagréable, il connaît bien son taf et c'est quelqu'un de droit, on peut compter sur lui.

— Le mien non plus n'est pas désagréable, sauf quand je reviens bourré, après une nuit passé au Blue Boy, avec mon pote Jordan !

— Je n'ai pas compris !

— T'inquiète ! Je t'expliquerai plus tard !!!

◈

Fares s'installe devant le bureau du lieutenant Moore et commence à ouvrir le dossier qu'il a apporté.

— J'ai un cadeau pour toi !

— Un cadeau ?

— Pour le moment, vous n'avez que l'ADN du tueur, grâce à la fausse moustache retrouvée sur les lieux du crime, mais comme il ne fait pas partie de vos bases de données, ça ne sert pas à grand-chose ! Tu es d'accord avec moi ?

— Oui et alors ?

Mickael arrive à cet instant, il attrape une chaise et s'assoit à califourchon à côté de Fares.

— Nous avons eu un meurtre dans un hôtel au centre de Paris, l'Hôtel de La Ferronnerie pour le nommer, un jeune mec descendu d'une balle en plein cœur. Le flingue avait un silencieux. Il venait de passer la soirée au Blue Boy, c'est une boîte gay, et il est reparti avec un américain, nous en sommes sûrs à cause de l'accent, je vous passe les détails. Nous avons été, avec mon coéquipier Jordan, dans cette boîte pour enquêter et ce soir-là, l'assassin était présent. Le barman l'a reconnu et moi je l'ai bien vu car il m'a bousculé en sortant. Par la suite, un portrait-robot a été dressé et le voici.

— Quel rapport avec notre affaire demande ?

— Un peu de patience, j'y viens ! Nous avons sympathisé avec le barman, également propriétaire du Blue Boy, pas de commentaire je vous remercie, j'ai eu ma dose en France ! Comme cet Américain ne sait pas que nous le soupçonnons du meurtre, il est revenu dans la boîte et Henri, le proprio, qui l'a reconnu, a conservé les verres et nous les a confiés. Direction le labo et devinez ?

Derek dubitatif :

— Je ne sais pas, vas-y, déballe la marchandise !

— Toi et moi, nous avons déjà l'ADN du tueur de mariées ! Eh bien, tiens-toi bien, l'ADN du tueur de l'Hôtel de La Ferronnerie est le même ! Identique, mon pote !

— Tu déconnes ?

— Non Monsieur ! Je ne pouvais pas venir les mains vides, ça ne se fait pas ! Alors voilà le rapport du labo et… et ? Cerise sur le gâteau… ses empreintes !

— Ah putain ! fait Mickael en se levant de sa chaise d'un bond. Génial !

— Son ADN n'a rien donné mais vous aurez peut-être plus de chance avec ses empreintes et son portrait-robot !

— Vous êtes incroyables, vous, les frenchies ! Mais pourquoi tu ne me l'as pas dit au téléphone ?

— Pour te faire la surprise ici, aujourd'hui. Je voulais voir la trombine que tu ferais quand je t'apprendrais la nouvelle. Et je dois dire que je ne suis pas déçu !

le Lieutenant Moore saisit les photos d'empreintes et les confie à son coéquipier :

— Mickael, tu scannes et tu me rentres ça dans la base de données tout de suite s'il te plaît. Le temps que la bécane mouline, ça risque de durer un bon bout de temps. Prions pour que l'on ait un nom et une photo à l'arrivée ! Par contre, je m'interroge, fait-on paraître le portrait-robot dans la presse ?

— Non, pas maintenant, si tu es d'accord ! Je te propose d'attendre les résultats pour les empreintes et si l'on a de la chance, alors on aura son nom. Si tu fais paraître le portrait tout de suite, il pourrait s'enfuir et ce sera beaucoup plus difficile pour nous de le localiser. N'oublie pas que pour le moment, il ne sait pas que nous sommes sur son dos, c'est un atout majeur qu'il faut absolument conserver dans notre manche !

— Tu as raison Fares !

— J'ai toujours raison ! Tape-m'en cinq !

Chapitre 68

L'ordinateur aura mis sept heures pour rechercher une concordance avec les empreintes rapportées par Fares. Mickael s'approche du bureau de Derek avec une mine déconfite.

— Rien les mecs !

— Comment ça, rien ?

— Je te jure Derek, je suis démoralisé, là !

— Rien où ? demande Fares.

— Dans l'état de la Floride. Si l'on devait faire tous les états on en aurait pour des jours !

— Et alors, c'est pas toi qui bosses ?

— Il a raison, confirme Derek. Refous-moi cette bécane en route ! Et haut les cœurs s'il te plaît !

Fares réfléchit et regarde Derek :

— Tu as consulté les journaux pour voir s'il n'y a pas eu une affaire semblable par le passé ?

— Non ! De plus on ne sait pas où, ni quand ! Tu te rends compte du boulot ?

— Attends, avant, je te l'accorde, il fallait aller dans les archives de tous les journaux et consulter des microfilms durant des heures mais aujourd'hui nous ne sommes plus à l'âge de pierre ! Tu vas sur Internet et dans ton moteur de recherche, tu tapes les mots-clés ! Tiens, je vais essayer « meurtres en robes de mariée » Pas bon, ça nous donne les derniers ! Tu as vu, il y a ceux de Miami et aussi ceux de Paris.

Après une bonne dizaine de minutes Mickael revient :

— Bon, c'est fait, ça tourne !

— Vous êtes libres après le boulot ? Je vous paie un verre ? propose Fares.
Derek confirme :
— Pour moi c'est Oc !
— Pour moi aussi.
— Bon alors on y va !
— Quoi, maintenant ? s'offusque Derek, tu as vu l'heure ? Il n'est que 5 heures PM !
— Et alors ? Justement c'est l'heure de l'apéro ! Allez, bougez-vous les fesses les mecs ! On va à Miami Beach pour les besoins de l'enquête ! Mais qu'est-ce que tu fais ? demande-t-il à Derek en le voyant ranger son bureau ! Laisse ça comme c'est ! Personne ne va venir te piquer ton boulot cette nuit ! Tu le retrouveras demain matin à la même place, tu verras ! Tu ranges ce soir et demain tu déranges. C'est une perte de temps !
— Vous êtes tous comme ça, à Paris ?
— Oui, mais moi je suis le pire ! Vous en avez de la chance, vous avez décroché le gros lot !

◈

Installés dans un bar de Miami Beach, les trois policiers sirotent tranquillement une bière en terrasse. La soirée est douce.
— Après le travail en France, vous allez souvent boire dans un bar entre collègues ? s'intéresse Mickael.
— Ça nous arrive ! Enfin, les autres y vont, moi pas tellement !
— Je ne te crois pas, je pensais au contraire, le peu que je te connaisse, que tu étais le premier à y aller s'étonne Derek !
— Eh bien tu vois, tu me connais mal ! Je suis séparé depuis de quelques mois, enfin, plus d'un an en réalité, j'ai deux petits et c'est un peu dur pour moi, alors de

temps en temps, souvent même, je n'ai pas trop le moral et ça me dit rien de sortir.

— Je suis désolé.

— Oh ne le sois pas, c'est la vie, et puis tu sais, il arrive que le vent tourne, alors j'espère et j'attends !

— Mais qui c'est, ce Jordan dont tu m'as parlé tout à l'heure ?

— Il est Lieutenant aussi à la Crim et à cause de l'enquête, nous avons été dans une boîte gay de Paris et à deux reprises, nous sommes rentrés complètement bourrés. C'est dans cette boîte que les empreintes du tueur ont été relevées. La hiérarchie l'a su et on s'est fait remonter les bretelles, ce qui veut dire que l'on s'est fait engueuler.

— Vous avez des expressions en France ! J'adore ! Je pense que chez vous, c'est un peu moins sévère que chez nous.

— La police c'est une famille et ce sont avant tout les résultats qui comptent. Bon, il ne faut pas non plus dépasser les bornes ! Tu paies ta tournée Mickael ?

— Avec plaisir, vous reprenez une bière ?

— J'ai cru comprendre que c'est Joan ta coéquipière ? Pas de problème entre vous ?

— Pourquoi veux-tu qu'il y ait des problèmes ? C'est une fille extraordinaire, efficace, intelligente. Tu peux compter sur elle à cent pour cent.

— Elle est jolie ?

— Je te vois venir ! Oui, elle est très mignonne. Tu la verras peut-être si je la fais venir !

— Pourquoi elle viendrait ?

— Bah, si vous êtes nuls et que vous n'arrivez pas à résoudre cette affaire, j'appellerai du renfort !!! Tu es marié, Derek ?

— Non, j'attends Joan pour épouser une Française ! Tu serais d'accord ?

— Oui mais dans ce cas, tu viens vivre à Paris car pas question que je perde ma coéquipière ! Ah, voilà les bières ! Merci Mickael !

— Le plaisir est pour moi. Pour fêter ton arrivée, j'ai pris une bonne marque. C'est une bière anglaise King & Barnes !

— Comment tu as dit ?

— King & Barnes.

Fares s'approche de lui et l'embrasse bruyamment sur le front au grand étonnement de Mickael, peu habitué à un tel débordement de tendresse, surtout venant de la part d'un policier !

— Tu es un génie !

— Je ne comprends pas ?

— Un génie je te dis, en le pointant du doigt.

Fares sort son portable de sa poche, regarde l'heure : 19 heures ici donc une heure du matin en France.

— Je tente le coup !

Il compose le numéro de Jordan :

— Salut mon Jordan ! Tu dormais ?

— C'est toi ? Je te signale qu'il est une plombe du matin ici !

— Moi aussi je suis content de t'entendre !

— Qu'est-ce qui t'arrive ?

— Quel était le nom d'emprunt du tueur à l'Hôtel de La Ferronnerie ?

— Tu te fous de moi ? Comment veux-tu que je m'en souvienne ? Et ça pouvait pas attendre demain ?

— C'était pas Barnes ?

— Oui, je crois !

— Tu te souviens du prénom ?

— Non ! Tu ne veux pas sa date de naissance non plus ?

— Tu peux rechercher et tu m'appelles demain ?
— OK. Ça se passe bien là-bas ?
— Oui, c'est génial. Là on est en train de siroter une petite bière à Miami Beach avec les collègues !
— T'es vraiment un pourri ! Ici il pleut !
— Moi aussi je t'aime, bise ma poule !

Fares raccroche et Derek reste dubitatif.

— Je ne parle pas le français et les seuls mots que je connaisse c'est « je t'aime » et toi tu le dis à ton collègue Jordan ?
— Vous les Américains, vous ne pouvez pas comprendre la subtilité et le raffinement des Français ! Allez, à la tienne ma poule !
— C'est quoi « ma poule » ?
— Ta gue… Heu, laisse tomber !

◈

La soirée ne s'est pas terminée trop tard. Sérieux, vers 21 heures, Derek et Mickael ont laissé Fares au bar, seul. Après leur départ, il a encore éclusé trois ou quatre bières, plutôt quatre. Puis, fatigué, il a réussi à retrouver le chemin de son hôtel situé à deux rues de la plage. Comme à l'accoutumée, après sa douche, il s'est laissé tomber, nu comme l'enfant qui vient de naître, sur le grand lit de sa chambre et en quelques minutes, il ronronnait comme un Diesel !

Chapitre 69

Ce matin, Derek et Fares sont au bureau, tous deux penchés sur internet à la recherche de coupures de journaux ou d'affaires similaires ayant eu lieu dans le passé mais les éléments entrés sont trop vagues et les réponses s'éparpillent en de nombreux thèmes qui n'ont rien à voir avec ce qu'ils recherchent. Alors que Fares écume les pages les unes derrière les autres, son téléphone portable retentit. La photo de Jordan, hilare et levant un verre, apparaît à l'écran.

— Salut Jordan !

— Salut mon Fafa, tu as bien dormi ?

— Comme un bébé !

— Oui bah tant mieux pour toi, parce que moi, j'ai eu un mal de chien à retrouver le sommeil après ton coup de fil ! T'es chiant comme la pluie !

— Je sais, mais c'est pour ça que tu m'aimes ! Bon, tu as des news ?

— Oui, j'ai retrouvé le nom. Je l'avais noté, c'est Kevin Barnes.

— Génial ! Je te remercie. Tu me rejoins ce week-end ?

— Si je pouvais, je te jure que je n'hésiterais pas une seconde !

— Claque la bise à tout le monde, je vous rappelle.

— OK, salut Fafa !

— Alors ? demande immédiatement Derek, inquiet.

— J'ai le nom ! Kevin Barnes.

— Ah super ! Je commence à vous adorer, vous les frenchies !

— Normal ! Bientôt tu seras accro !

Fares entre le nom sur Google et plusieurs pages s'ouvrent.

— Regarde l'article dans le San Francisco Chronicle : « Il tue son ami dans une bagarre car il avait couché avec sa fiancée ».

En quelques minutes Fares dévore l'article mais celui-ci ne lui apporte rien concernant leur affaire. Il apprend simplement que Kevin Barnes a été condamné à 25 ans pour ces faits. Il poursuit sa recherche tandis que Derek se tient courbé à ses côtés, en ne quittant pas l'écran des yeux. Fares continue.

— Attends, attends… Il y a encore autre chose, une autre affaire dans les faits divers où le nom de Kevin Barnes apparaît. Oh la vache ! « Il tue sa femme, habillée en robe de mariée ». «…la dispute se transforme en rixe et Kevin Barnes gifle sa compagne qui fait une chute dans les escaliers sous les yeux de leur fils âgé de 5 ans. Julia Kaufmann mourra à l'hôpital des suites de ses blessures » En robe de mariée, Derek !

— Continue l'article.

« Kevin Barnes a été arrêté, il est dans l'attente de son jugement. Il sera défendu par son avocat, Emilio Kruz. Le couple laisse un enfant de 5 ans dans le plus grand désarroi. Le petit Leighton, c'est son nom, est, pour le moment, sous la responsabilité de l'assistante sociale Nelly Sanders ».

— Ça lui ferait combien au gosse aujourd'hui ? Une bonne trentaine d'années, calcule rapidement Fares.

Il entre instantanément le nom de Leighton Barnes dans son ordi.

— Rien ! C'est bizarre ? Même pas une page Facebook !

— Il est peut-être mort ? suppose Mickael.

— Peut-être ! Ou pas ! Ou c'est plausiblement notre coupable raisonne Fares. Avec ce qu'il a vécu, sa mère morte en robe de mariée ! En tout cas l'âge correspond.

Le Lieutenant Moore confirme :

— C'est notre seule piste sérieuse, alors tout sur Leighton Barnes !

Fares se lève pour se détendre et comme d'habitude, fait les cent pas dans le bureau, les deux mains derrière la tête, ce qui, en règle générale est bon signe.

— C'est bizarre, pas de trace nulle part. Derek s'il te plaît tape « *condamnation de Kevin Barnes* ». Alors ?

— Attends une minute, je ne suis pas une machine ! Voilà, ça, c'est la première affaire où il a pris 25 ans. C'est bon, j'ai trouvé « *Kevin Barnes une nouvelle fois condamné pour la mort de sa compagne à 6 années d'emprisonnement, il a obtenu des circonstances atténuantes suite à la plaidoirie remarquable de son Avocat Emilio Kruz* ».

— Génial ! Imprime-moi tout l'article s'il te plaît.

— OK Chef Fares !

— Tu sais ce qu'il te dit le Chef Fares ? En attendant ce soir c'est toi qui paies ta tournée car pour l'instant tu n'as pas encore dégainé, tu n'es pas d'accord Mickael ?

— Tout à fait d'accord Lieutenant ! En plus, moi je n'ai rien à dire, je ne suis qu'un pauvre petit Sergent black !

— Tu ne vas pas t'y mettre non plus, toi ?

L'imprimante crépite et l'article du San Francisco Chronicle sort, page par page. Une fois l'impression terminée, Fares les attrape, se rassied et commence à lire à voix haute :

— Alors, on en était où ? « *Kevin Barnes une nouvelle fois condamné pour la mort de sa compagne à 6 années d'emprisonnement, il a obtenu des circonstances atténuantes suite à la plaidoirie remarquable de son Avocat*

Emilio Kruz. Bla bla bla… *Leur fils, le petit Leighton est suivi par un psychologue et le tribunal a ordonné son placement chez sa tante Kate Kaufmann* ».
— J'ai trouvé un autre article coupe Mickael « *Kevin Barnes a été assassiné durant son emprisonnement à San Quentin !* » C'était le 19 avril 1990, il avait 56 ans !
— Mince ! Le pauvre môme, il n'a pas de pot, constate Fares, après la mère, le père ! Où en étais-je ? Ah oui « *Le tribunal a ordonné le placement de l'enfant chez sa tante Kate Kaufmann. Le couple vivait dans une jolie maison sur les hauteurs de San Francisco, ils avaient tout pour être heureux mais Kevin Barnes passait d'un petit boulot à un autre, son statut d'ancien prisonnier ne favorisant pas l'embauche pour un travail stable. Quoi qu'il en soit, il n'a jamais reconnu cet enfant qui sera placé chez sa tante. Espérons des jours meilleurs pour ce petit bonhomme qui démarre bien mal dans la vie* ».

Derek Moore sursaute :
— Qu'est-ce que tu viens de dire, Fares ?
— Qu'il a été placé chez sa tante et qu'ils espèrent pour lui…
— Non avant !
— Que son père ne l'a jamais reconnu ! Oh putain tu as raison !

Cela vient de faire tilt chez Fares qui replonge sur son ordi. Il entre cette fois « *Leighton Kaufmann* » qui est le nom de sa mère. À présent les informations apparaissent les unes derrière les autres comme au Casino lorsque les pièces d'un bandit manchot tombent bruyamment quand le hasard a fait que les symboles gagnants s'alignent !
— C'est le jackpot les mecs ! N'en jetez plus la cour est pleine !

C'est l'effervescence ! Derek s'adresse à Mickael :

— Va stopper la bécane et entre cette fois Leighton Kaufmann, tu joins les empreintes dans ta recherche et tu te cantonnes à la Californie ! Fares, je te propose de collecter un max de renseignements avec moi. On prend tout ce que l'on trouve, et on imprime, on fera le tri après.

Rien que sur Facebook les informations sont nombreuses, nouvelles et surtout capitales pour l'avancement de l'enquête.

— Non ! Je ne le crois pas ! Tu sais où il habite ? demande Fares. Je te le donne en mille ! Miami ! Il est Chirurgien Plasticien. Il a bien réussi le garçon ! Moi qui commençais à le plaindre ! C'est bizarre, il n'a pas mis sa photo sur le site. Tu peux peut-être avoir son adresse par les impôts ?

— Je vais voir, car je ne sais pas pour vous en France, mais ici, beaucoup de données sont confidentielles et pour les débloquer, il nous faut un mandat du juge. Comme pour le moment, nous n'avons que des suppositions, alors tant que nous n'aurons rien de concret, cela ne sert à rien de se présenter devant lui. Essaie plutôt de chercher l'adresse de la clinique où il travaille.

— C'est ce que je suis en train de faire. Body Plastic Surgery, Sunset Drive, tu connais ?

— Pourquoi je connaîtrais ?

— Tu as peut-être été là-bas pour te refaire une beauté ! Clinique de chirurgie esthétique. Et si on allait y faire un tour ? propose Fares.

— Imagine qu'il soit là, on s'amène le bec enfariné pour lui dire quoi ? « Bonjour Docteur, est-ce que c'est vous qui avez tué les mariées ? » Attendons les résultats pour les empreintes. Avec l'ADN et le portrait-robot, là il sera cuit ! Et avec de telles preuves, nous obtiendrons tout ce que nous voulons du juge.

— Allons quand même voir, discrètement, j'aimerais bien l'apercevoir, car n'oublie pas que je l'ai déjà vu mais je ne veux pas que lui me voie. Vas-y avec Mickael et je ne sais pas, invente n'importe quoi. Prétexte un accrochage en ville par exemple ! D'ailleurs essaie de voir si tu peux trouver la marque et l'immatriculation de sa voiture avec son nom ça ne devrait pas être trop difficile à présent. Et si tu as son permis de conduire. Tu as son adresse !

Les doigts de Derek tapent sur le clavier et en un instant les renseignements du permis de conduire de Leighton Kaufmann apparaissent à l'écran.

— Et voilà ! Dernière adresse connue : « *Le Murano Grande au 400 Alton Road Miami Beach* ». Ça va pour lui ! C'est une adresse prestigieuse. Quant à sa voiture, une Porsche 911 immatriculée BPS 005, c'est un numéro acheté ça !

Fares se met à raisonner :

— Tu te rends compte que grâce à cette marque de bière *King & Barnes*, offerte généreusement hier soir par notre cher Mickael, en quelques minutes, nous avons obtenu son nom, son adresse, la marque de sa bagnole, son immatriculation et l'adresse de la clinique où il bosse ! J'ai bien fait de venir ! Je vais en avoir des choses à raconter à Paris tout à l'heure !

— Tu pourras leur dire aussi que nous avons ses empreintes et sa photo ajoute Mickael en revenant et en montrant le fichage à Fares ! Bon, pour la photo c'est quand il avait seize ans !

— Je ne le crois pas ! Nous avons bouclé cette affaire en même pas deux jours ! Moi qui comptais rester ici au moins un mois ! Montre sa tête ? C'est lui, en plus jeune bien sûr, mais c'est lui, j'en suis certain !

— Vous êtes assis les mecs ? continue Mickael, alors lisez la fiche parce qu'il y a une raison pour laquelle il est dans la base de données ! Je viens de la survoler en deux minutes et vous n'allez pas en croire vos yeux, je vous le promets ! Il tend la fiche à Fares :

— « Soupçonné du meurtre de sa tante Kate Kaufmann tuée par deux coups de couteau. Leighton est le principal suspect dans cette affaire mais, faute de preuve, il sera disculpé et jamais jugé. » Ce n'est pas possible ! Nous avons tout, sa photo prise au poste de police, ses empreintes et le nom de son avocat ! Ah non, avocate ! Maître Barbara Lipton. Tu as le rapport complet d'enquête ?

— J'attendais que tu me le demandes !

— Tu es un petit marrant toi ! Tu as lu ?

— Non, je n'ai pas eu le temps !

Fares se jette sur le dossier tel un affamé sur un paquet de biscuits et entame la lecture. Après quelques secondes :

— À voix haute s'il te plaît, que tout le monde en profite commande Derek.

— Oui, excuse-moi ! « *Le dimanche 8 mai 1988 à 9 heures 47 minutes PM, le Central reçoit un appel d'un certain Leighton Kaufmann, 16 ans, qui demande du secours pour la disparition inquiétante de sa tante Kate Kaufmann. La patrouille est envoyée sur les lieux et arrive à 9 heures 56 minutes PM, Sacramento Street devant la boutique Love Marriage. Un jeune homme âgé de 16 ans ouvre la porte d'entrée donnant sur la rue, située juste à côté de la boutique et de la porte du garage. Il s'agit de Leighton Kaufmann qui semble très perturbé. Celui-ci reçoit le Sergent O'Tool accompagné de son coéquipier, le jeune policier Jimmy Faraday. Après une première inspection, tout semble normal dans l'appartement situé au-dessus du magasin, lieu d'habitation des Kaufmann. Le jeune Leighton explique qu'après une dispute avec sa tante, celle-ci est sortie, à pied, afin de se changer les idées et ce, vers 3 heures PM. Le jeune homme a également été se balader en voiture dans le quartier de Fishermans Wharf. Il n'a pas de témoin. Il affirme être rentré chez lui vers les 7 heures 30 PM et sa tante n'était toujours pas de retour. Il décide d'attendre encore un moment et c'est à 9 heures et 47 minutes PM qu'il appelle la police pour signaler sa disparition. Le Capitaine Andrew MacKey est dépêché sur les lieux et il sera décidé, afin de ne pas laisser seul le jeune Leighton, de maintenir le Sergent O'Tool et son coéquipier dans l'appartement jusqu'à l'arrivée de sa tante.*

Le lendemain vers 6 heures trente AM, le corps d'une femme d'une cinquantaine d'années a été retrouvée morte, poignardée de deux coups de couteau à Golden Gate Park près du petit lac Mallard. Elle était vêtue d'une robe de mariée et disposée simplement sur le sol ».

— Encore une robe de mariée ! s'esclaffe Fares. Il n'y a plus l'ombre d'un doute !

— Plus l'ombre d'un doute, moi je veux bien, mais déjà à l'époque, ils n'ont rien pu faire faute de preuves ajoute Derek, et ce mec est toujours en liberté avec cinq meurtres de plus à son actif, si je compte le jeune qu'il a buté dans votre hôtel à Paris ! Vas-y continue !

— « *Après investigations, il s'agit de Kate Kaufmann, âgée de cinquante ans, la tante du jeune Leighton Kaufmann et propriétaire du magasin Love Marriage à San Francisco. La robe qu'elle portait a très certainement été dérobée dans son stock ce qui laisse beaucoup de questions en suspens à ce point de l'enquête. Tout l'appartement ainsi que la voiture ont été scrupuleuse-*

ment inspectés par la police scientifique, mais aucune trace de sang n'a été relevée. Les empreintes correspondent à Kate Kaufmann et son neveu, ce qui est tout à fait normal, puisqu'ils habitent ensemble dans le petit appartement. Les empreintes figurent absolument partout et à aucun endroit, elles semblent avoir été essuyées. Nous constatons la même chose dans la boutique. Tous les couteaux ou objets tranchants ont fait l'objet d'une analyse poussée dans les laboratoires de la police scientifique ainsi que tous les vêtements et chaussures du jeune Leighton et les résultats ont toujours été invariablement négatifs. S'agissant à l'origine d'une dispute, les soupçons se sont portés sur le neveu, qui aurait largement eu le temps de faire disparaître toutes les preuves entre 3 heures PM et 8 heures PM. Une question cependant reste posée : Pourquoi la victime était-elle habillée d'une robe de mariée ? Quel intérêt ? Quel motif ? À ce jour, nous n'avons pas la réponse. À la question : Leighton Kaufmann avez-vous tué votre tante ? La réponse a été : « Pourquoi l'aurai-je tuée, je n'ai plus qu'elle au monde, elle est ma seule famille, elle me loge, me nourrit, quel intérêt aurai-je eu à la tuer ? Et je vous rappelle que je n'ai que 16 ans ! »

Fares stoppe à nouveau sa lecture.

— Alors soit le gosse est le plus grand affabulateur et psychopathe que la terre n'ait jamais porté, soit il est innocent ! Il y a de quoi être perplexe, pas le moindre indice, pas une trace. Je plains les enquêteurs de l'époque, il y a de quoi être frustré ! Les mecs sont persuadés que c'est lui mais ils ont quoi ? Rien !

Quelques secondes passent.

— Je poursuis puisque ce que je dis n'a pas l'air de vous intéresser !

— Bon Fares, tu ne vas pas nous faire ta vierge effarouchée, on t'écoute et on réfléchit en même temps !
— Tu es sûr que ton deuxième prénom, c'est pas Jordan ?
— Je n'ai pas de deuxième prénom, pourquoi Jordan ?
— Pour rien ! « *Je vous rappelle que je n'ai que 16 ans ! Après la question sur son éventuelle culpabilité, Leighton Kaufmann a demandé l'assistance d'un avocat désigné d'office. C'est Maître Barbara Lipton, ténor du barreau de San Francisco, qui a assuré sa défense et qui a immédiatement, à la vue du dossier, exigé la fin de l'interrogatoire, faisant également prévaloir que tout ce qui avait été dit par son client auparavant, ne pourra être retenu devant un procureur pour infraction à la loi sur les mineurs exigeant la présence d'une caméra et d'un défenseur. Les empreintes de Leighton Kaufmann ont été relevées et il a été pris en photo par le photographe du Central. L'enquête se poursuit et le dossier n'est pas refermé* ».
— Il reste une multitude de pages, de rapports d'enquête, d'analyses, il y a également le rapport d'autopsie, je lirai tout ça un peu plus tard ! Là il faut que j'appelle Paris pour les tenir informés. Je pense qu'ils vont être verts !

Quelques instants plus tard :
— Joan ? C'est Fares, comment tu vas ?
— Je vais bien, et toi ?
— Super bien ! Demande à Jordan et à Franck de s'approcher du téléphone et colle le haut-parleur s'il te plaît. J'ai des news incroyables à vous apprendre !

Chapitre 70

Le Lieutenant Derek Moore et son coéquipier le Sergent Mickael Sollivan entre dans le hall de la clinique Body Plastic Surgery et se dirigent vers la banque d'accueil d'un pas décidé où une hôtesse les reçoit.

— Bonjour Messieurs, que puis-je pour vous ?

Derek dégaine discrètement sa plaque.

— Police, pouvons-nous rencontrer le Docteur Leighton Kaufmann s'il vous plaît ?

— Avez-vous rendez-vous ou est-ce pour une affaire privée ?

— Il s'agit d'une affaire privée.

— Je suis désolée mais le Docteur Kaufmann n'est pas là ce matin. Puis-je lui dire que vous êtes passés ? Souhaitez-vous lui laisser un message ?

— Je vous laisse ma carte, si vous pouviez lui dire de venir au Central, l'adresse y figure ainsi que mon nom. Nous avons besoin de son témoignage pour une affaire dont il a été témoin. Il n'a pas besoin de prendre rendez-vous, il passe quand il le peut, je sais qu'il doit avoir un emploi du temps chargé mais c'est assez urgent.

— Comptez sur moi Messieurs, je lui ferai la commission dès que je le verrai.

— Je vous remercie, excellente journée.

Les deux policiers quittent la clinique et Derek semble satisfait. Ils rejoignent leur voiture banalisée dans laquelle les attend Fares.

— Nous avons amorcé dit-il, reste à souhaiter maintenant que le poisson morde à l'hameçon. Soit, il ne se doute de rien et vient se jeter dans la gueule du loup, il est tellement sûr de lui et certainement imbu de sa personne que ce n'est pas impossible. Sinon, il se montre méfiant et disparaît dans la nature.

— Je pense que l'on joue à quitte ou double sur ce coup-là, répond Fares soucieux. Ce qui m'inquiète le plus c'est qu'à mon avis il doit avoir un QI largement au-dessus de la moyenne et j'ai bien peur qu'il opte pour la seconde solution.

— Tu veux que je te dise, je crois que tu as raison. Vous voulez que nous allions jeter un œil à son domicile ? Nous avons le temps. Tu ne dis rien, Mickael ?

— Je bois vos paroles, les mecs ! Mais si je devais parier sur ce coup, je dirais aussi qu'il choisira la deuxième solution, il est trop intelligent. Si c'est vraiment lui qui a tué sa tante, vous vous rendez compte du sang froid ? Il n'avait que 16 ans à l'époque et il a déjoué toutes les investigations de la police scientifique et fait capoter l'enquête. S'il n'y avait pas eu meurtre, je serais en admiration ! Pourquoi il n'a pas choisi cambrioleur comme profession, il aurait fait fortune ?

Après vingt minutes, la voiture se gare devant le Murano Grande au 400 Alton Road à Miami Beach au pied d'une splendide tour d'habitation de très grand luxe.

— Je viens avec vous ? demande Fares.

— Non, il ne vaut mieux pas, mais reste en couverture discrètement.

Derek et Mickael sortent de la voiture, pénètrent dans l'immense hall en marbre et cherchent les boîtes aux lettres, quand un homme les interpelle depuis un imposant comptoir reluisant comme un miroir.

— Messieurs ? Vous cherchez quelque chose ?

— Oui bonjour, nous ne voyons pas de boîtes aux lettres !

— C'est normal, il n'y en a pas, Monsieur ! L'immeuble possède son propre service de conciergerie et le courrier est conservé ici. Nous le remettons en mains propres aux résidents. Vous cherchez quelqu'un en particulier ?

Derek hésite :

— Non, ce n'est pas grave, nous reviendrons. Merci beaucoup !

Il ressort, suivi de Mickael qui ne comprend pas :

— Mais pourquoi tu ne lui as pas demandé l'étage du Docteur Kaufmann ?

— Je ne suis pas sûr. Il ne faut pas faire n'importe quoi ! Je pensais que l'on pourrait le vérifier sur les boîtes mais comme il n'y en a pas, je préfère que l'on reste discret. Il ne faut pas qu'il se doute de quoi que ce soit. Imagine, s'il était absent, le concierge l'aurait prévenu à son retour. Alors la police à son boulot et en plus à son appartement, là c'est sûr, on le perdait. Je préfère que l'on rentre et mettre en place une intervention solide où tout sera calculé pour procéder à son interpellation. Si nous nous étions présentés, dans les deux secondes après notre entrée dans l'ascenseur, le concierge aurait décroché son téléphone pour l'avertir et dans cette tour de presque quarante étages, le nombre d'ascenseurs et je ne sais combien de parkings au sous-sol, tu le retrouveras toi ? Surtout à trois ! Non, nous avons le temps de le coincer, ce n'est qu'une question de jours ou d'heures si nous avons de la chance ! Où est passé Fares ? demande-t-il en sortant.

— Il est là-bas, il fume une clope sur le banc.

— Va le chercher.

Mickael s'approche et s'assoit :

— Ça va mon pote ?

— Oui, je te remercie. Je ressasse tout ça dans ma petite tête et je ne suis pas certain que c'était une bonne idée de venir ici.
— Rassure-toi, on ne l'a pas vu et nous ne nous sommes même pas présentés au concierge, Derek a changé d'avis. Vous êtes vraiment branchés sur la même longueur d'onde, tous les deux ! Allez, viens, on rentre, dit-il en lui tapant sur la cuisse. J'ai faim, pas toi ?
— J'ai toujours faim !

◈

De retour au bureau Fares se dirige directement vers les distributeurs
— Je vous paie un p'tit café les mecs !
Le précieux breuvage s'écoule, très chaud, dans des gobelets en plastique qu'il dispose sur un petit plateau, puis il attrape des bâtonnets en bois et une poignée de sachets de sucre en poudre qu'il dispose également dessus.
— Et voilà ! fait-il en posant le plateau sur le bureau de Derek et, se tournant vers lui, il dépose un gobelet.
— C'est sans sucre pour toi, si je me rappelle bien.
— C'est gentil, merci !
— Pour moi c'est avec du sucre confirme Mickael mais avant même que Fares ne le serve, il saisit son propre café et y verse un, puis deux, puis trois sachets.
— Putain, c'est pas une touillette que j'aurais dû te ramener, c'est un couteau et une fourchette !
— J'adore ton humour, si tout le monde est comme ça en France, on ne doit pas s'ennuyer !
Fares prend une profonde aspiration :
— Tu sais, l'humour c'est un peu comme un exutoire ou l'ordonnance d'un toubib si tu préfères qui parfois vous

soigne et parfois ne fait que vous soulager, masquant en réalité un mal qui continue de vous ronger à l'intérieur.

À cet instant, tout en remuant son café, Mickael le regarde de ses grands yeux noirs. Il dodeline de la tête.

— Je te trouve bien morose !

— Avale ton sirop, on va aller bouffer, j'ai le ventre qui crie famine ! Fais pas semblant de bosser, Derek ! Pose ce stylo et ramène ta science !

Chapitre 71

La Porsche 911 se gare sur sa place réservée au sous-sol de la clinique Body Plastic Surgery. Leighton en descend puis se dirige vers les ascenseurs. Il stoppe au rez-de-chaussée, comme à l'accoutumée, afin de saluer les hôtesses, prendre son courrier et récupérer son planning.

— Bonjour Docteur Kaufmann.

— Bonjour Anne, tout va bien ?

— Oui, Je vous remercie Docteur. Voici vos enveloppes et vos rendez-vous.

— Merci beaucoup, à tout à l'heure !

Il commence à se rediriger vers l'ascenseur, quand :

— Ah Docteur, j'allais oublier ! Deux policiers sont venus en début de matinée, ils voulaient vous voir pour une affaire de témoignage. Je ne sais pas trop. L'un d'entre eux m'a laissé sa carte afin que je vous la remette. Ils veulent vous voir à cette adresse. Ce n'est pas très urgent mais il ne faut pas trop tarder non plus, m'ont-ils dit. Vous savez de quoi il s'agit ?

Leighton fronce les sourcils.

— Oui, oui rien de grave. Je dois témoigner pour un accident dont j'ai été témoin ! Merci beaucoup, Anne !

Arrivé dans son bureau, Leighton ferme à double tour. Instantanément le mode sauvegarde de son cerveau se met en activité. Il s'assoit, allume son ordinateur et installe une clé USB dans laquelle il fait passer la totalité des informations qu'il juge nécessaires. Ensuite, il efface tout l'historique, puis, méticuleusement, dossier par dossier, il supprime définitivement tout ce qui peut être compromettant. Il décide de changer le mot de passe et en invente un à 15 caractères comprenant des lettres majuscules et minuscules et bon nombre de chiffres. Il faut qu'il retarde les enquêteurs de la police au maximum. Il ouvre les portes des grands placards muraux et en sort un imposant sac de sport dans lequel il commence à ranger ses affaires. Il fouille fébrilement chaque tiroir de son bureau pour trier tout ce dont il aura besoin durant sa cavale, car maintenant il en est sûr, à partir de cet instant, il est en cavale !

Les dossiers les plus importants sont engouffrés à leur tour dans l'immense bagage. Il sait que dans le bas du placard est dissimulé un second très grand sac dans lequel sont placés tous les ustensiles dont il a besoin pour commettre ses méfaits, chaussures, combinaison en papier, gants, couteau, ruban adhésif, seringues, produits anesthésiants, produit de nettoyage, chiffons, couteau Suisse, lampe de poche, fausse paire de lunettes, fausses moustaches, une tenue complète de livreur etc. etc.

Il fait une dernière fois l'exploration complète de son bureau sans en oublier le moindre coin. Il consulte sa montre, 1 heure quarante PM. Parfait, se dit-il, c'est l'heure la plus creuse de la journée. Il entrouvre sa porte après l'avoir déverrouillée puis écoute. Tout est calme. Il décide de ne pas prendre l'ascenseur. La porte donnant sur l'escalier est à environ une dizaine de mètres de la sienne. Tout étant parfaitement silencieux il se précipite chargé de ses deux énormes bagages et de sa mallette en cuir. Il croule sous le poids mais Leighton est un garçon costaud à la stature athlétique. Il sait maintenant qu'il a trois étages à descendre, plus un niveau de sous-sol. Or à chaque étage peut s'ouvrir une porte palière mais pense-t-il, c'est peu probable car il le sait, tout le monde, ici, emprunte les ascenseurs. Il entame sa descente silencieuse, lourdement chargé, et, marche après marche, atteint le second étage. Il stoppe à nouveau, à l'affût du moindre bruit, du moindre claquement de porte. C'est bon, encore quelques mètres et le palier du premier étage arrive. Sur celui-là, se dit-il, il ne faut pas que je m'éternise car en cas d'attente devant les ascenseurs, le personnel médical ou les patients n'hésitent pas à emprunter l'escalier pour aller au premier, n'ayant qu'un niveau à grimper. Il file donc jusqu'au rez-de-chaussée et entame immédiatement sa descente jusqu'au premier sous-sol où est garée sa voiture. Il traverse le sas et arrive dans le parking où il n'allume pas la lumière, connaissant parfaitement l'endroit de sa place réservée et enfin, il bipe sur son porte-clés. La Porsche clignote. En quelques secondes il place, côté droit, les deux grands sacs et sa mallette, claque la porte, fait le tour, se glisse à l'intérieur de son véhicule, démarre et sort enfin de la clinique. Son souffle est court et son cœur bat à cent à l'heure, et bien qu'il sache qu'à partir de cet instant, sa vie bascule, il aime ces poussées d'adrénaline.

Dans peu de temps, il va être à nouveau confronté à la même situation, car il roule vers son appartement et il n'a pas l'intention de se faire repérer par quiconque. Sauf, se dit-il, par les nombreuses caméras installées un peu partout dans le building et son parking. La route défile et la circulation est fluide mais il fait très attention à respecter toutes les règles de circulation. Une trentaine de minutes plus tard, la Porsche fait irruption dans le sous-sol de la tour après avoir passé tous les points de contrôle. Il se gare juste à côté d'une camionnette blanche dont il fait coulisser la porte latérale. Il jette alors à l'intérieur les deux sacs et place sa mallette sous le siège passager avant. Il referme soigneusement les deux véhicules puis se dirige d'un pas tranquille vers le sas où sont situés les ascenseurs. Les portes coulissent : personne ! Il entre et introduit une clé correspondant au niveau de son appartement, au trente-huitième étage qu'il atteint en même pas une minute. La porte se referme, il plaque alors son dos contre elle, ferme les yeux et tente de calmer sa respiration. Il est chez lui et sait que pour le moment, il ne risque rien.

L'appartement est au nom de Dorenzo et c'est d'ailleurs sous ce nom qu'il est connu ici depuis des années maintenant. Professeur Angelo Dorenzo ! Au début, il louait à prix d'or ce 150 mètres carrés avec terrasse vue mer, puis, lorsqu'il avait reçu l'argent de sa tante en héritage, il en avait fait l'acquisition et avait eu de la chance car à cette période, l'immobilier était au plus bas ainsi que les taux bancaires. Il fit alors une superbe opération. Par nostalgie ou pour sa propre protection, il avait fait enregistrer son bien au nom de son premier amour, Angelo. Ils se voient encore régulièrement et parfois, le dimanche, le clan Dorenzo, déjeune en famille. Au début, les visites et les sorties restaient fréquentes mais avec le temps, elles se sont estompées et maintenant, elles se raréfient, une fois tous les deux mois, et encore, quand Angelo n'est pas accaparé par sa vie de noctambule et de dragueur invétéré. Leighton, lui, n'arrive pas à l'oublier, il ne mène pas une existence d'ascète non, il sort de temps à autre dans les boîtes gays de Miami ou au Blue Boy à Paris quand il est en voyage d'affaires comme il prétend à Tiffany Shepherd, sa fiancée officielle.

Sa respiration ralentit, il se calme et son cerveau se remet à fonctionner d'une façon rationnelle et précise. Une nouvelle fois, il attrape dans le haut de son grand dressing deux grands sacs et méticuleusement y enfourne tout ce dont il va avoir besoin dans les prochains jours, voire les prochaines semaines.

Change, boxer, chaussettes, chaussures habillées et tennis, un costume avec chemise et cravate, de nombreux tee-shirts, des jeans, des pulls, ses accessoires de toilettes, il calcule tout comme s'il partait pour un long voyage. Il passe maintenant à son bureau et réitère l'opération ordinateur, il en possède un avec une tour, ultrapuissant dont il vide la mémoire et un second, un portable, qu'il compte emporter avec lui ainsi que sa tablette IPAD qu'il range dans son étui. Subitement la sonnerie de son téléphone portable retentit. C'est Evelyn son assistante à la clinique ! Il hésite puis décroche :

— Docteur Kaufmann ? C'est Evelyn. Votre rendez-vous de quinze heures est arrivé. Vous en avez pour longtemps ?

— Écoutez, il y a eu un carambolage sur la route et je suis complètement bloqué, j'allais justement vous appeler ! Nous sommes à l'arrêt depuis une demi-heure. Je pense qu'il vaut mieux reporter le rendez-vous et présenter mes excuses à Madame Dos Santos. Je la rappellerai. Merci Evelyn.

Sans attendre la réponse, il raccroche puis se remet au travail. Il compose la combinaison de son petit coffre scellé dans le mur de son dressing, ouvre la porte blindée et sort en liquide, des liasses qui correspondent à quarante mille dollars. Il n'a pas l'intention de se retrouver sans un sou, il est intelligent et l'argent ne doit pas être un problème, se doutant bien que la première des actions que feront les autorités pour le stopper, sera de lui bloquer toutes ses cartes bancaires. Il aura dans les prochains jours d'autres chats à fouetter. Il passe à son poignet une montre Cartier en or rose, saisit une liasse de documents qu'il range dans la sacoche de son ordi portable et referme le coffre. Étant dans le dressing, il en profite pour se changer en enfilant une tenue plus décontractée, plus passe-partout. Leighton est vraiment incroyable, nul ne sait de qui il tient ou si c'est sa vie qui l'a forgé de la sorte, mais c'est sans le moindre état d'âme, sans le moindre regret, qu'il attrape ses bagages, quitte son splendide appartement et s'engouffre dans l'ascenseur. Il programme, à l'aide de sa clé, le parking en sous-sol situé quarante niveaux plus bas. Affublé d'une casquette, la tête baissée et chargé comme un mulet, il arrive au niveau de la camionnette dans laquelle il jette littéralement tous ses bagages. En quelques minutes il quitte très certainement et définitivement cette tour de rêve en essayant de ne pas penser au pire. Il sait que s'il lui arrivait quelque chose, c'est Angelo qui récupérerait son bien et ses affaires. Il parcourt environ un kilomètre puis se gare dans une petite rue tranquille. Il attrape sous son siège deux plaques d'immatriculation dont les côtés sans numéro, sont entièrement recouverts d'un adhésif double face. Il retire le papier de protection de la première et après avoir observé que la voie est libre, il va vite la coller sur cette celle existante à l'arrière. Il renouvelle l'opération pour la plaque avant, remonte à l'intérieur de la camionnette et démarre à nouveau. À partir de cet instant, c'est un homme en fuite.

Chapitre 72

— J'ai réussi à récupérer la liste de tous les noms, aussi bien des propriétaires que des locataires du Murano Grande, l'immeuble où est censé habiter Leighton Kaufmann et aussi incroyable que cela puisse paraître, s'étonne Derek, il n'y a personne de ce nom-là dans toute la tour !
— Tu as vérifié avec Barnes demande Fares ?
— Non, tu as raison, comment n'y ai-je pas pensé ?
— C'est parce que tu n'es pas Fares, le franco libanais !
— Arrête ton char ! le coupe Derek en train de vérifier à nouveau la liste des noms.

Après quelques instants :
— Tout franco libanais que tu es, tu aurais fait chou blanc aussi ! Pas de Barnes non plus !
— Comment c'est possible, c'est quoi cette histoire ! Tu as tout vérifié ?
— Écoute, ça fait deux fois, fais-le si tu veux !
— Non, je te fais confiance, je ne comprends pas c'est tout. Tu crois qu'il aurait déménagé sans faire son changement d'adresse ?
— Possible !

Fares se gratte la tête.
— J'y pense, retourne sur son dossier de permis de conduire si tu le veux bien, il y a obligatoirement une photo ? La dernière fois nous n'avons recherché que son adresse, la marque et l'immatriculation de sa voiture !

L'imprimante crépite à nouveau et peu à peu apparaît un portrait.

— On dirait un gamin ! constate Mickael. Remarque, normal, je vous rappelle qu'il a passé son permis à 16 ans ! Vous êtes des marrants tous les deux ! Tu voulais faire quoi avec la photo, Fares ?
— La montrer au concierge du Murano Grande.
— C'est une bonne idée mais à condition d'en avoir une récente et je pense qu'avec celle-là, ce sera un peu difficile !
— Si tu as une meilleure idée, monsieur je sais tout, on est preneur !
— Sincèrement, vous pensez qu'il ne s'est pas fait tirer une seule fois le portrait en plus de quinze ans ? Impossible !
— Il a raison, admet Fares en enfilant son blouson, retournons à la clinique, j'ai une idée. Allez, bougez-vous !

◈

Les policiers débarquent cette fois à trois dans le hall de la clinique :
— Re bonjour, nous sommes venus ce matin.
— Oui, je me souviens. J'ai donné votre carte au Docteur Kaufmann.
— Vous l'avez vu à quelle heure ?
— Fin de matinée et je ne l'ai pas vu repartir. Je suis un peu inquiète, il a manqué tous ses rendez-vous de cet après-midi et ce n'est pas dans ses habitudes.
— Nous aimerions vous demander quelque chose.
— Si je peux vous aider…
— Avez-vous une photo récente du Dr Kaufmann ?
— Une photo ? Non, c'est une drôle de question ! Attendez… j'y pense. Sur le panneau publicitaire de la clinique, il y a le portrait de tous les médecins ! Là, dans le couloir, vous en avez un Et sur le dépliant aussi d'ailleurs, regardez, la photo est un peu petite peut-être ?

— Génial, merci beaucoup, Anne, dit Derek en lisant le badge accroché à son corsage ! Nous pouvons en prendre plusieurs ? demande-t-il pendant que Fares bombarde le panneau avec son portable.

◈

Pour la deuxième fois de la journée, la voiture se gare au bas de la tour Murano Grande. Derek, Fares et Mickael se dirigent cette fois directement vers le comptoir de la conciergerie et cette fois, plus d'hésitation :

— Police ! annonce Derek en montrant son insigne.

— Mais vous êtes déjà venus ce matin et vous cherchiez les boîtes aux lettres si je ne m'abuse !

— Avez-vous un résident du nom de Leighton Kaufmann ?

— Kaufmann ? Non, ça ne me dit rien. Et je peux me vanter de connaître tous les habitants de cette tour, Messieurs !

Fares sort son portable de sa poche et affiche la photo de Leighton prise sur le panneau de la clinique.

— Vous connaissez cet homme ?

Le concierge avance son visage vers le petit écran.

— Oui, c'est le professeur Dorenzo !

— Dorenzo ! Et vous l'avez vu aujourd'hui ? interroge Derek.

— Non, mais vous savez, les résidents ne passent pas toujours par le hall, ils peuvent descendre directement de leur appartement au parking.

— À quel étage habite-t-il ? Avez-vous un double des clés de son appartement ?

— Je regrette Messieurs, mais si vous voulez visiter un appartement, il va falloir vous munir d'un mandat, je le crains. J'en ai déjà trop dit avec le nom.

Derek tente une dernière question :

— Quel est le numéro de son parking ?
— Un mandat, Messieurs !

Fares s'approche de lui, quelque peu énervé :

— Écoute Duchnok ou Machin Chose, si tu ne veux pas que tout l'immeuble apprenne qu'il y a peut-être un meurtrier qui habite ici, ce qui ferait un peu désordre et sûrement fuir un bon nombre de tes précieux résidents, je te conseille de nous donner le numéro du parking de Monsieur Dorenzo, et au trot ! Si dans 30 secondes je ne l'ai pas, je te jure que je commence à aller frapper à toutes les portes jusqu'au trente-huitième, même si je dois y passer trois jours !

Le concierge ébranlé tape alors sur les touches de son clavier :

— 208, place 208 ! L'accès au parking est par la porte située là-bas, je vous ouvre. Il m'est interdit de vous faire passer par l'ascenseur !

— Eh bien voilà, quand tu veux !

Tout en se dirigeant vers la porte indiquée.

— Méthode peu orthodoxe, mon cher Fares, mais efficace, je dois avouer, reconnaît Derek avec un large sourire ! Certes, point de vue discrétion, il y a un petit peu à redire mais…

— Oui je sais, je suis un flic, un flic efficace. Avec toutefois quelques menus défauts.

— Ah bon, lesquels ? Je n'en ai remarqué aucun, ironise Derek en traversant le hall.

— Je suis bordélique, soupe au lait, un tantinet grande gueule, parfois solitaire, têtu et extrêmement intelligent ! Si si, c'est un défaut, j'te jure ! Quant à l'ouverture de son appartement, je n'ai rien demandé car je préfère que nous ayons réellement un mandat.

— Tu sais que tu vas nous manquer quand tu seras parti !

Les trois garçons dévalent les escaliers en béton menant au parking et en un rien de temps trouvent la place 208. Derek s'interroge :
— Sa Porsche est toujours là ! Vous pensez qu'il est chez lui ? Tu as ta torche, Mickael ?
— Oui, toujours.
— Éclaire l'intérieur, pour voir.

Ils font maintenant le tour de la voiture et rien ne paraît anormal si ce n'est le compartiment moteur encore tiède et cette fois c'est Fares qui semble perplexe.
— Elle a roulé il n'y a pas si longtemps que cela, ce qui tendrait à dire qu'effectivement il est chez lui.
— Je te vois venir mais oublie, on ne peut rien faire sans mandat !
— De toute façon, vous pensez bien que le concierge a sauté sur son téléphone dès que l'on a eu le dos tourné, ajoute Mickael sans le moindre doute. Je vais la prendre en photo sous tous les angles.
— Bonne idée, trouve Derek qui fait maintenant le point. Si je résume, nous avons son nom, sa photo, son ADN et ses empreintes relevés sur les lieux des crimes, son adresse personnelle, l'adresse de son employeur. Il ne reste plus qu'à savoir s'il est en cavale ? Je pense que le dossier est complet, il est temps d'aller devant le juge.

Le lendemain Derek et Fares débarquent à nouveau devant le comptoir en marbre du hall d'accueil du Murano Grande, impatients de connaître la vérité. Leighton Kaufmann est-il en fuite.
— Vous aviez besoin d'un mandat ? Monsieur est servi !

Le concierge constate rapidement la validité du document.
— Très bien Messieurs, je vais chercher le double des clés au coffre.

L'ascenseur stoppe au trente-huitième étage de la tour, le concierge précède maintenant Fares et Derek. Tous trois avancent calmement dans un large et luxueux couloir jalonné régulièrement de doubles portes d'entrée.

— C'est le numéro combien ? interroge Fares.

— Le 3812. Nous y voilà.

— Ah oui quand même ! s'esclaffe Derek en pénétrant dans le luxueux appartement, ça gagne bien, la chirurgie esthétique !

— La chirurgie esthétique ? s'étonne le concierge. Mais Monsieur Dorenzo n'est pas chirurgien, il est professeur à l'Université Franco-Américaine de Miami !

— Et vous pensez sincèrement que c'est avec un salaire de professeur que l'on peut se payer un appartement comme celui-là ? Un peu naïf non ? lance Fares.

— Il a peut-être une fortune personnelle ? Je trouve vos conclusions un peu rapides, jeune homme !

— Quand on voudra votre avis, on vous le demandera ! Alors pour l'instant vous restez tranquillement dans un coin et vous nous laissez faire notre boulot !

Tout semble normal et rien à première vue ne manque. Chaque objet, chaque œuvre d'art est à sa place. Les grandes baies apportent une lumière incroyable à ce luxueux intérieur au décor design sans la moindre faute de goût. Le style masculin fleure bon le cuir et les essences précieuses où se marient à la perfection les bois rares, les miroirs, les laques italiennes, les tapis de laine et le marbre noir. Nos deux inspecteurs semblent intimidés dans une telle débauche de luxe, ils avancent à pas feutrés.

— Je fais le bureau et toi le dressing et la salle de bains, propose Fares.

En quelques minutes, les principales pièces sont inspectées, les placards ouverts, les tiroirs fouillés.

— Tu as vu le nombre de cintres libres dans le dressing ? On voit nettement qu'il manque pas mal de vêtements et quelques paires de chaussures. Il a dû aussi se faire à la hâte une trousse de toilette, plus de rasoir, pas de brosse à dents et pas de dentifrice. Je suppose qu'il y avait aussi des crèmes et d'autres produits de luxe. Et toi ?

— Il va falloir emporter la tour de l'ordi, il y a un mot de passe impossible à décrypter ici. Pas de trace de portable ou de tablette.

— Fares, j'ai découvert un petit coffre-fort dans le dressing. Nous le ferons ouvrir, bien que ça m'étonnerait qu'il y ait laissé quoique ce soit d'important ! Tu veux que je te dise. Il s'est barré !

Fares fait coulisser un pan de la grande baie du salon.

— Je vais jeter un œil sur la terrasse. Putain, viens voir ça !

— Quoi ?

— La vue !

— Tu m'as foutu les jetons ! T'es malade ou quoi ? Oui magnifique, confirme Derek.

Fares reste perplexe.

— Quand tu as tout ça, tu peux m'expliquer comment tu bascules dans le crime ? Il y a vraiment quelque chose qui ne tourne pas rond chez lui ! Il a tout ce qu'un mec peut rêver, un boulot génial, de l'argent à profusion, une Porsche, un appart à tomber et en plus il est jeune et en bonne santé ! Franchement, il faudra m'expliquer !

— Un peu légère ton analyse ! Combien de stars, qui elles aussi avaient soi-disant tout, ont échoué sur la table d'une morgue pour overdoses ! Enfin, ce qui est sûr, c'est que ce mec a un grave problème !

— Oui bah son problème maintenant, c'est nous, d'autant qu'avec ce que nous venons de voir, il est sûrement en cavale !

— Ne perdons pas de temps, retournons au Central, je vais aller voir le Capitaine, nous en avons assez pour lancer un mandat d'arrêt ! Il est cuit !

— Au fait, demande Fares en se tournant vers le concierge, toujours en train d'attendre, vous avez des caméras, dans le parking ?

— Oui, bien entendu !

— Vous allez nous confier l'enregistrement d'aujourd'hui.

— Je ne sais pas si je peux !

Fares ne lui répond pas mais lui lance un regard noir que l'homme interprète immédiatement comme une menace.

— Naturellement ! Je vous le confie dès que nous serons redescendus.

◈

Tout le monde, dont le Capitaine Phillips, a maintenant les yeux fixés sur l'écran. La Porsche se gare, Leighton en descend. Juste à côté de la voiture se trouve une camionnette blanche. On voit nettement que le médecin en ouvre la porte latérale pour jeter à l'intérieur deux gros sacs. Il place ensuite une mallette sous le siège passager. Il referme les véhicules puis disparaît du champ de vision.

— Fais une avance rapide demande Fares, impatient. Stop !

L'horloge au coin de l'écran indique 42 minutes plus tard.

Une silhouette réapparaît, il s'agit très certainement d'un homme, vêtu d'une tenue de sport. Un sweat, dont la capuche relevée dissimule son visage et passe pardessus une casquette dont on aperçoit un morceau de la visière empêche d'affirmer qu'il s'agit bien du Docteur

Leighton Kaufmann. Il porte deux très grands sacs de sport et plusieurs sacoches qu'il enfourne dans la camionnette puis il grimpe à l'intérieur, passe des lunettes de soleil et démarre.

— Tu as relevé la plaque ? demande Derek à Mickael.

— Oui c'est noté !

— Vous êtes optimistes les garçons, lance Fares sûr de lui. Vous n'avez pas encore compris que ce mec est d'une intelligence largement au-dessus de la moyenne ? Vous pensez réellement qu'il va conserver cette immatriculation ? À cette heure, je vous parie qu'il a changé au moins trois fois de plaques, s'il n'a pas déjà troqué le bahut contre un pick-up !

— Le Français a raison, confirme le Capitaine Phillips. J'en ai assez vu, balancez un mandat d'arrêt !

— Capitaine. Pourrais-je avoir une voiture pour ce soir ?

— Oui, bien entendu ! Derek, occupez-vous de ça !

Chapitre 73

Fares termine de se préparer dans sa chambre d'hôtel, il a une intuition et il ne veut pas laisser tomber, la procrastination n'est pas son truc, alors ce soir, il va suivre son instinct, faire la tournée des boîtes gay de Miami. Il a été sur Internet et en a sélectionné une bonne dizaine qui correspond au mode de vie de Leighton qu'il commence à cerner. Il sait que jamais il n'ira dans les bas-fonds, les quartiers peu recommandables où son style bon chic bon genre ne passerait pas. Pourquoi risquer de se faire dépouiller ou tabasser alors qu'il suffit de s'immerger dans un environnement familier correspondant à sa vie et à son milieu aisé. Il sait aussi que Leighton est tellement sûr de lui, que son ego surdimensionné lui interdirait de penser qu'il risque quoi que ce soit. Il ne sera pas allé bien loin, il aura loué une chambre dans un Motel de la région, bien tranquille, loin des regards où il pourra réfléchir et planifier son avenir. Alors, pour se changer les idées, il sortira, tard le soir, quand la ville sera endormie, la nuit où tous les chats sont gris.

Fares gare la voiture banalisée à une bonne centaine de mètres du Trophy Boy, une boîte très en vue en ce moment où se côtoie toute la jeunesse branchée, de tous bords, des quartiers chics de Miami. Il a mis une fine cravate noire, sur une chemise blanche dont le col n'est pas boutonné, un pantalon de ville noir avec ceinture de cuir et derby noirs eux aussi. Le tout lui va très bien, sans être ostentatoire, son physique avenant fera le reste bien qu'il ne soit pas venu ici pour se faire draguer, surtout lui, hétéro invétéré, toujours amoureux de sa femme. Il va donc falloir jouer des coudes, refuser poliment, boire modérément, et surtout rester discret, très discret.

Fares n'a pas choisi cette boîte au hasard et s'il commence sa tournée par celle-ci, c'est que le Trophy Boy est l'une des mieux notées de la ville sur internet et dans les revues spécialisées et il est certain, connaissant les goûts de Leighton, d'avoir toutes les chances de le trouver là-bas. Alors il tente sa chance.

C'est une musique Techno qui est au programme ce soir et l'ambiance fêtarde et branchée est à la hauteur de ce qu'il a lu sur la Toile. Tant bien que mal, il réussit à se hisser jusqu'au bar et à s'asseoir sur un tabouret haut perché. Le barman lui sert le double scotch qu'il vient de commander et qu'il paie en espèces.

— Gardez la monnaie.

— Merci ! Je ne vous ai jamais vu ici, c'est la première fois que vous venez ?

— Oui.

— Vous nous avez connus comment ?

— Ouïe dire ! Un ami aussi et Internet.

— Bienvenue ! Si vous avez besoin de quoi que ce soit, vous me faites signe. Moi c'est Henry !

Fares faillit s'étouffer et, pour ne pas faire remarquer sa stupéfaction, il fait semblant de tousser. Puis avec une voix enrouée :

— Enchanté Henry. Moi c'est Fares !

— C'est moi qui te trouble à ce point ?

— Non non c'est… J'ai avalé de travers !

— Tu n'es pas d'ici, tu as un accent mais je n'arrive pas à déterminer d'où il provient ?

— Je suis Franco Libanais.

— J'ADORE !

Puis, en se penchant vers lui :

— On t'a déjà dit que tu es magnifique, Fares ?
— Ça me gêne un peu mais oui ça m'est déjà arrivé !
— Pourquoi je ne suis pas étonné ? Et un beau mec comme toi est venu seul ?
— Oui ! J'ai peut-être un ami qui va me rejoindre tout à l'heure mais ce n'est pas sûr ! Moi, c'est la première fois que je viens mais lui, il paraît qu'il est déjà venu plusieurs fois !
— Comment s'appelle-t-il ?
— Leighton !
— Ça ne me dit rien ! Tu sais il y a tellement de clients, que l'on ne peut pas se souvenir de tout le monde. Sauf quand c'est quelqu'un dans ton genre qui, rien que d'un regard, vous transperce le cœur !

Fares sourit.

— Et tu sais sourire aussi ! Arrête, je vais défaillir !
— Tu n'en fais pas un peu trop, là, Henry ?
— Si, c'est mon petit côté théâtral ! Vide ton verre, je vais t'en offrir un autre !
— C'est gentil. Tu me rappelles un ami que j'ai à Paris !
— Paris ? Ça y est, cette fois je m'évanouis ! Et comment s'appelle ton ami ?
— Tu ne me croiras jamais si je te le dis !
— Dis toujours !
— Henri ! Et il est très sympa !
— Pas possible ! C'est drôle non ? Tu as une photo ?
— De lui non ! Par contre de Leighton, je crois que j'en ai une, dit Fares.

Il cherche dans son téléphone portable et tend le petit écran vers Henry. Il est beau mec non ?

— Plutôt oui ! Tu as bon goût ! On dirait qu'il a une blouse blanche sur la photo ? Il est toubib ?
— Oui c'est un Toubib ! Et ce n'est pas mon mec ! Juste un ami.

— Sa tête me dit quelque chose…
— Ah bon, tu le connais ?
— Je suis pratiquement sûr qu'il est déjà venu ici, un grand beau mec, très classe.
— Oui, ça le décrit assez bien. Il vient souvent ?
— Souvent non, de temps à autre. Tu n'as personne dans ta vie ?
— Personne en ce moment. Non !
— Je ne te crois pas. Impossible ! Tu me baratines !
— Pourquoi je te baratinerais ?
— Tu ne m'as pas dit ce que tu faisais comme job ? s'enquiert Henry.
— Tu ne me l'as pas demandé non plus ! Je suis sage-femme !

Pourquoi Fares répond cela ? Il ne le sait pas lui-même, c'est la première chose qui lui est passée par la tête.

Henry lâche le torchon avec lequel il était en train d'essuyer des verres.

— Non ! Tu déconnes !
— Pourquoi je déconnerais ? C'est un boulot comme un autre ! Enfin, comme un autre, peut-être pas, je te l'accorde ! Mais il n'y a rien de plus beau que de donner la vie, tu ne trouves pas ? Quoi ! ? Il n'y a pas de sages-femmes homme aux US ?
— Ça m'en bouche un coin ! Enfin je veux dire…
— Non mais j'ai compris, n'en rajoute pas !
— Côté pratique, si un jour je suis enceint, je saurai qui appeler ! Sage-femme… Alors là, si on m'avait dit ça !
— Bon bah remets-toi ! Tu ne me vois pas en blouse blanche ?
— Si si, pourquoi pas ! De toute façon, tout doit t'aller comme un gant, vu comme tu es bâti ! Mais alors, j'y

pense, tu vois des nanas toute la journée en tenue d'Ève, tu les tripotes, et tu les accouches aussi ?

— À la base, c'est un peu le métier de sage-femme, non ?

— Ah mon Dieu quelle horreur ! Pas étonnant que tu viennes t'encanailler ici le soir, mon pauvre !

Henry tend alors énergiquement son index vers lui, comme pour désigner un coupable.

— Je sais ! Tu es en overdose mon pauvre chéri ! Je comprends mieux maintenant ! Tiens, je te ressers un verre. C'est celui de l'amitié. Puis se penchant à nouveau vers Fares… ou plus, si affinité ! Ah les mecs, faites-moi du vent, dit-il en faisant comme s'il avait un éventail, je crois que je vais défaillir !

Fares sourit en secouant la tête et entame son troisième double scotch. La tournée des boîtes paraît bien compromise pour ce soir mais cela n'a pas d'importance car du premier coup, il a mis dans le mille. Son flair de flic surdoué lui a fait choisir le Trophy Boy où, semble-t-il, Leighton a jeté son dévolu et où, régulièrement, il passe ses nuits à la recherche de nouveaux partenaires. Alors, pourquoi aller perdre son temps ailleurs ? En revanche, il sait qu'il va devoir revenir chaque soir ici, jusqu'au moment où il rencontrera, après avoir tant semé, celui qu'il est venu moissonner. Lui, il connaît bien Leighton mais Leighton, ne le connaît pas ! Il aura aussi un autre petit problème à régler… Henry qui en pince déjà pour lui ! Et ça, ce n'était pas prévu au programme !

Chapitre 74

Fares débarque à plus de neuf heures et demie du matin au Central.

— Oh la tête s'exclame Mickael en le voyant ! Tu as fait des folies de ton corps ou quoi ?

— Je suis rentré tard ! J'ai passé la nuit au Trophy Boy ! balance-t-il sans complexe devant tout le monde.

Derek regarde Mickael avec des yeux ronds comme des hublots de paquebot :

— Au Trophy Boy ? Mais c'est une boîte…

— Une boîte gay, oui je sais ! C'est pour ça que j'y suis allé !

On entend maintenant une mouche voler dans le grand bureau. Tout le monde se fixe avec un regard interrogatif et l'on peut déjà déceler une certaine déception sur certains visages féminins.

— Tu es gay ? demande Derek à voix basse.

— Et alors, même si je le suis, qu'est-ce que ça peut vous foutre ?

— Rien mais tu es flic !

— Je ne suis pas gay, mais Leighton, oui ! hurle-t-il. Alors au lieu de me regarder tous avec vos yeux de merlans frits, posez-vous la question, pourquoi suis-je allé là-bas cette nuit, pendant que vous, vous étiez au plumard avec bobonne ?

— Que se passe-t-il ici ? demande le Capitaine Phillips en jaillissant de son bureau.

— Rien ! Je vais me coucher ! répond Fares en passant devant lui. J'ai bossé, moi, cette nuit !

— Je vous ai demandé ce qui se passe ? repose le capitaine sur un ton très sec en regardant Derek.

— On a déconné Chef, on a cru que Fares était gay, car il nous a avoué avoir passé la nuit au Trophy Boy.

— Et alors ? ! Mais vous êtes abrutis ou quoi ? Je vous jure que si vous me l'avez vexé ou humilié d'une façon ou d'une autre, je vous colle un rapport à tous les deux ! C'est pour ça qu'il m'a demandé la voiture hier soir, il m'avait fait part de ses intentions. Nous ne sommes pas obligés de tout vous dire ! La preuve, rien qu'à voir vos têtes à tous. TOUT LE MONDE AU BOULOT, JE NE VEUX PLUS ENTENDRE UN MOT ! Lieutenant, Sergent, dans mon bureau !

Après cinq bonnes minutes d'engueulade monologue, Derek et Mickael ressortent du bureau de leur Capitaine avec un air déconfit sous les yeux de leurs collègues médusés. Ils retournent à leurs places respectives, sans piper mot.

◈

Fares a fermé les doubles rideaux occultants, afin d'empêcher le soleil de Miami d'inonder sa chambre d'hôtel. allongé sur son lit, il cherche le sommeil quand la petite sonnerie prévenant l'arrivée d'un SMS, retentit.

— Excuse-moi Fares, vraiment je suis le roi des cons ! Je te demande pardon. Mon attitude est inqualifiable, qui suis-je pour juger les gens ? Repose-toi. Derek PS : Même si tu étais gay, tu resterais mon pote !

— Merci, c'est gentil ! Excuse-moi aussi de m'être emporté. Je vais essayer de dormir un peu car ce soir, je retourne au Trophy Boy, j'ai une touche avec le barman ! Non, je déconne ! Quoique ! Fares.

Chapitre 75

— Non ! Ce n'est pas possible ! Encore toi !
— Eh oui ! Tu me manques déjà ! blague Fares.
— Un double scotch ?
— Comme d'hab !
— Quoi de neuf depuis hier ? Combien de bébés au monde ?
— Bébé ? Ah, trois aujourd'hui. Un garçon et deux filles ! Et toi ? Tu as fait quoi ?
— Un peu de compta et beaucoup de plumard ! Seul, je précise ! J'ai eu du mal à dormir ! Je pensais à toi ! Et toi ? Tu as pensé à moi ?

Fares le fixe en souriant mais ne dit rien. Il ne sait pas quoi répondre et ne veut surtout pas décevoir Henry, alors il laisse planer le doute. Il faut toujours laisser de l'espoir, c'est l'espoir qui fait avancer, l'espoir et la foi.

— Tu ne me réponds pas !
— Non, je te laisse à tes rêves, en gardant le silence, j'entretiens le secret de l'âme, le mystère de tes pensées obscures, l'énigme des cœurs pour des jours longs comme des livres sibyllins.
— Je ne comprends pas un mot mais c'est très beau.
— C'est pour toi.
— Oui mais ce n'est pas pour moi que tu es revenu, c'est pour ton ami n'est-ce pas ?

Fares une nouvelle fois ne répond pas :

— Il a de la chance, je l'envie.
— Ne l'envie pas, surtout pas, reste toi. Comme tu es.

Les deux regards plongent l'un dans l'autre, en silence, un moment.

— Tu n'es pas gay, n'est-ce pas ? Je le vois dans tes yeux. J'arrive à y déceler un brin de tristesse. Tu as eu un chagrin d'amour, j'en suis sûr. C'est drôle, on se connaît que depuis la nuit dernière mais j'ai l'impression que cela dure depuis longtemps, beaucoup plus longtemps. Ça ne t'a jamais fait ça ? Rien qu'en te regardant, j'ai le cœur qui bat la chamade mais je crois que je n'ai pas encore tiré le bon numéro !

Henry pose sa main sur celle de Fares qui se laisse faire.

— Il y a des clients, il faut que je m'en occupe.

◈

Fares est maintenant allé s'asseoir sur une banquette dans un coin peu éclairé. Il sirote son scotch tranquillement en écoutant la musique et en s'amusant de voir tous ces mecs et toutes ses nanas, évoluer sur la piste, sans complexe et surtout sans tabou. Lui est seul et ça lui va bien. Ce ne sont pourtant pas les occasions de faire connaissance qui lui manquent. Alors il s'en amuse et démarre le chrono de sa montre dès qu'un client le quitte en ayant essayé de lui offrir un verre et l'interrompt à l'arrivée du suivant. Le record pour l'instant est de quatre minutes et quinze secondes et cela le rassure, si besoin en était, sur la qualité de son sex-appeal. Bien entendu, il ne comptabilise pas les allées et venues d'Henry qui, dès qu'il le peut, vient le voir lorsque le bar lui en laisse l'occasion.

— Je peux vous offrir un verre, vous me semblez bien seul. Je vous observe depuis un bon moment.

— Vous m'observez ? Pourquoi ?

— Votre question me déstabilise un peu.

— Si vous me regardez depuis longtemps, c'est que vous avez une raison particulière, besoin de quelque chose ou je ne sais pas…

— Excusez-moi ! Laissez tomber !

Fares appuie à nouveau sur son chronomètre.

— Tu veux un autre verre, Fares ?

— Henry, tu me casses ma cabane ! Je m'amuse à chronométrer combien il s'écoule de temps entre chaque mec qui vient me draguer et pour l'instant le record et à quatre minutes et cinquante secondes. Pas mal non ?

— Ça prouve au moins que j'ai bon goût et surtout que tu es à tomber ! Le premier qui essaie pendant que je suis assis à tes côtés, je lui casse mon plateau sur le crâne ! Remarque, si tu en as marre d'être dérangé, j'ai bien une solution !

— Ah oui, laquelle ?

— Tu me roules une grosse pelle, et comme ça, ils sauront que tu es avec moi et ils te foutront la paix !

— Hum, je vais y réfléchir mais pour le moment, je pense que je vais encore jouer un peu avec mon chrono.

Henry se lève de la banquette, attrape son plateau :

— Méchant ! Je retourne au bar pour la peine !

Le temps s'écoule lentement et la tête de Fares commence à vaciller sous l'effet de l'alcool et de la fatigue. Il va encore être frais pour aller au bureau tout à l'heure ! Il réfléchit et se met à douter de la qualité de son plan qui est d'attendre Leighton, de le repérer discrètement, puis de le suivre prudemment jusqu'à sa tanière. Pourtant, alors qu'il est sur le point de partir, il se sent subitement observé. Il ne bouge pas mais fait confiance à son instinct. Il est certain que le regard vient de sa droite. Les radars de notre corps sont ainsi faits, sans savoir pourquoi, ils nous mettent en alerte, comme pour nous signaler un danger, lorsque quelqu'un vous fixe avec insistance ou nous suit subrepticement. Alors, avec son verre à la main, il prend un air décontracté et se tourne lentement, très lentement, jusqu'à croiser à une quinzaine de mètres, les yeux de Leighton braqués sur lui et le regard sombre qu'il dégage ne présage rien de bon. Le cœur de Fares, qui le reconnaît instantanément, se met à bondir dans sa poitrine mais il faut qu'il reste calme alors il fait semblant de ne pas l'avoir vu et se tourne vers le bar où Henry gesticule au son de la musique. Il avale encore une gorgée de scotch et l'air de rien, balaye à nouveau la boîte, pourtant guère éclairée. Une nouvelle fois son regard croise celui de Leighton qui n'a pas baissé les yeux et qui le fixe avec insistance. Comment est-ce possible, il ne m'a entraperçu qu'une seule fois en me bousculant au Blue Boy, il y a plusieurs mois ? ! Fares se souvient à présent de la phrase qu'il a dite à Derek et Mickael « Ce mec possède une intelligence largement au-delà de la moyenne et il ne faut pas le sous-estimer ». Fares essaie une troisième tentative mais cette fois la banquette est vide, il a disparu. Il scrute tout autour de lui, se lève même ! Rien à faire, il ne le voit plus. Leighton, il faut se rendre à l'évidence, a quitté les lieux ! Il attrape son blouson, fait signe de loin à Henry qu'il revient, et se dirige à la hâte vers la sortie. Il a du mal à se frayer un chemin parmi les danseurs éméchés à cette heure tardive de la nuit, ce qui lui remémore l'épisode de Paris avec Jordan. Après quelques minutes de bousculade, il arrive enfin à sortir, il scrute les alentours, posant ses yeux dans le moindre recoin de la rue déserte ! À nouveau, il fulmine mais cette fois il ne pourra pas reporter sa colère sur Jordan, alors il s'en veut et donne un coup de pied de rage dans une cannette qui traîne sur le trottoir. Dépité, il retourne à sa voiture en titubant légèrement. Après une centaine de mètres, il stoppe devant la

Ford grise banalisée, fouille dans sa poche quand subitement il sursaute de peur.

— C'est moi que tu cherches ?

Avant même qu'il ait le temps de réagir, il ressent une piqûre douloureuse dans le cou. Instantanément ses jambes chancellent sous son poids et Leighton l'attrape sous les bras.

— Chuuuut ! Chuuut, laisse-toi aller, laisse-toi aller… Voilà, comme ça !

Leighton le maintien contre la voiture, saisit les clés et ouvre la porte passager avant. Tant bien que mal, il l'assoit sur le siège, boucle la ceinture et referme la porte. Il fait le tour, s'installe au volant et pose la tête de Fares contre la vitre, comme s'il dormait après une soirée bien arrosée. La voiture démarre et disparaît dans la ville endormie.

Chapitre 76

Au central, c'est un peu la panique, une vague d'arrestation a eu lieu dans la nuit suite à une bagarre sur la plage de Miami Beach. C'est dans ce brouhaha que Derek s'inquiète tout en s'adressant à un délinquant.

— Tu ne bouges pas toi et tu la fermes, c'est compris ? Mickael, tu as des nouvelles de Fares, il nous serait bien utile ce matin pour nous filer un coup de main !

— Il doit dormir, il a dû rentrer tard ! J'ai déjà essayé de l'appeler sur son portable mais ça ne répond pas !

— Essaie à nouveau s'il te plaît !

Mickael laisse sonner jusqu'à la boîte vocale, il raccroche sans laisser de message.

— Il ne répond toujours pas, c'est sa boîte vocale.

— C'est étonnant, il est presque onze heures ! remarque Derek.

— Il nous aurait appelés s'il avait eu un problème !

Les heures passent et l'équipe est de retour après le déjeuner s'attendant à trouver Fares au travail.

— Il n'est toujours pas là ? C'est bizarre tout de même ! Tu l'as rappelé, Mickael ?

— Oui cela fait une bonne dizaine de fois depuis ce matin ! Il est peut-être allé à la police déposer plainte parce qu'on lui a volé son téléphone ? Elle est bonne, je suis content de moi !

— Très drôle !

— Quoi ! On peut se marrer non ?

À ce moment le téléphone du bureau de Derek retentit. Mickael se rassure :

— Tu vois c'est peut-être lui !

— Lieutenant Derek Moore à l'appareil !

— Bonjour Lieutenant, c'est le Lieutenant Joan Letourneur, la coéquipière de Fares. J'essaie de l'appeler depuis ce matin et je tombe toujours sur son répondeur. Ce n'est pas son genre, il répond toujours au téléphone à n'importe quelle heure du jour ou de la nuit. Vous avez des nouvelles ?

— Non Lieutenant, il est sorti en mission hier soir et depuis plus de nouvelles.

— Quelle mission ?

— Sur son initiative il est allé dans une boîte le Trophy Boy, cela fait deux soirs de suite qu'il y va.

— Mais vous l'avez laissé aller tout seul ?

— Oui, à sa demande car il ne voulait pas se faire repérer.

— Franchement il est quatorze heures chez vous, vous ne l'avez pas vu depuis hier soir et vous ne vous inquiétez pas ? Je connais Fares, ce n'est pas son genre, mais pas son genre du tout ! Je suis sûre qu'il lui est arrivé quelque chose ! Je préviens ma hiérarchie !

Joan raccroche sans même dire au revoir à son interlocuteur :

— Reste là, Mickael, je vais voir le Capitaine Phillips. Appelle Paris et demande-leur qu'ils nous envoient tout de suite une photo de Fares, Joan en a bien une ? Par mail et sur nos portables. J'ai dit tout de suite ! lance-t-il en quittant son bureau.

En un instant, Derek arrive devant la porte de son supérieur, il toque :

— Entrez !

— Juste deux minutes Capitaine. Nous sommes inquiets car Fares, enfin je veux dire le Lieutenant Khazen n'est pas réapparu depuis hier soir. Nous l'appelons depuis ce matin sur son portable mais nous tombons toujours sur son répondeur. Il est plus de 2 heures PM et là franchement ça commence à faire long.
— Vous êtes allé voir à son hôtel ? Ça se trouve il dort comme un sonneur, je vous rappelle que c'est la deuxième nuit qu'il passe dans cette boîte ! Et si, en plus, il a un peu picolé.
— Je viens d'avoir Paris et sa coéquipière me dit que ce n'est pas du tout dans ses habitudes de ne pas donner de nouvelles et qu'il répond toujours au téléphone à n'importe quelle heure du jour et de la nuit. Elle aussi est très inquiète.
— C'est vous qui l'avez prévenue ?
— Mais non, Capitaine, je ne suis pas débile franchement ! Elle essaie de l'avoir depuis ce matin.
— Bon, filez à son hôtel tout de suite et tenez-moi informé. Pendant que vous y êtes, ce soir vous irez faire un tour au Trophy Boy pour glaner des informations, s'il n'est pas revenu d'ici là. Allez-y avec le Sergent Sollivan.

◈

Derek et Mickael sont à présent devant le comptoir de l'hôtel où réside Fares. Derek sort sa plaque :
— Bonjour, pouvez-vous nous dire si Monsieur Fares Khazen est dans sa chambre ?
— J'appelle tout de suite, Monsieur.
Les secondes passent :
— Je suis désolé, ça ne répond pas.
— Vous savez s'il est rentré cette nuit ?
— Non, je suis désolé, j'ai pris mon service à midi.

— Vous pouvez nous ouvrir la porte s'il vous plaît car il n'est pas réapparu depuis hier et nous demandons s'il n'a pas fait un malaise ?

— Logiquement je n'ai pas le droit. Bon, venez avec moi !

Le concierge de l'hôtel ouvre la porte. Derek entre en premier et fait le tour de la chambre en deux minutes.

— Ce n'est pas un foudre de guerre point de vue rangement, tu as vu le bordel ! constate Mickael.

— Nous sommes rassurés, merci pour votre coopération monsieur.

— Je vous en prie.

◈

Derek et Mickael débarquent au Trophy Boy vers onze heures PM. Ils ne se sont pas changés et inutile de dire qu'ils ne passent pas inaperçus ! Ils auraient un gyrophare sur la tête que l'effet eut été guère différent. Ils se fraient un chemin en jouant des coudes afin de se hisser jusqu'au bar bondé. Quelques instants plus tard :

— Qu'est-ce que je vous sers messieurs ? demande Henry en passant un chiffon sur le zinc doré.

— Rien, nous sommes en service répond Derek en affichant sa plaque

— Je me disais aussi ! J'ai cru un moment que vous alliez nous chanter Y.M.C.A des Village People !

— Très drôle ! Vous connaissez cet homme ? interroge Derek en montrant l'écran de son portable.

— Mais c'est Fares ! Pourquoi me montrez-vous sa photo ? J'espère qu'il ne lui est rien arrivé ?

— Vous me semblez avoir bien sympathisé !

— Il était là hier soir, et avant-hier aussi d'ailleurs ! C'est un très gentil garçon. Il n'a pas de problème au moins ?

— Nous n'en savons rien. Nous ne l'avons pas revu depuis hier après-midi.
— Comment ça, vous ne l'avez pas revu ? Quel rapport y a-t-il entre un sage-femme et la police ?
— Un sage-femme ? !
— C'est son métier non ? Il m'a même dit qu'il avait mis au monde trois bébés hier, un garçon et deux filles, vous voyez, je n'invente rien !
Derek et Mickael éclatent de rire.
— Ah elle est bien bonne celle-là ! Sage-femme ! C'est juste un Lieutenant de police à la Brigade Criminelle de Paris !
Henry accuse le coup !
— Je ne vous crois pas ! Tous les mêmes ! Il m'aurait baratiné ?
— J'en ai bien peur ! Vous avez remarqué s'il est parti avec quelqu'un ?
— Non, il est sorti à un moment donné mais il m'a fait signe qu'il revenait tout de suite et je ne l'ai pas revu.
— Il est parti précipitamment ? continue Derek.
— Il était assis tranquillement à boire son scotch sur la banquette là-bas et d'un coup, je n'ai pas compris, il s'est levé et m'a fait signe, comme je viens de vous le dire !
— Comme s'il avait vu quelqu'un ? s'inquiète Mickael.
— Peut-être oui ! Attendez, il m'a dit qu'effectivement il attendait un ami, un certain Leighton, oui c'est ça Leighton ! Il m'a même montré sa photo sur son portable, c'est un toubib, il était en blouse blanche.
— C'est bien lui ! Ma parole, vous ne vous êtes pas quittés de la soirée ? balance Derek étonné.
— Gardez vos vannes pour vous, ça vous est utile, la preuve ! Où est le mal ? Nous n'avons fait que discuter.

Effectivement, je dois dire qu'il a un charme fou votre copain. Vous ne trouvez pas ?
— Pas trop mon genre physiquement !

Derek s'adresse maintenant à Mickael, de plus en plus inquiet.
— Si c'était vraiment Leighton, là, ça devient vraiment problématique !

Henry entend :
— Mais il m'a dit que c'était un de ses amis, je ne comprends pas ?
— Pas vraiment non ! Ce mec est recherché pour un quintuple meurtre.
— Oh my God ! Mais alors Fares est en danger ! Je lui ai dit que je le connaissais de vue ce Leighton, il est venu plusieurs fois ici.
— Et vous l'avez vu hier soir ?
— Je n'ai pas fait attention mais avec la foule, ça ne veut pas dire qu'il n'était pas là ! Attendez ! Vous avez sa photo dans votre portable, vous aussi ?
— Oui pourquoi ?
— Affichez-la et donnez-le-moi !

Derek s'exécute.
— Tenez.

Henry lui arrache presque des mains et siffle un grand coup.
— Rappliquez ici ! ordonne-t-il aux trois autres barmen.

Sans demander s'ils avaient aperçu l'homme de la photo, il affirme :
— Lequel d'entre vous a servi ce type, hier soir ?

Les trois se penchent sur l'appareil :
— C'est moi ! Je le reconnais, il était assis là-bas, dit-il en désignant une table basse située au fond sur sa gauche. J'en suis certain, il était canon, trop beau mec !
— Oui bah ça va, ça va ! Tu en es absolument sûr ?

— Comment veux-tu que j'oublie une bombe pareille ?

Henry rend le portable à Derek.

— Vous avez votre réponse ! Ce qui ne me rassure pas ! Vous pensez qu'il l'a tué ?

— Nous n'en savons rien. Nous allons tout mettre en œuvre pour le retrouver, croyez-moi ! Voici ma carte. Si vous l'apercevez, pas de vague, vous nous appelez immédiatement, c'est comment votre nom ?

— Henry

— C'est compris Henry ? Vous nous appelez immédiatement et surtout discrètement ! Ce mec est extrêmement dangereux !

— Vous me donnerez des nouvelles ?

Derek le fixe un instant, et apercevant un certain désarroi :

— Nous repasserons, je vous le promets. Merci pour votre collaboration.

Henry répond d'un simple hochement de la tête.

Chapitre 77

Il est à peine 5 heures du matin à Paris quand la sonnerie du téléphone portable de Joan retentit. Couchée sur le ventre, les yeux encore dans les limbes, elle avance son bras gauche qui tâtonne dans le noir. Sa main découvre la table de nuit et finit par se poser sur son portable qu'elle ramène péniblement à son oreille et d'une voix presque inaudible.

— Oui…

— Joan, c'est Derek.

Cette fois elle sursaute. Elle regarde l'heure et en un dixième de seconde son cerveau réagit : Derek, 5 heures du mat égale mauvaise nouvelle ! Affolée, elle s'assoit sur le bord de son lit.

— Que se passe-t-il, Derek ?

— Restez calme Joan, et écoutez-moi. Nous pensons que Leighton Kaufmann a kidnappé Fares à sa sortie de la boîte de nuit. Le barman, un certain Henry, l'a vu partir précipitamment.

— Comment ça Henri ? Mais vous êtes où, là, bordel ?

— Comment ça, je suis où ? À Miami, où voulez-vous que je sois ?

— Henri c'est le Gérant du Blue Boy, ici à Paris !

— Joan, écoutez-moi, le barman du Trophy Boy, ici à Miami, s'appelle Henry, ce n'est qu'une coïncidence !

Joan reprend sa respiration et essaie de se calmer.

— Je vous écoute, Derek.

— Henry, le barman du Trophy Boy donc, nous a confirmé que Fares attendait un ami, un certain Leighton.

Nous lui avons montré la photo que nous avions prise à la clinique et il l'a immédiatement reconnu. Lui ne l'a pas vu hier soir mais il a montré la photo aux autres barmen et l'un d'entre eux certifie qu'il l'a effectivement servi. Il en est absolument certain. Donc au moment où je vous parle, nous savons que Fares a très certainement aperçu Leighton Kaufmann et à notre avis, quand il a quitté la boîte, Fares l'a suivi. Et depuis plus de nouvelles.

— Que comptez-vous faire ?

— Un avis de recherche prioritaire pour enlèvement a déjà été lancé à l'heure où je vous parle. Nous tenons une conférence de presse dans deux heures et les photos de Fares et de Leighton Kaufmann seront diffusées dans tout le pays ! À la télé, dans les journaux, sur le Net. La traque est lancée, ce connard est cuit !

Joan essuie une larme.

— Ça va aller Joan. Ne vous inquiétez pas.

— Comment voulez-vous que je ne sois pas inquiète ? Je vais à la Brigade et j'arrive. Je prends le premier avion.

Chapitre 78

Les doubles portes en verre donnant sur le grand hall des arrivées coulissent. Une bombe atomique apparaît, droite comme un I, tirant une énorme valise à roulettes, couleur bordeaux. Perchée sur des escarpins Louboutin, un jean Slim moulant un corps de rêve à la plastique parfaite et généreuse, surmonté par un corsage blanc sur lequel danse un sautoir doré de chez Dior, Joan relève ses larges lunettes de soleil signées Prada et se dirige directement vers Derek et Mickael, un sac en bandoulière.

— Relevez vos mâchoires les garçons ! Même sans votre écriteau, je vous aurais reconnus à deux kilomètres ! Je suppose que tu es Derek et toi Mickael ?

— Vous êtes Joan ? demande Derek n'ayant rien trouvé de mieux à dire !

— Non, tu crois ? J'ai bien fait de venir !!!

— Je vais prendre votre valise.

— Merci Mickael !

— Vous savez que lorsque Fares est arrivé, il nous a fait la même remarque que vous, qu'il nous aurait reconnus à deux kilomètres !

— C'est ce que l'on appelle un binôme parfait, mon petit Mickael !

— Oui enfin, mis à part la taille de la valise ! La sienne était ridiculement petite ! ajoute Derek, amusé.

— Il n'a pas autant d'escarpins que moi ! Vous avez du nouveau depuis hier ?

— La conférence de presse a eu lieu, répond Derek, on en parle partout et sa photo est diffusée dans tous les médias, celle de Kaufmann aussi, d'ailleurs. Tenez, regardez l'écran justement !

Au même instant, tous les écrans géants du grand hall diffusent le visage de Fares qui reste fixe quelques secondes puis disparaît au profit d'une journaliste. Le son est coupé mais l'on comprend sans difficulté qu'elle communique des renseignements sur l'enlèvement du policier français. Un numéro de téléphone s'inscrit en rouge au bas de l'écran, permettant aux éventuels témoins de se manifester. Maintenant, c'est la photo de Leighton Kaufmann qui apparaît.

Chapitre 79

Fares ouvre les yeux, il a du mal à voir dans la pénombre. Il est assis sur le sol en terre battue et se demande où il peut être. Lui qui est toujours calme, pour une fois, il panique. Son souffle devient rapide et sa respiration haletante. Il avance son bras droit mais très vite il bloque, retenu par une épaisse chaîne métallique. Il essaie alors avec le bras gauche mais cette seconde tentative échoue de la même façon que la première. De rage il remue énergiquement ses jambes et un bruit de métal arrive à ses oreilles, il doit se rendre à l'évidence, ses quatre membres sont entravés par des chaînes arrimées au sol et dans les murs de pierre. Une petite ouverture en haut d'un mur apporte un rayon de lumière et sa vue commence doucement à s'habituer à l'obscurité. L'odeur l'incommode un peu, ce mélange de terre, de moisissure, de cave voûtée synonyme d'humidité qu'il ne supporte pas. Un frisson l'envahit et c'est à ce moment qu'il réalise qu'il est nu, nu assis par terre comme un esclave que l'on aurait mis au fer pour désobéissance. Il ne fait pas froid mais sans doute la peur et l'inquiétude lui donne une impression de fraîcheur qui le fait subitement grelotter. Il ne veut pas s'abaisser à appeler, à crier au secours même si ce n'est pas l'envie qui lui manque, mais il ne veut pas donner ce plaisir à son bourreau, son geôlier dont il connaît le nom, Leighton Kaufmann.

Alors il réfléchit et commence à ausculter tout ce qui l'entoure, la pièce n'est pas immense, environ, à vue de nez, une bonne trentaine de mètres carrés. Il semble distinguer sur le mur d'en face, sur la droite, une porte épaisse en bois avec de très gros gonds en métal forgé. La maison est ancienne, si c'est une maison bien sûr, peut-être une vieille ferme, il ne sait pas. Alors il tend l'oreille pour essayer de capter le moindre son qui pourrait être une source de renseignements quant à l'endroit où il se trouve, comme le bruit d'une route, le passage d'un train ou d'un avion, l'écoulement d'une rivière, le chant des oiseaux, le bruissement des arbres dont le vent remue les feuilles, mais rien, le silence absolu. Il repose sa tête en arrière contre le mur de pierre et attend. Combien de temps cela va-t-il durer ? Il ne le sait pas non plus. Le temps que Leighton veut le faire mijoter, le temps de le briser, lui le flic, le dur, le mâle puissant qui, pour toujours avoir la part du roi, chaque jour par sa force et son orgueil impose sa loi. Mais à présent où est sa force, où est sa fierté ? Il comprend le sens de sa nudité, il faut l'abaisser, l'humilier, et la nudité n'entraîne-t-elle pas la honte ?

Il pense qu'il a froid, il en est sûr et ce n'est pas cette odeur de vieille terre battue qui lui donnera l'impression du contraire. Depuis tout petit il déteste toucher la terre, ce ressenti de sécheresse et de poudre entre les doigts le fait frissonner une nouvelle fois. Depuis combien de temps est-il là ? Il se souvient juste être sorti de cette boîte, puis d'avoir marché jusqu'à sa voiture et il y a eu cette voix qui l'a fait sursauter « c'est moi que tu cherches ? » ensuite plus rien, le vide, le trou noir jusqu'à son réveil il y a quelques minutes. A-t-il dormi tout ce temps où d'autres injections ont-elles prolongé son sommeil afin de pouvoir l'enchaîner en toute tranquillité ? Subitement, une pensée négative le trouble. L'inquiétude l'envahit au point de le faire à nouveau paniquer. Il veut bien admettre que sa nudité a pour but de l'humilier mais il connaît son agresseur et une question maintenant l'obsède, Leighton, l'a-t-il touché, ses mains ont-elles caressé son corps, son intimité, l'a-t-il violé ? Fares tire violemment sur ses chaînes en étouffant un cri profond de haine. Au même instant une petite lumière rouge, en haut du mur, face à lui, attire son regard et une voix très calme sort alors d'un petit haut-parleur situé à côté de la caméra.

— Bonjour Fares ! Fares Khazen je crois ? Toutes les chaînes de télévision ne parlent que de toi. Tu vas devenir une star. Parfois certains n'atteignent la gloire qu'après leur mort. Toi, tu vois, tu as la chance de la connaître juste avant de mourir. Je n'oublie jamais un visage, jamais ! Tu n'aurais pas dû me regarder comme tu l'as fait dans cette boîte de nuit à Paris. Une fraction de seconde, et hop, tu es rangé dans un des tiroirs de mon cerveau et tu restes là jusqu'au jour où j'ai besoin de l'information, en l'occurrence « mais où ai-je bien pu voir cette tête ? » En général, la réponse est rapide, pour toi « Bousculade, Blue Boy, Paris ». Je t'ai vu sortir avec ton ami mais je m'étais caché dans un recoin et je vous observais. J'ai alors compris que vous étiez de la police et comme je te l'ai dit, je n'oublie jamais ce genre de détail. Pourtant, je ne m'attendais pas à te revoir à Miami et j'en ai voulu à mon intelligence d'être tombée dans un piège aussi banal. Je sais reconnaître les esprits brillants et tu en fais partie. Tu es brillant, certes, mais aussi très attirant. J'ai aimé te dévêtir…

La petite lumière rouge s'éteint. La tête de Fares tombe en avant. Il murmure :

— Venez à mon aide… Ce n'est pas possible ! Tu es où Joan ? Derek je t'en prie… Je t'en prie… J'ai froid…

Les phrases prononcées par Leighton résonnent dans sa tête et il veut effacer tout ce qu'il vient d'entendre mais il n'est pas une machine et il ne suffit pas d'appuyer sur un bouton pour tout faire disparaître, ça serait trop facile. Soudain il entend la serrure se déverrouiller. La lourde porte s'ouvre doucement dans un grincement inquiétant. Une ombre avance lentement vers lui.

— Regarde-moi ! Tu es moins fringant que l'autre soir.

— Depuis combien de temps suis-je ici ?

— Deux jours, mais le temps n'a plus d'importance pour toi.

— Que voulez-vous, Leighton ? Pourquoi faites-vous tout cela ? Je reconnais que la vie n'a pas toujours été douce pour vous, surtout durant votre jeunesse mais maintenant elle s'est rattrapée, vous avez tout pour être heureux.

— Elle ne m'a rien donné, tout ce que j'ai, tout ce que je possède, c'est moi qui l'ai gagné, jour après jour, dans des souffrances que tu ne peux même pas imaginer. Alors ne me parle pas de ma vie, tu ne la connais pas, tu ne sais rien de moi, de ce que j'ai enduré.

— J'ai froid ! Et je voudrais aller aux toilettes, s'il vous plaît Leighton…

— Je vais t'apporter un chauffage électrique et mettre un seau à côté de toi. Je vais aussi détendre tes chaînes pour que tu puisses te lever mais si tu tentes quoi que ce soit, je te jure que je les resserre jusqu'à te plaquer contre le mur. C'est compris ?

— C'est compris.

— Parfait ! Tu vois, je ne suis si mauvais que ça !

Leighton sort de la pièce puis revient quelques instants plus tard. Il branche un radiateur à huile et pose juste un seau à terre.

— Reste assis !

Il dévisse l'écrou d'un maillon rapide, et fait coulisser la première chaîne au travers d'un anneau en fer fixé au mur puis repasse le maillon rapide et le revisse. Il réitère l'opération encore trois fois en vérifiant la longueur de chaîne de façon à ce que Fares ne puisse pas atteindre les anneaux de fixation.

— Lève-toi ! Avance un peu ! Parfait. Tu as faim ?

— Oui.

— Je reviens.

La petite lumière rouge de la caméra se rallume. Dorénavant, elle ne s'éteindra plus, il sera sous surveillance en permanence ou enregistré, 24 heures sur 24. Terminé l'intimité, il est enchaîné tel un animal que l'on va emmener à l'abattoir. Il se dit que chaque minute de vie passée est une minute de vie gagnée qui peut-être le rapprochera de la liberté, si ses collègues américains font leur travail correctement et surtout si la fée de la chance est avec eux.

Il ignore tout ce qui est fait pour lui à l'extérieur, le pays tout entier se passionne pour ce policier français enlevé par le tueur de mariées, sanguinaire. En France aussi il fait la une de tous les journaux télévisés et de la presse écrite et c'est bientôt la presse du monde entier qui se bouscule à l'extérieur du Commissariat Central de la police criminelle de Miami et du 36, Quai des Orfèvres à Paris. Il ne sait pas non plus que la petite fée de la chance s'appelle Joan et qu'elle est arrivée pour le sauver, non pas avec ses petites ailes sur le dos mais plutôt celles d'un A380 de la compagnie Air France. Bon, elle n'allait pas non plus prendre le risque de perdre un de ses précieux escarpins durant le voyage !

Leighton réapparaît. Il pose un plateau à côté de Fares, avec une bouteille d'eau en plastique, un sandwich au poulet et une banane.

— Tu vois, je prends soin de toi !
— Merci.
— Qu'est-ce que je vais bien pouvoir faire de toi ? C'est un vrai dilemme qui forcément me mènera à la même conclusion ! Pourtant tu m'es sympathique et beau mec, je peux témoigner que tu as la peau douce, un tantinet trop poilu pour moi mais bon, par ta faute je n'ai plus que toi comme jouet !

Fares est à nouveau assis sur le sol en terre, il fixe son geôlier et cette fois son regard de Cocker malheureux a encore plus l'air abattu que d'habitude. Il ne dit pas un mot, il ne peut pas. Alors ses yeux noirs le supplient presque comme ceux d'un enfant que l'on a puni après une grosse bêtise. Leighton le regarde aussi un instant et quitte la pièce. La porte en bois se referme.

Chapitre 80

Derek, Mickael accompagnés de Joan, d'une bonne dizaine de policiers et d'un serrurier, se font ouvrir la porte du luxueux appartement de Leighton.

— Vous pouvez commencer la perquisition, vous fouillez partout et je vous veux tous avec des gants, c'est compris ? Au boulot ! ordonne Derek sur un ton sec. Puis, en s'adressant au serrurier :

— Vous me suivez ! Voilà, c'est ici. Vous pouvez l'ouvrir ? demande-t-il en désignant le coffre-fort scellé dans le mur du dressing.

Le serrurier examine le coffre.

— Oui c'est un modèle classique, de bonne facture mais je vais y arriver.

— Combien de temps ?

Le serrurier dodeline de la tête :

— Comptez une bonne vingtaine de minutes.

— Bon, allez-y ! Joan, vous n'êtes pas obligée bien sûr, mais si vous voulez aider, pas de problème !

— Plutôt deux fois qu'une ! On commence par quoi ?

— Je propose le bureau. Le seul ordinateur qui restait a été emporté la dernière fois au labo.

Tout est ouvert, retourné, fouillé de fond en comble, les placards, les tiroirs, même les poches des vêtements dans le dressing. Chaque dossier est méticuleusement examiné et lu. Les photos sont triées puis classées en tas distincts, selon la date ou le thème.

Joan tient à la main une photographie qu'elle contemple avec attention.

— Derek venez voir ! Regardez !
— Qui c'est ?
— Si je le savais ! mais cette photo n'est pas très ancienne, elle a été prise dans un restaurant on dirait. Cette fille est jolie, à côté d'elle, on pourrait penser que ce sont ses parents.
— Et donc, devinez qui tenait l'appareil ?
— Leighton ! Vous pensez comme moi ? C'est sa fiancée !
— Impossible, vous savez très bien qu'il est gay !
— Il me faudrait une loupe, je n'arrive pas à lire, il y a comme une banderole dans le fond, on dirait un G puis un R… Grand Opening ! C'est une inauguration, réalise Joan. Il faut retrouver ce restaurant. Je veux savoir qui sont ces gens !
— S'il vous plaît ? Vous pouvez venir ? Le coffre est ouvert.

Derek s'avance et commence à en vider le contenu :
— Offre d'achat d'une clinique. Compromis de vente de l'appartement et voici le titre de propriété au nom d'Angelo Dorenzo. Il faudra vérifier ce nom, nous devions déjà le faire. Et ça, c'est quoi ?

Derek sort un petit coffre, il l'ouvre et manque de le lâcher.
— Je n'en crois pas mes yeux !
— C'est quoi ? demande Joan, impatiente.

Derek lui tend la boîte :
— Ce sont toutes les bagues manquantes, réalise-t-elle immédiatement. Il y a aussi un, non deux portefeuilles. Alexis Constantin, c'est le petit retrouvé mort à l'Hôtel de La Ferronnerie à Paris. Et celui-là, je ne le connais pas dit-elle en le tendant à Derek
— C'est celui du SDF retrouvé mort à côté de la seconde mariée ici à Miami. Bon Joan, si vous êtes d'accord, je

propose que nous retournions au bureau avec tout ça. Mickael, tu restes ici avec les gars et vous terminez !

◈

À peine Derek a-t-il mis le pied dans la salle principale du Commissariat central :

— Où en êtes-vous dans les appels à témoins ?

— Beaucoup d'appels Lieutenant, mais qui ne nous apportent pas grand-chose, du style « Je le connais, c'est mon chirurgien », « Il habite dans notre immeuble » etc. etc. Mais rien de réellement concret !

— Continuez, il y a bien quelqu'un qui a vu quelque chose ?

Joan s'assied au bureau de Mickael.

— J'aimerais bien faire la recherche sur ce restaurant pour le retrouver. Peut-être qu'en leur montrant la photo, ils reconnaîtront cette famille. Si c'est une soirée d'inauguration, c'est sur invitation et donc ils connaissent la plupart des personnes présentes, je suppose, non ?

— Vous supposez super bien, Joan.

— Arrête de me draguer et bosse, s'il te plaît !

— J'adore les femmes de caractère ! Tu es mariée ou tu as un petit copain ?

— Non, mais mon cœur est pris, voilà, tu es content ? Vous ne pouvez pas faire dans le modeste, dans la simplicité, vous, les Américains ! Quand je vois le nombre de Grand Opening rien que pour les six derniers mois à Miami, on en a pour des semaines à tout vérifier. Pourquoi il n'habitait pas Kaboul ce con !

— De qui tu parles ?

— De Leighton, de qui veux-tu que je parle ? Qui a pris cette photo, à ton avis ? Le Roi de Suède ? Pendant que j'y pense, Derek, au lieu de raconter des inepties, faites photographier les bagues retrouvées, et il faudrait ensuite envoyer les photos à Paris. Jordan les présentera aux familles des victimes afin que chacune soit répertoriée.

— Je m'en occupe tout de suite.

Juste avant de sortir de son bureau :

— C'est qui l'heureux élu de ton cœur ?

— Ce n'est pas possible ! Dégage ! Tu es pire que Fares, toi !

◈

Dès 13 heures 30, Derek, Joan et Mickael qui a terminé la perquisition chez Leighton Kaufmann, sont déjà de retour après un déjeuner frugal, ne voulant pas abandonner leur poste trop longtemps au cas où un appel important arriverait au standard. Ils sont en train d'accrocher leurs vestes au portemanteau quand une jeune policière fait irruption dans le bureau :

— Il y a une jeune femme qui vous demande, Lieutenant.

— Qu'est-ce qu'elle veut ? Prenez sa déposition ou ses coordonnées, je la rappellerai plus tard, nous sommes débordés.

— Je pense que vous devriez la recevoir ! C'est elle là-bas, dit-elle en la montrant discrètement du doigt.

Joan se redresse et reconnaît immédiatement la jeune femme de la photo.

— Derek ! C'est elle !

— Qui, elle ?

— Sur la photo ! J'y vais.

Joan se lève et suit la policière. Dans un anglais à l'accent français :

— Bonjour je suis le Lieutenant Joan Letourneur, police Criminelle de Paris. Nous allons vous recevoir, veuillez me suivre s'il vous plaît.

Tout en avançant :

— Vous êtes de Paris en France ? Mais pourquoi ?

— Si vous êtes là, je suppose que vous avez entendu les appels à témoin ?

— Oui, pour le policier français. Je comprends maintenant, mais je ne savais pas que la France avait envoyé des policiers ici à Miami.

— Je vous présente le Lieutenant Derek Moore, je vous en prie, asseyez-vous.

C'est Derek qui entame la conversation :

— Ce matin nous avons perquisitionné l'appartement de Leighton Kaufmann et avons trouvé cette photo. Je dois dire que vous tombez à pic car vous allez nous faire économiser beaucoup de temps. Quel est votre nom, Mademoiselle ?

— Je m'appelle Tiffany Shepherd, je… je suis la fiancée de Leighton.

Immédiatement des larmes envahissent son visage et c'est un véritable chagrin que Joan constate maintenant, ce qui la déstabilise un peu. Avec une empathie naturelle, elle s'approche d'elle et lui prend la main. Elle-même ne peut s'empêcher à cet instant de penser à Fares mais il ne faut pas qu'elle craque, il fut absolument qu'elle reste forte, alors elle prend une grande aspiration et se ressaisit comme elle peut.

— Prenez votre temps.

— Nous nous sommes connus à la Fac de médecine, lui, il terminait, moi je commençais. Je n'arrive pas à comprendre. C'est un gentil garçon, drôle, ouvert, ambitieux, un peu trop ! Vous êtes sûrs que c'est lui ?

— Avez-vous des nouvelles ? La dernière fois que vous l'avez vu, ça remonte à quand ? Vous a-t-il téléphoné ?

— Je tombe toujours sur son répondeur depuis plus de quatre jours et quand j'ai vu son portrait aux informations, j'ai cru m'évanouir. Mon père est le Docteur Mark

Shepherd, c'est une catastrophe pour mes parents. Ils s'inquiètent beaucoup pour moi aussi, ils se font du souci.

— Que vouliez-vous nous dire en venant nous voir ? demande Joan.

— Après avoir tout lu sur cette affaire sur Internet, je voulais que vous preniez en photographie ma bague, car maintenant plus rien ne m'étonnerait. Je vous l'ai apportée.

Tiffany extrait le petit écrin de son sac et le tend à Joan.

— Nous vous la rendons tout de suite. Tu peux, Mickael, s'il te plaît ?

— OK, je reviens.

Joan reprend :

— Je suppose que Leighton vous a parlé de sa vie, de son passé ?

— Pas tellement, il était très réservé.

— Connaissez-vous un certain Angelo Dorenzo ?

— Les Dorenzo, oui, c'est la famille qui l'a adopté après la mort de sa tante. Le père, Tony Dorenzo, était le compagnon de cellule du père de Leighton, Kevin Barnes. Il n'a jamais reconnu son fils, à cause de son passé judiciaire, c'est pour cela que Leighton porte le nom de sa mère, Kaufmann. Quant à Angelo, c'est le petit frère de Tony, il vivait chez eux pour ses études. Il faisait aussi médecine et il est maintenant Chirurgien esthétique. Leighton a toujours été très proche de lui. Je peux vous demander quelque chose ?

— Je vous en prie, Tiffany.

— Est-ce vrai que Leighton est gay ? La presse en parle partout.

Joan ne s'attendait pas à cette question. Elle hésite à répondre.

— Vous êtes sa fiancée, vous deviez ressentir s'il vous aimait ? Et je ne parle pas de vos rapports intimes. En tant que femme, quand cet homme vous serrait dans ses bras, que ressentiez-vous ? Aviez-vous le moindre doute sur son amour ?
— Non, il m'aimait, j'en suis sûre. Moi aussi je l'aimais et je l'aime toujours malgré tout ce que j'entends. Je sais que l'on dit que l'amour vous rend aveugle et je l'ai peut-être été envers lui. Pour le reste nous n'avons jamais eu de rapports intimes mais ce n'est pas de sa faute, c'est moi qui ne voulais pas. Ce sont mes convictions et il les a toujours respectées.
— Alors, conservez en tête l'homme que vous avez connu, et oubliez tout le reste.

Tiffany sort un mouchoir de son sac et essuie ses larmes.

— Si c'est lui qui a fait tout ce dont on l'accuse, s'il a tué toutes ces jeunes femmes, et aussi kidnappé le policier, c'est l'homme tout court que je dois effacer de ma vie. Vous pouvez garder la bague, je n'en veux plus. Si vous n'avez plus de questions, j'aimerais rentrer chez moi.
— Je vais prendre toutes vos coordonnées et ensuite, voulez-vous que nous vous raccompagnions ? propose Derek.
— Non, je vous remercie, mon père m'attend à l'extérieur, il n'a pas voulu venir avec moi, il est très perturbé par cette affaire.
— Nous resterons très discrets, ne vous inquiétez pas, si vous avez besoin de quoi que ce soit, voici ma carte, n'hésitez pas. Ne parlez à personne, et surtout pas aux journalistes.
— Merci Lieutenant Moore.

Chapitre 81

Le jour se lève et la lueur du soleil commence à éclairer la cellule de Fares. Heureusement, l'ouverture n'a pas de fenêtre, juste des barreaux en acier et cela permet d'aérer et de renouveler par un léger courant d'air frais l'air vicié et les odeurs de la pièce. Sale, malodorant, il se réveille. Il a mal dormi et une douleur dans le dos, persistante, lui prouve qu'il a passé la nuit dans la même position. Quand il essaie de se lever, les chaînes retendues l'en empêchent. Sa tête est lourde et ses yeux ont du mal à rester ouverts. Il est certain d'avoir une nouvelle fois été drogué.

— Leighton, s'il vous plaît, venez me détacher un peu. S'il vous plaît…

Pas un bruit, pas le moindre mouvement. Juste la petite lumière rouge. Fares ne peut plus se retenir, alors il se laisse aller. De toute façon, vu son état après son septième jour de détention, il s'en moque et ce n'est pas l'odeur de l'urine dans la terre qui va le tuer. L'humiliation, quelle humiliation ? Peut-on être humilié devant un fou ? Il ferme les yeux, léthargique, sa tête part en arrière et il retombe dans un profond sommeil. Au moins il n'a plus froid, c'est déjà ça. Leighton a eu la bonté de lui laisser le radiateur qui maintient une température acceptable dans cette pièce humide.

Encore une heure et Fares se réveille à nouveau. Il est déshydraté. Il y a bien une bouteille d'eau à proximité mais les chaînes l'empêchent de faire le moindre mouvement. Pourquoi Leighton l'a-t-il à nouveau entravé de la sorte ? Que s'est-il passé hier soir pour que la situation change ? Même quand il vient le voir et que visiblement il essaie de le faire sortir de ses gonds, Fares ne répond pas, il ne veut surtout pas s'embrouiller avec lui. Il ne cherche plus à comprendre, ni à réfléchir. Il s'en fout. Vu l'odeur et l'état de crasse dans lequel il se trouve, cela l'étonnerait que Leighton s'approche de lui maintenant mais des malades, il en a vu défiler dans sa carrière de flic et plus rien ne l'étonne. Après tout, si ça l'amuse de le voir dormir, alors pourquoi pas, au moins pendant qu'il part au pays des rêves, le temps passe plus vite et il s'évade de cet enfer.

Vers les neuf heures du matin, la lourde porte en bois s'ouvre et son grincement le fait sursauter, encore entre deux eaux, il aperçoit Leighton venir vers lui.

— Tu es réveillé ? J'espère que tu as bien dormi !

— Pouvez-vous me desserrer un peu s'il vous plaît, ça me fait mal ?

— Mais avec plaisir.

— Pourquoi m'avoir enchaîné si fort hier soir ?

— Je voulais juste te voir souffrir un peu, Monsieur le flic. Tu n'es pas à l'hôtel ici. Tu as pourri ma vie, je pourris la tienne !

— Et pourquoi m'avoir drogué ?

— Oups ! Je ne m'en souviens plus !

— Leighton, s'il vous plaît, vous pouvez vider le seau ? Cela fait sept jours…

— Oui bien sûr, où avais-je la tête ?

Leighton attrape le seau en plastique et le retourne sur place, vidant la totalité de son contenu sur le sol en terre, puis il le jette à côté de Fares.

— Voilà ! Il suffisait de demander ! Si tu continues à être coopératif, tu auras droit à une douche car je dois dire qu'effectivement l'odeur commence à devenir incommodante. Peut-être la semaine prochaine ! Ou avant si l'envie me reprend de jouer un peu avec toi. Ces cachets écrasés dans tes aliments sont vraiment très efficaces !

Puis Leighton détend les chaînes et sur un ton très sec :

— Lève-toi !

Tant bien que mal, Fares se redresse puis reste fixe, les bras tendus vers l'arrière par les chaînes, la tête baissée.

— Tu fais moins le malin maintenant ! Regarde-moi quand je te parle ! Tu pensais à quoi ? Qu'en venant ici, sur mon territoire, tu allais jouer les gros bras, m'interpeller comme ça, en claquant des doigts puis repartir dans ton pays auréolé de gloire ? Mais tu rêves mon pauvre Fares, pour cela il aurait fallu que dans ta petite tête, il y ait une cervelle aussi grosse que la mienne ! Et c'est loin d'être le cas, crois-moi, même si je dois dire que pour un flic tu m'as relativement étonné.

— J't'emmerde ! Tu sais ce qu'ils te disent, les flics ?

— Oh mais Monsieur reprend du poil de la bête ! J'aime ça ! J'en avais un peu marre de te voir en mode carpette ! Tu veux jouer, on va jouer ! Je t'ai promis une douche tout à l'heure, attends, je reviens, reste debout, je n'en ai pas pour longtemps ! Surtout ne bouge pas !

Après deux minutes Leighton réapparaît en tirant un tuyau d'arrosage. Il tourne la petite molette du pistolet et l'eau glacée jaillit. Des pieds à la tête, le jet puissant inonde Fares, qui entravé, ne peut se protéger. Il ne peut guère pivoter non plus et c'est Leighton qui tourne autour de lui en tirant sur le tuyau.

— C'est bon hein une bonne douche ! Ça te rafraîchit ? Tu me remercieras plus tard ! Penche-toi ! Il ne faut pas oublier les coins, c'est maman qui me disait ça !

Le jet monte et descend le long du corps de Fares tandis qu'un rayon de soleil, jaillissant du lanterneau, illumine ce tableau presque irréel, faisant briller les millions de gouttes qui se projettent tel un feu d'artifice après avoir heurté son corps luisant, telle une aura miraculeuse.

Encore une ou deux minutes puis Leighton arrête le jet. Grelottant, tremblant comme une feuille, Fares ne dit pas un mot, ne voulant pas donner ce plaisir à son bourreau. Au moins il est déjà plus propre, après sept jours de calvaire.

— Excuse-moi, mais j'ai un peu mouillé ta couche, dit-il en regardant le sol boueux ! Il fallait bien la laver aussi, tu avais fait pipi au lit' ! À ton âge, tu devrais avoir honte !

Fares reste muet. Puis sur un ton plus ferme Leighton reprend :

— Tes chaînes sont assez détendues, tu peux aller te mettre dans le coin en attendant que ça sèche.

Fares s'accroupit pour ne pas toucher le sol et se salir à nouveau. Seuls ses pieds touchent la terre humide. Il s'adosse tout de même contre le mur de pierre car il sait qu'il ne pourra rester bien longtemps dans cette position. Sa tête est vide, il n'arrive même plus à penser. Son corps est encore dégoulinant, il grelotte. Combien de temps ce calvaire va-t-il durer ? Il se doute bien que ses collègues américains mettent tout en œuvre pour le retrouver mais c'est long, tellement long ! Leighton l'observe et monte la température du radiateur. Son comportement est totalement irrationnel, par moments, il veut voir souffrir son otage et ensuite il en prend soin, comme par pitié. À moins qu'il ne veuille pas qu'il meure, tout du moins pas d'une mort qu'il n'aurait pas choisie, programmée. C'est lui qui décide où et quand, et l'heure n'est pas encore arrivée, le scénario n'est pas tout à fait au point, il lui faut faire un ou deux achats.

— J'ai augmenté le chauffage, je t'apporte ton petit-déjeuner.

— Merci.

Leighton sort de la pièce et, le temps de préparer un bol de café, de couper un morceau de pain en deux tranches puis d'y étaler un peu de confiture, il revient vers lui et pose le plateau au sol à ses côtés.

— Tu ne pourras pas dire que je ne gâte pas ! Bois pendant que c'est chaud.

Fares relève la tête et à voix basse :

— Je ne te comprends pas, je n'arrive pas à te cerner, tu peux être limite tortionnaire et l'instant d'après presque sympa.

— Tu viens de décrire ce qu'a été ma vie en deux mots.

Sur ces paroles, il s'en retourne et referme la porte à clé. Fares saute sur son déjeuner, il a faim, comme toujours, mais là, l'odeur du café chaud le réconforte avant même d'en avoir bu une goutte. Il est parfait, Leighton l'a même sucré ! Comment peut-il savoir ça ? Le pain est frais et Fares se dit que ce matin, lorsqu'il s'est réveillé la première fois, Leighton était absent, il avait dû aller jusqu'à la boulangerie la plus proche. Comment fait-il pour ne pas se faire reconnaître ? La moustache ! Il repense à la moustache retrouvée sur la scène du second meurtre à Miami. Il se déguise ! S'il y a une boulangerie pas très loin, c'est qu'il n'est pas dans un endroit isolé, il s'agit sûrement d'une maison.

Après avoir terminé de déjeuner, Fares s'efforce de penser à des choses positives. Alors des scènes défilent devant ses yeux. Il arrive même à sourire quand il revoit la tête du Commissaire Varin, le dimanche matin au bureau, quand lui et Jordan avaient débarqué ivres mort pour apporter les verres dans le sac-poubelle. Il se remémore le fou rire qui les avait conduits directement en cellule de dégrisement. Il repense aux soirées bien arrosées passées au Blue Boy, toujours avec Jordan, le copain des coups foireux comme dit Dubreuil, mais il y a aussi Henri, qu'est-ce qu'il est sympa celui-là, qu'est-ce que l'on se marre avec lui ! Quand je pense qu'il a son binôme, ici, à Miami, celle-là, c'est la meilleure de l'année ! La tête qu'il va faire quand je vais lui dire ça en rentrant enfin si je rentre ! Dans le fond, on forme une bonne équipe tous ensemble, Franck est un peu plus réservé mais j'aime bien sa personnalité, on peut lui demander n'importe quel service, il dira toujours oui. Remarque, c'est le cas de tout le monde, de Jordan et de Joan. Ah, Joan, ma gentille Joan, j'adore son caractère bien trempé, c'est sûr, elle n'a pas la langue dans sa poche, surtout lorsque l'on critique ses escarpins. Je me demande combien elle en possède de paires ? La dernière fois, elle m'a étonné au Blue Boy, elle en avait, bien qu'elle ait prétendu le contraire, un sacré coup dans les carreaux ! La chance que j'aie d'avoir une telle coéquipière. Elle est géniale, intelligente, pointilleuse, méticuleuse et quelle bosseuse ! Parfois, elle travaille même sur mes dossiers pour ne pas que je me fasse engueuler quand je suis en retard, bon, je suis toujours en retard ! Cependant, j'ai toujours eu peur inconsciemment qu'elle cultive des sentiments pour moi. Parfois son attitude me laisse à penser que c'est le cas et ça me perturbe car je ne voudrais surtout pas la rendre malheureuse. Elle sait que j'aime toujours ma femme et mes enfants, que ma famille me manque. D'ailleurs, où sont-ils en ce moment, que font-ils ? Si la télé a diffusé mon portrait et qu'en plus elle annonce que je me suis fait enlever aux États Unis, ils doivent être dans un état d'inquiétude ! Comment gère-t-elle ça avec les enfants ? Que leur a-t-elle dit ? Elle n'a peut-être pas vu les informations ? Remarque, je fais confiance, il y aura toujours une bonne âme pour s'en charger, pour lui annoncer la nouvelle avec délicatesse. Comment en est-on arrivé là ? Je sais, j'ai mon caractère, pas toujours facile, mes défauts mais tout le monde a des défauts ! Moi peut-être plus que les autres, sûrement, et ce n'est pas le boulot qui arrange les choses avec ces horaires complètement dingues. D'un autre côté, elle aussi dans le médical, ce n'est pas mal non plus ! Alors forcément, les rencontres sur le palier, un qui arrive, l'autre qui part avec « les enfants dorment encore, tu les réveilles, tu les douches et tu les fais déjeuner, n'oublie pas leurs quatre heures ! » « Et mon bisou ? » « Ce soir, tu n'avais qu'à arriver avant, tu m'as mise en retard, je n'ai plus le temps ! » Et puis j'ai déconné aussi et ça, elle a du mal à me le pardonner. Pourtant, si elle savait combien je l'aime, combien elle me manque. Son regard vert, souvent un peu triste, dû à une jeunesse difficile, et moi qui en rajoute, au lieu de l'aimer, de la chérir et de la protéger, protéger ma famille comme une mère poule protège ses poussins sous son aile. Quel con je suis, dans le fond, je mérite mon sort et si je dois mourir ici, alors ce sera avec un seul regret, ne pas l'avoir rendu heureuse. Et ça, je m'en veux, je m'en veux terriblement. Si je pouvais…

— Leighton, s'il vous plaît, pouvez-vous m'apporter du papier et un crayon ? Je vous en prie, s'il vous plaît…

Très rapidement la porte s'ouvre :

— Tu veux faire ton testament ? Ou écrire tes mémoires ? C'est vrai que tu as fait des études de lettres à la Faculté de la Sorbonne à Paris. Je sais tout sur toi. Tu es cultivé et j'aime ça, ce que je ne comprends pas, c'est comment tu as fait pour atterrir dans la police après avoir fait de si brillantes études ? Tiens !

Leighton lui tend des feuilles blanches et un stylo Bic noir puis il se penche et ramasse le bol de café vide.

— Garde le plateau, tu pourras écrire plus facilement. J'espère que tu me feras lire, je manque un peu de distractions en ce moment. Tu veux un autre café ?

De plus en plus étonné, Fares accepte.

— Je veux bien merci. Merci pour les feuilles de papier et pour le stylo.

— Oh ne me remercie pas ! Je voudrais simplement que tu développes le syndrome de Stockholm, si tu vois ce que je veux dire !

Une nouvelle fois Leighton sort de la pièce et revient après quelques instants. Il pose au sol le bol plein à ras bord de café noir, très chaud

— Je te l'ai sucré, comme tu aimes. Je t'ai apporté ça aussi.

Il pose à côté de lui un rouleau de papier toilette. Fares n'en avait pas vu la couleur depuis près de huit jours maintenant.

— Tu vois, quand on est gentil, je suis gentil. Je te laisse à ta prose. J'espère que ce n'est pas ton testament car rassure-toi, je n'ai pas encore décidé de te supprimer. Je commence à me faire à ta présence.

Fares ne sait plus comment il doit réagir ni de quel côté appréhender Leighton. La meilleure solution est de continuer à rester calme et ne pas répondre quand ce dernier est agressif. C'est ce qu'il fait depuis qu'il est retenu et pour l'instant ça lui réussit plutôt bien. Dans tous les cas, il gagne du temps et le temps il en a besoin. C'est sûrement vital pour lui.

Comment vont-ils faire pour le retrouver ? Quelles pistes ont-ils ? Il se dit qu'ils ont dû perquisitionner l'appartement maintenant mais qu'ont-ils trouvé ? À qui appartient cette maison ? Elle est bien à quelqu'un ? Pas à Leighton toujours, il n'a pas de famille et il n'aurait jamais acheté une baraque pareille, il est trop moderne, trop avec son temps, cette maison ne lui ressemble pas du tout ! Alors à qui peut-elle être ?

La petite lumière rouge est toujours allumée, elle scintille en permanence, preuve s'il en est qu'il est observé, épié dans ses moindres mouvements. Alors pour occulter cet espion malsain, il ferme à nouveau les yeux et c'est le visage de sa femme qui revient le calmer. Il aimerait l'embrasser, passer la main dans ses cheveux, faire frémir sa peau sous ses caresses et faire ralentir son souffle. Elle lui manque, comme il voudrait arrêter le temps et revenir en arrière, effacer d'un geste les instants mauvais, sur un ancien magnéto, réenrouler la bande, modifier l'enregistrement puis repartir en avant. S'il pouvait… en une seconde, poussé par une force invisible, il saisit le plateau, y pose les feuilles blanches et laisse aller son imagination fertile en proses intarissables, déjà vécues lors de ses nuits sans sommeil. Alors il écrit, il compose telle une symphonie de mots, sortie tout droit de sa double personnalité. Si je pouvais…

Si je pouvais de ma main arrêter le temps,
Revenir en arrière pour un simple moment
Si je pouvais par un sort sécher tes larmes
Pour ne lire sur tes joues que douceur et charme
Si je pouvais dire au soleil de briller pour toi
Que ses rayons chauffants soient doux comme la soie
Si je pouvais dire au vent de souffler ton âme
De caresser tes cheveux brillants comme la flamme
Si je pouvais cueillir des champs toutes les fleurs
Et composer des bouquets aux mille couleurs

Si je pouvais calmer pour toi les océans
Te donner toutes les îles et leur sable blanc
Si je pouvais transformer les neiges en diamants
Que tu brilles de mille feux sous le soleil levant
Si je pouvais dire aux oiseaux, en doux arpèges
Pour toi de chanter, de piailler ou que sais-je ?
Si je pouvais faire que tous les rires d'enfants
Ne soient que chants, pour toi, pour toi seulement
Si je pouvais dire à la lune de rester pleine
De ne luire que pour toi et pour elle tu sois reine
Si je pouvais transformer les sons et les bruits
En merveilleuses musiques ou en symphonies
Si je pouvais changer la pluie en perles blanches
Cousues sur une robe pour couvrir tes hanches
Si je pouvais voler des émeraudes aux cieux
Elles n'auraient toujours pas la couleur de tes yeux
Si je pouvais te dire tout ce que je ressens
Mes prières pour toi et mes larmes de sang
Si je pouvais en un geste remonter le temps
Alors l'amour serait pour toi mille fois plus grand
Si je pouvais graver sur mon cœur mes regrets
Je ne pourrais vivre car c'est sûr, j'en mourrais
Si je ne pouvais dire que des mots de poèmes
Je pourrais chanter à nouveau combien je t'aime
Si je pouvais inventer l'amour immortel
Je n'aurais aucun effort à faire car celle
Qui le sublimerait le mieux encore c'est toi
Mais le pardon n'est que l'apanage des rois
Si je pouvais tendre la main et arrêter le temps
Revenir en arrière pour un simple moment
Si je pouvais…

Fares repose doucement le plateau sur le sol en terre. Assis, le dos contre le mur de pierre, il ramène ses jambes contre son corps nu et les entoure de ses bras puis, il baisse la tête sur ses genoux. Il fait tout pour dissimuler ses sanglots et cacher sa peine à Leighton qui l'observe. Il le sait. Il ne veut pas craquer mais il n'est qu'un homme et un homme c'est parfois fragile. Et ça peut pleurer.

◈

Le jour s'est déjà levé. Leighton est figé devant un miroir. Il se mire sans le moindre sourire, ses yeux sont presque ternes, sa peau est blanche, froide, tout n'est que tristesse et ce qu'il voit ce matin reflète bien son état d'âme. À quoi peut-il penser à cet instant ? À sa vie passée, celle qu'il a tant aimée avec sa maman adorée, ses moments de bonheur bien éphémères, enfouis dans sa petite tête de bambin espiègle. Ou à ce calvaire d'adolescent, aux souffrances qu'un enfant ne devrait pas connaître, une vie de martyr chez sa tante qui entachera pour toujours son existence d'adulte comme la marque indélébile sur la peau d'un animal tatoué au fer rouge. Il se remémore la vie douce chez les Dorenzo, cette parenthèse de bonheur qui lui a fait connaître l'amour avec celui qu'il n'oubliera jamais et qui lui a donné tant de joie, mais tant de peine aussi et qui l'a fait souffrir à en crever. Et puis il y a Tiffany. Mais pour Tiffany il ne sait pas, il ne sait que penser. Est-elle la première femme de sa vie, son premier amour au féminin ?

Ses yeux ne quittent pas le miroir et ce qu'il voit ne lui plaît pas, alors comme pour essayer d'effacer le temps, il les ferme, l'espace d'un instant.

Puis, calmement il se lève, prépare un café bien chaud, le sucre, sépare une petite capsule en deux et laisse glisser la poudre blanche.

La porte en bois s'ouvre en grinçant et il trouve Fares, encore assis dans la même position que la veille. Par terre, une feuille et un poème. A-t-il passé la nuit dans cette posture, prostré ? Il n'en sait rien car lui, hier soir, a été se coucher de bonne heure, il était fatigué. Il pose le plateau au sol et s'assoit à ses côtés, de la même façon. Aucun des deux ne bouge durant de longues minutes, pas un bruit, pas un son. Puis, épuisé, Fares finit par relever doucement la tête et se tourner vers Leighton, lentement.

— C'est pour aujourd'hui, n'est-ce pas ?

Après de longues secondes restées muettes :

— C'est moi qui ai assassiné ma tante.

— Je sais.

Chapitre 82

Joan réfléchit, elle se dit que ce n'est pas possible, quelque chose lui échappe mais quoi ? Elle a retourné toutes les pièces du dossier dans tous les sens. Sur le grand tableau d'affichage, les photos de tous les protagonistes, y compris ceux de Paris ont été affichées. Derek est planté devant, une par une, il les observe, compare les lieux, les dates, avec Joan, ils échangent à haute voix leurs remarques.

Mickael avance vers eux :

— Le F.B.I vient de téléphoner, ils vont reprendre l'affaire !

— Putain, il ne manquait plus qu'eux ! La cavalerie arrive !

Joan minimise car elle sait que le temps presse et accepter du renfort, alors pourquoi pas !

— Derek, nous bloquons, ils vont peut-être voir les faits différemment, trouver un truc qui nous échappe, ce qui compte c'est Fares.

Elle retourne à sa place et décide de consulter ses mails. Il y en a un du 36 quai des Orfèvres. C'est Franck :

Jo, je n'ose pas te demander si tu vas bien car je sais que tu dois être morte d'inquiétude. Jordan est infernal, il exprime lui aussi son anxiété à sa façon. Je l'ai surpris les larmes aux yeux dans le coin cuisine, tu le connais, il a fait semblant d'avoir une poussière dans l'œil mais je vois bien qu'il crève de peur et moi aussi d'ailleurs, d'avoir à entendre ce que l'on essaie de rejeter de nos pensées. La terrible nouvelle ! Tu dois de

douter qu'ici l'ambiance est pesante, chacun fait son boulot mais le cœur n'y est pas. Moi je m'en branle de chialer comme un môme devant les autres. Il me manque et toi aussi tu me manques, j'aurais tellement aimé que tu sois là pendant ces moments si difficiles. Mais tu as bien fait d'aller là-bas car je te connais, c'est toi qui vas réussir à nous le ramener. Ne lâche rien ma Jo, surtout ne lâche rien. Tu sais mieux que quiconque que dans ce genre d'affaire, il est facile de baisser les bras. Le découragement est humain surtout faute de résultats mais je sais que tu es forte. À la moindre alerte, à la moindre baisse de tension alors décroche ton téléphone et appelle-moi, à n'importe quelle heure du jour ou de la nuit.
Je voulais te dire tout ça, que je pense à toi et à lui, il est en permanence dans ma tête, il ne me quitte pas.
Concernant la photo de la bague que vous nous avez envoyée, celle de Tiffany Shepherd, l'identification est positive, c'est celle que David de Saillancourt a offerte à Mélanie Drouin pour leurs fiançailles. C'est vraiment une ordure, ce mec ! Mais comment peut-on faire une chose pareille ? Quand tu reviendras avec Fares, si tu as la possibilité de la rapporter, même si je sais qu'à partir de maintenant c'est une pièce à conviction. Fais comme tu peux, mais le jeune David aimerait bien la récupérer. Tu sais, c'est la pire affaire que je n'ai jamais eue depuis que je suis flic, je n'arrive même plus à dormir. Et je ne te parle pas de l'extérieur, C'est une véritable cohorte de journalistes du monde entier que nous devons affronter tous les jours depuis plus d'une semaine maintenant, quand on arrive le matin et quand on ressort à n'importe quelle heure de la journée ! Heureusement que je suis toujours avec Jordan, tu le connais ! Je vais l'appeler Caterpillar mainte-

nant ! Quel bordel je te jure ! Je t'en prie ma Jo, fais attention à toi. Appelle-nous tous les jours s'il te plaît. Tu as le bonjour de tout le monde ici. Même Charlie te dit haut les cœurs et de faire gaffe à tes escarpins ! Jordan t'embrasse, il va t'écrire aussi.

Tendrement à toi,

Franck :

— J'ai reçu un mail de Paris !

— Ils ont du nouveau ? demande aussitôt Derek, intéressé.

— Oui ! La bague de Tiffany Shepherd, elle appartenait à la première mariée assassinée en France, elle a été formellement identifiée par son fiancé, enfin son mari, puisqu'ils se sont mariés. David et Mélanie de Saillancourt. Je ne suis pas sûre de dire à Tiffany la vérité. Je ne pense pas, elle a déjà tellement de chagrin.

— Oui, tu as raison acquiesce Derek, de toute façon, elle ne veut pas la récupérer, alors autant la protéger un peu. Heureusement qu'elle habite chez ses parents, elle n'est pas seule pour supporter cette épreuve.

— Ouais ! Contrairement à Kaufmann qui lui, se retrouve complètement isolé, constate Mickael, il n'avait déjà plus de famille, il ne lui restait que les Shepherd et les Dorenzo comme proches et maintenant c'est terminé !

Joan analyse ce que vient de dire Mickael. Elle pianote sur le bureau avec un crayon, son cerveau bouillonne et se met à réfléchir à haute voix :

— Toute sa famille était à San Francisco, ses parents louaient leur maison et tous les biens de sa tante ont été vendus.

— L'argent lui est d'ailleurs revenu à sa majorité, confirme Derek, mais où tu veux en venir ?

— Ici, à part son appartement qu'il a mis au nom d'Angelo Dorenzo, il ne possédait rien d'autre ? Il avait bien un projet d'achat de clinique mais n'avait pas suffisamment d'argent pour le concrétiser, donc pour l'instant, il n'est pas interdit de penser qu'il est pratiquement impossible qu'il puisse avoir un endroit où se réfugier. Alors il nous reste quoi ? Ou plutôt qui ? Les Shepherd et les Dorenzo. Tony Dorenzo est un ancien taulard, sûrement d'origine modeste, il a réussi et l'on peut même dire qu'il fait partie des nouveaux riches, donc il est fort peu probable que la famille possède d'autres biens dans la région. Par contre les Shepherd sont une ancienne lignée de Floride et il est pratiquement certain que les grands-parents étaient aussi originaires de cet état. Je vais aller faire un tour chez les Shepherd pour savoir comment va Tiffany après sa venue et j'en profiterai pour poser quelques questions à ce sujet. À tout hasard, Derek, faites de même chez les Dorenzo, il faut être sûr qu'ils n'ont pas de biens, autres que leur demeure de Miami. S'ils ont des biens en dehors de la Floride, cela ne nous intéresse pas, trop loin !
— J'ai compris l'idée. Je vois à quoi vous pensez, la maison de la grand-mère, inhabitée, par exemple !
— Par exemple ! Et dont Leighton aurait un double des clés ! Ce n'est qu'une supposition à creuser mais pour l'instant, je n'ai rien d'autre en magasin !

◈

Derek part chez les Dorenzo comme prévu, tandis que Joan se dirige vers Coral Gables, le quartier des Shepherd. Elle roule dans une Ford banalisée attribuée par le Commissariat central. Pour elle c'est l'ultime chance car comment retrouver quelqu'un quand on n'a aucun coup de fil de la part des ravisseurs, pas de demande de rançon, le néant total. Alors il faut faire confiance à son instinct et avancer, tout voir, tout vérifier, chaque renseignement est exploité à fond, le moindre appel téléphonique est tracé, puis enregistré. Mais depuis plus d'une semaine, rien ! Pas le plus petit indice, pas la moindre piste donc, quand on pense avoir une idée, il faut la suivre et aller jusqu'au bout, ne rien laisser passer.

Joan fonce dans Miami, elle pense à Fares et prie pour que son intuition soit la bonne. Elle n'a pas allumé le gyrophare et roule tout de même très vite, elle est impatiente d'arriver. Après une bonne vingtaine de minutes, la Ford grise entre dans la somptueuse propriété et stoppe devant l'immense entrée sous une avancée en pierre blanche et colonnes. Elle sonne et Maria, l'employée de maison, vient ouvrir.

— Bonsoir Madame, vous désirez ?

— Bonsoir, je suis Joan Letourneur, Lieutenant de Police, Monsieur et Madame Shepherd sont-ils là ?

— Laissez Maria, je m'en occupe, dit le docteur Mark Shepherd en s'approchant de la porte d'entrée. Bonsoir Lieutenant, que puis-je pour vous ?

— C'est moi qui ai reçu votre fille en début d'après-midi avec le Lieutenant Derek Moore, et j'ai réellement ressenti une souffrance en elle. Je sais que ce n'est pas trop dans les habitudes mais je me suis permis de passer afin de prendre de ses nouvelles.

— C'est très gentil, elle m'a parlé de vous, vous êtes Française n'est-ce pas ?

— Oui, je suis Lieutenant de police à Paris et en mission ici, à Miami, pour mon collègue et coéquipier qui a été enlevé.

— Je vous en prie, entrez !

Le docteur Shepherd conduit Joan au grand salon où Emma, son épouse et Tiffany sont confortablement ins-

tallées devant une boisson fraîche. Tiffany reconnaît instantanément Joan.
— Oh Lieutenant ! Mais que faites-vous ici ?
— Je venais prendre de vos nouvelles.
— Je vous en prie, asseyez-vous propose tout de suite Emma. Désirez-vous un thé ou autre chose ?
— Un thé, je veux bien, je vous remercie. Comment vous sentez-vous, Tiffany ? Je ne vous ai pas trouvée bien tout à l'heure, et j'étais un peu inquiète !
— C'est très gentil, je vais un peu mieux. La bague vous a servi à quelque chose pour l'enquête ?
— C'est en cours. Nous avons envoyé la photo à Paris.
— Vous devez être un excellent officier de police Lieutenant.
— Appelez-moi Joan.
— OK Joan, mais vous mentez très mal !
— Tiffany ! s'offusque Emma.
— Non, votre fille a raison ! La bague appartenait à la première victime retrouvée à Paris. Je suis désolée.

Mark se lève et commence à tourner en rond dans le salon.

— Quel salaud ! On lui aurait donné le bon Dieu sans confession à celui-là ! Remarquez je vous dis ça mais à plusieurs reprises son attitude m'a semblé bizarre. Son comportement envers ma fille, il semblait distant, surtout ces derniers mois. Nous en avions d'ailleurs parlé avec ma femme. Mais de là à être un meurtrier en série, il y a quand même une marge ! C'est incroyable ! Mais pourquoi ?
— Peut-être ce qu'il a vécu, son passé, il a été extrêmement marqué par la mort de sa mère et le meurtre de son père, puis sa vie d'enfant malheureux avec sa tante qui le prenait pour son esclave. Il aurait dû être suivi par un psy.

— Un psy un psy, il n'était pas si fou que cela ! Il n'a pas hésité à me faire chanter pour une affaire médicale !

— Comment ça chéri ? Tu ne m'en as pas parlé !

— Il était au courant de l'accord financier que nous avons passé il y a une dizaine d'années avec une patiente suite à une intervention qui s'était mal déroulée et il m'a menacé de tout révéler si je ne l'aidais pas pour son projet d'achat de clinique. Je ne vous en ai pas parlé pour ne pas vous inquiéter mais maintenant je regrette de ne pas l'avoir fait. Je suis désolé.

— Décidément, nous en découvrons chaque jour avec lui, constate Emma, complètement dépitée

— Votre thé, Madame.

— Merci Maria, posez-le sur la table et laissez-nous, s'il vous plaît.

— Vous n'auriez pas une idée d'où il aurait pu se réfugier ? tente subitement Joan.

— Non, franchement je ne vois pas répond le docteur Shepherd. Si je savais où il était, j'irais le tuer moi-même, ce fumier !

— Mark, je ne t'ai jamais vu dans un état pareil ! s'offusque à nouveau Emma. Ne dis pas des choses pareilles !

— Vous n'avez pas d'autres propriétés à part celle-là ? Vos parents sont toujours en vie, Docteur ?

— Oui, mais ils n'habitent pas en Floride !

— Il y a bien la maison de maman, réfléchit Emma soucieuse.

— Vous n'avez plus vos parents, Madame Shepherd ?

— Non, ils sont décédés tous les deux !

— Et vous me parliez d'une maison…

— Oui, elle est située à Opa-Locka, c'est une banlieue de Miami pas très bien réputée. Dans le temps c'était pourtant joli mais maintenant… Nous ne l'avons jamais vendue. C'est une grande maison dans un style orientaliste. Refaite, elle pourrait être magnifique mais le quartier n'est pas très bien fréquenté alors nous n'avons jamais rien fait. Elle est fermée depuis des années !

— M'autorisez-vous à la voir ?

— Vous pensez qu'il pourrait y être ? Oh mon Dieu !

— Je n'en sais rien mais cela vaut peut-être le coup d'aller y jeter un œil !

— Je peux vous accompagner si vous le souhaitez, propose Mark.

— Non, c'est trop dangereux !

— Oui, eh bien pour vous aussi ! N'allez pas vous aventurer seule là-bas !

— Attendez, coupe Emma, les clés sont dans le tiroir de la commode dans le hall d'entrée, si j'ai bonne mémoire. Je vais vous les donner et l'adresse aussi, c'est Dunad Avenue.

— Auriez-vous un plan de cette maison ?

— Non malheureusement.

— Et elle est grande, vous me disiez ?

— Oui, elle a un important rez-de-chaussée avec la cuisine, une salle à manger et un grand salon et bien d'autres pièces, un étage où sont situées toutes les chambres et elle possède un grand sous-sol également. À l'extérieur il y a un garage séparé.

Chapitre 83

La petite mairie est pleine à craquer. Les invités se bousculent, se congratulent, chacun est sur son trente et un. La journée s'annonce belle et ensoleillée. De partout ce ne sont que rires et cris d'enfants qui courent entre les jambes d'adultes souriants. À l'extérieur, beaucoup de monde se presse espérant pouvoir accéder à la salle des mariages. Un léger vent souffle et les femmes tiennent leurs chapeaux avec élégance tandis que leurs robes longues se soulèvent légèrement en dansant avec grâce. Les mariés ne sont pas encore arrivés et chacun guette l'arrivée du cortège avec impatience afin de découvrir la robe, tant de fois essayée, jusqu'à obtenir la perfection pour entrevoir l'émerveillement dans le regard de l'autre.

C'est la voiture du marié qui devrait arriver en premier afin qu'il puisse monter en compagnie de sa mère et attendre fébrilement l'élue de son cœur qui avancera tel un rayon de lumière au bras de son père. Alors il la verra venir à lui parmi les bouquets de fleurs roses et blanches disposés telle une allée menant au bonheur. Le papa scellera une offrande de cœur en mettant la main de sa fille bien aimée dans la sienne et les larmes aux yeux, il ira rejoindre sa femme qui le regardera tendrement. Les hommes sont beaux dans leurs costumes neufs pour la plupart, de couleur foncée et chemise blanche, ils arborent des cravates chatoyantes aux couleurs acidulées, ils peuvent se le permettre en cette saison printanière.

La famille est nombreuse, les frères, les sœurs, les cousins et les cousines de la mariée s'embrassent et se racontent un peu leur vie en attendant l'arrivée du cortège car cela fait un moment, pour certains, qu'ils ne se sont vus. Les enfants ont grandi et les compliments fusent. Alors on parle de tout et de rien, des résultats scolaires, des futures vacances qui approchent à grands pas, on compare les coiffures, on jette un œil sur les chaussures, tandis que les garçons discutent sport, boulot ou dernière acquisition à deux ou quatre roues. Les amis sont là aussi, très nombreux, plus réservés ne connaissant guère de monde, ils attendent légèrement en retrait, sourire aux lèvres et phrases préparées lorsque l'on vient les saluer. Les collègues de travail sont aussi de la fête, pour certains, les plus gradés, en habit d'apparat et les autres, en civil, pour la plupart. Jordan est présent avec une amie, il n'aurait manqué le mariage de son pote pour rien au monde et il piaffe d'impatience afin de le mettre un peu en boîte et surtout le féliciter. Joan est au bras de Franck, elle est très élégante dans sa robe courte près du corps et ses escarpins à la semelle rouge qui rendent verte de jalousie toutes celles qui espèrent sur le Net en dénicher une paire, un jour, en solde, oui mais voilà, la marque ne solde pas, et si l'on veut espérer en arborer au pied au moins une fois dans sa vie, alors il va falloir dégainer sa carte de crédit. Ces belles ne se payant qu'au comptant et au prix fort ! Franck lui, porte un costume de lin gris qui lui sied bien, le col de sa chemise n'est pas boutonné et sa cravate vert d'eau, très légèrement descendue, lui donne un petit air décontracté et moderne à la fois. Avec Joan ils forment un beau couple pourtant improbable. La Brigade est bien représentée car ce ne sont pas moins de trente policiers et leurs épouses qui sont invitées à la cérémonie, qui ne devrait pas tarder de commencer.

— Ils sont en retard, non ? s'inquiète Joan.

— Tu connais Fares, tu l'as déjà vu à l'heure ? Alors je ne vois pas pourquoi il ferait exception aujourd'hui ! répond Franck habitué.
— Vous dégoisez sur qui ? demande Jordan en s'approchant. Jolies pompes ma Jo ! Et je suis sûr de ce que je dis, il suffit de mater les regards en coin et de compter les lèvres qui se mordent !
— Tu n'exagères pas un peu ? Bon d'accord, je l'avoue, j'ai mis cette robe courte, toute simple, pour faire descendre les yeux, et attiser la convoitise. Sinon, nous étions en train de dire avec Franck que notre Fares, comme à l'accoutumée, est en retard.
— Quand on parle du loup, fait remarquer Jordan, le voilà qui arrive !

La limousine noire s'arrête le long du trottoir, juste devant la petite mairie et c'est la maman de Fares qui en descend la première, tout de rose vêtue. Elle est suivie de près par son fils adoré, magnifique dans son smoking noir à la coupe impeccable, chemise blanche et nœud papillon blanc. Tous deux commencent par saluer la famille, puis les amis. Il a l'air si heureux, il resplendit, superbe, encore plus étincelant que d'habitude.
— Je ne retire pas mes lunettes de soleil, lui lance Joan, j'ai peur d'être éblouie !
— Vous êtes tous là ! Merci les amis, vous devriez toujours être habillés comme ça, vous êtes superbes !
— Surtout toi, notre Fafa, lance Jordan, on dirait James Bond ! En mieux !
— Salut Franck, toujours aussi élégant !
— Merci, tu n'es pas mal non plus !
— Poussez-vous ! Poussez-vous ! Laissez-moi passer, moi aussi je suis de la police, enfin presque !

— Non ! Pas possible ! Tu as invité Henri ? demande Jordan stupéfait, un large sourire aux lèvres ! Je te signale quand même qu'il y a la hiérarchie en grande pompe !
— Oui, et comme ça, nous irons présenter l'objet du délit propose Fares en regardant Henri qui lui saute au cou sans complexe devant toute l'assemblée, sous les yeux de Dubreuil et Varin, ébahis ! Bon, à leur décharge, il faut admettre que le costume bleu ciel et les lunettes de soleil noires enstrassées, style roues de vélo pour coureur cycliste gay, n'ont rien de discrets mais c'est surtout l'étreinte appuyée qui les interpelle un peu !
— Bisou mon chéri ! Tu es beau comme un camion neuf !
— Tu n'es pas mal non plus. Joli petit sac !
— Il va falloir le laisser les mecs, la mariée arrive, fait remarquer Jordan !

En effet, la seconde limousine louée, longue, vraiment très longue, se gare à son tour. Le père de la mariée, assis à l'avant côté passager, en sort, vêtu lui aussi d'un splendide smoking noir. Après quelques mètres, il arrive enfin à la portière arrière, qu'il ouvre. Il tend la main à sa fille et elle apparaît, éblouissante dans sa robe couture en satin, tulle et dentelles de Calais, une merveille ! Le visage caché sous un double voile brodé, elle avance en serrant d'une main gantée, son imposant bouquet, qui plonge sur le devant de sa robe, telle une source de fleurs jaillissante sous un soleil doré. Fares n'en croit pas ses yeux émerveillés. Toutes les bouches se sont éteintes devant une telle beauté, même celle de Jordan, ce qui n'est pas peu dire. Alors c'est lui qui rompt le charme éphémère en lançant à tue-tête un Vive la mariée ! repris en chœur par tous les invités !

Tout le cortège avance maintenant, chacun essaye de se frayer un chemin pour accéder à la salle où l'on va procéder. Fares est déjà devant monsieur le Maire et il la regarde avancer au bras de son père, elle vient vers lui pour se donner à jamais. Les gens se tassent et se serrent si fort, qu'on ne pourrait faire passer une feuille de papier. Une chose maintenant attire son regard, dans cette assemblée, il reconnaît tous ses amis, mais ne voit cependant que les membres de la famille de son ex-femme, sa sœur, sa seconde sœur, puis la troisième, son frère et ses enfants, tous les cousins et les cousines, les oncles, les tantes, alors il scrute la salle à la recherche des siens mais personne, même sa mère a disparu. Son visage se crispe, que se passe-t-il ? Un à un ses collègues disparaissent, s'éclipsent tels des nuages vaporeux. Le père pose la main de sa fille sur la sienne. De son autre main Fares soulève doucement le voile, son cœur s'accélère et il bat à présent si fort dans sa poitrine qu'il sent chaque coup au travers de sa peau. Sa respiration se fait courte et l'anxiété lui retourne l'estomac. C'est à cet instant qu'il aperçoit, là-bas au fond de la salle, blottie contre un immense pilier de cathédrale, sa femme, celle qu'il aime tant. Elle pleure. Cette fois il lève le voile d'un geste presque violent : Leighton ! C'est le visage de Leighton qui apparaît !

Et c'est une très forte aspiration, comme s'il avait été en apnée durant d'interminables minutes qui le réveille. Paniqué, il relève la tête, il est en sueur, son cœur bat à cent à l'heure, ulcéré, il comprend que ce n'était pas la vérité, mais un rêve, suivi d'un cauchemar. Il n'arrive pas à maîtriser sa respiration. Son crâne retombe en arrière sur le sol, les bras écartés tirés par les chaînes accrochées au mur derrière sa tête et les jambes écartées, elles aussi, tendues de façon à ce que son corps tout entier dessine comme un grand X. Il étouffe un cri de terreur lorsqu'il s'aperçoit qu'il est revêtu d'une robe de mariée ! Il n'est plus allongé à même la terre, non, il est à présent sur du polyane, grand film en plastique, étalé sur le sol. Des bougies sont allumées autour de lui.

Chapitre 84

Joan a réglé le GPS de la Ford et entré l'adresse donnée par Emma Shepherd. Elle fonce à présent à travers la ville, cette fois gyrophare allumé et sirène hurlante, direction Opa-Locka. Elle slalome entre les voitures, change de file, dépasse la ligne médiane et se rabat à la dernière seconde, évitant le choc à chaque instant. Le feu est au rouge et la Ford arrive à vive allure sur le grand carrefour, elle décide de passer, elle s'en fout, il faut qu'elle passe absolument. Son véhicule évite un camion qui freine brusquement en klaxonnant, une autre voiture dérape pour l'éviter et vient percuter une camionnette en stationnement. C'est à plus de cent kilomètres heure qu'elle se dirige dans Miami, cette ville qu'elle ne connaît pas. C'est une véritable course contre la montre qui se déroule maintenant car elle est persuadée que Fares est en grave danger, alors elle n'hésite pas, même au péril de sa propre vie, à foncer comme une malade dans les rues et les avenues chargées en cette fin de journée. La nuit tombe lentement et la ville s'éclaire peu à peu.

— Lieutenant Letourneur, répondez ! Où êtes-vous ? Répondez !

Joan ne peut pas, à cette vitesse en ville, décrocher les yeux de la route serait du suicide. Elle roule guidée par la voix du GPS, presque trop lente, tout en jetant un œil régulièrement sur la ligne rouge tracée sur les routes du petit écran.

Vingt-cinq minutes plus tard, elle coupe le gyrophare et stoppe la sirène. C'est à présent à petite vitesse que la Ford grise progresse dans Dunad Avenue. À une trentaine de mètres de la maison, elle s'immobilise.

La nuit a posé son voile qui enveloppe maintenant ce quartier d'Opa-Locka, guère éclairé. Joan ouvre la boîte à gants, trouve la petite torche à leds qu'elle garde éteinte pour le moment puis sort de la voiture sans un bruit. Elle détache la petite sangle de sécurité de son holster et se dirige en direction de la maison. Elle avance prudemment sur les semblants de trottoir en terre, en frôlant les haies le plus possible, afin de ne pas se faire repérer. Tout semble calme, pas un bruit. Le mur d'enceinte est surmonté d'une haute grille rouillée et le grand portail est largement ouvert. Des hautes herbes poussent au pied des deux battants ce qui prouve que ceux-ci n'ont été déplacés depuis bien longtemps. Un arbre imposant est situé juste à gauche de la maison et elle se dit que si dans la pénombre elle arrive jusqu'à lui, elle pourra ensuite faire le tour sans être repérée. Tout est éteint, pas une lumière ne vient prouver que quelqu'un se trouve à l'intérieur. Son cœur commence à battre la chamade car elle est seule et sa situation n'est pas tolérée par le règlement, elle le sait. Alors, à tort bien entendu, elle a fait passer le cœur avant la raison. Après avoir sorti son arme de son holster et l'avoir déverrouillée, inspecté une dernière fois du regard tous les recoins tout en essayant de capter le moindre bruit, elle décide d'y aller. Elle prend une grande respiration et go ! Pistolet automatique tenu par ses deux mains, elle court jusqu'au tronc imposant et se dissimule derrière lui. Cette fois son cœur va exploser ! Ça y est, elle a repéré l'entrée principale mais doit-elle passer par là ou essayer une fenêtre restée peut-être ouverte ? L'idée de la porte lui semble hasardeuse, c'est donc la deuxième solution qu'elle choisit. Elle ne veut pas allumer la petite torche de peur que le faisceau attire l'attention. Il va donc falloir avancer à tâtons dans la pénombre. Joan tourne autour du tronc, arme au poing, lentement, très lentement. Un pas, puis un autre puis en trois bonds elle se plaque contre le mur. Mais qu'est-ce que je fous là se dit-elle ? La peur l'envahit mais si son intuition est bonne, alors cela veut dire que Fares est sans doute à quelques mètres d'elle, à l'intérieur de cette demeure endormie.

◈

Le lieutenant Derek Moore est maintenant de retour au central et tout en retirant son blouson, il s'adresse à son coéquipier Mickael Sollivan.

— Tu as des nouvelles de Joan ?

— Non, pas depuis qu'elle est allée chez le Shepherd !

— Elle n'a même pas appelé ?

— Non je te dis, rien ! Moi j'ai essayé mais son portable est sur répondeur. Je l'ai même fait contacter sur la radio de la voiture mais pas de réponse.

— Qu'est-ce que c'est que ce bordel ? J'espère qu'elle n'a pas fait de conneries ? Donne-moi le numéro des Shepherd ! La bagnole est équipée d'un traqueur, va la faire repérer pendant que j'appelle.

Mickael se lève et quitte le bureau en hâte tandis que Derek décroche son téléphone et compose le numéro inscrit sur un post-it.

— Décrochez bordel ! Allô ! Police de Miami, je suis le Lieutenant Derek Moore, le Lieutenant Letourneur est encore chez vous ?

— Non, Lieutenant, elle est partie depuis trois quarts d'heure environ, répond le docteur Shepherd. Elle devrait être de retour chez vous à l'heure qu'il est !

Quand soudain son sang ne fait qu'un tour :

— Mon Dieu ! J'espère n'est pas allée là-bas toute seule !

— Là-bas où ? demande sèchement Derek.

— Elle désirait savoir si nous avions un bien de famille dans la région et ma femme a tout de suite pensé à la maison de ses parents à Opa-Locka ! J'ai voulu l'accompagner mais elle n'a pas voulu alors j'ai pensé qu'elle était revenue au commissariat.

— Opa-Locka ? Bordel ! Donnez-moi l'adresse !

Mickael refait irruption dans le bureau avec précipitation :

— Elle est à Opa-Locka !

— Merci Docteur Shepherd, veuillez m'excuser, j'ai été un peu rude !

— Je vous en prie, tenez-nous informés.

Derek raccroche le téléphone et Mickael répète :

— Elle est à Opa-Locka, Derek !

— Putain, elle y a été toute seule, mais qu'est-ce qu'ils ont dans la tête, ces Français ?

Dereck attrape son blouson :

— En route, magne-toi !

Il fonce vers le grand standard :

— Vous m'envoyez toutes les forces disponibles à Opa-Locka, Dunad Avenue. Je veux la cavalerie au complet. Faites venir une ambulance, un médecin urgentiste et un hélico médicalisé. Officier de police en danger de mort code 10-200 ! Immédiatement ! Il s'agit très certainement du tueur des mariées !

— Bien Lieutenant ! Appel à toutes les unités code 10-200, je répète, code 10-200. Vous devez vous rendre à Opa-Locka, Dunad Avenue ! Toutes les équipes disponibles, code 10-200. Suspect très dangereux et armé, probablement le tueur de mariées !

En entendant la nouvelle et surtout qu'un de leur collègue est impliqué et risque sa vie, c'est une véritable débauche de moyens presque irréalistes qui se met en place instantanément. Dans Miami un nombre incalculable de voitures de police font demi-tour ou foncent, bandeau de leds scintillant sur le toit et sirène hurlante, directement vers l'adresse annoncée à la radio. De nombreuses ambulances mais également des journalistes en quête de scoops, en permanence connectés sur la fréquence de la police, décident d'en faire autant.

◈

Joan avance dans le noir en se frottant au mur extérieur pour se diriger, elle est maintenant à l'arrière de la maison et l'obscurité est totale. Devant chaque fenêtre elle essaie de regarder à l'intérieur mais elle ne distingue rien. Soudain, elle marche sur une branche dont le craquement vient rompre le silence de la nuit. Le bruit lui a semblé si fort qu'elle a l'impression que tout le quartier l'a entendu et elle reste figée, plusieurs secondes, en tendant l'oreille au maximum. Son cœur va déchirer son chemisier ! Elle ferme les yeux et essaie de dominer sa respiration. « Mais qu'est-ce que je fous là, mais qu'est-ce que je fous là ? » se répète-elle mentalement en boucle. Et c'est le visage de Fares qui lui revient. Alors, elle avance de nouveau jusqu'à la fenêtre suivante, quand une sale impression l'envahit, l'impression d'être observée, celle que tout le monde connaît, quand vous rentrez tard le soir et que, seul dans la rue, vous n'osez pas vous retourner, certain que quelqu'un est juste derrière vous, alors c'est la panique et vous vous mettez à courir. Jamais de toute sa vie, de toute sa carrière de flic, Joan n'a eu aussi peur. Elle reste figée, paralysée puis elle pousse un léger soupir de soulagement quand elle entrevoit dans l'herbe ce qu'elle pense être un petit chat qui lui envoie comme désespéré, un faible miaulement. Elle se penche, lui caresse la tête et à voix très basse en français :

— Reste là, je vais revenir te chercher !

Ce petit intermède lui a changé les idées durant un très court instant, ce qui a eu pour effet de la requinquer moralement. Toujours son arme à la main elle atteint enfin la fenêtre suivante. Elle se demande si c'est un miracle car en observant de très près, elle constate que la partie basse est légèrement soulevée. Alors elle décide d'avancer la main et effectivement elle réussit à la faire glisser en dessous. Il faut maintenant la faire coulisser vers le haut, ce qui n'est pas une mince affaire, surtout sans émettre le moindre bruit. Elle replace son arme dans son holster, se place bien face à la fenêtre et à l'aide de ses deux mains, commence à la soulever. La fenêtre résiste. Rien à faire, elle a beau y mettre toutes ses forces, rien ne bouge. Alors elle repasse ses doigts dans l'ouverture et les fait glisser sur toute la largeur. Un loquet ! Il y a un loquet de sécurité permettant de laisser la fenêtre entrouverte. Joan réussit à atteindre le petit crochet qui, après maintes griffures, finit par s'ouvrir. À nouveau elle tente de lever la fenêtre avec ses deux mains et cette fois c'est gagné lentement, elle la fait coulisser. Avant d'entrer, elle tend l'oreille une dernière fois puis prend appui sur le soubassement. Heureusement qu'elle a eu la bonne idée ce matin de s'habiller avec un jean et d'enfiler des tennis blanches. Les escarpins auraient été plus élégants, certes, mais nettement moins pratiques pour escalader la façade d'une maison et pour s'engouffrer par l'ouverture d'une fenêtre à guillotine.

Joan est maintenant à l'intérieur. C'est dans une pièce vide avec des placards muraux et sol en carrelage, qu'elle a atterri, très certainement une ancienne buanderie. Une odeur de renfermé, presque de moisi l'indispose. Elle a horreur de l'humidité et sur ce point, elle rejoint Fares. Elle ouvre avec douceur la porte en bois et se retrouve dans l'entrée. Face à elle, elle entrevoit un imposant escalier en bois sculpté. Par où commencer la fouille, le premier étage ou le rez-de-chaussée ? Elle hésite ayant peur que les marches grincent sous ses pas, elle choisit le bas. Le problème, c'est que le sol est recouvert maintenant d'un ancien parquet qui lui aussi risque de craquer en marchant dessus mais elle n'a pas le choix, elle ne va rester immobile durant des heures ! Les bras tendus, arme en mains, elle décide d'avancer avec précaution sa jambe droite. Malgré sa peur omniprésente, son pied glisse doucement et voici un premier pas qui s'effectue en silence, alors elle tente le second. Malgré le noir presque total, ses yeux commencent à s'habituer à l'obscurité. Elle évalue la situation et se dit que si elle n'y voit pas grand-chose alors Leighton non plus.

La maison lui paraît tellement silencieuse qu'elle commence à douter de la présence de qui que ce soit. Se serait-elle trompée ? Fares serait-il en danger ailleurs ? Mais où ? Elle continue sa progression et entre, semble-t-il, dans la salle à manger. La présence de meubles recouverts de draps ne la rassure pas, il faut absolument éviter de se cogner à l'un d'eux et il est hors de question de sortir la petite lampe torche qu'elle a toujours dans sa poche. Sa respiration est haletante, rythmée par ses battements de cœur, elle est maintenant terrifiée et n'ose plus faire le moindre pas. Ses mains tremblent, son corps tout entier frémit. Le silence est toujours aussi pesant lorsqu'elle pénètre dans le grand salon quand, subitement, à environ deux mètres devant elle, Leighton allume une torche sous son menton puis l'éteint immédiatement.

— Vous cherchez quelque chose ?

L'effet visuel est d'une telle violence sur Joan qu'elle tombe en arrière et laisse échapper son arme. Alors elle fouille dans sa poche et en sort sa torche qu'elle allume instantanément. Le très puissant faisceau éclaire la pièce mais plus personne, Leighton a disparu. Fébrilement elle cherche son arme qu'elle retrouve le long du mur. Instinctivement, elle éteint aussitôt sa lampe et rebrousse chemin. Elle retraverse la salle à manger puis l'entrée et retourne dans ce qu'elle croyait être la buanderie, claque la porte et plonge littéralement par la fenêtre restée ouverte.

Elle est à l'air libre et se sent plus en sécurité à l'extérieur. Alors elle se plaque contre le mur sans un bruit, son arme dans une main, sa torche dans l'autre. Tous ses sens sont en éveil, sa peur est palpable mais maintenant elle en est certaine, Fares est ici, Fares est ici ! Elle décide de revenir sur le devant de la maison et de la contourner par l'autre côté. Après le noir total de l'intérieur, ses yeux semblent s'accommoder à la pénombre de l'extérieur. Le premier croissant de lune envoie une légère clarté qui passe au travers des arbres dessinant des ombres fantomatiques inquiétantes qui bougent au gré d'un vent léger. Elle voit Leighton partout alors qu'elle n'est même pas certaine qu'il soit sorti de la maison.

Revenue à la case départ, avec cependant une grande différence, le meurtrier sait dorénavant qu'elle est ici ; alors elle réfléchit et supplie son cerveau de lui donner une solution, quand soudain elle aperçoit une faible lueur au ras du sol à une dizaine de mètres. Doucement, en longeant le mur, elle s'avance. Arrivée au niveau de l'ouverture elle se baisse très lentement, sans un bruit elle descend la tête jusqu'au soupirail et approche ses yeux de l'ouverture. Ne voulant pas se faire repérer, c'est juste un œil qui dépasse et ce qu'elle voit la terrifie. Une seconde lui a suffi pour comprendre la situation. Elle se rétracte d'un mouvement brusque. Accroupie au bas du mur, ses deux mains tenant fermement son arme, elle hésite. Elle secoue la tête de dépit car elle sait très bien qu'elle n'a pas le choix. Il faut qu'elle retourne à nouveau dans la maison et la seule entrée est celle qu'elle a empruntée tout à l'heure. Rien que d'y penser, son corps frémit mais elle n'a pas d'autre solution. Alors elle rebrousse chemin, et pas à pas, dans l'obscurité, elle retourne à la fenêtre restée ouverte. Doucement elle pénètre dans la buanderie et elle se dit que la porte donnant sur l'escalier du sous-sol se trouve très certainement dans l'entrée.

Chapitre 85

Fares émerge de son cauchemar pour retomber directement dans un autre mais celui-là est bien réel. Il a beau tirer sur ses chaînes, elles sont si tendues qu'elles provoquent une douleur à toutes ses articulations, seule sa tête peut encore bouger mais il ne peut rien dire, seulement pousser des cris étouffés par le bandeau très serré qui passe à l'intérieur de sa bouche entrouverte. D'habitude calme et imperturbable, parfois même un peu trop sûr de lui, il est cette fois terrorisé. Sa vie défile dans sa tête à cent à l'heure et il ne peut s'empêcher, à cet instant précis, de penser à ses deux enfants et à sa femme. Tout va-t-il se terminer maintenant dans cette cave morbide à six mille kilomètres de chez lui. Alors cette fois c'est la fin, il ne l'imaginait pas aussi sordide, et surtout aussi jeune. Il voulait simplement vieillir aux côtés de ceux qu'il aime. Il voudrait parler mais ses mots sont inaudibles, et Leighton ne veut surtout pas les entendre. Il préfère annihiler ses gémissements et bannir de son regard l'effroi qui se lit en ce moment sur le visage de sa victime. La scène est dramatique et quelque peu pathétique, voir cet homme habillé en robe de mariée, couché sur le sol et essayant de se débattre le déstabilise, il faut en finir. Les bougies scintillent et dansent tout autour de ce tableau irréel. Leighton s'approche, il a revêtu sa tenue de médecin, un important couteau à la main droite, il se met à genoux puis s'allonge sur le corps de Fares.

— Chuuuut, calme-toi, ne bouge pas. Tu ne sentiras rien, je te le promets.

Les yeux de Fares sont maintenant révulsés et ses cris ne pouvant sortir par sa bouche arrivent du plus profond de sa gorge. Leighton passe alors sa main gauche sous la robe qu'il remonte et il empoigne les organes génitaux de Fares tandis que ses lèvres effleurent les siennes. Sa main gauche serre de plus en plus fort et le baiser devient plus appuyé, langoureux quand soudain, une douleur insoutenable. Fares perd connaissance. Lentement, très lentement, la lame du couteau pénètre en lui, en bas de son ventre.

◈

Aux grands maux les grands remèdes, Joan sort de sa poche la lampe torche et le faisceau de lumière puissant illumine tout le hall. Sous le grand escalier, elle aperçoit une porte qu'elle n'avait pas remarquée tout à l'heure. Elle est ouverte. Marche par marche, toujours torche et arme en main, elle descend le vieil escalier de pierre. En bas, un couloir en terre battue et des portes en bois, composées d'épaisses planches verticales et de gonds en fer forgé, donnant sur d'anciennes caves. Seule celle du fond semble plus lourde et une faible lueur passe en dessous. Les gémissements de douleur de Fares émanent de là. En un dixième de seconde, sans réfléchir aux conséquences, elle se précipite jusqu'à cette porte qu'elle ouvre d'un violent coup de pied et jaillit en brandissant son automatique au bout de ses deux bras tendus.

— Je vous conseille de ne plus bouger une oreille !

Sa position dans la pièce ne lui permet pas de comprendre la situation et ne voit pas le couteau continuer sa progression lente dans le corps de Fares. Leighton retire alors tranquillement ses lèvres de celles de Fares et tourne la tête vers elle, avec un sourire machiavélique, lentement il lève sa main droite maculée de sang.

Des sirènes hurlantes se font entendre à l'extérieur quand deux détonations assourdissantes, provenant du sous-sol, viennent rompre le silence de cette maison maudite. La tête de Leighton vient d'exploser sur celle de Fares, laissant dégouliner sang et matière cérébrale. Joan se précipite et dégage le corps sans vie d'un coup de pied. C'est alors qu'elle aperçoit le couteau, dont seul le manche émerge du ventre de Fares, maculant d'un rouge écarlate la robe de mariée.

C'est une véritable cohorte de policiers qui envahissent le jardin. En un rien de temps, un bélier défonce la porte d'entrée et les hommes s'engouffrent à l'intérieur. Les hurlements désespérés de Joan leur indiquent la voie à suivre. C'est Derek qui descend quatre à quatre les marches en pierre.

— Par ici, je vous en prie !

Il la trouve assise par terre, soulevant la tête de Fares, en robe blanche, inconscient. Joan craque maintenant et supplie :

— Derek, je t'en prie… Vite ! Fares, parle-moi, c'est moi Joan, je t'en prie réponds-moi !

Voulant que personne ne voie cette scène incroyable, il hurle :

— Tout le monde dehors ! Je ne veux personne ici sauf les urgentistes. Faites-les descendre immédiatement, quant aux autres, allez sécuriser le périmètre, je ne veux plus personne ici, c'est compris ? Exécution !

Derek se penche sur Joan.

— Vient Joan, je t'en prie, laisse-le, il faut laisser travailler les médecins, ils sont là, ne t'inquiète pas, je me suis douté que ça allait tourner vinaigre et j'ai fait venir toute la cavalerie. Les ambulances sont déjà arrivées, y compris un hélico qui devrait atterrir d'un moment à l'autre.

Au même instant, lourdement chargés, les urgentistes font irruption dans la pièce et sur un ton très ferme :

— Pouvons-nous avoir de la lumière, autre que ces bougies ?

Derek, Joan et Mickael, sortent alors leur torche et éclairent comme ils peuvent les médecins tandis qu'en un rien de temps, un puissant projecteur est installé à l'extérieur devant le soupirail. Une perfusion est placée.

— S'il vous plaît supplie Joan, pouvez-vous lui nettoyer le visage !

Un des médecins fait alors un signe de la tête à l'un des secouristes présents. Le sang de Leighton est alors retiré du visage de Fares comme une marque de respect envers celui qui est en train de lutter pour sa vie.

La robe est découpée à l'aide d'une paire de ciseau autour de la blessure et c'est au tour du Lieutenant Moore d'intervenir.

— Par pitié, retirez-lui cet accoutrement ! Il n'est pas question de le sortir d'ici avec ça sur le dos !

— Surtout que tu verrais dehors ajoute Mickael, c'est incroyable le nombre de journalistes déjà présents. Je ne sais pas comment ils ont fait !

La robe est découpée à la hâte et la nudité de Fares recouverte par une couverture de survie.

— Il n'est pas question de retirer la lame ici constate le médecin. Il faut le sortir de cette cave et l'installer dans l'ambulance pour le stabiliser. Faites descendre un brancard coquille !

Un policier entre au même instant :

— Lieutenant, l'hélico médicalisé vient de se poser dans la rue devant la maison. Tous les hommes ont élargi le périmètre d'intervention et les journalistes sont maintenus à bonne distance mais leurs hélicos survolent la zone.

— Bon boulot ! Faites entrer l'ambulance des urgentistes jusqu'au perron, ordonne Derek et demandez aux autres de quitter les lieux, nous n'aurons plus besoin d'elles. Et que toutes les forces de police restent sur place pour maintenir l'ordre.

Fares est placé dans la coquille et deux hommes le remontent par l'escalier, tandis qu'un troisième tient la perfusion en l'air. Il n'est pas question de le transporter par hélicoptère tant qu'il n'est pas stabilisé. Alors dans l'ambulance les urgentistes font tout leur possible pour lui sauver la vie.

— Revoyons les constantes, tu prends sa tension et tu surveilles le pouls, je m'occupe de la saturation.

Les médecins se concertent.

— Si on enlève le couteau, on prend un trop gros risque, j'ai peur qu'un point de compression ne suffise pas, si des organes vitaux sont touchés, on va le perdre.

— C'est le ventre, je propose d'enlever la lame, on fait une compression directe, plus pansement compressif imbibé de coagulant, on refait un bilan rapide et l'évac…

— Non je ne prends pas le risque, on évacue immédiatement par hélico !

La décision est prise. L'ambulance démarre doucement et roule jusqu'à l'hélico situé à une bonne centaine de mètres. Le brancard est enfilé à la hâte par la large porte latérale coulissante et les médecins grimpent à bord. Dans un bruit assourdissant et une levée poussière digne d'un cyclone, l'engin décolle direction le Jackson Mémorial Hospital, plus connu sous le nom de JMH, un des hôpitaux les plus réputés et le troisième plus important des États Unis.

◈

Sur place Derek gère comme il peut une situation devenue chaotique. Le corps de Leighton Kaufmann est placé dans un sac mortuaire noir puis déposé sur un brancard. Il est à présent sorti de la maison sous les yeux des journalistes et des caméras de télévision, avant d'être enfourné dans le fourgon du Coroner. Pour calmer les choses et faire redescendre la pression, Derek décide de s'adresser à eux alors que Joan, prostrée, une couverture de survie dorée sur les épaules, est placée à l'arrière d'une voiture de police. Les flashs crépitent de tous les côtés. Le Sergent Mickael Sollivan monte avec elle. Subitement Joan relève la tête.

— Oh s'il te plaît, je peux te demander un service, Mickael ?

— Tout ce que tu veux, Joan !

Elle se penche alors vers lui et lui parle à voix basse à l'oreille. Après avoir écouté la requête, Mickael sort de la voiture et appelle plusieurs policiers toujours en faction. Il leur explique brièvement le problème puis retourne s'asseoir aux côtés de Joan à l'intérieur de la voiture, ne voulant pas la laisser seule. Sans la moindre hésitation, plusieurs hommes armés de leur lampe torche se dirigent sur le côté de la maison et c'est maintenant un véritable balai de faisceaux lumineux qui dansent dans la nuit sous les regards interrogatifs de tous les journalistes tenus à l'écart derrière des rubalises jaunes tendues. Après quelques minutes d'une enquête éprouvante, un des policiers s'approche de la voiture et toc à la vitre arrière.

— Nous avons retrouvé le délinquant et l'avons arrêté pour violation de propriété et tapage nocturne. Le reconnaissez-vous, Lieutenant ?

Il entrouvre alors son blouson et une jolie frimousse noire et blanche apparaît, accompagnée d'un petit miaulement.

— C'est bien lui, merci beaucoup !

— À votre service Lieutenant ! Et félicitations !

C'est maintenant un nombre incalculable de camionnettes de télévision, paraboles sur le toit, qui sont garées dans tous les sens, Dunad Avenue et dans une bousculade incroyable, chaque journaliste essaie d'obtenir des renseignements concernant les évènements qui se déroulent en direct devant leurs caméras. Dans moins d'une heure, ce seront les télévisions du monde entier qui retransmettront les images et la nouvelle : *La fin de la cavale de l'un des meurtriers les plus recherchés, Leighton Kaufmann.* Fares Khazen, héros bien malgré lui, va, lui aussi, faire à nouveau la une de tous les journaux et son état de santé va inquiéter toute la planète et lui donner une notoriété qu'envieraient les plus grandes Stars du Show-Biz !

Derek s'avance et réclame fermement le silence.

— Mesdames et Messieurs, un peu de silence ! S'il vous plaît ! Je vous ai demandé un peu de silence !

Le calme arrive enfin :

— Ce soir, nous avons neutralisé le *tueur des mariées.* Leighton Kaufmann a été abattu par le Lieutenant de police Joan Letourneur de la Brigade Criminelle de Paris. Nous avons également retrouvé vivant, le Lieutenant Fares Khazen, qui était retenu en otage dans cette maison depuis plus d'une semaine comme vous le savez. Il vient d'être transporté au JMH par Hélicoptère. Il a été très grièvement blessé par son agresseur à l'aide d'une arme blanche. Son pronostic vital est engagé. Dès que nous le pourrons, nous vous tiendrons informés de l'état de santé du lieutenant Fares Khazen. Nous allons maintenant laisser la police scientifique mener ses investigations à l'intérieur de la maison et je pense qu'il y a pas mal de travail. Nous organiserons, en temps voulu, une conférence de presse pour vous communiquer tous les renseignements utiles concernant cette affaire. Pas de question, c'est terminé ! Et demandez à tous vos hélicos d'évacuer la zone !

— S'il vous plaît Lieutenant, pourquoi est-ce une policière française qui a abattu Kaufmann et pas un policier américain ?

— J'ai dit pas de question ! Vous attendrez la conférence de presse.

— Quand aura-t-elle lieu ?

— Le plus tôt possible ! Vous en serez informés. Plus de question !

Chapitre 86

L'hélicoptère a maintenant atterri sur l'aire réservée du JMH et Fares, toujours inconscient, est immédiatement transporté en salle d'opération où toute une équipe médicale est déjà sur le pied de guerre. Environ deux heures plus tard, Derek, accompagné de Joan et de Mickael débarquent aux urgences. Ils sont tout de suite pris en charge et menés dans une salle d'attente spécialement aménagée et réservée aux familles des patients ou des victimes. De nombreuses voitures de police se positionnent par anticipation devant l'entrée principale de l'établissement et devant tous les autres accès afin d'empêcher tout débordement, se doutant bien que la presse ne va pas tarder à envahir les lieux.

Joan, inquiète, s'adresse à Derek :

— Cela fait combien de temps qu'il est en salle d'op ?

— Environ deux heures, peut-être un peu moins.

— C'est long, non ?

— Tu sais, c'est quand on ouvre que l'on voit les dégâts. Laisse-les faire leur boulot, ce sont des bons !

— Je n'en doute pas une seconde, et puis, Fares est costaud ! En réalité, on ne sait pas ce qu'il a enduré durant cette semaine, qu'est-ce qu'il a bien pu lui faire subir ? Tu sais, c'est un gros dur, mais c'est aussi un cœur tendre. Jamais je n'oublierai cette image quand j'ai défoncé la porte, de le voir comme ça, allongé sur le sol et Leighton sur lui…

— Comment ça, sur lui ?

— Oui, il était allongé de tout son long sur lui et il avait sa main gauche sous la robe, je me suis tout de suite doutée de ce qu'il était en train de faire mais d'où j'étais placée, je ne voyais pas ce qu'il faisait de son autre main. Je ne savais pas qu'il était en train d'enfoncer une lame dans son corps.

Joan n'arrive plus à parler, ses larmes la submergent. Derek assis à ses côtés passe son bras autour de son cou. Joan se reprend :

— Ce mec était d'un sang-froid incroyable, car quand j'ai fait irruption bruyamment dans la pièce, il n'a pas bougé une oreille, il avait ses lèvres posées sur celle de Fares. Ce n'est qu'après plusieurs secondes, je suppose le temps que la lame soit complètement rentrée, qu'il a levé son regard vers moi. Je te jure, il arborait un sourire qui m'a glacée. Je crois qu'il savait que c'était la fin, il voulait que je le descende. Alors je l'ai fait. C'est la première fois que je tue un homme, dit-elle, le visage inondé.

Mickael se tourne pudiquement, il ne sait que dire, alors il préfère rester muet.

— Tu crois que je n'aurais pas dû tirer ?

— Joan, tu as fait ce qu'il fallait faire ! Tu penses que si c'était moi ou l'un de mes gars qui était entré en premier, nous aurions fait dans la dentelle ? Non, je te le répète, tu as fait ce qui devait être fait. Par contre, quand tu rentreras, je te conseille de te faire suivre par un psy. Il faut que tu parles, tu as besoin de te soulager, ça te fera le plus grand bien, c'est important !

— De toute façon, connaissant Varin et Dubreuil, mes chefs, je n'y couperai pas !

— Bonjour, je suis le docteur Becker, vous êtes ?

— Nous sommes ses collègues, c'est nous qui l'avons découvert.

— Ah oui, je vous reconnais, j'ai vu votre tête tout à l'heure à la télé avant d'entrer en salle d'op. Bon, l'opération s'est bien passée. Je ne vous cacherai pas que la blessure était très grave et qu'il a perdu beaucoup de sang. Pour l'instant son pronostic vital est toujours engagé, je me prononcerai à nouveau demain matin à ce sujet. Juste pour information, nous avons mis en place un coma artificiel pour éviter un retour à l'état de conscience trop précoce. Il est aussi fait dans un but anesthésique afin de diminuer les sensations douloureuses pendant la phase de traitement. Sachez que tous les patients maintenus dans un coma artificiel sont placés dans notre service de réanimation. Afin de vous prévenir avant que vous ne le voyiez, sachez également qu'il sera intubé afin de maintenir une assistance respiratoire. En quelque sorte, c'est la machine qui prend le relais des poumons. Le coma est maintenu en injection par voie intraveineuse d'hypnotiques ou de sédatifs. Il sera donc sous perf et placé en milieu stérile, couvert de capteurs adhésifs reliés à de nombreux moniteurs, plus la perf de glucose, enfin bref, cela fait un peu usine à gaz mais je préfère vous le dire car pour certaines personnes, famille ou amis, cela peut être très choquant. Je suis désolé mais vous ne pourrez pas le voir ce soir. Voilà ! Rentrez chez vous, reposez-vous, cela ne sert à rien de rester ici. Repassez demain en fin de matinée, je serai là.

Joan lui tend la main.

— Merci Docteur, merci pour tout ce que vous avez fait.

— C'est normal, c'est notre travail. Mais vous savez, avec ce que j'ai entendu tout à l'heure, c'est nous aussi qui devons vous remercier, vous êtes des gens formidables. Je le pense vraiment ! Vous voulez que je vous fasse passer par le sous-sol pour sortir ?

— Nous avons laissé la voiture devant, avoue Derek.

— Ah, alors là, je vous plains ! Bon courage !

◈

Joan est comme figée derrière la vitre donnant sur la chambre stérile où Fares est plongé dans le coma. La veille, le docteur Becker avait prévenu, c'est très éprouvant de voir un proche allongé sans connaissance, intubé et connecté de tous les côtés à des machines barbares qui bipent en permanence. Le teint pâle et la bouche entrouverte par un tube, il a l'air calme mais pas en bonne santé. Où est passé son charme habituel, son sourire malin et son regard de cocker malheureux que Joan aime tant ? Elle essaie de retrouver le Fares qu'elle connaît mais pour le moment, ce qu'elle voit, c'est un inconnu presque sans vie, amaigri, au teint blafard et sans expression. Il faut qu'il se batte, que son corps se batte, qu'il lutte pour sa vie. Mais là, que peut-il faire, même l'air qu'il aspire c'est une machine qui lui en fait l'aumône. Alors elle le regarde, elle ne peut faire que ça, le contempler et l'aimer. Car quand en riant elle lui dit qu'elle aime, en réalité son cœur se met à battre la chamade, à cogner si fort dans sa poitrine que parfois elle a peur qu'il ne l'entende et ne découvre la vérité. Lui, il répond toujours « moi aussi je t'aime » mais elle sait très bien que cela veut dire *je t'aime bien*, ou peut-être beaucoup mais pas je t'aime tout court ! Elle ne se fait pas d'illusion, parfaitement consciente que son cœur à lui est pris ailleurs, prisonnier d'un amour impossible, celui d'une femme qui l'a quitté et qui s'est éloignée. Si, à son tour, elle pouvait lui donner son amour et le ressusciter affectivement, alors il pourrait peut-être oublier un passé douloureux, mais il préfère souffrir et attendre un hypothétique miracle qui ne viendra sans doute jamais.

Souvent elle se prend à rêver qu'ils se promènent, main dans la main, que ses lèvres se posent sur les siennes en un baiser tendre et complice, qu'il lui dise je t'aime tout simplement. Il a du charme bien entendu, mais elle, elle le trouve beau, magnifique et tellement inaccessible. Il souffre dans sa vie, dans son cœur mais il n'est pas le seul. La différence c'est que lui a pu en parler, il s'est confié à sa partenaire, à son amie tandis qu'elle, elle ne peut pas, elle doit garder son secret enfoui au plus profond d'elle-même en étouffant ses sentiments et en retenant ses larmes. Il ne lui reste plus qu'à jouer un rôle de composition, celui de la coéquipière bien dans sa tête et bien dans son corps, ne laissant rien paraître, toujours de bonne humeur, avenante et bonne copine. Ce n'est pas grave, au moins elle est à ses côtés le plus clair de son temps, elle profite de lui, de sa présence, et ça lui fait du bien, elle s'en contente. Alors, la main posée sur cette vitre, elle supplie le ciel de le garder en vie, de ne pas faire mourir l'amour de sa vie, elle ne le supporterait pas et s'il devait partir, c'est sûr, elle partirait avec lui.

◈

Durant des jours, des tours de visites sont organisés de façon à ce qu'à chaque instant, il y ait toujours une présence et c'est pratiquement tous les copains du commissariat central qui défilent, trois par trois, pour venir encourager ne serait-ce que quelques minutes Joan et voir Fares au travers d'une cloison vitrée. Un tel élan d'amitié et de reconnaissance lui fait chaud au cœur et elle en a besoin. Des témoignages de sympathie arrivent également chaque jour, par milliers du monde entier, sur un site Internet spécialement créé afin de ne pas engorger ceux du Central ou de l'hôpital.

— Une star je te dis ! lance Derek en arrivant ce matin.

— Tu as bien dormi ? lui demande Joan en l'embrassant, heureuse de le voir.

— Oui et toi ? Tu t'es reposée un peu ?

— Oui ça va. Ils ont retiré la perf de sédatif, ce matin de bonne heure, pour entamer le processus du réveil.

— Non ? C'est génial, c'est une bonne nouvelle !

Chapitre 87

C'est un Airbus blanc siglé République Française, affrété spécialement pour le rapatriement du Lieutenant Fares Khazen, qui atterri sur une des pistes du Miami International Airport. L'intérieur a été totalement modifié pour l'occasion et réaménagé en un véritable hôpital volant avec surabondance de moyens et de personnels.

Une heure plus tard, une ambulance suivit par deux voitures banalisées se présentent au pied de l'avion dont le plein a été refait. Le brancard est extrait et immédiatement placé par les ambulanciers sur une plateforme hydraulique sur laquelle prennent place, le Capitaine Phillips, Joan, Derek, Mikael, et un médecin du JMH. Alors que la passerelle commence à monter, un véritable escadron composé d'une douzaine de voitures noires et blanches de la police de Miami déboulent sur la piste et stoppent les unes à côté des autres, à une trentaine de mètres de l'avion, bandeaux sur le toit bleu, rouge et blanc scintillants et sirènes en marche. Puis chaque homme sort de sa voiture et se met au garde à vous. Ils sont juste venus dire merci, à leur façon, aux deux collègues français, ce qui arrache à nouveau des larmes à Joan qui leur fait un signe de remerciement de la main, très touchée par cette marque d'attention, quand soudain :

— Stoppez la passerelle, redescendez ! Crie Mickael affolé.

L'agent de piste s'exécute et la passerelle redescend lentement.

— Que se passe-t-il ? interroge le Commandant Phillips inquiet.
— Rien Commandant, dit-il en sautant de la plate-forme, j'ai oublié quelque chose !

Mickael fonce à sa voiture et en extrait une caisse de transport pour animaux restée sur la banquette arrière avec à l'intérieur Mini Fares, puis un plat, un sac de litière pour l'hygiène, des boîtes de pâtée et même des jouets. Le couvercle du plat est couvert de plusieurs dizaines de signatures inscrites au feutre noir indélébile.
— C'est de la part de tous les copains ! Nous en avons bien pris soin au Central ! dit-il en déposant le tout sur la plate-forme.
— Ah, j'ai oublié autre chose !
— Non mais vous allez y arriver Sollivan ? commence à grommeler le Commandant Phillips. Il est incroyable celui-là, vous ne voulez pas l'emmener avec vous ?

Mickael retourne à sa voiture de patrouille, ouvre la malle arrière et en extrait la petite valise noire à roulettes de Fares. Joan esquisse un sourire.
— Nous avons aussi récupéré toutes les affaires de Fares à l'hôtel ! C'est sa valise, dit-il en sautant sur la passerelle qui recommence son ascension !

Elle s'immobilise devant la porte d'accès de l'Airbus. Tout se passe devant les téléobjectifs et caméras des journalistes tenus à distance. En un instant Fares est pris en charge et installé sur un lit médicalisé. Les médecins échangent entre eux et le dossier complet est confié à l'équipe française.
— Prenez-en soin, il nous a donné du fil à retordre !

Puis en observant les installations à l'intérieur de l'avion, le toubib américain ajoute :

— Vous n'avez pas lésiné sur les moyens, ça ne rigole pas chez vous ! Ce n'est pas Air Force One, c'est Air force Two !

L'heure des adieux est arrivée. C'est le moment des accolades, des poignées de mains soutenues et des remerciements. Derek s'approche de Joan et la serre très fort.

— Prends soin de toi, donne-nous des nouvelles. Vous serez toujours les bienvenus !

S'avançant vers le lit, il attrape la main de Fares.

— Salut mon pote ! Tu es un mec génial ! Ne change rien, tu vas nous manquer.

— Salut Derek, salut Mickael, vous allez me manquer aussi. Venez à Paris à l'occasion, on vous fera visiter !

— Pourquoi pas ! Mais pour le moment, il faut que l'on vous laisse, vous avez de la route et nous, un peu de ménage à faire après le bordel que vous nous avez foutu tous les deux !

De part et d'autre les cœurs sont lourds.

Quinze minutes plus tard, l'Airbus décolle dans le ciel bleu de Miami, direction Paris.

Chapitre 88

Le vol se passe calmement dans un confort incroyable. Régulièrement les médecins s'enquièrent des constantes de Fares qui semble supporter le voyage sans problème. Il faut dire aussi que rien n'a été laissé au hasard et il n'en revient toujours pas que l'on ait pu mettre à sa disposition un avion pareil et mobiliser tant de personnel, aussi bien de vol que médical. Seul un photographe de l'A.F.P a été autorisé à bord pour participer au voyage et immortaliser par ses photos cet étonnant vol de retour.

— J'ai faim !

— Ah, confirmation, il va mieux ! lance Joan avec jubilation.

Une hôtesse, à la tenue irréprochable, regarde alors un des médecins qui lui fait un signe de tête approbateur.

— Mis à part l'alcool, vous pouvez boire et manger ce que vous voulez. Vous préférez poisson ou viande ?

— Je pense que vous pouvez lui mettre les deux, suggère Joan, tel que je le connais, ça ne sera pas de trop ! Et vous pouvez y aller sur le pain aussi ! Quant à moi, si c'est possible, je vais l'accompagner avec du poisson s'il vous plaît !

— Pas de soucis ! En attendant, je vous apporte quelques boissons pour vous faire patienter.

Comme prévu, Fares a englouti les deux repas et tout le pain qui traînait sous les yeux réjouis de Joan.

— Comment te sens-tu ? lui demande-t-elle.

— J'ai encore une petite faim. Non je blague. Franchement, je vais bien. Je suppose que les antalgiques y sont pour beaucoup.
— Et moralement
— Non, cette question-là, elle est pour toi ! J'ai appris que c'est toi qui l'as descendu. Moi je n'ai rien vu, je suis tombé dans les pommes quand il m'a enfoncé la lame et me serrait les parties, tellement fort que je ne sais pas ce qui me faisait le plus mal. J'aurais tant aimé te voir débarquer !
— Ils ont tous été incroyablement efficaces, tu sais !
— Ne détourne pas ma question s'il te plaît !
— Je te promets, je vais bien, je vais mieux. Maintenant que j'y repense, ce n'est pas d'avoir tué un homme qui m'a déstabilisée le plus, non, ça a été la peur de te perdre, de te voir mourir dans mes bras.

Fares lui prend doucement la main. Elle essuie une larme à la vitesse de l'éclair.
— Sinon ça va je te jure. Les évènements avant que j'arrive, tu veux en parler ? Il faut que tu te libères, Fares.

Il soupire.
— Je l'ai reconnu dans la boîte et comme à Paris, il a filé. Alors cette fois, il n'était plus question qu'il m'échappe. Je l'ai suivi jusque dans la rue et à nouveau il avait disparu. J'étais en train d'ouvrir la bagnole quand il est arrivé par-derrière et m'a enfoncé une seringue dans le cou. Après, plus rien.. Quand je me suis réveillé, j'étais dans la cave où tu m'as découvert, enchaîné et nu comme un ver. Parfois il me droguait et je me réveillais plusieurs heures plus tard, toujours enchaîné. Il filmait tout. Je suppose que Derek a récupéré les enregistrements. Je ne sais pas ce qu'il me faisait, je ne suis pas

certain de vouloir le savoir. Toi tu pourras le demander à Derek, moi, je ne pense pas que je pourrai.

— Tu sais, je ne crois pas qu'il t'ait touché, ce n'est pas comme ça qu'il fonctionnait. Il avait un mode opératoire bien précis.

— Oui comme le couteau et la robe de mariée. Je te signale que c'est ce qu'il était en train de me faire quand tu es intervenue. Ensuite, il m'aurait violé et enfoncé les yeux dans les orbites !

— Je ne vais pas te mentir mais pour cet instant précis, je suis d'accord avec toi. Là tu étais bel et bien en danger de mort. Mais avant, je suis certaine que rien ne s'est passé.

Fares reste les yeux dans le vague, comme s'il se remémorait des scènes gravées dans son esprit. Joan lui caresse alors le front et le regarde avec empathie.

Comme poussé par une envie de s'extérioriser, il reprend :

— J'ai vécu des moments surréalistes, Leighton, tu vois, je l'appelle même par son prénom, comment te dire, parfois, il était brutal, machiavélique, il m'obligeait à faire mes besoins dans un seau, sans papier toilette, nu devant lui en permanence et filmé 24 heures sur 24, pas de douche sauf avec un tuyau d'arrosage et de l'eau glacée, et surtout ces moments de doute où il me droguait et me disait qu'il avait profité de mon corps, que j'avais la peau douce. Une fois, je lui ai demandé de vider le seau alors, il l'a renversé à côté de moi. Puis parfois, il se montrait affable, poli, prévenant, il me donnait de bons repas. Tu te rends compte, une fois je lui ai dit que j'avais froid, tu crois qu'il m'a installé un radiateur électrique ? Un autre jour je n'étais pas bien, alors je lui ai demandé du papier et un crayon pour écrire. Il m'a tout apporté. J'avais envie d'écrire, comme souvent lorsque je n'ai pas le moral.

— J'ai trouvé ça par terre dans la cave.

Joan lui tend alors le poème qu'elle avait ramassé.

— Tu l'as retrouvé ? Et tu l'as lu ?

— Je n'ai pas pu m'en empêcher. C'est magnifique. J'aimerais qu'un jour quelqu'un m'écrive des choses comme ça.

— Oui mais cela voudrait dire aussi que tu serais séparée, que vous vous seriez quittés !

Joan réalise et acquiesce d'un petit signe de tête et pour changer de conversation elle sort le mail que Franck lui avait envoyé.

— C'est quoi ?

— Un mail de Franck, il m'a fait du bien. Lis-le si tu veux.

Fares le prend puis le parcourt attentivement.

— J'adore ce mec, il a toujours les bonnes paroles au bon moment.

Joan reste songeuse un instant. Fares la regarde :

— Tu crois que je n'ai pas compris ?

Elle lui sourit :

— Allez, repose-toi !

— Tu sais, je suis un mec et j'ai au moins appris quelque chose durant ma détention, je ne savais pas que l'on pouvait pleurer comme ça !

— Tu es sûr que tu ne savais pas ? Moi je pense le contraire !

Les médecins observent la scène de loin mais n'interviennent pas. Ils savent mieux que quiconque que le corps et l'esprit ont besoin de se libérer, que ce soit par des paroles ou des larmes. Alors ils laissent faire tout en restant attentifs.

Fares respire un grand coup :

— Il faut que j'arrive à surmonter maintenant. Je ne sais pas combien de temps cela va mettre ?
— On se remontera ensemble ! On dirait deux éclopés ! Tu penses que les larmes nous aident à évacuer ?
— Je n'en sais rien, mais on va finir par inonder le plumard !

Ils restent tous les deux quelques instants sans se parler, s'attardant dans le regard de l'autre et ça leur fait du bien. Puis Fares rompt le silence :
— Je t'aime ma Jo…
— Moi aussi je t'aime Grand Machin !

Subitement, il s'inquiète :
— Où est Fares ?
— Il est là-bas, regarde, il se lèche sur le fauteuil ! Ça me fait drôle de dire ça !
— J'ai toujours été très souple.

Après avoir sorti cette phrase, il réalise ce qu'il vient de dire et, regardant alors Joan, comme Jean qui rit, Jean qui pleure, ils éclatent de rire tous les deux, rire qui se transforme vite en un fou rire interminable, comme pour évacuer un trop-plein de stress enfoui en eux depuis un long moment déjà. Un fou rire communicatif.
— Calmez-vous les enfants, finit par dire un des médecins, hilare en s'approchant et en levant le drap pour vérifier le large pansement.

Le rire s'arrête alors d'un coup, puis, leurs regards se croisant, ils explosent à nouveau sous l'air toujours amusé du toubib qui fait un geste de dépit. Après tout, se dit-il, le rire est une bonne thérapie !

Une heure plus tard tout est calme dans l'avion, Fares dort comme un bébé. Joan aussi s'est endormie sur un grand fauteuil en cuir beige, Mini Fares sur ses genoux.

Chapitre 89

Le jour se lève à peine sur Paris, le temps est gris. L'Airbus blanc se pose en douceur à l'aéroport du Bourget. Une ambulance du Samu est déjà sur la piste ainsi que deux véhicules de la BRI, une voiture banalisée et une escorte de motards de la Gendarmerie pour ouvrir la route. La descente de l'avion se fait rapidement ainsi que le transfert dans l'ambulance.

— Deux minutes, vous permettez, les mecs ?

— Jordan ? Qu'est-ce que tu fais là ? demande Joan surprise et heureuse de le voir.

— Quoi ? Tu croyais peut-être que Francky et moi nous allions manquer votre arrivée ? Tu rigoles ou quoi ?

Ils se sautent presque dans les bras. Franck s'avance aussi, moins démonstratif

— Salut ma Jo !

— Approche, dit-elle et, en le serrant très fort, tu m'as manqué !

— Toi aussi. Tu ne me refais jamais ce coup-là !

Jordan demande aux médecins s'ils peuvent voir leur collègue juste un instant.

— OK, mais juste une minute !

Il grimpe en premier dans l'ambulance et en voyant Fares, il est subitement submergé par l'émotion. Il s'essuie rapidement les yeux.

— J'te jure que si tu meurs, j'te tue ! Oh putain ! Salut mon Fafa !

— Salut Jordan, salut Francky, moi aussi je suis heureux de vous voir les mecs, vous m'avez manqué !

Joan, Mini Fares, Jordan et Franck montent dans la voiture banalisée et le départ est donné, direction l'hôpital du Val de Grâce ! En sortant de l'aéroport, le convoi sirènes hurlantes, passe devant une nuée de journalistes du monde entier qui attendaient là pour certains depuis des heures, téléobjectif en main. Au petit jour, les flashs crépitent comme un feu d'artifice du 14 juillet.

— Oui, dit Joan, c'est comme ça depuis des jours !

Jordan s'inquiète un peu et interroge :

— Je ne sais pas comment vous allez faire pour gérer tout ça ? Tout ce que vous venez de subir !

— Nous ! répond Franck, nous sommes là maintenant.

Chapitre 90

Fares a été installé dans la chambre 204. Après un examen rapide, les médecins ont décidé que son état ne nécessitait plus d'être suivi en réanimation. Il doit cependant rester tranquille et au calme car après son opération délicate et un vol de plus de huit heures, même dans des conditions idéales, il est impératif qu'il se repose. Deux policiers sont placés en faction devant sa porte, interdisant l'accès à toute personne non autorisée.

Il est 14 heures 30 et Joan est déjà avec lui depuis près d'une heure. Fares a terminé un repas plutôt copieux et il somnole. Enfin ça, c'est ce qu'il prétendra quand il se réveillera tout à l'heure car pour l'instant Joan assiste en direct à un concert de ronflements, la tête de côté, posée sur son oreiller, la bouche entrouverte ! Aujourd'hui, bien des télés ou des journaux paieraient une fortune pour filmer ce moment d'intimité. Joan le regarde dormir, elle est tellement heureuse que tout soit terminé et surtout qu'ils soient vivants, tous les deux. Alors elle contemple son héros, un mec tout à fait normal, un mec ordinaire, fort et fragile comme la vie qui ne tient parfois qu'à un fil. Et elle, elle a tout fait pour ce fil ne soit pas rompu. Fatiguée, sa tête tombe en avant, ses paupières deviennent lourdes mais des tocs à la porte la font sursauter.

— Entrez !

Fares émerge, le cheveu hirsute, les yeux dans le vague et la bouche un peu pâteuse. C'est sûr qu'à cet instant, la photo serait peu flatteuse et le héros tomberait sûrement de son piédestal !

— C'est qui ? demande-t-il les yeux mis clos. Je me suis assoupi un peu ! T'as un chewing-gum ?

— Bonjour Fares !

— Papa !

— Mais, qu'est-ce que vous faites ici mes chéris ? Tu es venue ?

— Oui. Et ils ont laissé entrer les enfants.

Il cherche alors la télécommande pour redresser son lit. Il ne peut pas encore faire d'efforts à cause de sa cicatrice toujours fragile et douloureuse.

— Attends, je vais t'aider propose gentiment Joan.

Le lit se redresse lentement. Sa femme se penche vers lui et l'embrasse sur le front. Ses deux enfants, un garçon et une fille, sont déjà grimpés à ses côtés.

— Faites-moi un gros bisou mes amours. Tu connais Joan ?

— Oui, à la télévision ils ont dit que c'est vous qui lui aviez sauvé la vie. On se sent un peu bête, on ne sait pas quoi dire. Merci pour ses enfants !

— Ma plus belle récompense, c'est ce que je vois en ce moment, il est heureux et ses enfants aussi dans ses bras. Je vais vous laisser en famille. Je repasserai demain, Fares.

— OK Joan ! À demain et merci pour tout. Bisou.

Joan sort de la chambre, elle sait qu'elle ne peut pas lutter, alors elle déclare forfait et préfère rentrer chez elle un peu la mort dans l'âme, rejoindre Fares le Mini, lui au moins, il lui fera des câlins.

◈

Fares tient ses enfants contre lui, un à sa gauche, l'autre à sa droite :

— C'est une belle surprise, sans doute la plus belle que l'on pouvait me faire. Tu vas bien ?

— Oui, je fais aller. C'est grave ta blessure ?

— Toutes mes blessures sont graves.

Il la contemple un long moment et hésitant :

— Tu sais, je me suis demandé si je ne devais pas partir en fin de compte, si ce n'était pas le moment. Alors quand j'étais enfermé, seul, je ne faisais que penser, je ne pouvais me raccrocher qu'à ça, qu'à vous. Mais vous me sembliez tellement loin ! À un moment j'ai baissé les bras, j'étais enchaîné, mais dans ma tête, je crois que je voulais partir, en finir une bonne fois pour toutes.

C'est incroyable, à croire que ce mec le sentait, alors c'est tout juste si ce n'est pas lui qui me redonnait espoir en étant presque prévenant avec moi, il me lâchait du lest. Je comprends maintenant pourquoi la caméra était toujours allumée, ce n'était par vice, non, c'était parce qu'il m'analysait, il ressentait les choses comme nul autre. Parfois, quand il me sentait fort, il retirait et quand il me sentait faible, il donnait. Personne ne devrait vivre sans amour. En fin de compte, il n'était pas fou, mais simplement en carence affective grave depuis qu'il était gamin. Quel tribunal aurait compris ça ? Aucun ! Il le savait, et je crois qu'il ne supportait plus ses pulsions et le mal qui en découlait, alors il s'est jugé, a énoncé son propre verdict et a prononcé la sentence. Et Joan a exécuté. C'est vrai, il m'a fait souffrir, mais en fin de compte, c'était pour me secouer, m'ouvrir les yeux, me rentrer dans le crâne et me faire comprendre, jusqu'à la souffrance, jusqu'au sacrifice suprême par une lame dans mon corps, que l'amour est vital et qu'il est plus fort que tout. Sa vie à lui n'a été qu'échecs, et sa tête ne l'a pas supporté, il n'avait plus d'autre choix que celui de partir et c'est ce qu'il a fait en se servant de nous comme de pantins guidés par sa main et sa volonté d'une puissance incroyable. Je dois vivre avec ça ! Le syndrome de Stockholm… Le syndrome de Stockholm… Je vous aime mes trésors !

— Tu pleures papa ?

— Pourquoi tu pleures ?

— Parce que je suis heureux de vous voir et aussi parce que j'ai un peu mal au-dedans de moi. Faites-moi des bisous pour me guérir. Vous savez les enfants, Joan, elle m'a rapporté un petit chat noir et blanc de Miami. Vous ne devinerez jamais son nom !

— C'est comment ?

— Fares !

— Comme toi ! C'est bizarre ?

— Vous pourrez le voir quand vous viendrez à la maison. Si maman est d'accord.

— Tu pourras voir tes enfants quand tu voudras, enfin quand tu pourras, parce que je sais bien qu'avec ton travail ce n'est pas toujours facile, mais on s'arrangera.

— Merci, c'est le plus beau cadeau que tu puisses me faire. Tu as quelqu'un dans ta vie ? Excuse-moi, je n'aurais pas dû te poser cette question.

— Tu sais bien que non. Et toi ?

— Tu sais bien que non.

— Et Joan ?

— Pourquoi tu me parles de Joan ?

— Tu es incroyable, tu es capable de lire à l'intérieur du cerveau d'un tueur, mais tu es incapable de déchiffrer le cœur d'une femme.

— Tu le penses vraiment ? Je sais depuis longtemps ce qu'elle ressent pour moi. Mais je ne peux pas lui donner ce qu'elle veut. Quand j'étais dans cette cave, il m'avait accordé une faveur, une feuille et un stylo. Alors j'ai écrit ça…

Fares lui tend le poème.

— Mais ne le lis pas maintenant, peut-être quand tu seras tranquille le soir en te couchant. Je voulais te dire aussi autre chose. Depuis un bon moment je t'ai écrit une longue lettre et je ne savais pas si je pouvais te la faire parvenir ? En réalité, je n'osais pas. Tu veux bien que je te l'envoie ?

— Si tu veux mais je ne te promets rien. Je pense que j'ai besoin encore d'un peu de temps.

— Je comprends. Le temps, j'ai appris à le laisser passer. Je sais maintenant que je peux attendre. Je t'aime tellement !

Chapitre 91

Le lendemain, le soleil est de retour sur la Capitale et l'humeur semble détendue en ce début d'après-midi dans la chambre 204.

Joan remonte le drap et la couverture de Fares.

— Tu n'as pas froid ?

— Non ça va.

— Comment ça s'est passé avec ta femme, hier ?

— Très bien, elle est d'accord pour que je voie les enfants quand je veux !

— C'est super, je suis très contente pour toi, c'est une bonne nouvelle ! Tu lui as donné le poème ?

— Oui, reconnaît Fares, puis voulant changer de conversation : tu t'es reposée un peu ?

— Pas beaucoup ! Fares m'a tenu compagnie, il était blotti contre moi. Il n'arrêtait pas de ronronner !

— Moi aussi, je sais ronronner !

— Non, toi tu ronfles comme un sonneur !

Elle lui attrape alors le nez :

— Remarque avec un truc pareil, tu as de quoi aspirer du volume !

— Il n'est pas beau mon nez ?

— Il est… Libanais, je dirais !

— Franco Libanais s'il te plaît ! Jo, je voulais te dire quelque chose avant que tout le monde n'arrive.

Il hésite :

— Il y a des détails sur l'affaire. Je n'aimerais pas que cela se sache. Comme la robe par exemple ou ce qu'il m'a fait…

— Tu penses sincèrement que je vais ébruiter ce genre d'informations ? Je n'ai pensé qu'à une chose, te protéger ! Ce n'est pas maintenant que je vais... Laisse tomber !

En regardant Joan, Fares comprend sa maladresse :

— Non je... Excuse-moi ! Je suis con, je n'aurais jamais dû te dire une chose pareille.

— Ni même la penser !

— Je suis vraiment con ! Je t'en prie, pardonne-moi ! Viens me faire un câlin !

— Ça va les amoureux ? lance Jordan en entrant subitement dans la chambre sans frapper. Je n'interromps pas une séance torride, j'espère ?

Fares sourit heureux de voir son pote :

— Tu comprends Joan, pourquoi je disais hier que cet horrible truc m'avait manqué ? Salut mon Jordan.

— Salut mon Fafa ! Tiens, je t'ai apporté des chocolats ! Alors cette première nuit ?

— J'ai dormi ! Tu ne peux même pas t'imaginer !

— Il ne fait que ça depuis qu'il est hospitalisé, dormir et manger comme quatre ! confirme Joan.

— Faut bien qu'il engraisse un peu, regarde ce grand pif tout fin, là, dit-il en lui pinçant avec deux doigts.

— Ah, mais qu'est-ce que vous avez tous avec mon nez, aujourd'hui ?

— Bah avec un truc pareil, c'est normal que tu aies du flair !

Jordan pose sa veste et s'assoit sur le bord du lit :

— On en a des trucs à se raconter. C'est toi qui commences !

Environ une heure plus tard, alors que Fares, Joan et Jordan sont en pleine discussion, ils entendent subitement un vrai tumulte, accompagné de braillements dans le couloir. Jordan inquiet se lève pour aller voir ce qui se passe :

— Qu'est-ce que c'est que ce ramdam ? dit-il en sortant de la chambre. Ah, j'aurais dû m'en douter ! Laissez-le passer, c'est bon ! Merci les gars !

— Pitbulls ! lance Henri aux deux policiers en faction, en passant la porte tout en tenant à la main une dizaine de ballons métallisés et multicolores, gonflés à l'hélium.

En apercevant Fares, le ton change immédiatement :

— Regarde ce que je t'ai apporté, mon Fafa !

— Je suis content de te voir Henri, malgré l'entrée fracassante !

— Oui, bah la prochaine fois, tu les mettras en laisse, dit-il en attachant les ballons à la poignée du tiroir de la table de chevet. Ça te plaît ? C'est mieux que des fleurs non ? C'est plus viril !

— Ça, c'est sûr ! constate Jordan mort de rire.

— Comment tu vas mon Fafa ? dit-il en se jetant sur lui.

Fares surpris, reste un instant les deux bras en l'air puis finit par les redescendre sur le dos d'Henri qui, après un court instant se redresse.

— SI TU MEURS, JE TE TUE !

— Toi aussi ? Dommage pour toi, Jordan était le premier sur la liste !

— De toute façon, ce n'est pas pour aujourd'hui ! Tu as plutôt bonne mine !

Puis, prêtant enfin attention aux autres occupants de la pièce :

— Bonjour ma chérie, fais-moi un câlin, je t'ai manqué ?

— Oui tu m'as manqué Henri, c'est vrai, je te promets !

— Salut mon Jordan, un câlin aussi ?

— Ça ira pour l'instant ! Tout à l'heure peut-être !

Henri hausse les épaules et, se retournant vers Fares :

— Bon toi, tu te dépêches de sortir s'il te plaît car j'ai organisé une petite nouba en votre honneur au Blue Boy. Pour toi et Joan ! Vous êtes tous mes invités bien sûr !

Fares intervient :

— Houla ! Je crains le pire ! Tu sais, il faut que je t'en annonce une bonne ! À Miami, ton client Leighton, il fréquentait une boîte qui s'appelle le Trophy Boy, le pendant de la tienne mais à six mille kilomètres. Et tu ne devineras jamais comment s'appelle le Gérant ?

— Je ne sais pas… Fraise des bois ?

— Henry !

— Non, pas possible ! J'espère que tu ne lui as pas fait du gringue ?

— Non merci, tu vois j'en ai déjà assez d'un !

C'est dans la joie et la bonne humeur que se poursuivent les retrouvailles, en éclipsant soigneusement de la conversation les mauvais souvenirs que viennent de vivre Joan et Fares. Il faudra bien finir par les effacer de la mémoire mais cela prendra du temps. Alors pour l'instant, chacun y va d'une plaisanterie ou d'une anecdote, quand soudain quelqu'un toque. Tous les regards se tournent vers la porte de la chambre puis s'illuminent quand Franck apparaît accompagné d'un ami. Fares sourit.

— Il ne manquait plus que toi ! Entre !

— Salut tout le monde ! Tu es là Henri ? Ça fait plaisir de te voir ! Je vous présente Karim.

— Tu sais ce ça veut dire en arabe ? demande aussitôt Fares. Généreux !

Puis subitement son cerveau réagit, il comprend alors que c'est Franck qui a reconnu, sur la photo traînant sur son bureau, le tampon du Blue Boy apposé sur la main d'Alexis, la victime de la rue de la Ferronnerie. Il regarde alors Joan qui arbore un large sourire jubilatoire, contente d'elle. D'un air malin, les yeux mis clos, il lui fait comprendre : « Tu m'as bien eu sur ce coup-là, attends, ça va se payer ma vieille ! »

Jordan, quant à lui, fronce les sourcils et dévisage Karim des pieds à la tête sans piper mot, ce qui n'échappe pas à Fares qui l'interpelle immédiatement, connaissant sa subtilité légendaire.

— Jordan !

— Oui Fares… Quoi ?

— Ta gueule !

— Mais je n'ai rien dit !

— Tu allais…

Jordan esquisse un sourire

— Moi aussi je t'aime mon pote…

Vous n'irez pas tous au Paradis

Max Heratz

THRILLER

Vous ne connaissez pas Leybent, petite ville des environs de Wichita ? Le FBI non plus n'en avait jamais entendu parler jusqu'au déchaînement de violence qui ébranla la quiétude des habitants de cette Amérique des grandes plaines. Secrets et chantages étant soigneusement gardés, nul ne s'attendait à ce déluge. Très vite cette paisible bourgade montre un nouveau visage avec l'émergence de violence, drogue, prostitution et bien pire encore. Le chaos s'installe lorsque l'agent fédéral David Renay et son équipe découvrent à la ferme maudite un corps atrocement mutilé dans une démoniaque mise en scène.

Ce livre relate la naissance d'un des plus grands tueurs en série de tous les temps. On entre dans sa tête et on devient ses yeux. Glaçant de terreur. Âmes sensibles s'abstenir.

Mettez la parfum

Laurent Mansart

POLAR

Anaïs est belle et aurait préféré poursuivre sa carrière dans la lingerie fine mais la jeune femme a été prise la main dans le pot de l'ADN. Verdict, la voilà propulsée héritière de la plus grosse fortune du pays. Vous l'aurez compris, ou sinon achetez-vous un connecteur de neurones, ça va barder pour son matricule !
Collés à ses talons aiguilles, elle se retrouve avec un policier bellâtre la protégeant de son corps sculptural, des lieutenants épatants, un tueur à gages limite facho, un pieux danseur de tango, un avocat sans barreau, et un grand-père au passé pas clair. Tout ce petit monde nous entraîne dans une aventure des plus rocambolesques.

Meurtres à Minerve

JC Cognet

POLAR DU TERROIR

Comme chaque année depuis son enfance, Nicole Berthier vient se ressourcer dans le pittoresque village de Minerve. Ce petit lieu Languedocien, préservé, chargé d'histoire, situé entre vignes et garrigues devient subitement le théâtre d'atroces assassinats où des corps mutilés sont retrouvés dans la région non sans rappeler les sévices infligés par Simon de Montfort aux Cathares.

Le lieutenant Béranger à la tête de la brigade de gendarmerie d'Olonzac est malmené par cette affaire qui rebondit jour après jour dans un tourbillon d'aventures. Il n'y fait pas bon y passer ses vacances. Une spirale démoniaque entraîne tous ceux qui tentent de s'en mêler. Plus que jamais, le passé rattrape le présent. De quoi sera fait demain ?

NEWSLETTER

Retrouvez tous ces titres sur notre site,
rubrique Catalogue
estelaseditions.com

Pour suivre notre actualité littéraire, inscrivez-vous à notre **Newsletter** en nous communiquant votre adresse mail à
estelas.editions@gmail.com
Votre adresse restera confidentielle, elle ne sera en aucun cas cédée à des marchands de pubs.

VOUS NE RECEVREZ PAS DE PUB !

Nos mails se font rares (moins d'un par mois) vous ne serez donc pas encombré.

Composition et mise en page Estelas Éditions

BP 20, 11 800 Trèbes France
estelas.editions@gmail.com
www.estelaseditions.com
Dépôt légal Mars 2019
ISBN : 9791093167718
Imprimé par CPI en février 2019 (2042744)